Knaur

Über den Autor:

Gunter Gross, geboren 1954 in Thüringen, arbeitete nach dem Studium als Ergonom, Lastwagenfahrer und Werbetexter. Heute lebt er als Schriftsteller in der Nähe von Nürnberg.

Gunter Gross

Der Gedankenleser

Roman

Knaur

Besuchen Sie uns im Internet:
www.droemer-weltbild.de

Vollständige Taschenbuchausgabe 2001
Droemersche Verlagsanstalt Th. Knaur Nachf., München
Lizenzausgabe mit Genehmigung des Schneekluth Verlages

Umschlaggestaltung: ZERO Werbeagentur, München
Satz: Ventura Publisher im Verlag
Druck und Bindung: Clausen & Bosse, Leck
Printed in Germany
ISBN 3-426-61924-5

2 4 5 3 1

1

Viktor Tuganov war ein Kind, bei dessen Anblick man unwillkürlich erschrak.

Er hatte Augen, die an einen fahlen Himmel erinnerten, und wenn diese Augen auf eine Person gerichtet waren, dann bekamen sie etwas Spiegelndes und Durchsichtiges zugleich – es war, als ob ein beschlagenes Glas langsam wieder Glanz bekommt. Doch das linke Auge schien dem rechten nicht folgen zu wollen und umgekehrt, ein jedes schien ein Eigenleben führen zu wollen – das eine schaute hierhin, das andere dorthin, der Blick war gespalten, und in diesem Spalt stürzte die Aufmerksamkeit des Betrachters ins Leere.

Viktor Tuganov schielte.

Er schielte so fürchterlich, daß man vor ihm zurückwich wie vor etwas Ekligem. Und wie bei etwas Ekligem verspürte man Abscheu und Interesse zugleich. Zuerst versuchte man, die Augen gemeinsam zu fassen, dann ihre Achsen geradezubiegen und schließlich eine Mitte zu finden, doch jede Bemühung, sie am eigenen Blick auszurichten, mißlang. Da der erste Blick des Kindes nicht zu treffen war, suchte man einen zweiten, einen Blick des Geistes, der einen mehr umfängt als berührt, doch auch dieser war nicht zu erkennen. Also nahm jeder unwillkürlich Abstand zu dem Kind ein, eine Distanz des Unbehagens, einen Fußbreit Gefühl, wenngleich jeder erklärte: ein hübsches Kind.

Auch die Baronin Tuganov mußte sich eingestehen, daß diese Augen, je mehr die kindliche Blindheit von ihnen abschmolz, merkwürdig waren. Daß dieses Grau einmal aufflammte und die Welt anzuziehen schien, ein andermal so abweisend war, daß jedes Interesse daran abperlte. Spielzeug, das man dem Jungen in die Hand drückte, ein Fingerspiel, Sonnenlicht oder das Flackern einer Kerze waren ihm gleichgültig. Dagegen reagierte er auf die Gegenwart von Menschen äußerst heftig. Wenn die Baronin sich dem Kind näherte, hatte es ihr bereits aufmerksam das Gesicht zugewandt – wandte sie sich ab, begann es ganz fürchterlich zu plärren. Da der Junge weder durch beschwichtigende Worte noch durch ein Lied oder einen bunten Fetzen, den man vor ihm hin- und herschwenkte, zu beruhigen war, wurde er dem Hausmädchen überlassen. Auch dem Mädchen schaute er unverwandt ins Gesicht. Zog das Hausmädchen jedoch den Blick von ihm ab, so schniefte und schnaufte er, zappelte, warf den Kopf hin und her und schrie unwillig auf. Es war kein Schreien nach Nahrung oder Versorgung, es war das ungeduldige Kreischen eines Kindes, das zu erlangen versuchte, was man ihm vorenthielt – die ungeteilte Aufmerksamkeit eines Erwachsenen.

Besonders viel schrie das Kind, wenn die Baronin sich in ihrer Haut unwohl fühlte, was häufig der Fall war. Es starrte sie dann an, legte die Stirn in Falten und begann kleine Schnaufer auszustoßen, als sei es winzigen, unangenehmen Anstößen ausgesetzt. Dann gab es Laute von sich, die einem Schluckauf glichen, kräuselte die Nase, schürzte die Lippen und begann schließlich zu weinen. Auch die Baronin weinte – es war wie eine Übereinkunft –, und in solchen Momenten war der Junge ganz ihr Kind. Doch auch nachdem die Tränen versiegt waren, wandte er sich nicht ab, fixierte die Baronin, und seine Augen glänzten auf diese durchsichtige Weise. Sein Gesicht war in solchen Momenten äußerst angespannt. Der Blick stand still, auch der Körper wirkte wie gelähmt, und es hatte den Anschein, als hätte er aufgehört zu atmen.

Das Hausmädchen, von solcherlei Bewegungslosigkeit auch bei anderer Gelegenheit geängstigt, schüttelte das Kind manchmal heftig, um herauszufinden, ob noch Leben in ihm wäre, doch das Schütteln schien ihm nichts auszumachen. Sein Antlitz war danach voller Zufriedenheit. Es war, als hätte es den Betrachter mit seinem gespaltenen Blick umklammert, sich an seiner Aufmerksamkeit festgesaugt, als hätte es daran genuckelt und warte nun auf den ersten Rülpser.

Major Tuganov, der Vater, konnte mit so einem faltigen, zuckenden Bündel wenig anfangen. Das verquollene Gesicht, der aufgerissene Mund und der rote, bis zum Platzen aufgetriebene Kopf stießen ihn ab. Am wenigsten aber vermochte er den verqueren Blick zu ertragen. Ungesund! Nicht richtig sein Kind! Diese Augen bereiteten ihm Unbehagen. Ein Kind schließt die Augen, wenn es gestillt wird, wenn es satt ist, wenn es zufrieden ist. Der Junge aber riß sie auf. Solche Augen hatte ein Zehnjähriger, aber kein kleiner Windelscheißer. Dieses Gesicht schien überhaupt nur aus Augen zu bestehen. Niemand in ganz Moskau hatte solche Augen, niemand!

Auch der Junge schien mit dem Major wenig anfangen zu können. Kam dieser ihm zu nahe, gab er heftige, beinahe klagende Töne von sich, begann zu zittern und schrie so gotterbärmlich, daß das Hausmädchen ihn davontragen mußte.

Fort, fort, nur das half.

Nicht anders verhielt das Kind sich, wenn man es dem Kutscher zum Halten gab; die Nähe des Onkels dagegen, eines Arztes in einem Armeehospital, ertrug es stundenlang.

Bei dem einen Schreien, bei dem anderen Stillsein – der Junge reagierte schon bei der ersten Begegnung äußerst merkwürdig auf Menschen.

2

Dieses Verhalten hatte mit der Ausstrahlung der betreffenden Person zu tun, ihrer Aura. Viktor nahm diese Ausstrahlung, die Wirkung des Geistes und der Seele, wahr wie ein anderer Mensch die Ausdünstung eines Körpers. Das bedeutete keine Anstrengung für ihn, so wie Sehen oder Hören keine Anstrengung bedeutet. Er sog die Ausstrahlung geradezu ein. Dazu gehörte der Klang der Stimme, die Mimik, das Lachen, die Artikulation und der Blick, die Gesten und Bewegungen, die Art zu gehen und das Haar zu tragen, die ganze unverwechselbare Mischung. Er hielt all dem das Gesicht entgegen, ließ sich davon berühren und vermochte im Handumdrehen die Beschaffenheit und Gemütslage einer Person zu wittern. Und wie jedes Kind unterschied er dabei intuitiv nach Mögen und Nichtmögen, er nahm eine Aura an oder lehnte sie ab – er schrie oder schrie nicht.

Viktor war ein begabtes Kind und lernte früher sprechen als laufen. Unablässig plapperte er Wörter vor sich hin, von Anfang an klar und verständlich, und es schien ihm keine Mühe zu machen, Gedanken, Lippen, Zunge und Atemluft miteinander zu koordinieren. Zuerst war es sein Name, den er eines Tages aussprach, mühelos und scheinbar selbst erstaunt ob dieser Tatsache: Viktor! Es war, als wäre das Wort in ihm gereift, als wäre es prall und saftig geworden und hätte nun die richtige Form und den Klang, um es auszustoßen.

Ach, Viktor, rief die Baronin, die dieses Wort freudig entgegennahm, Viktor! Sie sprach ihm seinen Namen mehrmals vor, V-i-k-t-o-r, doch er wiederholte ihn nicht. Am Tag darauf jedoch stieß er plötzlich das Wort *Regen* aus und wenig später, als das Hausmädchen ins Zimmer kam, das Wort *Staub* – dann keines mehr. Die Baronin, die mehr Wörter hören wollte, die zwar kindlich noch, aber äußerst verständlich über seine Lippen kamen, spornte ihn zu weiteren Äußerungen an; doch sosehr sie ihm auch welche in den Mund zu legen versuchte, er wollte sie nicht aussprechen – nicht einmal das einfache Wort *Mama*. Einige Tage später aber purzelten erneut Wörter aus ihm heraus, und zwar in immer schnellerer Abfolge. Klappte die Tür zu, sagte er *Tür*, beim Mittagsläuten *Glocken* und beim Pferdegetrappel auf der Straße *Reiter*. Diese Wörter waren wie Töne, die, einmal gefunden, nicht mehr zu verfälschen waren. Bald darauf formte Viktor Verben wie *gehen*, *stehen*, *laufen*, und das, noch bevor er diese Tätigkeiten vollends beherrschte. Dazwischen stieß er die Begriffe *ab-son-der-lich* und *merk-wür-dig* aus. Wegen ihrer Mehrsilbigkeit machten ihm Wörter dieser Art Schwierigkeiten, er stockte zwischen den Silben, schien kurz Atem zu holen, sprach jedoch auch sie bald flüssig aus. Doch da sie nichts Gegenständliches bezeichneten, keine Tätigkeit, schien er sich nichts Bestimmtes darunter vorstellen zu können, und deshalb benutzte er sie oft falsch. Auch das Wort *alsbald* gehörte dazu oder die Begriffe *bloß* oder *wenn*. Es folgte eine Phase, in der viele Wörter mit der Silbe *un-* begannen, unglaublich, unschön, Unbehagen und Unglück, und irgendwann, in einem stillen, krampfhaft starren Augenblick, würgte er das Wort *Un-ge-ziefer* heraus.

Woher Viktor all diese Wörter hatte, war unerklärlich. Er schien sie aus der Luft zu greifen, aus dem Nichts zu holen, aus einer dunklen Innenwelt zutage zu fördern. Wenige Wochen später schon verband er sie miteinander, etwa, wenn die Baronin am Fenster stand, den Ulanen zuschaute und er bemerkte: Die Reiter kommen. Die Baronin drehte sich um, sah ihn erstaunt an, und Viktor stieß unvermittelt hervor: Viktor schielt. Dann fügte er hinzu: Das ist häßlich.

Aber nein, Viktor, nein, erwiderte die Baronin heftig, doch Viktor sah sie an und sagte das schwierige Wort: *unsym-pathisch*. Dann lief er weg, verkroch sich in einer Ecke und wollte von niemandem angesprochen werden.

Gemessen an seinem enormen geistigen Fortschritt, wirkte der Junge körperlich zurückgeblieben. Die krummen Beinchen, der spärliche Haarwuchs und das Drollige und Tapsige eines Kleinkindes ließen sich nur mühsam mit seinem Wortschatz vereinbaren. Körper und Geist schienen nicht zusammenzugehören, was nicht weniger absonderlich war als sein Blick. Doppelt merkwürdig war dieses Kind. Die Baronin jedoch, stolz auf jeden Fortschritt des Jungen, schien den Mißklang nicht zu bemerken. Ein begabtes Kind, ihr Kind, wozu daran herummäkeln? Sie spornte Viktor zu noch höherer Leistung an und war entzückt, wenn er Wörter ausstieß, die seinem Alter nicht entsprachen. Eine Zeitlang widmete er sich diesen schwierigen Begriffen und verblüffte den Onkel mit *Revolution* und *Typhus*, den Major mit *Gläubigkeit*, *Absolution* und *Barbarei*.

Geradezu atemberaubend schnell lernte Viktor, nachdem er die ersten Schritte gehen konnte. Er stolperte der Mutter nach, hing dem Hausmädchen am Rock und wich dem Onkel nicht von der Seite. Immerzu war er hinter jemandem her, starrte jemanden an. Oft verharrte er im Raum, machte einen reglosen, aber aufmerksamen Eindruck und schien neue Begriffe geradezu aus dem anderen heraussaugen zu wollen.

Wörter lernen machte Viktor Spaß, und es machte ihm Spaß, die Erwachsenen damit zu überraschen. Ein Spiel, bei dem er sich Anerkennung verdiente – ihr Staunen war seine Anerkennung. Bald befaßte er sich nur noch damit, Begriffe sinnvoll miteinander zu verbinden. Mit zwei Jahren konnte er fehlerlos Sätze bilden, etwa: Schließen Sie bitte die Tür, Anna. Wenig später schon ganze Satzgebilde wie: Der Tee, Verehrteste, ist diese Woche aus Tiflis gekommen, und er ist vorzüglich! Von der Baronin ermutigt, sprach er fortan eine ganze Weile in der Art und im Ton der Erwachsenen.

Verwunderlich allerdings war, daß Viktor auch Wörter gebrauchte, die kaum jemand aussprach; das Hausmädchen etwa den Namen ihres Freundes, Maxim, der Onkel das Wort Thorax und der Vater das Wort Bilanz. Es war, als spräche Viktor die Betreffenden direkt an, was diese gleichermaßen in Erstaunen wie Entzücken versetzte.

Als er die Jahreszahl achtzehnhundertzwölf ausspuckte, war die Verblüffung perfekt. Was war achtzehnhundertzwölf? In jenem Jahr war der Bruder der Mutter, ein Offizier, an der Beresina im Kampf gegen die Franzosen gefallen; doch das konnte das Kind, wenn man es jemals in seiner Gegenwart erwähnt hatte, wohl kaum behalten haben. Die Mutter dachte viel an den Bruder, er war ihr unter allen Männern der liebste gewesen, doch sie vermied es, seinen Namen zu erwähnen, denn das mochte der Major nicht. Ganz besonders viel dachte sie im November an ihn, da nämlich war er mitten im schönsten Siegen von einer Kugel getroffen worden, vom Pferd gesunken und auf die Erde geglitten wie auf ein sanftes Ruhekissen, tot. Das war achtzehnhundertzwölf! Der Junge mußte die Jahreszahl irgendwann aufgeschnappt haben und plapperte sie nach.

Am meisten Anerkennung vermochte Viktor jedoch zu erringen, wenn er seine Umwelt mit kleinen Kunststückchen erfreute. Sag dies, Viktor, sag das.

Wie spät ist es?

Viktor tat, als ob er auf die Uhr schaute, in Wirklichkeit aber sah er die Mutter an. Die Baronin jedoch war ohne einen Gedanken, sie war voller gespannter Aufmerksamkeit.

Nun, nun, nun ...?

Dann wandte Viktor das Gesicht der Fürstin Baranowa zu, die regelmäßig Gast im Hause war. Die Fürstin dachte: Sechs Uhr.

Sechs Uhr, sagte Viktor.

Bravo, rief die Fürstin, und gleichzeitig wallte ein Gedanke in ihr auf: Ein wenig unheimlich. Auch das Hausmädchen dachte, ein wenig unheimlich, ein Wort mit *un*..., und Viktor bemerkte: unheimlich.

Die Fürstin blickte Viktor an, fand seinen Blick nicht und schaute irritiert weg.

Ja, Viktor irritierte seine Umwelt mehr, als er sie anzog. Kunststückchen dieser Art waren für einen Zweijährigen unerhört, doch gleichermaßen waren sie verwirrend, und so wandte man die Aufmerksamkeit rasch von ihm ab. Hätte man allerdings nur die geringste Ahnung davon gehabt, wie es um Viktor stand, so wäre ihm alle

Aufmerksamkeit der Welt zuteil geworden. Denn Viktor hatte den Gedanken an die Uhrzeit einfach aus der Fürstin herausgeholt.

Wäre das wahrzunehmen gewesen, so hätte jedermann aufgeschrien: Großartig! Unglaublich! Wunderbar! Und augenblicklich wäre man ins Schwärmen geraten: Phantastisch, faszinierend! Dann hätte man gejauchzt: Ein Wunderkind! Um gleich darauf in Ernüchterung zu stürzen. Der Junge sieht alles. Dann in Mißtrauen, Angst, ja, in tausend Schrecken: Er durchschaut mich. Das ist unheimlich, gespenstisch.

Ja, das war übernatürlich. Viktor vermochte zu erkennen, was hinter der Stirn eines Menschen vorging, was von ihr ausging. Es war, als gäbe es diese Stirn nicht. Zwischen einem Gedanken und einem Wort bestand kein Unterschied für ihn – er sah, was er hörte, und hörte, was er sah.

Viktor Tuganov hatte das zweite Gesicht – er konnte Gedanken lesen.

Nie war von einem Menschen auch nur ähnliches bekanntgeworden. Zwar hatte man es hier und da vermutet, manchen sogar unterstellt, aber das war letztendlich nichts als Anschwärzerei gewesen, um an deren Besitz zu kommen oder sie aus dem Wege zu schaffen. Man hatte diese bedauernswerten Kreaturen gestreckt, geschleift oder gepeitscht, hatte ihnen unter Qualen Geständnisse abgepreßt, hatte sie gevierteilt oder auf den Scheiterhaufen geschickt, aber nie hatte es in solchen Fällen Gewißheit gegeben, und schon gar keine Gerechtigkeit. Immer hatte es an einem gefehlt: am letzten, eindeutigen, endgültigen Beweis.

Viktor jedoch hätte diesen Beweis jederzeit erbringen

können, und er hätte ihn mit kindlicher Naivität sogar erbracht, wenn man ihn dazu aufgefordert oder er selbst seine Einzigartigkeit begriffen hätte. Doch er nahm seine geniale Fähigkeit vorerst überhaupt nicht als etwas Besonderes wahr. Sie war so selbstverständlich für ihn wie sein Haar, seine Stimme oder seine Augen, denn sie war von Anfang an da. Für ihn war sie völlig normal. Er begriff noch nicht, daß er sich auf unerhörte Weise von jedem anderen Menschen unterschied. Und er begriff schon gar nicht, daß er, Viktor Tuganov, einmalig war.

3

Das Stadthaus der Tuganovs lag in Kadaschi, im Süden Moskaus, wo die Moskwa eine gewaltige Schleife zieht. Früher hatten in diesem Viertel die Strelitzen gewohnt, jetzt war es die Gegend der Handwerker und Kaufleute, wo die Handelsstraßen vom Schwarzen Meer endeten und die Rinder- und Schweineherden aus der Ukraine ankamen. Es war ein helles Haus mit einem großen Portal, weißen Bögen im Flur, marmornen Stufen und einer Diele, deren Decke einem Himmel voller Engel und Heiliger glich. Das Haus lag etwas zurückgesetzt, halb verdeckt vom Zweckbau einer Behörde, doch den Major störte das nicht, es war ihm sogar recht so. Nur nicht ganz vorn stehen, nicht an der Hauptstraße, der Kaminskaja, wo sich viel Wohlhabenheit präsentierte und wo man im Blickpunkt stand: Seht, das Haus der Tuganovs! Im Blickpunkt stehen hieß, der Aufmerksamkeit gerecht werden zu müssen, Einladungen, Empfänge und Feste geben zu müssen, kein Klingelbeutel, der an einem vorüberging.

Kaum daß Viktor richtig laufen gelernt hatte, war er ständig im Haus unterwegs. Immer war er hinter jemandem her – oder wich ihm ebenso hartnäckig aus. Doch sein Blick schien niemanden direkt zu berühren, sich an nichts zu stoßen, er schien durch alles und jeden hindurchzugehen. Nie wußte man, betrachtete er das Bild des Zaren oder eine Person oder schaute er durch die hohen Fenster auf die Kirche der Gottesmutter aller Leidtragenden gegenüber. Oft taumelte er im Flur mit erhobenem Gesicht und verdrehten Augen zwischen den Besuchern umher, wobei er den Eindruck machte, als sei er nicht ganz bei Sinnen. Doch er war sehr bei Sinnen, er spielte ein Spiel, von dem niemand etwas ahnte: Er erkundete die Ausstrahlung der Menschen. Er ließ sich ein Fetzchen davon zuwehen, schnupperte daran, holte sich mehr, indem er näher rückte, vergewisserte sich, daß es ihm behagte, und tauchte ein.

Ach, wie verschieden sie waren!

Die Aura der Mutter war wie ein Schmetterling, manchmal unstet und flattrig, dann wieder betörend wie die Klematisblüten am Balkon, im nächsten Moment so welk, daß etwas Schwermütiges, Vergängliches von ihr ausging. Manchmal schien sie sich auch zusammenzufalten, klein zu machen, in sich selbst hineinzukriechen und von nichts und niemandem berührt werden zu wollen, nicht einmal von Viktor. Dann glich sie einem toten, staubigen Falter, war ohne Farbe, ohne Licht. Die Baronin hatte schwarzes Haar, das sie gelegentlich zu einem Lockenberg aufgetürmt trug, eine gerade Stirn und bernsteinfarbene Augen. Ihre Brauen glichen Lilienblättern, die Wangen waren durch ein hohes Jochbein gestreckt, und die Kieferknochen waren für eine Europäerin zu kräftig, doch sie verdarben das Gesicht nicht – im Gegenteil, sie machten es eher reizvoll. Die Welt des Feinsinns und der Distanz schien auf ihren Zügen mit den lodernden Feuern der Steppe im Widerstreit zu liegen, und so war auch ihr Wesen: einmal sanft und melancholisch, im nächsten Moment von einer heftigen Regung entflammt. Für Viktor war sie betörend und aufregend zugleich.

Sie entstammte einer Familie von Generälen, Kaufleuten und Ministern, Männern, die in der russischen Rangtabelle, der Tschin, einen der vierzehn Ränge einnahmen, und das gab ihrer Ausstrahlung Festigkeit und einen selbstverständlichen Glanz. Doch dieser Glanz erlosch, kaum daß der Major ihr nahe kam. Die Baronin hatte den Major aus Liebe geheiratet, einer Liebe, die der Bewunderung für seine Uniform, die Auszeichnungen an seiner Brust und das Unbezwingbare in ihm entsprungen war – ein Mann, an dessen Seite man sich sehen lassen konnte. Ein Mann auch, der ein schönes Stadthaus, eine Position, wenngleich a. D., ein Gut mit Mühle und Vieh und Ländereien, irgendwo weit hinter Moskau, in die Ehe einbrachte. Doch der Major hatte auch anderes mit in die Ehe gebracht, seine Ansichten, seine Gewohnheiten, seinen Drang zum Befehlen, und eine Frau, einmal zum Besitz gemacht, hatte zu gehorchen. Sie hatte sich unterzuordnen, hatte zu dienen. Gehorchen, unterordnen, dienen? Nein, das war nicht abgemacht gewesen. Das war nicht ihre Sache. Sollte sie also aufbegehren, sich wehren, vielleicht sogar kämpfen mit den Waffen einer Frau? Aber wie denn, wenn der andere nicht auf dem gleichen Felde steht und durch diese Waffen nicht berührbar ist – ein Marodeur, der einfach niederschlug, was ihm nicht gefiel. Und so brach der Major erst ihr Aufbegehren, indem er ihr die Liebe verweigerte, und dann, als ihr diese Liebe kaum noch etwas bedeutete, ihren Stolz, indem er sie sich zu Willen machte – eine Frau hatte Kinder zu bekommen. Sechs Wochen mußte die Baronin liegen, um das Kind halten zu können, und danach, so meinte der Arzt, könne keines mehr kommen. Das schien sie in den Augen des Majors mehr herabzusetzen als jeder sonstige

Nachteil – sie war nutzlos geworden. An Nutzlosem spart man, und so mußte die Baronin ihren Mann um jede Kleinigkeit bitten: das Geld für Notenblätter, Theaterkarten, Puder und Schönheitssalben, Fettstifte und Duftkerzen und Schminke und Pasten, die ganzen kleinen Ausstattungen einer Frau.

Die Baronin war kaum dreißig Jahre alt und gesund, abgesehen von einer kleinen Lungenschwäche, und fühlte sich dennoch krank. Sie war krank am Leben. Das machte sie einsilbig, manchmal wehleidig und manchmal sogar hysterisch. Aber sollte sie sich beugen? Nein, Beugen kam nicht in Frage. Doch wer sich nicht beugt, der zerbricht – also zerbrach sie, ohne daß sie sich dessen bewußt wurde. Für Viktor war es, als erblinde der Glanz ihrer Ausstrahlung.

Dagegen schien die Aura der Köchin von der Gegenwart des Majors in keiner Weise berührt zu werden. Sie schien überhaupt unberührbar zu sein. Sie war dicht gewachsen, hatte etwas von der Frische und Festigkeit eines Krautkopfes und schien niemandem nachgeben zu wollen. Ganz gleich, ob und wie man ihr nahe kam, sie drückte aus: So bin ich, also nimm es hin oder nicht.

Die Aura des Hausmädchens dagegen war irgendwie gar nicht vorhanden. Sie war dünn, durchsichtig, wäßrig. Viktor runzelte die Nase, die Stirn, kniff die Augen zusammen, drehte sich hierhin, dorthin, stieß die Luft aus und wandte sich dann ab. Dünn, sehr dünn. Keine Substanz. Sie war so ganz und gar gewöhnlich, so unerhört nichtssagend, daß sie manchmal völlig zu versiegen drohte. Sie war wie Licht, Luft oder Wind. Immer wieder ruderte er hinein, drehte sich darin und erging sich in den verschiedensten Verrenkungen, doch es war, als fiele er auf der anderen Seite wieder heraus. Er sei nicht ganz bei Sinnen, meinte das Hausmädchen, das sich von Viktor bedrängt fühlte und von ihm abwandte.

Das waren erste, allgemeine Eindrücke, die Viktor wahrnahm, doch es lagen noch vielerlei andere Dinge in diesen Menschen verborgen; zwar erspürte er sie, aber noch vermochte er nicht, sie zu beschreiben. Viktor umstrich die Personen seiner Umgebung wie eine Katze. Er kam heran, wich zurück und bewegte sich in unsteten Kreisen um sie herum. Dabei behielt er sein Gegenüber unablässig im Blick, ja, er starrte es regelrecht an. Minutenlang verharrte er so. Ein zugewandtes Kind, meinte die Baronin, die sich dieses Starren auf ihre Weise erklärte. Viktors Zugewandtheit jedoch wuchs sich aus, wurde bald zu einer Manie; fortwährend versuchte er, jemanden vor das Gesicht zu bekommen. Er war dem Personal lästig, zuerst der Köchin, dann dem Hausmädchen: Egal, wohin man schaute, der Junge fixierte einen. Was gab es für einen Grund, sich vor jemandem aufzubauen und ihn anzustarren? Die Frauen wichen ihm aus, schoben ihn beiseite, stießen ihn sogar weg. Wenn das nichts half, schlugen sie ihm die Tür vor der Nase zu und drehten den Schlüssel im Schloß herum. Sie mochten seinen aufgerissenen, starren Blick nicht – einen Blick, in dem nur schwer eine Regung zu erkennen war und dessen Botschaften wie Freude, Kummer, Schmerz sich lediglich in der Färbung der Augen ausdrückten. Der Schlüssel zu Viktors Innenwelt war verborgen. Wie sollte man ein Kind verstehen, vielleicht sogar lieben, wenn der Zugang versperrt war?

Wenn sie nach einer Weile die Tür wieder öffneten, stand Viktor wie erstarrt im Flur. Es schien, als habe er sie erwartet. Doch kaum sprachen sie ihn an, erlosch seine Aufmerksamkeit. Einerseits war er von unerhörter Aufdringlichkeit, andererseits von merkwürdiger Distanz – aus dem Kind war nicht klug zu werden. Doch das alles wäre erklärbar gewesen, hätten sie wahrnehmen können, was Viktor sah: Jedes Ansprechen löschte für einen Moment die Gedanken im Kopf eines anderen Menschen aus. Lediglich ein gekrümmter Rest blieb zurück, ein gesichtsloses Etwas, ein Fragezeichen. Aber gerade auf die Gedanken kam es Viktor an.

4

Viktor vermochte Gedanken wahrzunehmen, wie ein normaler Mensch einen Gegenstand wahrnimmt, einen Milchtopf etwa. Jemand brauchte nur an einen Milchtopf zu denken, und Viktor sah ihn. Allerdings nur so, wie der andere ihn sich vorzustellen vermochte: mit einer ausgebrochenen Ecke, einem vom Messerschärfen abgewetzten Rand oder mit Flecken am Bauch. Allerdings gab es auch ganz armselige Abbildungen von Milchtöpfen, solche, deren Farbe vermanscht war, die einem zerlaufenen Kloß glichen oder die so schief waren, daß man sie nicht hätte gebrauchen können. Manche Personen wie das Hausmädchen konnten sich überhaupt keinen Milchtopf vorstellen. In ihnen war nur das betreffende Wort zu einem Gegenstand, eine Abbildung fehlte völlig. Ähnlich war es auch mit anderen alltäglichen Dingen wie einem Glas, Schuhen oder einem Armreif.

Viktor schnappte Gedanken auf, wo immer sie ihm begegneten, ein Spiel, das ihn stundenlang im Bann hielt. Er tat es so, wie man versucht, ein Insekt zu fangen: langsam annähern, abwarten und im geeigneten Augenblick zustoßen. Doch in der Art, wie er die Menschen seiner Umgebung umkreiste, glich er selbst einem Insekt, und er wurde verscheucht wie ein solches: Geh aus dem Weg, Viktor! Geh spielen, Viktor! Geh ans Klavier, Viktor! Doch er ging nicht, er konnte nicht gehen. Er war zu beschäftigt, konzentriert, angespannt. Denn Gedanken waren äußerst flüchtige Gebilde, sie kamen und gingen, wie sie wollten. Oft tauchten sie auf wie aus einem Nebel, ein andermal fielen sie wie aus Wolken, oder sie waren einfach da, mit einem Schlag, ohne Vorankündigung, so wie Licht in einen dunklen Raum fällt. Im nächsten Augenblick wiederum waren sie verschwunden, zerplatzt wie Blasen auf einer Wasserfläche.

Im Kopf der Köchin zerplatzten unaufhörlich solche Blasen: Fleisch – Kohl – Feuer – Schöpfen – Braten – Salz – drei Rubel fünfzig. Ihre Gedanken waren kurz, fest, gehäckselt wie Lauch, und wiederholten sich ständig. Viktor schnappte spielerisch danach. Mehr Gedanken, mehr! Manche richteten sich auf eine Handlung, das Zwiebelschälen, andere bestanden nur aus einem Wort, Mittag. Dann erbeutete er eine ganze Abfolge von Bildern, die mit dem Einkaufen zu tun hatten: was man zum Beispiel einkauft, wieviel man einkauft, was verdirbt, was schmeckt und was der Major bevorzugt. Vor allem, wo man es günstig bekam, so günstig, daß die Köchin geschickt überall ein paar Kopeken herauszuwirtschaften wußte, die sie für sich behielt. Aber nicht nur das entdeckte Viktor, sondern eines Tages bemerkte er auch ein paar Gedankenfetzen am Ende einer Kette, die weder ein Ding noch einen Zustand, noch eine Handlung bezeichneten, sondern einen Sachverhalt: Der Major mochte Pudding. – Lächerlich! – Der große dumme Mann. – Pudding, wie ein Kleinkind! Und ganz, ganz hintendran klebte etwas Schlimmes, Erschreckendes, ein verächtlicher Gedanke. Die Köchin dachte: der Trottel! Unerhört, das wagte sie zu denken! Und dabei machte der Major in ihrer Gedankenwelt eine äußerst jämmerliche

Figur. Noch nie hatte Viktor auch nur ähnliches gedacht. Er war verwirrt.

Beim Sitzen auf der Treppe, vor dem Einschlafen und nach dem Erwachen quoll immer wieder dieser Gedanke in ihm hoch. Trottel. Trottel! Ungewollt brabbelte er das Wort vor sich hin – es war wie ein Blubbern seiner Seele, die sich, aufgewühlt, nur langsam beruhigte. Seine Welt, die bis dahin im Glauben an die Überlegenheit der Erwachsenen aufgebaut war und damit auf Grundsätze wie Ehrbarkeit, Anständigkeit und andere Hinderlichkeiten mehr, hatte einen Stoß erhalten. Tagelang lief Viktor wie benommen umher. Dachte die Köchin tatsächlich so? Dachte sie immer noch so? Vielleicht war er nur einer Einbildung erlegen? Er beschloß, der Sache nachzugehen. Einen ganzen Tag lang saß er in der Küche auf einem Stuhl, hatte die kleinen Beine auf die Stuhlfläche gelegt wie eine Puppe und verharrte ebenso starr wie eine Puppe; er wirkte wie tot, eine Mumie, in unnatürlicher Stellung erstarrt. Unentwegt schaute er die Köchin an. Er wurde beherrscht von seinem Übersinn, ja, er war nichts als Übersinn. Er roch nichts, fühlte nichts, nahm kaum Geräusche wahr. Ganz geöffnet, den Blick geweitet, entwickelte das Gesicht seine geistige Kraft.

Doch sosehr er sich auch mühte, den Gedanken fand er nicht mehr.

Aber es gab unzählige andere, nach denen er schnappte wie ein Reptil nach Beute. Suchte die Köchin das Messer, rief Viktor: Da ist es! Wollte sie den Tee aufbrühen, erklärte er, es sei zu früh, der Major sei noch außer Haus. Und bei Kuchen sagte er unvermittelt: Kiewer Törtchen. Von den Törtchen konnte er unmöglich wissen. Die Köchin erschrak und starrte Viktor an wie er sie – es war wie ein heftiges gedankliches Ringen. Die Frau verspürte ein Kräuseln im Nacken, dann einen Schauer, der ihr durch die Brust rann und sie zittern ließ wie unter einem Frösteln. Der Junge war nicht normal. Er glotzte! Ihr war, als spalte er sie mit seinem Blick auf, als schaute er in sie hinein. Unsinn, beruhigte sie sich, das vermochte niemand, schon gar nicht ein Kind, aber trotzdem: Das starre Gesicht war ihr zuwider. Der ganze Kerl war ihr zuwider. Er schien alles mitzubekommen, hinter alles zu kommen, Dinge zu wissen, die ihn gar nichts angingen. Zum Beispiel den Speiseplan für die nächsten drei Tage: Pelmeni, Kaninchen, Rjasaner Fischtopf. Augenblicklich änderte sie den Plan: Wachteln statt Fischtopf. Viktor wußte auch das.

Teufel! dachte die Köchin.

Viktor war wie von einer Ohrfeige getroffen. Er sprang auf, brabbelte, nein, nein ... und rannte davon. Mit dem Teufel wollte er nichts zu tun haben. Einen Nachmittag lang hockte er in einer Ecke, zitterte, schnaufte und weinte. Als das Hausmädchen ihn fortzuziehen versuchte, schrie er wie vor Schmerzen auf. Er habe das Zweite Gesicht, meinte die Köchin, und sie kam damit der Wahrheit näher, als sie glaubte. Zwiegesichtige zogen Unheil an – sie wollte mit dem Jungen nichts zu tun haben.

Ein unheimliches Kind.

So unheimlich, daß die Köchin unter dem Vorwand kündigte, sie müsse ihren kranken Bruder versorgen. Die Baronin bot ihr zunächst mehr Geld, dann einen zusätzlichen freien Tag, schließlich ein schöneres Zimmer, doch all das half nichts. Die Frau schnürte ihr Bündel, bekreuzigte sich und ging aus dem Haus. Sie floh vor dem Jungen. Es kam ein junges, kräftiges Mädchen von den Gütern der Fürstin, von bescheidenem Sinn, fromm, und Viktor, dem an neuem Mißtrauen nicht gelegen war, verzichtete auf jegliche Auffälligkeit.

5

Die Fürstin Baranowa kam jeden Sonntag, auch der Onkel, in Uniform, mit einem weißen Ordenskreuz vor der Brust und tadellos glänzenden Stiefeln. Großartig! Die Fürstin, klein, hager und mit gelblicher Haut, hatte die Lippen geschminkt und rauchte Damenzigaretten, eine Pariser Mode. Man tauschte sich aus über die Saison, den Dichter Dershawin und über Wehwehchen – der Rat des Onkels kostete ja nichts –, und man erwähnte die Schönheit der Tochter der Fürstin. Unschicklich, nicht auch Viktor zu beachten. Doch was war schön an dem Jungen? Die Haare waren zu dünn, die Stirn zu hoch und die Nase zu kräftig. Die Wangen, nun ja, die mochten angehen, doch der Mund war zu schmal, und das Kinn hätte kräftiger sein können.

Sein Lächeln ist schön, meinte die Fürstin, die froh zu sein schien, etwas gefunden zu haben. Lächle, mein Junge. Viktor jedoch lächelte nicht, er wandte sich ab.

Je älter Viktor wurde, um so weniger mochte man ihn ansehen. Die rechte Pupille driftete in Richtung Schläfe und sah aus, als würde sie jeden Moment aus dem Augapfel springen, die linke ging nach unten, mit einem Drall nach außen, so als wollte sie sich zusätzliches Terrain erobern, und diese gegensätzliche Stellung gab dem Blick etwas Offenes, das den halben Raum einzuschließen schien. Nie wußte man, schaute der Junge einem in die Augen, auf den Hintermann, auf den Nebenmann, den linken und rechten zugleich, oder versuchte er, den eigenen Nachbarn in den Blick zu bekommen. Er schien alle gleichzeitig anzuschauen und doch keinen. Das machte die Menschen unsicher, wenn sie ihm gegenübertraten, das bereitete ihnen Unbehagen, und aus diesem Unbehagen heraus mieden sie ihn.

Viktor war ausgesetzt, ohne ausgesetzt zu sein. Das war zwar betrüblich, aber es war auch von Vorteil. Denn wer ausgesetzt ist, wird kaum beobachtet – wer nicht beobachtet wird, kann selbst um so besser beobachten. Viktor war ein leidenschaftlicher Beobachter, ein Voyeur. Er verfolgte den Kutscher, zupfte dem Hausmädchen am Rock, stellte sich der Baronin in den Weg. Wurde er übergangen, wartete er. Oft saß er still in einer Ecke, hockte auf dem Diwan oder lehnte an einem Türpfosten. Dann, urplötzlich, wechselte er die Position. Er folgte dem Gesicht, genauer gesagt, den Gesichtern der anderen. Er holte die Gedanken aus den Köpfen heraus. Voll kindlicher Neugier befaßte er sich mit ihnen, drehte und wendete sie, zerpflückte und verglich sie. Oft verhedderte er sich, vieles ging zu schnell, war verworren oder nicht zu erfassen. Doch nach und nach lernte er, sich zu orientieren. Es war wie lesen lernen: erst ein mühsames Erkennen der Buchstaben, dann das stotternde Aussprechen der Wörter, schließlich das Bilden von Sätzen. Mit der Zeit wurde dieser Vorgang immer geschmeidiger. Irgendwann sollte ihm ein Blick genügen, um einen Gedanken, eine ganze Gedankenkette zu erfassen. Er war scharfsinnig, besser gesagt, scharfsichtig. Mit vier Jahren konnte er ohne Schwierigkeiten in die Menschen hineinsehen. Er sah sie in geistiger Weise nackt. Dabei erkundete er nicht nur, was sie dachten, sondern auch, wie sie dachten. Manche dachten kompliziertes Zeug, manche langweiliges und manche in einem völligen Durcheinander.

Die Gedanken des Majors stürzten wie Felsbrocken in seine Welt, schlugen polternd auf und blieben schwerfällig liegen. Der Major dachte unter viel Seufzen und Stöhnen, als machte es ihm Mühe, diese Blöcke zurechtzuschieben. Viktor, der den Vater beobachtete, ächzte mit, um einen wahrhaftigen Eindruck von dessen Last zu bekommen, was ihm einen ungnädigen Blick des Majors einbrachte. Zumeist waren dessen Gedanken nach vorn gerichtet, immer auf das Nächstliegende, er dachte so, wie man geht, Schritt für Schritt: Einnahmen – Bankgeschäfte – Aufträge – Empfehlungen. Dann stand ein Gedanke wie eine Stele in ihm, minutenlang: ob der Preis für Leder wohl steige oder falle. Steigen oder fallen? Steigen. Fallen. Ausgefüllt von einem kribbelnden Zweifel, dachte der Major schließlich gar nichts mehr. Es war lediglich ein gesichtsloses Schwanken in ihm. Dann zerfiel auch der Zweifel. Leere. Eine Welt ohne Echo. Im Gegensatz zur Baronin, deren Gedanken sich unentwegt um ihr früheres Leben rankten, das Palais in St. Petersburg, wo sie glücklich gewesen war, gab es kaum Erinnerung in dem Major. Es fehlten die Bilder dazu. Auch war seine Welt ohne Farben, es schienen nur Farbreste in ihr zu kleben wie an alten Wänden. Und wären die Gedanken des Majors in die Welt der Mutter gestürzt, vermutete Viktor, so hätten sie diese zersprengt.

Viel unbekümmerter kamen die Gedanken des Onkels daher. Sie strömten unablässig aus einem klaren, beinahe durchsichtigen Hintergrund hervor, leichtfüßig, in Pärchen, Grüppchen, ganzen Herden. Scheinbar voller

Vergnügen tummelten sie sich in ihm. Sie stießen sich an, verbündeten sich, bildeten Kreise, Ketten oder Sprungbretter für die nächsten. Nie jedoch verwirrten sie sich, nie gerieten sie durcheinander. Es war eine unerklärliche Ordnung in diesem Wirrwarr. Viktor dagegen verhedderte sich oft in ihnen, denn der Onkel dachte zu schnell, zu kompliziert, zu erwachsen. Das erstaunlichste aber war, daß seine Gedanken in dieser Welt nichts bewirkten: kein Licht, kein Feuer, keine Erregung, keinen Glanz. Sie wurden einfach nur gedacht, so wie ein Uhrwerk ablief. Tick, tack. Sosehr der Onkel über seinen Beruf auch klagte, er war mit Leib und Seele Arzt. Und wie jeder Mensch, der sich ganz und gar einer Aufgabe verschrieben hat, verspürte er keine Lust, seine Gedanken auf etwas Nebensächliches zu richten. Und nebensächlich war so gut wie alles. Wann immer Viktor den Onkel beobachtete, hatte dieser das Hospital im Kopf. Er plauderte und dachte in Wahrheit an einen Artikel für das Ärzteblatt, er hörte dem Klavierspiel der Mutter zu und stellte sich einen sauber aufgeschnittenen Bauch vor. Es war ein kleiner Bauch, ein Kinderbauch, doch das Gesicht des Kindes konnte Viktor nicht ausmachen. Er schaute in den Bauch hinein. Gepansche! Viktor wartete auf das Zunähen, Nadel, Faden, doch das übersprang der Onkel. Er dachte weiter an Operationsmethoden und Geldbeschaffung für das Hospital. Doch da er keine Phantasie besaß wie die Mutter, konnte er seine Welt nicht ausschmücken – sie war kahl und kalt wie ein Operationssaal. Aber er war in der Lage, zwei Gedanken fast gleichzeitig zu denken. Das ging natürlich nicht, wie man zwei Wörter nicht gleichzeitig aussprechen kann, aber beinahe. Als sein Blick auf die Fürstin fiel, dachte er: Inzucht! Viktor schnappte danach. Inzucht – was war das? Zwei, drei dazugehörige Nebengedanken blitzten kurz auf, und er vermochte sie dem Onkel zu entreißen. Die Baranowas waren reich – sie besaßen Häuser, Pferde, Ländereien und sogar Schiffe. Soviel Besitz verpflichtete, mußte gesichert werden, da konnte man nicht irgendwen in die Familie hereinlassen. Und so, wie die Fürstin einen ihrer Cousins geheiratet hatte, würde ihre Tochter einen Großneffen der Fürstin heiraten müssen. Das hatten die Baranowas jahrhundertelang so praktiziert, und das hatte sie zwar nicht ärmer gemacht, aber dümmer. Viktor, der im nächsten Moment in die Welt der Fürstin hineinfuhr, um diese Inzucht auszukundschaften, fühlte sich dort wie in einem hellen, kühlen Wasser. Und wie in einem Wasser wollte er getragen werden, schweben, sinken. Doch kaum war er eingetaucht, stieß er bereits auf den Grund. Das tat beinahe weh. Irgendwie flach. Enttäuschend. Inzucht!

Wohnen über dem Stand, kleiden nach dem Stand, essen unter dem Stand, war einer der meistgeäußerten Grundsätze des Majors. Während seiner Zeit als Offizier hatte er Genügsamkeit gelernt, hatte Drill erfahren, und er wurde beides sein Leben lang nicht mehr los. Darüber hinaus hatte er auf dem Schlachtfeld abgehauene Köpfe gesehen, Menschen ohne Unterleib und um ihr Leben bettelnde Verwundete, und wer soviel erfahren hat, der hatte im normalen Leben für Zimperlichkeiten keinen Sinn – schon gar nicht für die Zimperlichkeiten einer Frau. Der verglich alles und jedes mit dem Felde, und verglichen damit war alles und jedes nur halb so schlimm. Wer vom Tod nichts weiß, der weiß auch vom Leben nichts. So einfach! Der Major war ein unerschrockener

Mann, und Angst, nein, Angst war nicht seine Sache. Nur vor einem hatte er wirklich Angst: vor geschäftlichem Mißerfolg. Im Felde, ja, da wußte man, wo der Feind stand und was man zu tun hatte – im Geschäftsleben wußte man das nie. Überall lauerten Gefahren, denen nicht gerade ins Auge zu sehen war: Fehler in einem Vertrag, Betrug, höhere Mächte. Von allen Seiten war man von Unwägbarkeiten umstellt, Banken, Geschäftspartnern und Beamten, ja sogar vom Wetter und der Jahreszeit. Hagel konnte die Weizenernte verderben, Frost den Wein, und wenn man auf Weizen oder Wein gesetzt hatte, war alles verloren. *Bankrott* war der schlimmste Gedanke des Majors, er schlang sich um alle anderen, drückte ihnen die Luft ab. Der Major stöhnte auf. Bald drohe ein Bankrott. Irgendwann sei man bankrott! Ach, er hätte im Heer bleiben und sich um die Pferdeställe kümmern sollen, Pferde waren seine Leidenschaft. Das hätte ihm zwar kein Ansehen eingebracht, aber Ruhe. Vor allem hätte er sich nicht mit Konjunkturen und windigen Geschäftspartnern herumschlagen müssen, Leuten, von denen man nie wußte, ob ein Ja ein Ja und ein Nein ein Nein war. Denen ein Versprechen nichts galt. Die von der Fahne liefen, wenn anderswo ein Vorteil winkte. Individuen ohne Charakter, ohne Ehre. Verrat! Verrat! Alles Gesindel! Im Grunde seines Wesens war der Major ein Militär geblieben, und so heftig, wie er einen Angriff geführt hatte, so ungestüm ging er nun auf Baumwolladungen, Lederballen oder Berge von Fellen los. Man muß mehr siegen als unterliegen, war einer seiner Leitsätze, doch zum Schluß sollte er einmal zu wenig gesiegt haben, und dieses eine Mal sollte über sein Schicksal und über Viktors Kindheit entscheiden.

Viktor brauchte nicht viel von der Welt. Nahrung, Kleidung, kaum Spielzeug, auch hier sparte der Major. Doch Viktor vermißte kein Spielzeug. Alles Neue, alles Außergewöhnliche machte ihn wach. Gespannt umkreiste er die Menschen, er umtanzte sie. Hatte ein Gedanke sein Interesse erregt, stieß er zu. Er spießte ihn geradezu auf, zerrte ihn heraus. Mit der Unvernunft des Kindes riß er an sich, was er bekommen konnte. Unbändig, wahllos stopfte er Gedanken in sich hinein, auch wenn er etwas nicht verstand. Später würde sich alles aufklären.

War Viktor vom Spiel des Zugewandtseins ermüdet, verließ ihn seine Aufmerksamkeit. Dann sank er in sich zusammen und war beschäftigt, das Gesehene zu ordnen. Oft war er dermaßen gesättigt, daß ihm auf geistige Weise übel wurde. Manchmal brachen dumpfe, unartikulierte Laute aus ihm heraus. Er war voll von Gedanken, übervoll. Der Bauch, die Brust, der Kopf waren verstopft davon, sie brodelten in ihm, gärten, quollen heraus. Er mußte das Verschlungene verarbeiten, er käute Gedanken regelrecht wieder. In solchen Phasen war seine Lebendigkeit nahezu erloschen. Dann reagierte er weder auf eine Frage noch auf eine Bitte, noch auf einen Befehl. Man mußte ihn anstoßen, um ihn zu etwas zu bewegen.

Phasen der höchsten Zugewandtheit und Phasen völliger Apathie wechselten einander ab. Beides trat so heftig auf, daß die Baronin physische Ursachen vermutete. Sie ließ den Jungen untersuchen, doch da alle Organe normal entwickelt waren, alle Reflexe funktionierten, empfahl der Onkel, die Sache zu beobachten. Die Baronin beobachtete Viktor eine Weile, wurde dann der Beobachtung müde und gab den Auftrag an das Hausmädchen weiter. Dieses dachte jedoch gar nicht daran, Viktor zu beobachten, es fühlte sich selbst beobachtet. Etwas Unheimliches ging von dem Jungen aus, beinahe eine Bedrohung. Wenngleich es nicht direkt zu spüren war, so war es doch zu erahnen. Seine Intelligenz war unangenehm, seine Aufmerksamkeit war unangenehm, seine Freundlichkeit war unangenehm. Sogar sein Schweigen. Doch je mehr Zeit verging, um so mehr verloren Viktors Besonderheiten an Bedeutung. Die Tuganovs hatten eben ein merkwürdiges Kind. Ein begabtes Kind, meinte die Baronin, ihr Kind, wozu daran herummäkeln?

6

Zu Hause war Viktor ein ruhiges, leicht zu führendes Kind – außer Haus jedoch war er wie ausgewechselt. Mit der Baronin unterwegs, zerrte er an ihrer Hand, lief hier schneller, verlangsamte dort den Schritt und verrenkte sich den Kopf nach irgendwem. Wildfremden Leuten lächelte er zu, sprach sie einfach an, ohne Hemmungen, und ging sogar mit ihnen, wenn die Mutter abgelenkt war. Immer wieder verlor die Baronin ihn aus den Augen, und einige Male war er unauffindbar. Er mußte vom Kutscher, dem Hausmädchen, ja sogar von den Bediensteten der Fürstin gesucht werden. Man fand ihn am Lobnoje Mesto, dem Moskauer Richtplatz, oder am Nikitskije-Tor, wo er wie abwesend unter dem Torbogen stand oder scheinbar träumend unter den Passanten umhertrödelte. Die Baronin, die sich um ihn ängstigte, weinte, klagte und war verzweifelt – man konnte mit dem Jungen nicht vor die Tür gehen! Schon gar nicht konnte man ihn allein lassen, denn er nutzte jede Gelegenheit, um auf die Straße zu entweichen. Also ordnete die Baronin an, die Türen zu verschließen, das Portal zu verriegeln, doch Viktor floh durch die Küche, den Keller oder das Fenster der Besenkammer; er hängte sich sogar an die Rückseite der Kutsche, wenn diese vom Hof rollte, und ließ sich unweit des Hauses abfallen wie eine reife Frucht von einem Baum.

Viktor wurde von der Ausstrahlung der Menschen angezogen, von ihrem Wesensdampf – er wurde davon förmlich aus dem Haus herausgezogen. Vom ersten Augenblick an, als er seinen Fuß auf die Straße gesetzt hatte, wußte er: Das war sein Terrain. Das war ein menschliches Universum. Das war verheißungsvoll, voller leuchtender Fernen! Tausendmal spannender als die Besuche der Fürstin, die er bis dahin für aufregend gehalten hatte.

Und vor allem war es unerschöpflich.

Also hinein, hinein in diese Welt! Zuerst erkundete er die Umgebung des Hauses, eine Schuhmacherei, eine Trinkstube, das Amtsgebäude und die Kaserne. Dann trabte er auf der Straße der Goldenen Horde nach Süden, trieb sich durch die muffigen Gevierte der Plattner, Seilmacher und Bernsteinschleifer und durchpflügte die Boschedomka, das Lumpenviertel; hier schien der Dunst von Krankheiten, Geplärr und Gezeter, von schweißigem Aneinanderkleben, Fäulnis und Schweinegestank den Himmel zu trüben. Irgendwann setzte er den Fuß auf die Steinbrücke über die Moskwa, was ihm bei Androhung strengster Strafe verboten war, und augenblicklich wurde er von der Flut der Droschken, Equipagen und Dienstleute an das andere Ufer gespült. Eine Welt tat sich auf, uferlos! Er tauchte bei den Schlachthöfen und Metzgereien im Nordosten der Stadt auf, stieß nach Westen bis zum Arbat-Platz vor und wurde am Schmiedeberg im Norden gesehen. Auf dem Markt in Kitaigorod war er ebenso anzutreffen wie in der Sloboda, der deutschen Vorstadt. Sogar auf dem Jungfrauenfeld entdeckte man ihn zwischen Schaubuden und tanzenden Bären. Nie verirrte er sich, immer fand er zurück. Er orientierte sich an den Kremltürmen, den Kirchen und den Bögen der Moskwa. Oft kam er schmutzig, erschöpft und manchmal durchnäßt zu Hause an, machte aber ein jedes Mal einen zufriedenen Eindruck. Da heftige Vorwürfe ebensowenig halfen wie frühes Ins-Bett-geschickt-Werden, gutes Zureden nicht mehr nützte als vernünftige Argumente, da Tränen ihn zwar rührten, aber nicht von seinen Ausflügen abhalten konnten, ließ man ihn schließlich gewähren.

Peski, Putinki, Fili und Pyschi, jedes Viertel, ja die ganze Stadt war erfüllt von der Ausstrahlung ihrer Bewohner. Jedes Haus, jede Gasse war bis zum Rand voll damit, die großen Straßen waren geradezu überflutet davon. Zunächst war diese Vielfalt verwirrend für Viktor, aber nicht anders, als für ein normales Kind eine große Gesellschaft verwirrend ist – kaum hat es sich daran gewöhnt, gerät es in fiebrige Aufregung, nichts zu verpassen. Diese Welt war wunderbar. Oft verharrte er in einer Nische der Auferstehungskirche oder hockte bewegungslos an einem Brunnen in der Belygorod, der weißen Stadt, hatte das Kinn leicht angehoben und das Gesicht dem Treiben auf der Straße zugewandt. Hundertfache, ja tausendfache Unterschiede machte er aus. Die Aura eines Händlers war glatt und wächsern, die Aura einer Straßenköchin dick wie Sirup und die eines Beamten so eckig, daß, wäre sie greifbar gewesen, man sich an ihr gestoßen hätte. Es gab Verkäuferinnen mit einer quirligen Ausstrahlung, Boten mit einer zerfaserten und Ordensschwestern des Jungfrauenklosters mit einer fließenden, milchigen Ausstrahlung. Auch waren die Formen verschieden. Manche waren blättrig wie ein Blumenkelch, andere behütend wie eine Glocke, dritte eng wie ein Rock, vierte erinnerten an ein Spinnennetz und fünfte an eine Fischblase. Es gab welche, die hatten knollige Auswüchse, viele waren voller Beulen oder Grinde oder Löcher, und einige waren regelrecht gespalten.

Viktor nahm das alles auf, betrachtete es, befühlte es mit seinem Übersinn und ordnete es einander zu: Grobes zu Grobem, Feines zu Feinem, Fades zu Fadem.

Dinge, die normalerweise ein Kind angezogen hätten – die bunten Töpfe der Farbenmacher, die verzierten Pfeifenstopfer der Drahtbinder oder Mausefallen, Schnürstifte, Messingkettchen, Messer und Tonpuppen –, interessierten ihn nicht. Nicht einmal das unaufhörliche Geplärr und Geschrei der Kräuterhändler, Beutelmacher und Pastetenköchinnen nahm er richtig wahr. Sein Sinn war einzig und allein auf die Menschen gerichtet, auf ihre Hüllen. Diese Hüllen schoben, preßten und durchdrangen sich, wurden hochgeschleudert von einer heftigen Bewegung, einem Ruf, oder sanken langsam in sich zusammen in Zufriedenheit über ein Geschäft. Viktor verglich sie mit einem Essigtopf oder einem Bündel Stroh, mit brackigem Wasser, mürbem Teig, Rost, Tabak oder Pferdemist. Diese Bilder oder Eindrücke schienen ihm viel besser zu passen, viel mehr auszusagen als ein Wort ohne begriffliche Umgebung. Denn Pferdemist zum Beispiel war braun, faserig und klumpig, stank und dampfte, wenn er warm war, und wurde nach einiger Zeit krümelig, bevor er zerfiel. Ebenso hatte eine Aura verschiedene Merkmale, war sie aus vielerlei Bestandteilen zusammengesetzt. Eine Gemüsefrau vom Torg in Putinki hatte etwas von Minze, Laub und Hortensien an sich, die Ausstrahlung eines Straßenmädchens, das an der Ecke Nikitnowgasse-Wolchonka Schnürsenkel verkaufte, war am Vormittag wie Schaum und Regen und Milch und am Nachmittag wie geschmolzener Zucker. Viktor erfand immer neue Bilder und verleibte sie sich ein. Manche Leute hatten eine Ausstrahlung, die an Marmor, Kristall oder Wurzelholz erinnerte, andere glichen Blei, Schnee, Rauch oder Rübensaft; auch etwas von Baumrinde, Salzlake, Leinen oder Spinnweben konnte von ihnen ausgehen, gleichermaßen Abendlicht oder Glockenläuten, Kohle oder frisches Gras, grüne Beeren, gebrannter Ton, Zitrone, Kork und Seife und Tau.

Es war ein unerhörtes Vergnügen, das alles wahrzunehmen.

Nur kurz befaßte Viktor sich mit Kindern, denn ihre Ausstrahlung war zu schwach, zu wäßrig, als daß sie von Interesse sein konnte. Geriet sie in einen fremden Einfluß, konnte sie sich vorübergehend sogar völlig umstülpen. Der Dunst von Kindern war unergiebig, blaß. Für Viktor, der selbst viel weiter entwickelt war als jedes normale Kind, waren Kinder ohne Bedeutung. In ihrer unerklärlichen Begriffsstutzigkeit waren sie ihm sogar lästig.

Eine Zeitlang war die Gegend zwischen der Auferstehungskirche in Kadaschi und der Nikolauskirche der Weber sein bevorzugtes Revier. Oft stand er wie wartend an einem der gewaltigen Stützpfeiler des Kirchendaches und ließ sich von einer Aura berühren wie von einem Atem. Oder er stieß quer hinein in das Gewühl einer Straße, machte abrupte Wendungen, ruderte durch mehrere Strömungen hindurch, drehte sich im Kreis und hielt still. Die muffige Ausstrahlung einer Leinenweberin wurde von der triefenden Aura einer Fischfrau benetzt, die lederne eines Roßschlächters von der wolkigen einer Abtrittanbieterin. Aber da war noch etwas. Etwas Besonderes. Eine Dame, die wie von Efeu umrankt war, von müdem Licht, von Staub und der Farbe Violett. Violett war außergewöhnlich, war interessant! Viktor machte mit dem Gesicht mehrere schiefe Bewegungen, die einem Rucken, Zucken und Schlingern glichen, und erfaßte einen Strang dieser Hülle. Doch gerade als er sich daranmachen wollte, sie aufzudröseln, vermischte sich die Aura mit Pferdedampf, die Dame stieg in eine Kutsche, und ein Diener schloß die Kutschentür. Die Gelegenheit war vertan. Aber es gab hundert andere Gelegenheiten. Kreuz und quer führte sein Weg durch die Stadt und glich dem eines Hundes, der sich von Duftspuren leiten läßt. Es war ein nie endendes Spiel. Und je mehr er dieses Spiel beherrschte, um so begieriger wurde er. Unerschrocken stieß er hinein in die Wachtangowa, die Moskauer Prachtstraße, bot dem menschlichen Strom die Stirn und ließ sich überfluten, daß es ihm fast den Atem verschlug. Wie er so verharrte, mit entrückten Zügen, machte er einen träumenden, beinahe debilen Eindruck. Ein Kind, das zu niemandem gehörte, das auf niemanden hörte. Wurde Viktor mit Fragen bedrängt, zog er sich zurück. Jeder Versuch, ihn anzufassen, ja zu fassen, mißlang. In solchen Fällen wich er aus in eine Hausnische oder Toreinfahrt, von wo er reglos auf die Straße starrte, scheinbar ins Nichts. Doch kaum berührte ihn eine seltene Aura, kehrte das Leben mit einem unerhörten Stoß in ihn zurück. Dann schnellte er vor, schoß darauf zu, hetzte und hechelte geradezu fiebrig hinterher und umkreiste sie. Mit dem Gesicht, seinem Übersinn, spießte er sie auf. Dann interessierte ihn nur noch diese eine Ausstrahlung, jede Bewegung, jeder Laut, jedes Augen- und Mienenspiel. Gierig schlang er es in sich hinein. Jedes Beben, jedes Zucken saugte er auf.

Er war unersättlich. Er war besessen. Er war bis zur Erschöpfung unterwegs.

Nie vergaß er eine Aura, keine Nuance, kein Fädchen, kein Knötchen, keine winzige Verflechtung. Er sammelte Bilder, wie Reisende Eindrücke sammeln. Er schichtete sie in seiner Welt auf. Dabei entstanden riesige Haufen, die ihn drückten und die, unvollkommen geordnet, häufig durcheinandergerieten. Ein Kuddelmuddel. Manchmal, wenn einer der Haufen in ihm zusammenzustürzen drohte, zitterte er. Angst befiel ihn, alles könnte verloren sein. Aber nichts war verloren. Er schichtete um und ordnete, unterschied nach Banalem, Besonderem, Außergewöhnlichem. So brachte er Übersicht in seine Welt. Noch bevor er den ersten Unterricht bekam, war er sicher im Erfassen einer Aura. Die Bekannten, Bediensteten, Nachbarn und Marktleute hatte er vollständig erkundet; er hatte die Muster ihrer Ausstrahlung in sich abgebildet, hatte diese Muster verglichen, hatte jederzeit Zugriff. Hunderte, ja Tausende von Details hatte er gesammelt, und das ohne Mühe, so wie einem anderen Eindrücke der Umgebung zufallen.

Kein einziges Mal geschah ihm etwas Böses. Durch seine außergewöhnliche Wahrnehmung war er besser geschützt als jedes andere Kind. Menschen, von denen Derbes, Verderbliches ausging, mied er, schlechte Absichten witterte er. Um gewalttätige Ausstrahlungen machte er einen Bogen. Oft kam er verspätet und mit einem eigentümlich abwesenden Gesichtsausdruck nach Hause. Er saß schweigsam am Tisch, vermied es, jemanden anzuschauen, und stopfte beinahe lustlos das Essen in sich hinein. Wurde er gefragt, wo er gewesen sei, antwortete er: unterwegs.

7

Von den Fenstern des Stadthauses aus waren die Türme des Kremls zu sehen. Viktor war fasziniert von den bunten Kuppeln, den goldenen Verzierungen, den glitzernden Lichtpunkten auf den fünf Zwiebelköpfen. Fünf, so viele Finger, wie die Hand hatte ... und fünf sind zehn und zehn sind zwanzig ... Es-steht-ein-Mann-an einer-Wand-fünf-Finger-hat-er-an-jeder-Hand-fünf-und-zwanzig-an-Händen-und-Füßen ... fünfundzwanzig, fünfundzwanzig. Monsieur Loubet, der französische Hauslehrer, fiel gleich am ersten Tag darauf herein. An jeder Hand fünf, und zwanzig an Händen und Füßen! lachte Viktor. Loubet lachte mit, aber er lachte nicht wirklich. Er zog nur die schmalen Lippen breit, zeigte die Zähne und ließ ein stotterndes Geräusch fahren, das ein Lachen sein sollte. Doch das Lachen klang in Monsieur Loubet nicht wider. Es klang gar nichts in ihm wider, Loubet war kein Mensch der Klänge, er war ein Mensch der Zahlen und der logischen Schlüsse – daran hatte er seine Freude. Aber auch das war keine richtige Freude, es gab ihm lediglich ein gewisses Gefühl der Zufriedenheit, und auf Zufriedenheit kam es ihm an. Klänge waren nicht greifbar, hatten mit Gefühlen zu tun, und Gefühle wiederum waren verworren, das mochte er nicht; es fehlte ihnen die Eindeutigkeit einer Vokabel oder die Klarheit eines mathematischen Beweises. Loubet dachte an die Vokabeln, die er für Viktor vorbereitet hatte, soundso viele für eine halbe Stunde, das Lachen stahl ihm einige davon. Viktor sagte, aber Sie lachen ja gar nicht richtig, Monsieur Loubet, und Loubets Züge entkrampften sich. Ja, natürlich, er lachte nicht richtig – wozu auch dieses dumme Lachen. Sein Gesicht hatte etwas von einem Teigfladen, die vorgetriebenen Augen wurden von schwer darüberhängenden Lidern geschützt, und der Mund war schlaff geöffnet wie bei einem Trunkenen. Etwas Unfertiges war an diesem Antlitz, und nach einer Weile begriff Viktor: Es war nackt. Es fehlten die Haare! Weder Haupthaar noch Brauen, noch Wimpern waren auszumachen. Nirgendwo sproß ein Haar, nicht einmal am Kinn, in der Nase oder in den Ohren. Das Gesicht war wie abgeleckt. Loubets Züge nahmen jetzt einen unwilligen Ausdruck an, und dieser Ausdruck paßte zu dem Gedanken, der sich in ihm verhakte: ein unangenehmes Kind! Später dachte er noch häufig so, und Viktor fiel jedesmal ein, daß er mit seinem Scherz das Verhältnis von vornherein getrübt hatte. Er hätte still sein müssen, hätte aufmerksam sein müssen, hätte mit dem Lernen beginnen müssen. Fortan verzichtete er auf ein Lachen oder ähnliches, denn er wollte nicht unangenehm sein – ganz im Gegenteil, er wollte angenehm sein, gerade für Loubet, mit dem er einige Stunden am Tag zu tun hatte. Aus diesem Grunde vermied er es auch, den Monsieur direkt anzuschauen, denn Loubet mochte Viktors Blick nicht. Bald aber hatte Loubet sich an den schiefen Blick gewöhnt, und wenn der Junge ihm nur das Gesicht zuwandte, war ihm das Aufmerksamkeit genug: Mehr war nicht zu erwarten, denn mehr war nicht zu erkennen. Loubet setzte den Französischunterricht fort, den die Mutter begonnen hatte – quälende Stunden.

Was Viktor am Wochenende gemacht habe?
Es folgte ein Schlag mit dem Lineal auf die Tischplatte.
Nun?
J' étais au théâtre.
Allein?
Nein, avec mon père, ma mère, mon oncle ... Viktor betete die ganze Verwandtschaft herunter.
Genug! rief der Monsieur.
Wieder ein Schlag mit dem Lineal.
Vous êtes-vous bien amusé?
O ja, es war sehr vergnüglich gewesen.
In Wirklichkeit war gar nichts vergnüglich gewesen, in Wirklichkeit war niemand im Theater gewesen. Vergnügungen waren unnütz in den Augen des Majors, verursachten nur zusätzliche Aufwendungen für Kleidung, Schuhe, Billetts und das ganze Drum und Dran. Firlefanz. Also kein Theater, denn im Hause Tuganov wurde nicht nur gerechnet, es wurde gespart, für schlechte Zeiten, wie der Major bemerkte. Der Major fürchtete diese sogenannten schlechten Zeiten, und damit meinte er Zeiten, in denen seine Geschäfte nicht besonders gut gingen. Aber eigentlich gingen die Geschäfte nie gut, und Viktor pulte, wenn sich gerade nichts Besseres bot, allerlei wurmige Gedanken aus ihm heraus. Für alles, was der Major anfaßte, existierte bereits ein Angebot, überall gab es Leute, die schon dieselbe Idee gehabt hatten, immer war schon jemand in der gleichen Sache tätig. Die Geschäfte gingen also schlecht oder ganz besonders schlecht, und gespart werden mußte immer. Zwar warf das Landgut einiges ab, wo unter Aufsicht eines Verwalters mit Weizen, Mais und Schweinen gehandelt wurde, aber nicht genug. Also kaufte und verkaufte der Major, was sich gerade an-

bot: Stoffe und Eisen, Gewürze, Holz, Wertpapiere und Schuldverschreibungen. Schließlich mußten die Equipage, die Pferde, die Dienstboten bezahlt werden. Geld mußte her, immer neues Geld! Doch der Major war mehr das Kämpfen gewohnt als das Handeln. Er hatte nicht das Gespür zu warten, bis der Kurs für ein Papier oder der Preis für eine Ware so weit gesunken war, daß ein Geschäft als einigermaßen sicher gelten konnte. Er war zu wenig abwägend, zu wenig falsch und gerissen, um beständig Gewinn aus seinen Bemühungen schlagen zu können. Oft wurde er von der Angst geplagt, griffe er jetzt nicht zu, wäre die Gelegenheit vertan. Es fehlte ihm ganz und gar das Verschlagene und Verdruckte, das Zaudernde und zugleich Zupackende eines Kaufmanns, der das Beutestück nie aus den Augen läßt, es umkreist und im geeigneten Moment zustößt, dem es gelingt, seinen Teil herauszuschlagen und womöglich das Ganze davonzuzerren. Aber wie jedem richtigen Händler mangelte es ihm nicht an Gier. Kaufen oder nicht kaufen! war seine Devise, und so tätigte er manches Geschäft in zu großem Rahmen. Er erstand eine Schiffsladung Getreide in der Hoffnung, die Ernte würde schlecht ausfallen, einen Posten Wollstoffe im Glauben, der Winter würde hart werden, und säckeweise Schokolade mit der Aussicht, Schokoladetrinken käme noch mehr in Mode. Doch die Ernte fiel gut aus, der Winter war mild, und die Idee mit der Schokolade hatten auch andere gehabt. Große Gewinne wechselten mit noch bedeutenderen Verlusten, so daß das Gut und das Stadthaus mit immer neuen Hypotheken belastet werden mußten. Der Major ließ seinem Zorn darüber freien Lauf, polterte durch das Haus und verbat sich sogar das Klavierspielen.

Viktor wußte es so einzurichten, daß er dem Vater möglichst wenig begegnete – er fürchtete sich vor ihm. Nur am Abend nicht, am Abend saß der Major beim Bibellesen, hatte die Schultern gebeugt, wie um Strafe zu empfangen, und alle Gedanken waren vor Demut zusammengeschrumpft – ein reuiger Sünder. Sein früh ergrautes Haar, die klotzige Stirn, die kleinen, tiefliegenden Augen und der schmale Mund schienen sich ineinanderfalten zu wollen. Ein wahrhaft Rechtgläubiger auch, der alle Gebote seine Glaubens peinlich genau erfüllte: Beten, Büßen und Opfern. Und vor allem Fasten. Er fastete mittwochs, da wurde Christus von Judas verraten, freitags, da wurde Jesus ans Kreuz geschlagen, dann sieben Wochen bis Ostern, fünf Wochen zum St.-Peters-Fasten, vierzehn Tage nach Mariä Himmelfahrt und sechs Wochen vor Weihnachten. Nicht einmal Milch oder Eier gestattete er sich in dieser Zeit, was den Major mehr in Zorn zu bringen als zu besänftigen schien – Mittwoch und Freitag waren keine guten Tage für Viktor.

8

Doch es gab unzählige andere Gedanken als die knorrigen, stockigen des Vaters. Gedanken betasteten alles, beleckten alles, beschnüffelten alles. Sie krochen in jeden Winkel, jede Ritze und pulten an allem herum. Sie durchstießen Mauern, flogen über Dächer und rasten von einem Ende der Stadt zum anderen. Im Zickzack kreuzten sie die Wachtangowa, fuhren in den Himmel, schnellten von dort zurück und gruben sich in einen Bauch. Sie konnten einen Vogel auf der Spitze der Dreifaltigkeitskirche treffen, mit absoluter Sicherheit, und noch in derselben Sekunde herabstürzen in ein breitgetretenes Fischauge auf dem Pflaster des Marktplatzes. Nichts war schneller als sie, nicht einmal ein Blick.

Jeder Mensch wußte, daß es so war, doch kein Mensch sah es.

Nur Viktor.

Ganze Gedankenschwärme sah er unter das Dach des Kirchturms fahren und das Glockengeläut umwölken. Mittag! Aber nur für einen Augenblick, dann zerfiel der Schwarm und stürzte hundertfach herab auf die Pelmenipfannen, die Lachs- und Störbretter, die Kaviartöpfe und Bohnensäcke, auf das Leder, die Gewürzschalen und die Fässer mit Gurken und gesalzenem Fisch, die Leinölbehälter und die vom Blut nassen Schlachttische. Wenn ein Quieken, ein Knall oder ein Schrei zu vernehmen war, so schossen die Gedanken darauf zu wie Tauben auf einen herabgefallenen Maisfladen. Und kaum war der Laut erloschen, stoben sie wieder auseinander. In Bögen und Schlingen schwirrten sie weiter, verdrehten sich, verrenkten sich und richteten sich auf die Waren und Angebote. Dort ließen sie sich nieder wie Fliegen, und wie Fliegen, klein, schillernd, surrend, umkreisten alle dieselben Sachverhalte: Wie gut? Wieviel? Wie teuer? Es wurde geschätzt, gemessen, gezählt, und in den Köpfen klingelten die Rubel und Kopeken wie Pferdeschellen.

Wahrhaft uferlos tat sich für Viktor die Welt auf, als er zum erstenmal den größten Moskauer Marktplatz betrat, im Zentrum, direkt am Kreml. Hier war das Blut der Strelitzen geflossen, hier war Stenka Rasin gevierteilt worden, nach hierher schien halb Moskau zusammenzuströmen, um zu handeln. Ein unerhörtes Geflecht, Gewirr und Gemenge war um ihn herum, dagegen war eine Straße gedanklich geradezu ausgedünnt. Das war phantastisch. Unübertrefflich. Das war das Paradies! Wie betrunken taumelte er über den Marktplatz und wühlte sich, getrieben von seiner Begabung, hinein in den menschlichen Dunst.

Oft kamen die Gedanken sanft auf ihn zu wie von einem Windhauch getragen, manchmal wirbelten sie heran, als würden sie von einer Bö getrieben, und nicht selten mußte er ihnen nachlaufen, so rasch verflüchtigten sie sich. Er machte Gedankennester, Gedankenfäden und Gedankenblasen aus, und dieses Gemenge war bunt: Es schimmerte weiß, gelb, samtrot oder violett, es war manchmal leuchtend, ein andermal matt oder stumpf. Ein dunkelgrüner ablehnender Gedanke einer Petroleumhändlerin war weniger schön als der lichtblaue einladende Gedanke einer Wollweberin, ein schmeichelnder rosa Gedanke eines Maisbäckers angenehmer als ein bräunlicher nörglerischer Gedanke eines Fleischhauers. Für Viktor war das alles unerhört aufregend.

Die Menschen allerdings ruderten in diesem Gewirr umher, als sei es Luft für sie. Sie hatten keinerlei Aufmerksamkeit dafür. Es war, als sähen sie es nicht. Anscheinend waren sie daran gewöhnt, wie man an die Existenz von Luft gewöhnt ist. Viktor jedoch beobachtete alles, nahm alles wahr. In den Pelz gehüllt, die Schapka in der Stirn, stand er reglos da. Nur sein Gesicht war zu sehen, wach, wächsern, mit den eisigen, beinahe durchsichtigen Augen.

Hatte er genug aufgesogen, wandte er den Blick ab. Mit gesenktem Kopf verließ er den Platz und trottete durch die Straßen in Richtung Moskwa. Hier, am Fluß, hockte er am sandigen Ufer oder auf einem moosigen Pfahl, ermattet und übersatt von Eindrücken, und richtete das Gesicht auf die Fluten. Mit geöffnetem Blick sonderte er ab, was zuviel in ihm war, was ihn verstopfte, Stockiges, Unverständliches. Er würgte es heraus wie ein Kauz das Gewölle seiner Mahlzeit, er spuckte es geradezu in die schlammige Strömung.

Moskau war eine kalte Stadt. Von November bis April peitschten die Steppenstürme eisige Luft durch die Straßen und über die Plätze. Der Sumpf der Gassen gefror zu schmutzigen Höckern und der Atem der Menschen zu luftigen Eisfahnen. Oft war es so eisig, daß die Borschtschkessel über dem Feuer nicht heiß werden wollten. Ganz Moskau war von einem einzigen großen, immer wiederkehrenden Gefühl erfüllt: kalt! Viktor nahm es mühelos auf, denn das war ein körperliches Gefühl, eine Empfindung. Er ordnete es ähnlichen Empfindungen zu, die er bereits gesammelt hatte, wie heiß, trokken oder hart. Ein Stück Leinen, rein. Ein Waschzuber, naß. Das war fühlbar, faßbar, erklärbar. Daneben aber gab es schwierigere Gefühle, geistige Gefühle wie traurig, heiter oder böse. Oder eine Unentschiedenheit wie das Wort *vielleicht*. Diese Gefühle waren nicht so ohne weiteres zu fassen. Oft waren sie unbekannter Herkunft, schienen der Mitte oder der Tiefe eines Wesens zu entspringen, und Viktor hatte damit größte Probleme. Er hatte noch kein Maß für die Welt. Noch wußte er nicht einzuschätzen, wie sehr etwas traurig oder heiter war und wohin das Vielleicht führte.

Gefühle, so begriff er, waren ein schwieriges Gebiet.

Das erste, heftige Gefühl, das er an anderen Menschen wahrgenommen hatte, war das Gefühl der Ablehnung gewesen. Bereits am Tage seiner Geburt war es in Viktors Wiege gesunken. Zunächst wallte es im Innern eines Menschen auf, verharrte für einen Moment, wurde dann kräuselig, karstig, igelig und richtete sich nach außen, gegen ihn. Das erschreckte ihn nicht, es war vorhersehbar, denn es blieb fast nie aus. Ablehnung war ein erklärbares Gefühl. Nicht minder plausibel war der Abscheu, der eine Nonne aus dem Erlöserkloster beim Anblick von Fliegeneiern auf eingelegtem Fleisch ergriff; das verstand Viktor, das mochte auch er nicht. Oder der Ekel einer Dame angesichts des Gekröses eines Karpfens – Inkraisch. In Semmelmehl gewälzt und gebraten wurde es den Dienstleuten vorgesetzt. Blöde Inkraischfresser, wie kann man sich nur Fischeingeweide ins Maul stopfen! Die Dame erbrach die Gedanken wie schleimige Klumpen. Ekel war ein äußerst klares Gefühl: naß, kühl, fröstelig und glitschig wie eine nach außen gestülpte Haut.

Es quoll im Bauch auf, fuhr der Dame zuckend in den Hals und kitzelte sie an der Kehle. Viktor schaute interessiert zu. Er ließ diesen Ekel an sich heran und sogar in sich hinein, um ihn genauestens zu betrachten. Zweifellos ein unangenehmes Gefühl, aber gerade noch zu ertragen.

Und noch ein anderes miserables Gefühl erbeutete er. Es pellte sich beinahe von jedem Handel ab. Es hatte etwas Geducktes, Bissiges und Verschlagenes an sich, etwas Fragendes und Schnappendes, etwas Bröseliges und Ätzendes. Noch gelang es Viktor nicht, diese Empfindung aufzuspalten, schon gar nicht, diese Bestandteile zu gewichten, um hinter die genaue Zusammensetzung zu kommen, aber er erahnte sie. Er witterte, daß es sich hier nicht um ein kompaktes Gefühl handelte, einen Block, einen Guß, sondern daß es Wirbel bildete, Pfuhle, und daß es aus vielerlei Strömungen zusammengesetzt war, die alle zusammen eine Brühe ergaben: das Mißtrauen.

Unverdrossen schlug Viktor sich durch die Masse verschwommener, nichtssagender oder teigiger Regungen hindurch. Gefühle wie gerupfte Hennen. Gefühle wie Kröten, wie Käfer. Neugierig betrachtete er, was sich ihm bot, bis zu jenem Tag, als er an ein ganz und gar unerträgliches Gefühl, ach was, in eine Flut von Gefühlen geriet. Viktor hatte sich am Rande des Marktes unter die Pferdehändler gemischt, um herauszufinden, was Pferde dachten, wenn sie denn überhaupt etwas dachten, als zwei Knechte um einen Schluck Wodka lautstark in Streit gerieten. Augenblicklich surrten Gedanken aus allen Richtungen heran und zogen das Marktvolk regelrecht hinter sich her. Die Luft war gesättigt von Neugier, einem Gefühl, das Viktor an eine kalte, freche Hundeschnauze erinnerte, an silbrige Strudel, kalte Luftzüge oder das Zittern einer Bogensehne. Doch gerade als er sich näher damit befassen wollte, kam die Flut über ihn wie eine höhere Gewalt. Es war der Sud aus Ärger, Zorn und Entschlossenheit, der aus den Kerlen herausbrach. Ein Fauchen, Röhren und Tosen. Viktor, der weder vor noch zurück konnte, wurde davon geradezu übergossen. Das war gewaltig. Das erstickte jeden anderen Gedanken. Das siedete, schäumte und nahm ihm den Atem. Er wurde davon mit solcher Wucht getroffen, daß ihm schwindlig wurde. Ihm war, als stünde er mittendrin, als würde er in tosende Abgründe gezogen. Nein, dort wollte er nicht hin! Das ging ihn nichts an. Das drohte ihn zu vernichten. Er zitterte, hielt sich die Ohren zu und schloß verzweifelt die Augen. Dann betete er. Beten war die Rettung.

Als er wieder zu sich kam, stank es nur noch nach Pferd. Die Menge hatte sich zerstreut, der Spuk war vorbei, und das Markttreiben ging weiter, als wäre nichts geschehen.

Doch in Viktor brodelte es weiter. Er taumelte davon und lief benommen durch die Straßen nach Hause. Angekommen, verkroch er sich auf dem Dachboden. Dort lag er zusammengerollt auf einer alten Matratze, schlotterte, bibberte und weinte. Heruntergeholt, flüchtete er unter den Flügel. Die Aufforderung *schau mich an* ignorierte er, wurde der Ton schärfer, zitterte er, drohte man ihm, begann er zu schreien.

Tagelang grollte es in ihm nach.

Die Welt der Gefühle schien voller Dämonen zu sein. Sie bedrängten ihn, kamen über ihn. Gefühle dieser Art trafen ihn immer häufiger, zumeist unvorbereitet. Ihr

Wallen und Schwanken, Fauchen und Gurgeln, die Klagerufe, Haßgesänge und das Vernichtungsgebrüll waren ihm ein Graus. Brachten solche Gewalten das Innenleben eines Erwachsenen schon völlig durcheinander, so erst recht die Welt eines Kindes. Sie erschütterten sie, rissen sie auseinander, zersprengten sie. Es war jedesmal wie ein Unwetter, das von einem sicheren Standpunkt aus reizvoll erscheinen mag, mittendrin jedoch vergeht einem der Spaß. Unter diesen Eindrücken erlitt er Rückfälle in seiner Entwicklung. Er brabbelte, ließ Speichel und machte in die Hosen. Er mußte ins Bett gebracht werden und wollte die Augen nicht mehr aufmachen. Wenn jemand das Zimmer betrat, dann stammelte er: Geh weg, geh weg! Das Gesicht zur Wand gekehrt, wimmerte er, kam man ihm zu nahe, steckte er den Kopf unter das Bettuch.

Eine Krankheit!

Immer wieder bekam er Fieber und phantasierte.

Als der Onkel ihn untersuchte, schrie er, als sollte ihm ein Auge ausgestochen werden.

Der Junge sei verstört, meinte der Onkel.

Ja, die Welt der Gefühle ängstigte Viktor. Sie war mehr bedrohlich als erbaulich. Diffus. Erst die Nacht brachte Erlösung. Die Nacht löste alle Gedanken auf, löschte jedes Gefühl aus. Viktor liebte die Nacht. Stundenlang stand er am Fenster und genoß die Dunkelheit, wo nichts mehr übriggeblieben war vom Schmerzgetön des Tages. Nur Ruhe, Stille. Doch am nächsten Tag begann alles von vorn. Fremde Gefühle schwappten zu ihm herüber wie faulige Pfützen. Vieles begriff Viktor nicht, und nachzufragen verbot er sich aus Angst vor Zurechtweisung. Eine Weile vermied er es, die Menschen anzuschauen. Er schaute geradeaus, nach unten oder daneben. War jemand einem starken Gefühl ausgesetzt, zog er sich zurück, Menschen mit wallenden Gefühlsregungen mied er, sie waren ihm unheimlich. Er verkroch sich innerlich, schloß die Schalen seines Bewußtseins wie ein Muscheltier, hockte reglos in seiner Kapsel und kam erst wieder heraus, wenn die Luft rein war.

9

Doch durch beständige Gegenwart verliert auch das Gewaltigste seinen Schrecken. Häufig war irgendwer zornig, geriet irgend jemand in Wut: der Kutscher wegen eines verlorenen Rubels, der Vater wegen einer Partie verdorbenen Leders, die nur die Hälfte ihres Preises wert war. Mit der Zeit war Viktor nicht mehr so leicht zu erschüttern. Er war zwar noch empfindsam, aber weniger verletzlich, war zwar ansprechbar, aber durch Drohungen nicht erreichbar. Ja, er machte auf seine Umwelt schon bald einen stoischen, beinahe unberührbaren Eindruck. Er übte sich darin, nichts zu fühlen, genauer, nicht mitzufühlen. Am Ende seines sechsten Lebensjahres hatte er schon wochenlang kein Fieber mehr gehabt. Darauf war er stolz wie auf eine erworbene Tugend.

Bis dahin hatte Viktor seine Welt mit jener Selbstverständlichkeit wahrgenommen, mit der Kinder ihre Umgebung wahrnehmen, auch Außergewöhnliches. Was sich nicht erschließt, wird sich schon irgendwann aufklären. Zwischen einem Gedanken und dessen Ausdruck war kein großer Unterschied für ihn, vom Nachdenken einmal abgesehen. Alles schien zusammenzuhängen, alles war offen, geradezu öffentlich, so wie das Aussehen eines Menschen auch. Es geschah sozusagen von Gesicht zu Gesicht. Daß es indes mit den Gedanken etwas Besonderes auf sich hatte, bekam er bald zu spüren, und das im wahrsten Sinne des Wortes.

Denn eines Nachmittags träumte die Baronin beim Tee ihren Lieblingstraum, den von einem anderen Leben. Genauer besehen von einem anderen Mann, dem Ulanenhauptmann Beregowoij, der gelegentlich bei den Tuganovs verkehrte. Für Viktor war das ein äußerst auffälliger Gedanke, denn er leuchtete genauso in der Mutter wie in dem Hausmädchen der Gedanke an Maxim. Ein strahlender Gedanke, der die Brust erwärmte, sie zu dehnen schien, dem Seufzer entgegenstiegen. Merkwürdig! Nur noch eine Stunde, höchstens zwei, dann wird er kommen, dachte die Baronin. Gegen sechs wird die Glocke schellen, das Hausmädchen wird eintreten und fragen, ob der Hauptmann Beregowoij vorgelassen werden soll. Aber natürlich soll er vorgelassen werden, der Hauptmann. Dann wird er dasein, endlich da ...

Viktor jedoch hatte den Hauptmann Beregowoij am Nachmittag an der Spitze der Ulanen aus der Stadt reiten sehen, und er bemerkte, das Gesicht der Mutter zugewandt: Er kommt heute nicht. Da die Baronin ihn nicht zu hören schien, sagte er noch einmal, der Hauptmann komme heute nicht, er sei ausgeritten, um halb vier am Kiewer Tor.

Die Baronin blickte auf. Ein unerhört gleißendes Gefühl schoß in ihr empor, glitzernd, heiß wie der Dampf aus einem Kartoffeltopf. Es war der Schreck. Sehr rein, sehr interessant, fand Viktor. Doch noch bevor er sich mit dem neuen Gefühl befassen konnte, machte die Mutter eine ärgerliche, abwehrende Handbewegung, die zu einer bösen Ohrfeige wurde: Sei still!

Viktor, derart getroffen, rannte aus dem Zimmer.

Warum schlug sie ihn? Er hatte sie doch nur aus dem unnützen Warten erlösen wollen. Gekränkt verkroch er sich unter der Hintertreppe des Hauses, wo normalerweise der Kutscher schlief, und gab keinen Laut von sich. Erst gegen Mitternacht fand man ihn, und er fauchte böse, als das Kerzenlicht auf sein Gesicht fiel.

Ein andermal entfuhr es ihm: Onkel Jewgenij braucht Geld. Oder: Fürstin Baranowa glaubt, wir können die Saison nicht bezahlen. Die Fürstin, betreten und verärgert zugleich, blieb daraufhin drei Wochen fern. Naiv plapperte er noch andere Dinge aus – daß der Major eine weitere Hypothek auf das Palais aufgenommen hatte, wenngleich Viktor das Wort Hypothek nicht verstand, und daß dem Onkel ein Kind auf dem Operationstisch gestorben war. Das war nicht nur vorlaut, das war unerhört! Der Major antwortete auf seine Weise – mit Schlägen.

Bis dahin war Viktor niemals richtig geschlagen worden, wofür auch? Nicht für eine Lüge, er wußte gar nicht, was eine Lüge ist, nicht für einen schlechten Gedanken oder für eine Heimlichkeit, dieser Begriff war für ihn absolut ohne Sinn. Bestenfalls konnte man einige Gedanken verbergen, indem man andere in den Vordergrund schob oder wegschaute, aber irgendwie kam doch alles heraus. Alles war zu sehen, alles war erkennbar.

Ach, wäre er nicht vorlaut gewesen, hätte die Mutter ihn nicht geohrfeigt, hätte er geschwiegen, hätte der Major ihn nicht mit diesen furchtbaren Schlägen traktiert. Nein, es führte zu nichts, sich in die Gedanken anderer einzumischen. Es schien, als mochten die Menschen ihre eigenen Gedanken nicht. Und schon gar nicht mochten sie, daß man etwas davon preisgab. Weshalb, das begriff Viktor noch nicht. Aber eines begriff er: Es war von Nachteil, fremde Gedanken so mir nichts, dir nichts auszuplaudern. Nie wieder, so nahm er sich vor, würde er aussprechen, was er sah.

Also schweigen, beschloß er, schweigen für immer.

In diesem Sinne schweigsam, beobachtete Viktor Monsieur Loubet. Manchmal schrieb er, um dessen lästigen Fragen nach dem Wieso und Warum zu entgehen, eine Lösung aus Loubets Kopf direkt auf das Papier. Kaum heraus, hatte er sie vergessen. Am nächsten Tag danach befragt, stand er da, als hätte er noch nie etwas davon gehört. Wenig Licht, viel Schatten! stöhnte Loubet. Viktor galt ihm als unaufmerksam, störrisch, launisch und faul. Aber Loubet hatte bereits zu viele Anstellungen gehabt, als daß er sich über ein einzelnes Kind noch den Kopf zerbrechen wollte. Die Stelle bei den Tuganovs sollte die letzte für ihn sein, und vor allem auch deshalb hatte der Major ihn genommen: Loubet war alt und billig. Nicht mehr lange, und er würde nach Frankreich zurückkehren, und der Gedanke daran durchfuhr ihn des öfteren wie ein trockenes Aufstöhnen: *France.* Doch von diesem Zuhause konnte Viktor nichts Genaues in ihm erkennen, sondern nur etwas, das unklar erschien, ein Gefühl. Es war kein gutes Gefühl, kein schlechtes Gefühl, eher ein beunruhigendes Gefühl. Es glich einer schillernden, ätzenden, alten Wolke, die Loubet gelegentlich ganz ausfüllte – es war die Sehnsucht. Loubet hatte Sehnsucht nach der Gironde, wo er geboren war, und diese Sehnsucht hatte ihn schon ganz zerfressen. Sie hatte an seinem Herzen, seiner Leber, seiner Niere genagt. Loubets Gedanken drehten sich um das Mittagessen, das ihm sauer im Magen lag, um die Arznei, die er bestellt hatte, um dünnen Stuhlgang, Brechreiz, Lungenschwäche und Krätze – Monsieur war ein Hypochonder. Mehrmals am

Tage befaßte er sich mit seinem körperlichen Zustand. Er diagnostizierte Schwindel, Hautjucken und zuviel Hitze im Kopf. Dieses Rußland machte ihn krank. Viktor verstand das nicht – konnte ein Land jemanden krank machen?

Die Lehrstunden waren anstrengend für den Monsieur, er war reizbarer als früher, doch er durfte sich nicht erregen. Da jedoch oft nichts aus Viktor herauszukriegen war, was Monsieur Loubet wiederum verärgerte, ließ er Viktor in Ruhe. Keine Aufregung. Keine Aufregung! Der Junge war sprunghaft, ein Genie in Dingen, die er eigentlich noch gar nicht begreifen konnte, und schwer von Begriff in logischen Fragen. Ja, sein Denken schien alle Logik zu verweigern. Seine Auffassungsgabe war auf Bilder ausgelegt, in seinem Kopf schienen ebenso Wirrwarr wie Klarheit zu herrschen – ein Wunderkind und ein Tölpel zugleich. Auch deshalb folgte Loubet seinem in über dreißig Jahren gefestigten Prinzip, das eine Fach zu Lasten eines anderen zu bevorzugen – wer auf allen Gebieten glänzt, wird selten virtuos. Zu fördern war zuerst, was im Leben nützlich war, also Sprachen. Vokabeln, Vokabeln, nie nachlassen, täglich eine Stunde Konversation! Als nächstes: Geschichte – wissen, was war, um zu verstehen, was ist. Dann Philosophie – das Leben in Erkenntnis reflektieren. Wozu Geometrie – ein Konstrukteur von Brücken oder Gebäuden oder Kanonen würde der Junge nicht werden. Und Mathematik? Ach, ein guter Mathematiker konnte sich in einer Stadt wie Moskau mit kaum einem Dutzend Leuten vernünftig unterhalten, und schon gar nicht konnte er davon leben. Loubet war auf kluge Weise nachsichtig. Allen unnötigen Ballast weglassen, so blieb mehr Zeit für das Machbare.

In Gottes Namen auch für die Musik, die Klavierstunden an den Nachmittagen. Noten, überall Noten – auf allen Blättern, Zetteln, Hefträndern. Die Musik schien aus Viktor nur so herauszuströmen.

Der Junge war ein Rätsel, aber Monsieur Loubet war weit davon entfernt, darüber zu klagen, denn jede Klage konnte auf ihn zurückfallen. Wer nicht wußte, wie mit so einem Kind umzugehen war, der war vielleicht am falschen Platz. Hauslehrer gab es genug in Moskau, jeder versuchte ein Unterkommen zu finden. Nein, er würde sich nicht beklagen, er würde es aushalten mit diesem Kind, was immer auch kommen mochte. Drei Jahre hatte Loubet es auf diese Weise ausgehalten, und er würde es noch weitere drei aushalten. Dann würde er sein Erspartes nehmen, die kleine Bibliothek, die er mühsam zusammengespart hatte, und sich verabschieden von diesem Rußland. Ha, er würde es einfach hinter sich lassen, ihm verächtlich den Rücken kehren. Das würde der schönste Tag in seinem Leben sein!

Doch es kam anders, als Loubet es sich vorstellte, und es kam vor allem schneller, denn ein paar Monate später schon sollte er Viktor los sein. Zuvor jedoch – Viktor war gerade acht Jahre alt geworden – erschütterte ein anderes Ereignis Viktors Leben, genauer gesagt, eine gleichermaßen verblüffende wie überwältigende Erkenntnis.

10

Denn ein einziges Mal noch brach Viktor sein Schweigen, Mitja Opatin gegenüber, dem Sohn eines Aschesieders. Opatin war ein Kind aus der Boschedomka, er wußte nicht, was Genuß ist, er hatte in seinem Leben noch nie etwas genossen. Er lispelte und nuschelte, seine Zunge schien zu lang zu sein, zu dick, und schien verquer im Mund zu stehen – der Schieler und der Lispler, das verband. Viktor war mit Opatin durch Kitaigorod gestreunt, sie hatten die Kaserne umrundet und waren an der Nikolskaja Ulitza angekommen. Dort dampften riesige Samoware, schwamm Okrotschka – Fisch mit Kräutern und Eisstückchen – in hölzernen Kübeln, wurden Salzgurken, Sonnenblumenkerne und Kümmelschnaps feilgeboten. Viktor kaufte vom Tragebrett eines Händlers ein Maistörtchen, einen köstlichen kleinen Fladen, rund, fingerdick, mit Zucker übergossen und einem dicken Marmeladenfleck in der Mitte. Warme, süßliche Duftwolken stiegen davon auf und sanken direkt in Opatins Hirn. Viktor bemerkte beiläufig: Das darfst du nicht denken.

Was?

Daß ich dir nichts davon abgebe.

Das hab ich auch nicht gedacht.

Doch, hast du.

Quatsch.

Ich weiß es.

Woher willst du das wissen?
Man sieht es.
Was sieht man?
Was jemand denkt.
Blödsinn.
Viktor fixierte Opatin.
Doch … Siehst du es nicht?
Ha, niemand sieht so was!
Ich sehe es, beharrte Viktor: Jetzt denkst du, ich bin ein Spinner.
Nein, das denke ich nicht.
Doch, gerade hast du es gedacht. Und jetzt denkst du, daß ich dich in Ruhe lassen soll.
Ha, was geht es dich an, was ich denke?
Viktor trat ganz nahe an Mitja Opatin heran, von Gesicht zu Gesicht, und fragte: Siehst du es?
Was?
Na …, daß ich dir … Viktor stieß mit einem Seufzer die Luft aus … von dem Törtchen etwas abgeben werde.
Opatin schwieg.
Streng dich an!
Hör auf damit, lispelte und nuschelte Opatin gleichzeitig.
Viktor aber fuhr fort: Jetzt denkst du, ich bin schrecklich. Ich schiele, man kann mich nicht gerade anschauen. Aber ich bin nicht schrecklich. Und ich gebe dir von dem Törtchen ab.
Opatin, der die Schapka aus der Stirn geschoben hatte, schwitzte und suchte nach Worten.
Geh weg! fauchte er.
Doch Viktor, von dem Gefühl beherrscht, den anderen zu beeindrucken, starrte ihn noch eindringlicher an.

Opatins Gesicht war jetzt dem seinen so nah, daß er dessen Atem spüren konnte, und Viktor bemerkte ein kleines, flackerndes Gefühl in Mitja Opatin.

Du hast Angst, sagte er.

Opatin wich einen halben Schritt zurück, das Gefühl loderte auf, und Opatin schlug Viktor direkt ins Gesicht.

Das Törtchen fiel in den Rinnstein.

Viktor, gleichermaßen erstaunt wie erschrocken, war, als hätte er sich an Opatins Angst verbrannt.

Der Freund hatte ihn geschlagen! Aber warum? Er, Viktor, hätte ihm doch von dem Törtchen abgegeben, ganz sicher. Er hätte ihm sogar das ganze Törtchen gegeben, wenn es hätte sein müssen. Viktor ging einen Schritt auf Opatin zu, doch dieser wich zurück.

Hau ab! rief Opatin.

Er hatte den Kopf zur Seite gewandt, beobachtete Viktor mißtrauisch und zog sich Schritt für Schritt zurück. Und aus sicherer Distanz rief er ihm zu: Du bist verrückt, Tuganov, und du schielst ... Du verrückter Schieler!

Viktor blieb bekümmert zurück. Er hatte einen Freund verloren, den einzigen.

Diese und ähnliche Erlebnisse ließen ihn nach und nach begreifen, daß es mindestens zwei Arten von Gedanken geben mußte: solche, die man aussprach, und solche, die man besser für sich behielt. Das galt sogar auf ein und dieselbe Sache bezogen. Wenn das aber so war, dann machte es nur Sinn, wenn es Gedanken gab, die nicht wahrnehmbar waren, auch nicht von Angesicht zu Angesicht. Das wiederum konnte nur an der Beschaffenheit dieser Gedanken liegen oder an der Fähigkeit, besser gesagt, der Unfähigkeit eines Betrachters, sie wahrzunehmen. Vielleicht sah Opatin auf eine gewisse innere Weise schlecht? Vielleicht war er sogar blind?

Und wer war noch blind? Fortan begann Viktor, sich mit der Wahrnehmung anderer Menschen zu befassen. Er prüfte sie auf das Gesicht. Er begann mit der neuen Köchin, schaute sie geradeheraus an, wie es gerader nicht ging, und dachte dabei etwas Ungehöriges, Unverschämtes, etwas, was er noch nie zu denken gewagt hatte: Fette Nadja! So deutlich, wie er es nur hätte aussprechen können. Er duckte sich, doch nichts geschah. Das war erstaunlich. Doch die Köchin war eine einfache Frau, denken war nicht ihre Sache, mochte sein, sie war in gewisser Weise nur halb sehend. Also rannte Viktor in den Salon, wo der Onkel mit der Fürstin beim Tee saß. Viktor brachte sich in geeignete Position und starrte dem Onkel auf einen imaginären Punkt auf der Stirn. Er bohrte seinen Blick in die Stirnfalte, in den Schädel, in den Ursprung aller Gedanken und dachte dabei: Quacksalber! Das war ein Wort, das der Onkel selbst oft im Munde führte. Viktor verspürte Angst, als der Onkel ihn anschaute – o nein, o weh, was um alles in der Welt hatte ihn zu diesem Wort verführen können! Doch der Onkel reichte Viktor ein Stück Zucker. Unfaßbar! Derart ermutigt, wagte Viktor mehr. Er fixierte die Fürstin und dachte: Gans. Keine Empörung, kein Aufschrei. Nicht einmal ein böser Gedanke. Sie beachtete ihn überhaupt nicht. Blind! Blind! Und wer noch? Vielleicht der Major? Viktor paßte den Vater im Flur ab, fixierte ihn und nannte ihn erst einen gemeinen Kerl, dann einen Feigling, und dann, nachdem er sich so weit wie möglich entfernt hatte: Knoblauchfresser!

Nichts geschah.

Das war überwältigend. Es glich einem Naturereignis, war wie Blitz und Donner gleichzeitig. Aber, und das war das Wunder, er, Viktor, blieb unberührt davon. Und wie nach einem Gewitter war alles plötzlich klar und rein, war alles erhellt, erklärbar im Sinne einer Erkenntnis: Er, Viktor, konnte seinen Gedanken freien Lauf lassen. Sie waren unsichtbar. Die Gedanken der anderen dagegen waren sichtbar. Das war unfaßbar, verwirrend.

War das wirklich wahr?

Viktor war erregt. Er stürmte auf die Straße und direkt auf die nächstbeste Person zu. Es war eine Frau, von der alle Welt behauptete, sie sei eine Hure. Er baute sich vor ihr auf und dachte: Hure! Nichts passierte. Dann eilte er an der Kaserne vorbei, blieb vor dem Wachposten stehen und testete das Wort *Idiot.* Keine Reaktion. Dann das Wort Hundesohn und dann das schlimme, schlimme Wort, das niemals, aber auch wirklich niemals ausgesprochen werden durfte, das Gossenwort: Scheiße. Er spießte den Wachposten mit seinem Blick auf, er durchstieß ihn: nichts. Aber möglicherweise war der Wachposten nur dumm oder taub. Jemand anderer mußte her, der Gendarm zum Beispiel, der auf der Kaminskaja auf und ab patrouillierte. Viktor näherte sich ihm bis auf ein paar Schritte und hielt ihm einen Gedanken entgegen wie einen Köder: Mistkerl. Alles in ihm krampfte sich zusammen. Der Gendarm jedoch lächelte. Doch damit nicht genug, Viktor reihte alle schlechten Ausdrücke, die ihm einfielen, aneinander, eine ekelhafte Schlange von Wörtern: Schwein-Rindvieh-Leck-mich-am-Arsch-du-blöde-Sau! Nichts geschah.

All diese Wörter waren schrecklich, schmutzig, verboten. Der ganze Test war schrecklich. Aber Verbot hin,

Verbot her, Viktor mußte sich Klarheit verschaffen, die Sache faszinierte ihn. Also gab er sich dem Test vollends hin. Wochenlang klopfte er seine Umgebung auf Gedanken ab, suchte nach Lücken. Irgend jemanden mußte es doch geben, der auch wahrzunehmen vermochte, was in ihm, Viktor, vorging. Rastlos war er unterwegs. Er stürzte sich in eine Schar Kirchgänger und nannte sie allesamt Teufelspack. Man übersah ihn. Er stellte sich Schnorrern und Hausierern in den Weg, verfolgte Beamte und Offiziere, hielt Nonnen, Wäschemädchen und Wasserträgerinnen auf. Er reckte ihnen das Gesicht entgegen, verhakte sich mit seinen Gedanken in ihnen, rammte sie geradezu in sie hinein: Los! Jetzt! Nun? Nun? Er wurde angerempelt, beiseite gestoßen und einige Male umgerannt.

Niemand bemerkte etwas.

Nur Gott bemerkte es, Gott hatte er vergessen. Fatal, fatal, denn Gott war schließlich die letzte Instanz. Oh, diese furchtbaren Experimente! Lieber Gott, verzeih mir! Viktor erschrak und stellte seine Prüfungen ein. Stundenlang betete er in der Roten Ecke, bat um Nachsicht, um Vergebung und küßte die Ikone der Mater dolorosa. Er weinte sogar. Die Baronin redete beschwichtigend auf ihn ein, genug, Viktor, genug. Der Junge schien ein Frömmler zu werden – hatte sie es mit der Erziehung vielleicht übertrieben?

Einige Tage war Viktor voller Zerknirschung, doch mit der Zeit ließ die Reue nach. Bald war er wieder versucht zu prüfen, er testete weiter. Beten und prüfen – prüfen und beten, ein Teufelskreis.

Da Viktor von Gott jedoch nicht gestraft wurde, da ihm auch der Teufel nicht erschien, da überhaupt niemand Notiz von seiner Fähigkeit nahm, gewöhnte er sich an diesen Zustand. Er zitterte weniger, betete weniger. Mehr und mehr nahm er seine Begabung hin, wie man etwas Naturgegebenes hinnimmt – Musikalität, eine schöne Stimme, die Zunge beim Herausstrecken umdrehen können. Sie war ihm so körpereigen wie ein Arm oder ein Bein, und er hörte auf, darüber nachzudenken.

Im Herbst schickte der Major Waren über Sumy nach Poltawa. Der Winter kam früh, der Handelstroß blieb im Schnee stecken, und die Wagen wurden ausgeraubt. Zum Julfest teilte ein Brief den Verlust mit. Der Major schrie auf vor Wut, schloß sich in sein Zimmer ein und kam zwei Tage lang nicht mehr zum Vorschein. Es wurde ein karger Winter. Essen unter dem Stand, weit unter dem Stand. Zur Schneeschmelze verkündete der Vater: Wir ziehen aufs Land.

Aufs Land, ja, dort kostete das Wohnen nichts, dort besorgten Leibeigene den Haushalt, dort brauchte man den ganzen Schnickschnack eines Stadtlebens nicht.

Die Baronin brach in Tränen aus.

Nach Ostern vermochte sie beim vierhändig Spielen den Takt nicht mehr zu halten. Sie wurde fiebrig, legte sich hin und wollte das Bett nicht mehr verlassen.

Sie solle in den Süden reisen, empfahl der Onkel, besser noch nach Frankreich, nach Nizza, dort sei das Klima vorzüglich.

In den Süden, Frankreich, ha, schrie der Major, wie denn, in diesen Zeiten!

Die Baronin wurde bleich, schwitzte und fror gleichzeitig, atmete flach, und ihre Bewegungen wurden schwächer. Es war, als ob eine Kerze verlischt.

Wer enttäuscht ist vom Leben, ergibt sich schnell, wer sich ergibt, wird rasch weggeholt vom Tod – besonders dann, wenn der Eiswind noch einmal durch Moskaus Straßen pfeift.

Nach der letzten Untersuchung murmelte der Onkel: Beugen wir uns Gottes Willen.

Am nächsten Morgen war die Baronin tot. Sie wurde auf dem Friedhof in Kadaschi beerdigt. Trauer – ein Gefühl wie Spinnen, Ebenholz, Samt und schwarze Perlen.

Das Hausmädchen wurde entlassen, der Kutscher ebenfalls, die Köchin wurde zur Fürstin zurückgeschickt, und auch Monsieur Loubet mußte gehen. Er kehrte heim in die Gironde, in einer klapprigen Kutsche, ohne Wegegeld, und sogar seine kleine Bibliothek, abgespart vom jährlichen Lohn, mußte er zurücklassen. Ein-kaltes-Herz-kennt-keinen-Dank! war der letzte Gedanke, den Viktor aus ihm herauspflückte.

Die Möbel, das Porzellan, die Teppiche und die Gemälde wurden verkauft, auch der glänzende Flügel – alle Räume waren jetzt kalt und leer.

Aufs Land, aufs Land …

11

Das Gut glich einem dunklen Fleck zwischen Feldern und Birkenhainen. Mehr als hundert Jahre zuvor hatte ein Fürst das Anwesen einem der Tuganovs geschenkt, als Anerkennung für besondere Tapferkeit im Kampf gegen die aufständischen Bauern, verbunden allerdings mit der Pflicht, sich weiter mit dem hungrigen, unruhigen Volk herumzuschlagen. Mit Blut, vergossenem Bauernblut, wollte man nichts mehr zu tun haben. So etwas gärte, so etwas wurde den Söhnen und Enkeln erzählt, so etwas wurde man nicht mehr los. Ein wilder, entschlossener Tuganov war also gerade richtig für die rebellische Gegend, das sah man auch bei Hofe so, und auf diese Weise kam zu dem Besitz noch ein Adelstitel dazu. Von nun an waren die Tuganovs keine Jedermanns mehr, sie waren aufgenommen in den Kreis der Notabilitäten der Gesellschaft, und drei Generationen später sollte sich das auszahlen, denn das Gut nahm die beiden Tuganovs auf, Vater und Sohn.

Das Anwesen bestand aus einem flachen Gutshaus, das auf einem gemauerten Sockel stand, einem mit Feldsteinen befestigten Hof, zwei stattlichen Scheunen, einigen Ställen und einem Verschlag für die Ziegen. Etwas abseits lag das Gesindehaus, dahinter der Backofen, und hinter dem Backofen tat sich ein Obstgarten auf, der an ein Birkenwäldchen stieß. Die Dorfstraße war im Sommer staubig, im Winter gefroren und im Herbst und

Frühjahr sumpfig, so daß Bohlen auf ihr ausgelegt werden mußten. Die Kirche besaß nur ein einziges Türmchen, und das Glockenläuten war so dünn, daß es schien, als wollte ihm im nächsten Moment die Luft ausgehen. Am Ortsrand endete die Weite des Landes, oder sie tat sich auf, je nachdem, von welcher Seite aus man es betrachtete – eine Weite, die uferlos schien. Der Wind ritt in Wellen über die Felder, und die Wege glichen mürben braunen Bändern bis zum Horizont. Irgendwo am Ende dieser Weite lag Sibirien, kalt und weiß, ein riesiger gesichtsloser Fleck in Viktors Vorstellung.

Tagsüber erkundete Viktor das neue Terrain – auf seine Art. Er versuchte herauszufinden, was in Tieren vorging. An eine Scheunenwand gelehnt, ließ er einen Käfer über seine Hand spazieren, dirigierte ihn nach links, nach rechts und stellte sich vor, ein Käfer zu sein. Denkt ein Käfer irgend etwas? Viktor konnte keinen Gedanken wahrnehmen. Hatte ein Käfer Empfindungen? Hunger, dachte Viktor, ohne daß er diesen Hunger erkennen konnte, vielleicht auch Schmerz ... Freut sich ein Käfer über irgend etwas? Über die Sonne? Viktor vermochte nichts auszumachen. Er hielt sich den Käfer direkt vor das Gesicht und starrte ihn an. Kein Fünkchen Regung, absolut nichts. Nicht einmal die Angst, gefressen zu werden. Er stieß den Käfer mit der Fingerspitze zurück, doch der Käfer krabbelte immer in dieselbe Richtung. Er schien eigensinnig zu sein, ohne daß so etwas wie Eigensinn in ihm war. Vielleicht hatte er Lust am Fliegen? Flieg, Käfer, flieg ...

Dann untersuchte Viktor einen Wurm. Er konzentrierte sich unerhört, packte ihn mit der ganzen Kraft seiner Begabung, doch er sah nichts. Eine Schnecke, ebenfalls nichts, einen Falter, auch nichts. Aber irgend etwas mußte doch in ihnen sein! Er untersuchte Kellerasseln, Heuschrecken und Eidechsen, alle mit demselben Ergebnis. Nichts! Sosehr er das Gesicht auch bemühte, diese Welt blieb ihm verschlossen. Mochte sein, daß sie gar nicht als Welt existierte, sondern nur als Vorgang, ergänzt oder abgelöst von anderen Vorgängen: Kriechen, Krabbeln, Fliegen, Fressen. Er beobachtete eine Spinne im Netz, doch er vermochte nicht einmal herauszufinden, ob sie schlief oder nicht. Schlief eine Spinne überhaupt jemals?

Bei den Kühen, die Viktor auf die Weide trieb, war das anders. Sie hatten einen Winter lang gehungert, die Knochen standen ihnen aus dem Fell, und sie fraßen und fraßen, als wollten sie überhaupt nicht mehr damit aufhören. Viktor näherte sich ihren breiten Stirnen, den feuchten rosa Mäulern, und starrte sie an. Etwas Breiiges quoll ihm aus den blöden, sanften Kuhaugen entgegen, eine Ahnung von dem, was Viktor, wenngleich auf deutlichere Art, schon begegnet war: der Hunger. Er schien wie Blasen in ihnen aufzusteigen und zu zerplatzen. Immerfort Blasen, die zerplatzten. Das schien die Kühe unentwegt anzutreiben. Fressen, fressen. Durch ihre Welt wehten feuchte, warme Schwaden, die sich danach unterschieden, ob Vormittag, Mittag oder Nachmittag war, ob das Euter voll oder leer war. Viktor ließ sich davon einhüllen, einlullen – er war in der Kuhwelt. Überall Nebel, jeder Schritt führte ins Nichts. Kaum ein Laut, kaum Gerüche, kein Schmerz. Nur Hunger. Eine Blase für das Verdauen, eine Blase für das Ruhen, eine Blase für das Brüllen. Nirgendwo Angst. Was im Nebel liegt, läßt sich nicht erkennen. Was nicht zu erkennen ist, hat kein

Gesicht. Selbst das Bedrohlichste verliert so seinen Schrecken.

Auf dem Lande mußte Viktor keine Schuhe mehr tragen, auf dem Lande durfte er Stiefel tragen wie der Verwalter auch. Mit Stiefeln brauchte man nicht mehr auf den Weg zu achten, konnte man fest auftreten, durch Pfützen gehen und, wenn nötig, einem Hund einen Tritt verpassen. Doch der Hund war mit einer geschmeidigen Bewegung ausgewichen. Auch der nächste Tritt ging daneben, und Viktor blieb stehen und fixierte den Hund. Etwas Geducktes, Unterwürfiges, Ergebenes ging von dem Tier aus, der Drang nach Nähe, gleichzeitig der Befehl zur Distanz. Viktor sog unklare Empfindungen auf, Strömungen, die gegeneinanderwallten und sich trübten wie wirbelnde Wasser. Kreatur, sagte Viktor und erhielt ein Schwanzwedeln als Antwort. Viktor verharrte, der Hund ebenfalls, und beide schauten sich an. Der Hund schnupperte den Menschenduft, und Viktor witterte den Hundeduft – richtiger, er nahm Einblick in die Hundewelt. Doch es war kein ganzes Bild, das er sah, eher Fetzen von Eindrücken, die zerfielen, wenn er sie packen wollte. Ein Fetzen Zutraulichkeit, der Bleiben befahl, ein Fetzen Magenknurren, der Folgen befahl, ein Fetzen Unterwürfigkeit, der Gehorchen befahl. Und am Grund dieses Wesens glomm etwas Gefährliches, Unberechenbares – Wildheit, die bereit war, aufzuspritzen und der Bestie ins Fell zu fahren. Keine der Empfindungen war jedoch deutlich zu fassen. Es war wie Blumenpflücken im Dunkeln – bei Sonne besehen, hält man nur Unkraut in der Hand. Viktor fühlte sich von den Hundeaugen angestupst, und er bemerkte, daß eines der Augen seinem Blick entgleiten wollte. Erstaunt stellte er fest: Der Hund schielte ja! Herrje, er schielte tatsächlich! Viktor jubelte: Du schielst, du schielst – ich schiele auch. Siehst du es? Du bist wie ich, komm, Brüderchen, wir gehören zusammen! Viktor ging die Straße entlang, in den Hof und um das Haus. Der Hund folgte ihm. Er holte Essensreste aus der Küche, schob dem Hund die Schüssel hin, und der Hund fraß. Er nannte ihn Bobik.

12

Das Spinnrad mußte laufen, die Wäsche mußte gewaschen, das Leinen gelegt werden.
Marussja soll ins Haus kommen, knurrte der Major.

Doch Marussja, die Hofmagd, wollte nicht kommen. Sie wolle im Gesindehaus bleiben, bei dem Kutscher, den sie heiraten wolle, meldete der Verwalter.

Ha, wo kommt man hin, wenn das Gesinde bestimmt, was zu tun ist, erwiderte der Major. Sie kommt, oder sie geht.

Also kam Marussja. An der Art, wie sie durch die Tür trat, erkannte Viktor sofort, daß es gut war, wenn sie im Haus war. Zur Begrüßung sagte sie nicht all die dummen Sachen, die Erwachsene üblicherweise sagen: Ei, was für ein feiner Junge! Oder: Wie groß du schon bist! Sie fragte nur: Viktor? Viktor nickte heftig, und Marussja lächelte und sagte: Wie schön! Viktor verstand nicht, was daran schön sein sollte, doch ganz gleich, was gemeint war, zum ersten Mal hatte jemand seinen Namen mit etwas Schönem verbunden. Marussja hatte ein weiches Gesicht, dunkle Augen und braune Haut, und sie trug das Haar zu einem russischen Zopf gebunden. Etwas Beschützendes und zugleich Offenes ging von ihr aus, etwas Sanftes und gleichermaßen Aufregendes. Etwas ganz und gar Besonderes. Etwas noch nie Wahrgenommenes! Viktor, der ihr das Gesicht entgegenhielt, machte in ihrer Hülle vielerlei angenehme Dinge aus: Sie war wie aus blauen Bändern gemacht, aus Perlmutt, Milch und Glockentönen, sie war geöffnet wie eine Blüte, nein, wie viele Blüten, und von einem muschelweißen Licht erhellt. Sie war voller Kraft, Milde und Besinnung. Sofort wußte er, er würde eine Weile brauchen, um das alles genauer zu bestimmen, so wie man etwas besonders Schönes schwieriger beschreiben kann als etwas besonders Häßliches. Diese Ausstrahlung war auf natürliche Weise vertraut, in dem Sinne, daß von vornherein klar war, in ihr konnte nichts Schlechtes, nichts Widerwärtiges sein, kein Sprenkelchen von dem, was mit *Miß-* begann: Mißgunst, Mißtrauen, Mißverstehen … Nicht ein Tröpfchen davon, das sie getrübt hätte, so, wie ein Spritzer Zitrone genügt, um ein ganzes Glas Tee zu trüben. Es war eine Freude, von dieser Aura berührt zu werden, köstlich, in ihr zu verweilen. Eine Offenbarung! Und etwas Verheißungsvolles ging von ihr aus. Verheißungsvoll, ja, das war der passende Begriff, ohne daß Viktor wußte, worin diese Verheißung bestand. Es schien ihm, daß er, der bisher ohne ein Ziel durchs Leben gestreift war, schon immer nach ihr gesucht hatte, daß es das war, weshalb er sich so für andere Menschen interessierte. Ja, er glaubte plötzlich zu wissen, daß es genau das war. Die Aura der Mutter Maria konnte nicht schöner sein.

Marja, die den träumenden, entrückten Gesichtsausdruck des Jungen bemerkte, fragte, ob er etwas begehre, doch Viktor brabbelte nur: Nichts, nichts … Als er nach einer Weile noch immer wie erstarrt dastand, fragte sie, ob er sich nicht wohl fühle. Viktor schüttelte den Kopf und wandte sich ab.

Er hatte ihre Aura ganz in sich aufgesogen.

In dieser Nacht träumte er, und noch nie hatte er schöner geträumt. Dieser Traum war so stark, daß er, als er die Augen öffnete, sofort wünschte, wieder einzuschlafen. Etwas in ihm war geweckt, ohne daß er einen Namen dafür hatte. Ihn verlangte danach, von dieser Aura berührt zu werden, von ihr umhüllt, liebkost zu werden, mehr noch, mehr, viel mehr – in ihr ganz aufzugehen, darin unterzugehen. Es glich dem Bedürfnis nach einem süßen Ertrinken, allerdings ohne den Atem zu verlieren. Ja, das kam seinen Empfindungen am nächsten. Ertrinken, ohne zu ertrinken. Das war es. Göttlicher, erlösender Augenblick! Danach konnte nichts Großartigeres mehr kommen, bestenfalls ein erneutes Ertrinken. Dieser Absolutheit gab er sich hin. Kaum erwacht, wünschte er, daß dieser Traum Wirklichkeit würde – nichts Schöneres könnte ihm widerfahren. Gleichzeitig befürchtete er, Marja nicht mehr zu begegnen. Eine wilde Angst, ja beinahe Verzweiflung, befiel ihn: Er würde sie nicht wiedersehen. Sofort sprang er aus dem Bett, lief zum Fenster und sah ihr ungeduldig entgegen.

Die Magd reinigte das Inventar, zeichnete die Wäsche, zählte und verwahrte alles und schuf Ordnung im Haus. Jedes Ding hat seinen Wert! Das Haus wurde reiner, die Luft wurde klarer und die Tage heller. Abends ging sie zurück ins Gesindehaus, und Viktor wartete ungeduldig, bis sie am Morgen wiederkam.

Marja stammte aus Marlowka, einem Ort, zehn Werst entfernt. Dort gebe es viele Mädchen wie sie, sagte sie.

Marlowka ... das mußte ein glücklicher Ort sein.

Der Verwalter, ein umsichtiger Mann, rechnete das Heu, die Kartoffeln, das Vieh und den Mais gegeneinander auf. Das letzte Jahr war schlecht gewesen, und dieses würde nicht viel besser werden. Noch ein heißer Sommer, und man sei am Ende.

In Geldangelegenheiten war der Major nicht nur mißtrauisch, sondern auch leicht zu erregen, und noch leichter war er zu verärgern. Also rechnete er, um sicherzugehen, selbst nach. Das Heu brachte einhundert Rubel, der Mais achthundert, die Kartoffeln dreihundert und die Schweine eintausendfünfhundert. Dazu tausend Rubel Pacht für die Mühle – das mußte doch genügen.

Nun, die Rechnung mag wohl richtig sein, doch es ist nur eine Rechnung, wandte der Verwalter ein.

Was soll das heißen? fuhr der Major ihn an.

Der Müller kann die Pacht nicht bezahlen, am Heu verlieren wir, wenn wir es jetzt verkaufen, und der Weizen ist schlecht. Zu viele Kartoffeln wiederum verderben die Preise. Und der Fiskus will am Ende seinen Teil, das muß man zurücklegen.

Woanders sind die Müller reich, erwiderte der Major.

Nicht in Hungerjahren, o Herr, die Leute haben nichts zum Mahlen.

Wieviel hast du dem Popen gegeben?

Wenig, Herr, wenig.

Für jede Gefälligkeit erhebt das Gesindel Gebühr. Wieviel?

Nur sechzig Rubel.

Bist du von Sinnen?

Für das ganze Jahr, Herr.

Pack, schnaufte der Major, und in ihm heulte es auf: Betrüger, Lügner, Beutelschneider! Verdammte Nichtstuer! Faulenzer! Fresser! Er holte tief Luft, ließ sich auf einen Stuhl fallen und starrte aus dem Fenster.

Die Sommer sind kurz und die Böden dünn, Herr,

setzte der Verwalter unbeirrt fort. Die Leute haben einen Winter lang gehungert. Schauen Sie sich nur die Kinder an!

Bälger, knurrte der Major.

Sie gehen den Knechten zur Hand. Eines ist beim Rapsdörren erstickt, wir haben es nicht mehr rechtzeitig aus dem Ofen holen können. Seit Weihnachten sind drei gestorben. Hunger und Fieber vertragen sich nicht. Es kommen nicht viele durch.

Gott bestimmt, wer bleibt und wer geht, meinte der Major.

Ja, erwiderte der Verwalter, und wir können nur tun, was Gott uns gewährt.

Rede du nicht von Gott, knurrte der Major.

Die Einwände des Verwalters brachten ihn in Rage. Der Major war befehlen gewohnt, er war Gehorsam gewohnt; Nachsicht und Verständnis waren ihm fremd. Nie sagte er bitte, dieses Wort hatte in seinem Leben keinen Platz. Er bat nicht, das Wasser zu holen, er befahl es, er bat nicht, zum Markt zu fahren, er befahl es. Nicht bitten, sondern schlagen! war einer seiner weiteren Leitsätze, und er schlug die Tiere, die Leibeigenen und sogar Dinge. Schlage einen deiner Leute, dann fürchten dich alle. Das ganze Dorf sollte sich fürchten. Furcht bedeutete Respekt, Furcht war stärker als das verfluchte russische Phlegma der Muschiks. Nur der Tor rennt und macht sich zum Gespött? Ha, die Furcht wird sie schon antreiben.

Die Muschiks erduldeten stumm die Willkür des Majors. Die Herrschaften waren gottgewollt, das Leben war gottgewollt, die Welt war gottgewollt. Aber Schlagen, nein, das war nicht gottgewollt. Sie waren voller Trotz, wie Viktor wahrnahm, häßliche, unförmige Klumpen, die sie drückten, die sie verstopften ... ein nichtsnutziger Trotz, der dumpfe Gedanken ausquoll: Vergnügungen dort – Entbehrungen hier, Fleisch dort – Grütze hier, Kleidung dort – Lumpen hier. Die Welt war geteilt, die Welt war ungerecht. Aber Gott würde diese Ungerechtigkeit ausgleichen, das stand in der Bibel, und was in der Bibel stand, war wahr. Alles, was man wissen mußte, stand in der Bibel. Doch die Bibel war ein toter Gegenstand in ihrer Hand, denn sie konnten nicht lesen, sie bemühten sich auch nicht darum. Lesen war unnütz. Wozu? Auch Christus konnte nicht lesen. Der Pope las ihnen aus der Bibel vor, das genügte. Und sie waren so unwissend zu glauben, es gebe nur eine einzige Bibel, die russische Bibel – unbegreiflich, daß Bibeln auch in anderen Sprachen existieren sollten, wo dort doch der Antichrist sein Unwesen trieb. Je weniger sie wußten, um so gläubiger waren sie. Und nicht selten fuhr das Wort *Rawenie* aus ihrem Trotz heraus, ein Wort wie ein Rabenvogel. Gleichmachen, ein gefährliches Wort – ja, gleichmachen zwischen unten und oben, Rawenie, Rawenie ...

13

Marussja soll nach oben kommen, befahl der Major im Herbst. Sie soll im Haus wohnen, in einem Bett schlafen, soll bei den Herrschaften leben. Doch Marja scheute sich vor diesem Oben. Nein, sie wollte lieber beim Gesinde schlafen, im Stall, im Heu mit dem Kutscher Stepan. Doch der Major befahl auch dieses Nach-oben-Kommen, und Marja mußte, ob sie wollte oder nicht, in einem Bett schlafen.

Mit Viktor sprach sie wie mit einem Erwachsenen. Sie hörte zu, sie tröstete, und sie sagte Dinge, die Monsieur Loubet nicht einmal zu denken imstande gewesen wäre. Etwa: Gott sieht nur auf das Trachten deines Herzens, nicht auf die Größe des Almosens. In ihren Gedanken war Ausgeglichenheit, nichts Kompliziertes, und Viktor wußte oft nicht, dachte er einen Gedanken oder sie – es schien eins zu sein.

Was willst du einmal werden, Viktor?

Ich will Komponist werden.

Das ist ein schöner Beruf. Ja, du wirst ein Komponist werden, ein großer Komponist, dessen Musik man liebt ...

Marja glaubte an ihn. Es ist schön, wenn jemand an einen glaubt, auch wenn der Glaube sich nicht erfüllt – was macht das schon, es ist doch nur ein Glaube.

Beim Wäschelegen lächelte Marja, summte vor sich hin, und der Major lächelte auch. Doch sein Lächeln war schief, er verzog das Gesicht auf eine tölpelhafte Weise. Marja erschrak, und Viktor, der von diesem Schreck berührt wurde, war augenblicklich hellwach. Er wandte das Gesicht dem Vater zu und machte etwas Fremdes, Unbekanntes in dem Major aus ... einen Drang, einen merkwürdigen Schwall, der ihm im Bauch saß und der sich auf Marja richtete, auf die Magd. Instinktiv wich Marja zurück. Sie wand sich an dem Major vorbei, förmlich um ihn herum, sie wich seinem Blick aus, seinem Körper, seinem Atem und seinem Schritt. Doch der Flur war schmal, die Treppe eng und die Küche klein – ausweichen war wohl möglich, entweichen jedoch nicht. Sie floh wie eine Maus vor einem Kater, und der Major beobachtete ihre Scheu, hielt das alles in seinem Unverstand für ein neckisches Spiel. Lange genug war sie im Haus, lange genug hatte er sie angeschaut, jetzt war es Zeit. Er würde sie kriegen, die Maus – es war soweit.

Was wollte der Vater von Marja? Viktor begriff nichts. Und sosehr er den Major auch fixierte, er vermochte es nicht herauszufinden. Ganz gleich, was es war, es konnte nichts Schönes sein. Es würde nicht gut für Marja sein, und vielleicht würde er ihr sogar weh tun ... Dieser Klotz war nicht für einen Blumengarten bestimmt.

Am nächsten Abend blieb der Major länger als gewöhnlich am Tisch sitzen und sah Marja beim Teigrühren zu. Wieder war dieser Schwall in ihm, und Viktor bohrte seinen Blick in den Vater hinein. Der Major dachte nicht ans Teigrühren, er dachte auch nicht wie sonst an Vieh, Futter, Pferde und Geld. Er stierte. Das heißt, er dachte natürlich an etwas, er dachte an Marja, und zwar auf eine ungeheuerliche, ekelhafte Weise. Der Vater stellte sich Marja vor – und zwar nackt. Ja, nackt! Seine Phantasie jedoch war so kümmerlich, daß er sich nicht die ganze Magd vorzustellen vermochte. Er stierte auf ihren Hintern, und er sah nur diesen Hintern. Dieser Hintern war in ihm, alles andere war verschwommen. Es war ein großer, weißer, fleischiger Fleck. Das war schamlos, das war furchtbar, nein, das wollte Viktor nicht sehen. Er verspürte den Zwang, sich abzuwenden, als wären durch dieses Abwenden die Gedanken des Vaters zunichte zu machen gewesen. Obgleich: Er mußte zusehen, denn er mußte wissen, worum es ging ... Wollte der Major Marja vielleicht schlagen? Aber es war nichts von der fauchenden Gewalt in ihm, die einem Schlagen gewöhnlich vorausging. Es war ein Seufzen, ein Schnaufen und ein Grunzen in ihm, das an die Laute von Schweinen erinnerte, etwas Sabberiges, Speicheliges. Viktor nahm es fassungslos wahr. Marja drehte sich um, und der Schreck schoß wie eine glühende Fontäne in ihr hoch. Sie wurde steif vor Abwehr. Der Major starrte jetzt auf ihre Brüste, und auch sie sah er nackt. Seine Gedanken näherten sich diesen Brüsten, widerlich. Er legte die Lippen an sie, leckte daran, saugte daran – unbegreiflich, lächerlich. Nein, nein, das durfte nicht sein, das wollte Viktor nicht sehen, das war nicht zu ertragen ...

Es gab einen dumpfen Laut, und Viktor war ohnmächtig vom Stuhl gefallen.

Der Junge! rief die Magd erschrocken. Sie hob Viktor auf, trug ihn in die Kammer und legte ihn ins Bett. Dort erbrach er sich. Marja machte ihm kalte Umschläge, kochte Salbeitee und gab ihm anschließend einen halben Liter Malzbier zu trinken. Dann schlief er ein.

Später gab es nur diesen einen Schrei von Marja, diesen hilflosen, wilden und zugleich hoffnungslosen Schrei.

Bobik fing ihn mit seinen zitternden Hundeohren auf und begann zu knurren. Viktor sprang aus dem Bett, lief aus der Kammer und blieb im Schatten der Tür stehen. Dort wurde er wie von einer fremden Kraft zurückgehalten. Aus dem Raum nebenan vernahm er das Keuchen und Stöhnen des Majors, keinen Laut sonst. Etwas Feuchtes, Fleischliches schien dort vorzugehen. Was es genau war, wußte Viktor nicht, doch daß es schrecklich sein mußte und daß es etwas mit den Gefühlen des Vaters und mit Marjas Angst zu tun hatte, das begriff er. Dann folgte ein unerhört röhrender Laut, der mehr zu einem Ochsen als zu einem Menschen paßte – und dann war es still.

Wenig später verließ Marja die Kammer, barfuß, taumelnd, mit unsicheren Schritten, als wäre sie weit, sehr weit gelaufen. Viktor schnappte einen Fetzen Verzweiflung auf, die ihr anhing wie eine faltige Haut. Welk, welk, alt, alt. Ihre Aura war zerfallen, nur Schuppen davon trug sie noch mit sich, und es war, als würden auch diese im nächsten Moment abfallen, als brauche sie sie nicht mehr.

Der Major kam polternd aus der Kammer. Er verströmte Hitze, Schweiß und Zufriedenheit. Er stank regelrecht. Abscheulich! Viktor, der ihn aus seinem schattigen Winkel hinter der Tür beobachtete, haßte ihn in diesem Moment mehr als je zuvor. Der Vater hatte Marja etwas angetan. Was, das verstand Viktor nicht – aber irgendwann, so nahm er sich vor, würde er es rächen.

14

Im Winter glitzerten Eiskristalle an den Wänden der Räume. In den Isbas, den Hütten der Dörfler, wurden Holzlöffel geschnitzt, und beim Schellengeklingel eines Pferdeschlittens lief das ganze Dorf zusammen. Die Muschiks saßen in der Traktir, der hölzernen Trinkstube, beim Wodka. Nachts grölten sie Lieder, brüllten im Streit, torkelten heraus, fielen in den Schnee, und ein Knecht, der nicht mehr hochkam, erfror. Jemand hatte ihm die Walenki, die Filzstiefel, von den Beinen gezogen. Die Füße waren blau vom Frost, der Körper steif gefroren, und das Glöckchen der Kirche läutete am nächsten Tag so heftig, als wollte es zerspringen.

Die Zeit war ein Wurm, der ohne Eile vom Morgen bis zum Abend kroch.

O Herr, laß den Schnee tauen!

Der Major knurrte, man müßte in die Stadt zurück, doch es gab kein Zurück mehr. Das Stadthaus war verkauft worden, um die Wechsel einzulösen, die auf den Namen Tuganov in ganz Moskau umherschwirrten, und für den Rest hatte der Major Saatgut gekauft. Bis zum Frühling verhungerten ein Ochse, fünf Kühe und drei Kinder.

Und als das Schlimmste überstanden schien, starb ein Pferd.

Die Stute hatte sich hingelegt, war nicht wieder aufgestanden und war am Morgen tot. Der Major, der wutschnaubend aus dem Stall kam, schrie nach dem Kutscher und stürmte quer durch ein Rudel Schweine auf das Gesindehaus zu. Viktor eilte aus dem Haus, Bobik hinter ihm, und schlüpfte durch die Stalltür. Neugierig näherte er sich dem Pferdekörper. Tot! In dem verdrehten Pferdeauge war nichts mehr zu erkennen, es schien wie aus Glas gemacht. Viktor hob die Pferdelippe, steckte den Finger zwischen die Zähne, dann in die Nüstern, dann in das Ohr – keine Regung. Ein Körper ohne Geist. Die Aura des Pferdes, normalerweise strömend, dampfend – keine Tieraura war stärker als sie –, war erloschen. Viktor hockte sich vor den Pferdekopf, riß die Augen auf, holte tief Luft und konzentrierte sich. Er wollte in das Pferd hineinfahren, doch es war, als stieße er ins Leere. Aber irgend etwas, ein winziger Rest mußte doch von dem Pferd noch zu holen sein. Ganz langsam drehte er das Gesicht an dem Pferd vorbei. Dann machte er mit dem Kopf schaufelnde Bewegungen, wie um die Aura noch einmal in Wallung zu bringen, beugte sich schließlich über den Pferdeschädel und kam ihm so nahe, daß er dessen Stirnhaare spürte. Doch es war nichts mehr da, kein Tröpfchen, absolut nichts. Das Pferd war nur noch ein Haufen Fleisch, Fell und Horn. Kalt, ein Tummelplatz für Fliegen. Bobik hatte sich in eine Stallecke verkrochen, und Viktor hockte sich zu ihm. Keine Angst, Bobik, keine Angst!

Der Major trieb den Kutscher über den Hof und vor sich her in den Stall. Was willst du sein, ein Kutscher? Ein Schweineknecht bist du, brüllte er, ein Schweineknecht ... Und da gehörst du hin, zu den Schweinen, in den Koben ... Er hieb mit der Peitsche auf den Kutscher ein. Ein Hieb auf den Kopf, einer über den Hals, einer auf den Rücken. Da hast du's, du verdammter Schweineknecht! Stepan hob schützend die Arme über den Kopf und wich zurück. Beim nächsten Schlag bekam er die Peitsche zu fassen und hielt sie fest. Der Major zerrte daran. Loslassen, loslassen! schrie er. Laß los, du verdammter Kerl! Was, du willst nicht gehorchen? Ha, dich werde ich Gehorsam lehren! Und mit verzerrtem Gesicht wandte er sich ab, riß eine Axt aus dem Hackstock und holte aus – dann hieb er dem Kutscher das Blatt wie einem Tier über den Schädel. Es folgte ein berstendes Geräusch, als zersplitterte eine Nuß. Blut schoß Stepan über das Gesicht, und er ließ die Peitsche los. Durch eine Ritze zwischen den Bohlen beobachtete Viktor die Szene. Der Kutscher schwankte, taumelte und drehte sich tapsig im Kreis. Er machte ein paar unbeholfene Bewegungen und brach dann zusammen. Doch augenblicklich erhob er sich wieder, das heißt, er versuchte aufzustehen. Er wollte zum Ausgang laufen, entweichen, dort war Licht, dort war Hilfe. Aber nein, nein, laufen ging ja nicht mehr, also kriechen, ja, ins Leben zurückkriechen. Fliehen, fliehen! Dieser Gedanke ergriff ihn mit so ungeheurer Gewalt, wie sie Viktor bisher noch nie wahrgenommen hatte. Doch er löste nur eine gewaltige linkische Bewegung des Körpers aus. Stepan stützte sich auf den Händen ab, aber seine Kräfte reichten nicht mehr aus, sich zu erheben, davonzulaufen, nicht einmal, um zu kriechen.

Der Stall, der Hof, ja die ganze Erde schien unter dem Sturz des Kutschers zu erzittern. Es war, als ob die Welt zerbarst. Eine grausame Welt! Stepan, der Herr über die Pferde, lag hilflos am Boden. Viktor erkannte, das war sein letzter Augenblick. Noch einmal schwoll eine unerhörte Kraft in dem Kutscher an, füllte ihn ganz aus, stand als zitternder Wille da: leben, leben! Doch der Körper gehorchte nicht. Er zuckte, vibrierte, verkrampfte sich und sackte zusammen. Und im nächsten Augenblick kam etwas Größeres als jeder Wille über ihn, eine beschwichtigende Kraft, eine Gewalt, die jeden Gedanken, jedes Gefühl, alles Lebendige niederzwang. Etwas, was Viktor noch nie gesehen hatte, etwas Unwiderstehliches – es war der Tod. Viktor schaute starr zu. Aber der Tod war nicht schrecklich, wie er geglaubt hatte, sondern er war mild. Er war wie ein Sturm ohne Brausen, eine Flut ohne Wasser, ein Schrei ohne Laut. Er schien zu besänftigen, einzuhüllen und sich endlos zu verströmen. Und auch das letzte heftige Aufbäumen des Kutschers war für ihn ohne Bedeutung, nicht mehr als ein Stoß ins Leere. Er kam, um aufzulösen und mitzunehmen, gleichgültig, was da war. Der Tod war von einer so unerhörten Gleichgültigkeit, daß selbst Viktor sich ihr augenblicklich unterwarf. Alle Krämpfe des Kutschers lösten sich, jeder Wille zerfloß. In Stepan wurde es still, hell und warm, schließlich golden und strahlend. Auch Viktor wurde von diesem Strahlen berührt. Er fühlte sich erregt, fortgezogen, hinübergezogen in diese leuchtende Welt, auch in ihm war es sonnig, wenngleich nicht so golden wie in Stepan. Aber der Tod ist doch schwarz, durchfuhr es ihn, er ist kalt und nicht warm, er ist Asche und nicht Glut. Gebannt starrte er durch die Bohlen hindurch, direkt in Stepans Gesicht. Dann wankte er, unwiderstehlich angezogen, hinein in dessen Welt, in die Wärme, das Wohlbehagen, die Ergebenheit, er war selbst ergeben, und er taumelte dem Verlangen entgegen, sich ganz in diesem süßen Strahlen aufzulösen. Und hätte der Tod gewollt, er hätte Viktor in diesem Augenblick mitnehmen können. Doch er war nicht seinetwegen hier, er war wegen Stepan hier, und er nahm diesen in seine Arme wie ein Kind: Komm. Komm! Sachte! Dreh dich nicht um! Und mit einem letzten großen Atemzug, einem erlösenden Seufzer, einer stillen Freude folgte der Kutscher. Alles in ihm war Aufgabe, Hingabe: Nimm mich! Es ist vorbei. Es war Erfüllung und Entleerung in einem. Das vollkommene Einssein mit sich selbst. Wonne, o Wonne, seliger Augenblick, Erlösung!

Ja, das war die Erlösung.

Viktor kam erst wieder zu sich, als Stepans Blick brach, abknickte wie ein Halm. Das Strahlen, das Glück und selbst der Tod waren mit einem Mal vorbei, wie weggeblasen. Plötzlich war alles kalt, schwarz, still, und dieses Schwarz war es, das man dem Tod zuschrieb. Doch da war der Tod bereits gegangen. Es war das Danach.

Viktor war wie gelähmt vor Entsetzen. Dort, nur fünf Schritte entfernt, lag der leblose Körper Stepans, ein Kadaver wie das Pferd auch. Sein Gehirn war auf die splittrigen Bohlen gequollen, eine glitschige Masse in einer roten Lache. Ein Rudel Schweine drängte durch die Stalltür, quiekte böse im Streit um den Fraß und leckte das Blut von den Pfosten.

Viktor wandte sich ab und erbrach sich.

Draußen im Hof meinte der Major zum Verwalter: Der Kutscher ist vom Heuboden gestürzt. Schafft ihn nach Hause.

Stepan wurde aus dem Stall getragen und auf einen Wagen gelegt, doch niemand wußte, wo sein Zuhause war. Marja, die über den Hof eilte, stieß einen Schmerzenslaut aus und hängte sich an den Wagen.

Bringt ihn nicht fort, er hat kein Zuhause, laßt ihn hier bei mir!

Der Verwalter, den der Anblick der Magd erbarmte, entschied: Er soll unter den Birken begraben werden.

Am nächsten Tag wölbte sich ein frischer Erdhügel hinter dem Garten. Dort lag Stepan, gestern noch Herr der Pferde, heute unter der kalten Erde, erschlagen.

15

Wer so etwas weiß, muß es berichten, muß beichten, muß die Wahrheit ans Licht bringen. Wer davon weiß, kann von nichts anderem mehr reden, bis der Pfropf heraus ist. Aber durfte Viktor mit dem Finger auf den Schuldigen zeigen: Seht, er war es? Nein, nicht auf den eigenen Vater.

Also schweigen, auch hier, und fast ersticken an diesem Geheimnis.

Viktor redete überhaupt nicht mehr – nicht, wenn er etwas gefragt wurde, nicht, wenn man ihn zum Sprechen aufforderte, nicht, wenn man ihm drohte. Auch nicht, wenn er allein war. Es war, als habe er die Sprache verloren. Nur gelegentlich stieß er ein Wort aus, das klang wie Stepan, doch es war nicht mehr als ein dumpfer Laut. Er schlief kaum, aß wenig und magerte ab. Morgens wollte er nicht aus dem Bett, wollte sich nicht ankleiden und nicht aus dem Haus gehen. Stundenlang saß er in einer Ecke des Hauses, der Hund bei ihm, und starrte vor sich hin.

Was war mit dem Jungen?

Viktor wurde schwach, röchelte und bekam am ganzen Körper rote Flecken. Marja saß bei ihm, hielt seine Hand und streichelte seine Wange. Hin und wieder stammelte er mit geschlossenen Augen im Fieber: Tod, Tod …

Nein, erwiderte Marja, du mußt nicht sterben, Gott ist bei dir.

Ja, Gott war die Rettung. Auch Gott hatte das Schreckliche gesehen. Gott würde den Schuldigen richten, würde ihn strafen. Viktor setzte auf Gott, Gott würde für Gerechtigkeit sorgen.

Als er das Haus wieder verlassen konnte, war der Hügel unter den Birken von streunenden Hunden zerscharrt, die versucht hatten, an den Kadaver des Kutschers heranzukommen. Ein zerfressener Stepan geisterte durch Viktors Phantasie. Marja setzte ein Kreuz, pflanzte Blumen und befestigte das Grab mit weißen Steinen.

Auf die Hunde soll geschossen werden, befahl der Major, der weniger schrie als sonst.

Herrje, was war schon ein Toter, ein Leibeigener dazu – im Krieg hatte er Tausende von Toten gesehen, die feinsten Kerle, Fähnriche, Fahnenträger, alle von besserem Blute.

Aber warum sprach der Junge nicht mehr?

Dem Major wurde unbehaglich zumute. War das vielleicht Gottes Strafe? Nun, wenn es so war, dann war die Sache vielleicht mit Gott abzumachen, warum nicht? Der Major ging in die Kirche, betete und gab dem Popen sogar Geld, was normalerweise der Verstand verbot. Denn ein Pope galt wenig, eigentlich gar nichts, ein Pope war ein armer Tropf, der sogar ein kümmerliches Stück Land bebauen mußte, um nicht zu verhungern. Aber ein Pope war ein Gottesmann. Wenn die Gabe nichts nützte, so schadete sie auch nicht. Mehr gab der Major den Mönchen im Kloster Baturino, die in einer engeren Verbindung zu Gott standen, die überhaupt die besseren Verbindungen nach überallhin hatten, zu geistlichen Behörden, zu weltlichen Ämtern, die Bischof werden konnten, sogar Erzbischof, die einem also irgendwann auch auf andere Art von Nutzen sein konnten.

Viktor sprach trotzdem nicht.

Ein Arzt muß her, meinte der Major.

Der Arzt kam und schaute Viktor erst in das eine Auge, dann in das andere, klopfte ihm die Brust ab, den Rücken, und drückte ihm auf den Bauch. Viktor jammerte, schrie und biß ihm in die Hand. Der Arzt konnte nichts finden. Eine Krankheit, zweifellos, man müsse abwarten, meinte er und fuhr davon. Viktor blieb stumm. Nur einmal, als Marja ein Trauerlied summte, kam Regung in ihn.

Vielleicht könne Musik helfen, mutmaßte der Major. Musik, ach, das war für ihn nur ein Wort – doch er ließ ein Klavier herbeischaffen. Mitten durch die Felder wurde es auf einer Britschka herangefahren. Als es auf dem Gut ankam, war es staubig, war der Lack zerkratzt und das Elfenbein stumpf. Aber es funktionierte. Viktor spielte, und traurige dunkle Töne perlten in den Hof. Der Major, der glaubte, mit Gott nun im Einvernehmen zu sein, widmete sich wieder seinem Tagwerk.

Der Junge spielte.

Der Vater schrie.

Der Junge spielte.

Der Vater schrie.

Im Haus verrichtete Marja stumm ihre Arbeit. Abend für Abend saß sie an Stepans Grab, und auch sie schien krank zu sein.

Die Magd könne gehen, erklärte der Major eines Tages, sie sei frei.

Freiheit, wozu? seufzte Marja. Ohne Land muß sich unsereins verdingen, so oder so.

Viktor schaute vom Klavier auf und sagte: Sie soll hierbleiben.

Der Major sah Viktor an wie einen Soldaten, der wieder zu Kräften gekommen war. Brav! Der Junge hatte die Sprache wiedergefunden. Das Klavier hatte geholfen, und Marja durfte bleiben.

Der nächste Winter war so hart, daß das Stroh von den Dächern genommen werden mußte und an das Vieh verfüttert wurde. Es folgte ein brandiger Sommer, kein Regen, nicht einmal Tau, und die Körner fielen aus den Ähren.

Den Hunger werden viele nicht überstehen, erklärte der Verwalter.

Viele Esser, wenig Brot – wenig Brot, viel Tod – viel Tod, wenig Esser. Gott regelt alles, erwiderte der Major böse.

Im Frühjahr kam der Onkel aus Moskau zu Besuch. Der Junge muß hier raus, erklärte er nach einigen Tagen und schlug vor: Schicken wir ihn nach Petersburg, in ein Internat, dort kann was aus ihm werden.

In ein Internat?

Der Major zuckte zusammen. Achthundert Silberrubel Schulgeld?

Einen Tag lang brüllte er auf dem Hof herum, als habe man ihm die achthundert Rubel gerade gestohlen. Als der Onkel sich jedoch erbot, die Hälfte zu übernehmen, stimmte er zu. Schließlich war er froh, den Jungen loszuwerden.

Schon am Tag darauf wartete die Britschka vor dem Haus. Viktor nahm Abschied von Marja – Bekreuzigungen, Küsse, Bekreuzigungen. Er versprach, ihr zu schreiben.

Aber ich kann doch gar nicht lesen, erwiderte die Magd.

Trotzdem, trotzdem ..., beharrte Viktor. Vergiß mich nicht!

Beim Davonfahren zog die Britschka eine Staubfahne hinter sich her, und Bobik lief dem Wagen nach, bis er in einer gelblichen Wolke zurückblieb. Es war, als sollte ein Vorhang vor das Geschehene gezogen werden.

Irgendwo hinter dem Horizont lag Marlowka – das mußte ein glücklicher Ort sein.

16

Je weiter sie nach Norden kamen, um so heller wurden die Nächte. Sie schienen der Sonne entgegenzufahren. St. Petersburg war eine leuchtende Stadt. Die Straßen waren luftiger als in Moskau, die Palais glänzender, die Kaufmannshäuser stattlicher. Der große Rastrelli, der große Quarenghi, der große Leblond hatten hier gebaut. Moskau war dunkel, muffig, ein Krautblatt – Petersburg dagegen war europäisch, elegant, eine Blüte, die vom salzigen Wind des Meeres umweht wurde.

Das Internat der Pionierschule lag an der meerabgewandten Seite der Stadt, zwischen der Kathedrale der Muttergottes von Kasan und der Fontanka, einem Wasserlauf der Newa. Hier, hinter armdicken Mauern, wurden mehr als zweihundert Zöglinge erzogen: ohne Privilegien, ohne Vergnügungen, ohne Zugang für die Verwandten. Doch Viktor würde ohnehin niemand besuchen. Der Onkel reiste zurück nach Moskau, nicht ohne die Mahnung, die wertvolle Zeit zu nutzen.

Ja, die Zeit war wertvoll. Achthundert Rubel! Dennoch reichte das Geld nicht hinten und nicht vorn für den Zögling Tuganov. Er mußte ohne wollene Unterwäsche auskommen, ohne Handschuhe, ohne Schal für den Winter, und als seine Stiefel zu klein geworden waren, bekam er klobige Schuhe aus dem Internatsmagazin. Er fror beim Anstehen im Speisesaal, in den Schulsälen, in der Bibliothek und sogar im Schlafsaal; er holte sich Frostbeulen an den Füßen und wünschte nichts sehnlicher herbei als den Sommer.

Die Zöglinge, Söhne von Adligen, reichen Kaufleuten oder Beamten, beachteten ihn kaum. Ihre Väter waren Fürsten, Grafen und Barone oder sogar Hochwohlgeboren und Exzellenzen, und auch sie, die Söhne, würden irgendwann einen Tschin, einen Rang erhalten. Als Tschinowiki würden sie ein gesichertes Leben führen. Alle trugen die gleiche blaue Schulkleidung, hatten die gleichen blassen Gesichter, das gleiche gescheitelte Haar und die gleichen guten Manieren; sie waren sich gleich, wie man sich nur gleich sein konnte.

Nur Viktor war ihnen nicht gleich. Er schielte.

He, Tuganov, schau uns an. Anschauen, hörst du!

Sie begafften ihn, wackelten mit den Köpfen, als hätten sie Wasser im Ohr, krümmten die Oberkörper und machten die verschiedensten Verrenkungen, um seinen Blick einzufangen.

Man muß ihm auf die Nase schauen, dann hat man ihn.

Auf die Nase!

Ha, schau uns an!

Nein, nicht die Säule!

Schau her, schau her!

Aber sie interessierten sich nicht wirklich für ihn, sondern nur so, wie man sich an einem Buckligen für den Buckel interessiert. Viktors Blick flog in bizarren Wendungen von einem zum anderen, doch sie erwiderten ihn nicht. Es war keine Kraft in ihren Blicken, kein Ziel, keine Gegenwehr. Er konnte in sie hineinschauen und durch sie hindurchschauen. Es war wie ein Gehen im Wind: Der Wind ist da, doch man kann in ihn hineingehen, ohne aufgehalten zu werden. Aber er wollte nicht in sie hinein, er wollte nur beachtet werden – warum begriffen sie das nicht?

Mehr als draußen war Viktors Schielen hier von Bedeutung. Draußen gab es vielerlei Mißliches, Auswüchse, Wolfsrachen, Hinkebeine, hier jedoch war er mit seinem Gebrechen allein. Hier galt alles Mangelhafte als verachtenswert, auch darin waren sich die Zöglinge einig. Und gleich gar waren sie sich in ihrer Verachtung für die Polen und Balten einig. Sie waren Russen, also von besserer Geburt, von besserem Blut, von besserem Geist, wie sie glaubten. Auch Viktor war Russe, doch er fühlte sich allein unter ihnen, und das war schlimmer, als wirklich allein zu sein – es war wie Durst haben und ertrinken.

Auch im Unterricht saß er allein in seiner Bank. Lernen von acht bis zwölf, Mittagspause, dann weiter von drei bis sechs, danach Hausaufgaben, schließlich Leibesübungen und Exerzieren von acht bis neun. Alle in schwarz-roten Uniformen. Stillgestanden! Stehen, marschieren, stehen. Viktor begann, dieses Schwarz und Rot für alle Zeit zu hassen.

Täglich schrieb er einen Brief an Marja. Mitteilungen aus seinem neuen Leben: Griechisch, Bibelkunde, Logik, Latein, Rhetorik, Algebra, Arithmetik, Geometrie, Geschichte, Physik ... Trocken wie Rapsbündel, die aus dem Ofen kamen. Die Briefe schickte er nach Marlowka, doch er selbst mußte hierbleiben, mußte auf Antwort warten. Er stand im Flur am Fenster, und seine Gedanken bohrten sich in die Eisstürme des Winters. Irgendwann, wenn die Zukunft heran sein würde, würde er fortgehen. Wohin? Er hatte keine Vorstellung von dieser Zukunft, auch nicht von der Zeit. Er teilte sie ein in die Zeit in Moskau, die Zeit auf dem Gut und die Zeit im

Internat. Danach schien es keine richtige Zeit mehr zu geben, denn es fehlten ihm die Bilder dazu. Die Zeit wurde erst zu Zeit, indem sie verging. Etwas entsteht, indem es vergeht, das war seltsam. Galt das auch für die Natur, auch für den Menschen? Die Zukunft war weiß und ohne Ende, und sosehr Viktor sich auch anstrengte, er bekam sie nicht zu fassen. Seine Zeit rechnete sich noch von Tag zu Tag. Drei Jahre im Internat, das war eine kalte Zeit. Eine Rose, mitten im Winter, lag vor meiner Tür ... Ach, Marja, antworte doch. Wie weiße Vögel sah Viktor seine Briefe in der Dunkelheit davonfliegen, über die Dächer der Stadt, bis zu den Hügeln von Waldai, dahinter Rußland, zu den nächsten Hügeln, wieder Rußland, den nächsten, wieder Rußland. Endloses Rußland, fliegt, fliegt...

Es kamen keine Briefe zurück.

17

Viktor erfüllte alle Aufgaben, erledigte pünktlich seine Arbeiten und gab keinen Anlaß zur Klage. Er bot sich niemandem an, stand jedoch auch nicht unnötig zurück; er war nicht laut, nicht wild, nicht gemein und nicht gewalttätig. Er wäre sogar kameradschaftlich gewesen, wenn jemand seine Kameradschaft gesucht hätte. Doch man überging ihn. Er wurde gekniffen und gestoßen, nach hinten gedrängt, wenn es vorn Begehrenswertes gab, und bei Wettkämpfen wurde er als letzter einer Mannschaft zugeteilt. Einmal wurde er eine Treppe hinabgestoßen, nur so aus Spaß, wobei er sich eine Rippe brach, und ein andermal im Nachthemd in die Toilette eingeschlossen, worauf er eine Lungenentzündung davontrug. Wochenlang war er krank. Er phantasierte, schrie Mord, Mord, sein Atmen wurde dünn, und seine Bewegungen verloschen. Niemand wußte, ob er noch lebte oder nicht. Doch als der Pfarrer kam und ihm ins Gesicht schaute, riß er plötzlich die Augen auf und zischte: Barmherzigkeit, Barmherzigkeit! Viktor hatte nur seine Kapsel zugezogen – innerhalb einer Woche war er wieder gesund.

Da die Schmähungen der anderen nicht abzuwehren waren, fand er sich damit ab. Sie machten ihn nicht böse, er trug die Anlage zur Bosheit nicht in sich: Sie machten ihn traurig. Doch mit der Zeit entwickelte er eine besondere Art der Unberührbarkeit. Er paßte sich seiner Umwelt an wie ein Lebewesen, das sich einen neuen Lebensraum eroberte, ein Meeresbewohner etwa, dessen Flossen zu Knöchelchen, schließlich zu Füßen wurden, dessen Kiemen sich zu Lungen entwickelten, der auf diese Weise in einem neuen Medium leben konnte. Leben, ja, überleben. Nicht untergehen, darauf konzentrierten sich alle Kräfte und Säfte seines Körpers.

Derart unberührt, verfügte Viktor über viel freie Zeit. Stundenlang saß er in der Bibliothek. Bücher bedeuteten Erlösung von seinem Abgeschiedensein, Flucht vor den Niedrigkeiten des Internatslebens. Das Knistern der Seiten, der Geruch des Papiers, die geistige Gegenwart des Autors fesselten ihn. Es geschah, daß er am Vormittag ein Buch aufschlug und es am Nachmittag noch nicht aus den Händen gelegt hatte. Er las, was die Regale hergaben: Werke der Poesie, der Kunst, der Wissenschaft. Er verschlang Bücher, wie ein anderer Wein trank. Buffons vierzigbändige Naturgeschichte. Die Theorie der Erde. Entwicklungslehre, Atomlehre, Bodenlehre. Über ästhetische Erziehung. Metamorphose der Pflanzen. Geradezu leidenschaftlich befaßte er sich mit der Anatomie des Menschen. War das Herz nur ein Muskel? Wo lag die Ursache für Stimmungen und Gefühle? Zwar waren die Strukturen der menschlichen Körper gleich, doch die Wesen in ihnen verschieden – warum? Viktor studierte alles, was er über das Auge, das Gehirn und die Nerven finden konnte, doch er fand keine Antwort. Zu unterschiedlich, zu vieldeutig, zu unvollkommen waren die Aussagen. Gerade hier, auf dem ihn am meisten interessierenden Gebiet, versagte die Wissenschaft. Die Welt der Gefühle schien ein unerforschter Raum zu sein. Nirgendwo Klarheit. Ein Vers jedenfalls schien mehr auszudrücken als all die Herren Medizi.

Viktor lernte in rasendem Tempo. Den Inhalt einer Buchseite vermochte er im Handumdrehen zu erfassen – es war, als lese er mit zwei Blicken gleichzeitig. Er fraß das Wissen regelrecht in sich hinein. Analyse und Vergleich, Simplifikation und Abstraktion – diese Vorgänge wiederholte er Tausende Male. Nie vergaß er etwas. Im Alter von vierzehn Jahren waren seine Phantasie und sein Denkvermögen so hoch entwickelt, daß er Darstellungen in Büchern mit der gleichen Intensität aufnahm, als hätte er sie selbst erlebt. Er war in der Lage, mit einem der Grenadiere an der Brücke von Arcole zu sterben. Er roch das Pulver, die Erde, das Blut. Ah, er wußte mehr über den Tod als jeder General, denn er hatte ihn selbst gesehen. Er empfand die Qualen der heiligen Johanna, den Wahn des Vatermörders, den Zweifel des Suchenden. Ein einziges Wort genügte, um einen gewaltigen Bilderbogen von Eindrücken in ihm zu entfalten. Das Gesicht schöpfte dazu aus dem ungeheuren Speicher des Wirklichen, den es in seinem Bewußtsein angelegt hatte: Tönen, Düften, Gegenständen und Stimmungen, der ganzen Kulisse des Lebens. Jenes Abbild, das man Erfahrung oder Wissen nennt, wurde dadurch wieder zu Leben. Doch Viktor fühlte zwar, litt aber nicht selbst, er fühlte nur nach, er machte Abbilder lebendig – andernfalls hätte er die Tortur nicht überstanden.

Nur über das Glück gab es kaum etwas zu erfahren, und auch nicht über die Liebe. Und schon gar nicht war etwas davon um ihn. Die Liebe war ein besonderes Terrain. War sie überhaupt ein Gefühl oder ein Zustand oder eine Halluzination? Viktor spürte, es war noch zu früh, sich damit zu befassen.

Abends blieb er länger in der Bibliothek; vom Bibliotheksdiener bekam er sogar den Schlüssel und schloß sich sonntags nach dem Morgengebet ein. Stundenlang hielt er aus, ohne Brot und ohne Tee, reduzierte seinen Organismus auf minimalste Funktionen und erschien erst zur Bettzeit im Schlafsaal.

Angeregt von der Lektüre, schrieb er selbst. Über die Macht der Gefühle. Über den Tod. Über die Sprache des Geistes und des Körpers. Er probierte sich an Hexametern aus. Ach, Dichter müßte man sein! Die Blätter verbarg er unter seinem Kopfkissen. Ein weißer Buckel in der geraden Bettreihe. Ah, sieh an, Schriften, schnarrte der Saalwächter. Übersetzungen sogar? Wer hatte das angeordnet? Niemand hatte es angeordnet. Also Stehen auf dem Hof – die anderen drängten sich lachend am Fenster.

Ha, da steht er, der Dichter! Schaut ihn an, wenn ihr könnt! Man kann es nicht, man kann es nicht ...

Allein in seiner Schulbank, hatte Viktor zumeist den Kopf eingezogen, als wollte er nicht auffallen. Er stellte sich taub, galt als schwer von Begriff, und niemand brachte, wenn er nicht wollte, ein Wort aus ihm heraus. Andererseits verblüffte er seine Lehrer gelegentlich mit einem blitzenden Gedanken, einer erschöpfenden Antwort, einer treffenden Analyse eines Sachverhalts. Ja, er hatte die Eigenheit, manchmal sogar eine Antwort zu geben, ohne die Frage abgewartet zu haben. Er antwortete sozusagen im voraus. Das war unlogisch, verdreht, absurd; er konnte die Frage ja gar nicht kennen. Unheimlich war das – er schien die Frage zu ahnen, ja er schien sie zu wissen. Man betrachtete ihn mit Mißtrauen. Ein bröseliges Gefühl, das von den anderen abtroff, direkt auf Viktor. Unangenehm. Also achtete er darauf, jede Frage abzuwarten. Gemessen an seinen Geistesblitzen lernte er zu unauffällig, zu normal, zu schlecht eigentlich. Doch niemand fand einen Anhaltspunkt, ihm nachzuweisen, daß er zu mehr imstande gewesen wäre. Da gutes Zureden ebensowenig half wie Tadel, die Androhung von Strafe ihm gleichgültig war, auch die Strafe selbst – einige Wochen verbrachte er aufs Jahr gerechnet im Karzer –, gab man nach einiger Zeit die Bemühungen um den Jungen auf. Ein merkwürdiger, verstockter Kerl eben.

Merkwürdig, ja.

Manchmal spiegelte sich auf seinem Gesicht Verachtung, manchmal Erschrecken, manchmal auch Spott. Nicht selten entfuhr ihm ein Schnaufen, manchmal ein Zischen und gelegentlich ein dunkler Laut. Oft hatte er die Stirn leicht gekräuselt und die Unterlippe gewölbt, als befasse er sich intensiv mit einem geistigen Gegenstand – im nächsten Augenblick wirkte er völlig apathisch. Dieses Wechselspiel glich eher einem Grimassenschneiden als einer plausiblen Mimik. Zumeist jedoch lag etwas Entrücktes auf seinen Zügen, was bei ihm beinahe lächerlich wirkte. Ein schielender Träumer, das paßte nicht zusammen. War der Kerl schwachsinnig?

Niemand ahnte, daß Viktor in einer anderen Welt lebte als in der engen Schulwelt. Daß er nicht merkwürdig war, sondern genial. Niemand vermutete, daß er in fremde Gedankenwelten vorzudringen, in ihnen herumzuspazieren vermochte, daß er Gedanken zerpflücken konnte wie eine Blüte – und daß er, wenngleich noch unbeholfen, sogar Gefühle aus einem Menschen herauszulesen vermochte. Schon gar nicht kam jemandem in den Sinn, selbst Ziel solcher Absichten zu sein. Nein, bei allem übersinnlichen Getue der Quacksalber und Glaubensfanatiker – diese Vorstellung wäre gegen alle Vernunft gewesen. Keinem war bewußt, daß Viktor nicht träge war, sondern konzentriert, nicht schläfrig, sondern erschöpft, daß er nicht träumte, sondern verwirrt war von den vielen Einflüssen, in die er geriet. Und schon gar niemand fragte nach Viktors Befinden. Viktor indes hütete sein Geheimnis auf das sorgfältigste. Mochten sie ihm Karzer geben, soviel sie wollten – mit keinem Sterbenswörtchen würde er sich offenbaren. Denn eines war sicher: Niemand würde seine Gegenwart dulden, würde man begreifen, wie es um ihn stand.

Abwarten und beobachten, das war seine Daseinsform, die einzig mögliche. Ach, er konnte den Menschen gegenüber nicht offen sein, nicht einmal halboffen konnte er sein. Augenblicklich hätte man sich auf ihn gestürzt, ihn gepackt, herumgezerrt und ausgestellt; dann hätte man ihn eingesperrt und verhört und untersucht. Schließlich hätte man abgewogen, ihn in die Verbannung zu schicken, ihn vielleicht nutzbar zu machen oder ihn sogar zu töten. Ihre eigene mangelnde Offenherzigkeit hätte die Menschen dazu veranlaßt. Denn niemand als Viktor wußte besser, daß sie alles andere als offenherzig waren. Daß sie nicht einmal die Hälfte, ach was, ein Drittel oder auch nur ein Zehntel ihrer Gedanken preisgaben. Daß es vor Hintergedanken in ihnen nur so wimmelte und daß drinnen und draußen wie Licht und Schatten waren. Und daß sie es ganz und gar nicht mochten, wenn jemand dahinterkam. Allein ein Wort darüber zu verlieren verstimmte sie. Nur einen winzigen Teil davon aufzudecken machte sie böse. Und alles zu benennen hätte sie fuchsteufelswild werden lassen. Dieses Wissen hätte einen normalen Menschen vermutlich zynisch oder verzweifelt gemacht, vielleicht sogar wahnsinnig. Nicht jedoch Viktor. Für ihn war die Welt auf diese Weise selbstverständlich, er kannte keine andere. Demzufolge hatte er auch keine Illusionen über das menschliche Wesen. Schlechte Absichten erkannte er im Handumdrehn, Gemeinheiten und Gewalttätigkeiten vermochte er im voraus wahrzunehmen, ebenso Falschheit, Häme, Heuchelei. Er wich ihnen aus, zog die Kapsel zu.

Und überall war Eitelkeit. Hatte einer der Zöglinge tausend Seelen Eigentum, hatte ein anderer zweitausend. Hatte jemand eine Bibliothek mit fünftausend Büchern, hatte ein anderer zehntausend. Hatte jemand einen Sommersitz mit zehn Zimmern, jemand hatte einen mit zwanzig, wie der Sohn des Generals Ljubow. Dazu Gewehre, Pferde, Wälder und Seen – alles Ljubowscher Besitz, beinahe unübertrefflich. Doch in Wahrheit gab es gar kein Eigentum, keine Bücher und auch keinen Sommersitz. Ljubow schickte seine Briefe in einen Vorort von Moskau, in ein Haus, das die Mutter und die Schwestern mit anderen Mietern teilen mußten, wegen der Kosten – denn in Wahrheit war der General Ljubow tot. Er hatte sich am Neujahrstag mit einer Pistole wegen Spielschulden aus dem Leben befördert. Peng! Aus.

Viktor jedoch denunzierte nie jemanden; das hätte ihm mehr Nachteile als Vorteile eingebracht.

Schweigen blieb sein oberstes Gebot.

Trotz aller Bedrücktheit war ihm die Schule so etwas wie ein Zuhause. Hier wurde er ernährt, bekleidet, geführt, hier hatte er eine Schlafstelle und eine Waschstelle. Bei Unpäßlichkeit wurde er versorgt, und er lief nicht Gefahr, an einer Armeleutekrankheit einzugehen. Hier wurde er mit dem nötigen Wissen für sein späteres Auskommen vollgestopft, mit einem Haufen Unnötigem dazu, hier erfuhr er zwar keine Güte und keine Liebe, aber Gerechtigkeit. Kein Schüler wurde einem anderen vorgezogen.

Als die Nachricht vom Tod des Majors kam, ließ ihn diese unberührt. Ein Fremder war gestorben, dessen Namen er zufällig trug. Nicht unberührt dagegen ließ ihn die Art und Weise, wie der Major zu Tode gekommen war. Der Frühlingswind war in das Dorf gefahren, das Bauernvolk war unruhig geworden, und der Trotz war den Muschiks aus den Schädeln gesprungen – Rawenie, Rawenie! Gleichgemacht worden war auch der Major. Er war gepackt, an einem Strick durch das Dorf geführt und dann über den Hof gezerrt worden wie ein Stück Vieh; da war er schon ganz blau von Tritten und Schlägen. Dann war er an einem Balken zum Heuboden hochgezogen worden, und dort hatte man ihn unter dem Gegröle der Menge hängengelassen. Und als das Volk satt war von Wut, Haß und Rache, da hatte schließlich jemand das Seil zerschnitten, und er war herabgestürzt auf das Pflaster und liegengeblieben, ein blutender, zuckender Menschenklumpen. Rawenie! Eine barmherzige Bauernhand hatte ihm schließlich den Schädel eingeschlagen, so, wie man es am Schlachttag bei einem Ochsen tut. Gleichmachen, dem Kutscher gleich!

Viktor sah in Gedanken die Schweine über den Hof laufen und das Blut vom Pflaster lecken.

Er empfand kein Mitleid mit dem Vater.

18

Das Abschlußzeugnis des Zöglings Tuganov war wider Erwarten passabel, in einigen Fächern sogar ganz ausgezeichnet. Doch was nützte so ein Abschluß schon – die Zukunft schien nicht nach glänzenden Abschlüssen zu fragen. Sie schien eher nach Besitz, Stand und Verbindungen zu fragen, und Viktor hatte keine Verbindungen, die ihm eine Anstellung in einem Amt oder einer Behörde verschafft hätten. Und was zählte schon sein Adel – jeder, der einmal genügend Land besessen hatte, war schließlich ein Adliger. Vielleicht sollte er einen Posten beim Militär anstreben? Aber nein, er wollte kein Offizier werden, kein braver Soldat, der sich auf irgendeinem Feld, wo normalerweise der Weizen stand, totschießen lassen mußte, nur weil es dem Zaren so in den Sinn kam. Mit so einem Abschluß also war wenig zu erreichen, doch ohne Abschluß gleich gar nichts. Immerhin verhalf ihm das Zeugnis nach langem Drängen und Bitten zu einer Anstellung in einer Kanzlei, wo er in einem Kellerarchiv Aktenabschriften anfertigen durfte. Zu diesem Archiv war er morgens durch halb Petersburg unterwegs, von dort legte er abends denselben Weg zurück. Das kostete Schuhwerk – also essen unter dem Stand.

Tuganov nahm Quartier in der Lenkaja Ulitza, einer Gasse, die im Westen in die Sadowaja mündete und im Osten an einen Friedhof stieß. Die Geschäfte der Schuhmacherei und des Schneiders in der Straße gingen schlecht. Die Leute hatten keine Muße, sich die Schuhe besohlen oder einen neuen Rock machen zu lassen, wenn sie zum Friedhof gingen. Sie wollten die Gräber pflegen, Andacht halten und, wenn sie zurückkamen, in der Wirtschaft bei einem Gläschen der Dahingegangenen gedenken. Sie kamen still und aufrecht und gingen grölend, torkelnd und schimpfend, als bedauerten sie es, in diesem Leben zurückgeblieben zu sein. Die Geschäfte der Wirtschaft jedenfalls gingen ganz ausgezeichnet.

Tuganov wohnte im Rückgebäude des Hauses, und wenn er über den Hof ging, wehten ihm die Klagen der Mitbewohner wie stinkende Blasen entgegen. Es klagte der Bäcker Fadenko, der auf seinem Osterbrot sitzengeblieben war, die Witwe Buschkina, der die Verwandtschaft das Erbe streitig machte, und der Zimmermann Barotin: Schauen Sie sich an, Herr Tuganov, wie wir hausen müssen, in einer Kamorka! Uns bleibt nichts Eigenes. Immer mit anderen Leuten zusammen, das ist doch kein Leben!

In der Kamorka war der Platz für die Barotins mit Tüchern und Decken vom Platz der anderen Familien abgetrennt – man teilte sich den Herd, die Töpfe, den Wasserkübel und den Abtritt, und man wusch sich im selben Zuber. Niemand hatte etwas zum Zusetzen, niemand etwas zum Ausgleichen, und jeder noch so kleine Verlust mußte durch Hungern wettgemacht werden.

Ja, so müssen wir leben!

Der Zimmermann Barotin schämte sich dafür, als wäre er zu dünn bekleidet. Tuganov betrachtete interessiert diese Scham. Sie war nicht heiß, nicht brennend, wie er sie bisher kannte. Es war eine faltige, löchrige, abgenutzte Scham, die geradezu nach außen gekehrt war. Barotins Aura war wie beschlagen davon. Tuganov zog sie von Barotin ab, ein klares, ungetrübtes Gefühl, und bewahrte sie in sich auf. Barotin schämte sich auch, den Herrn Tuganov um zwei Rubel bitten zu wollen. Zimmerleute waren in der schlechten Jahreszeit nicht gefragt, und die Rücklagen für den Winter waren aufgezehrt. Tu es, Barotin, bedrängte ihn ein Gedanke. – Na los, bitte ihn schon! – Barotin schluckte. Der Gedanke lief in ihm über wie kochende Milch, doch die Scham fuhr hinein und löschte ihn aus. Aber schon schmierte sich der nächste Gedanke heran. – Der Herr Tuganov hat Arbeit. – Er hat ein Einkommen, also genier dich nicht! – Auch diesen Gedanken löschte ein Schwall Scham. Dann folgte ein schillernder, lockender, verführerischer Gedanke. – Der Herr Tuganov hilft vielleicht sogar gern. – Gleich danach ein verächtlicher Gedanke, dem auch die Scham nichts anhaben konnte. – Feigling, Barotin, jeder Bettler würde es tun. – Dahinter schwirrte jedoch ein ganzes Gedankengeschwader heran. – Aber du bist kein Bettler, Barotin, du bist Zimmermann. – Du wirst nicht um ein Almosen winseln. – Du wirst wie jeden Morgen zu den Gewerken gehen und dich anbieten, und vielleicht wirst du bis zum Abend Glück gehabt haben. – Bis zum Abend ist ohne zwei Rubel auszukommen. – Morgen kannst du den Herrn Tuganov immer noch fragen. – Schluß jetzt!

Der Zimmermann Barotin wünschte einen guten Tag und verschwand.

Tuganovs Arbeit war eine trockene Arbeit, eine kümmerliche Arbeit, aber immerhin Arbeit, die ihn vor Barotins Schicksal bewahrte. Mit viel Fleiß hätte er den

Sprung nach oben in das Büro schaffen können, von dort vielleicht durch unbändige Plackerei in eine der besseren Kanzleien, möglicherweise sogar in eine Behörde. Er hätte Schritt für Schritt vorankommen können, alle zehn Jahre eine Stufe auf der Beamtenleiter höher, wenn es denn gutgegangen wäre und keiner der ehrgeizigen Nachfolger ihn überholt hätte. Er hätte Sekretär werden können, vielleicht sogar Zweiter Sekretär, mit viel Glück sogar Erster, und wenn hier in Petersburg kein Weiterkommen gewesen wäre, so hätte er sich nach Grodno, Wolhynien, Podolien oder Mogilew versetzen lassen können, zur Not auch in eines der östlichen Gouvernements, wo er Bürovorsteher hätte werden können. Das war eine Chance im armseligen Rußland. Aber was für eine: täglich zehn, zwölf Stunden Stehen am Schreibpult, jedes Jahr ein Paar neue Ärmelschoner – vierzig, fünfzig vielleicht für ein ganzes Leben. Jämmerlich, nein, er wollte keine Aussicht auf einen fernen Posten, er wollte überhaupt keinen Posten. Nein, nein, er wollte etwas anderes, etwas schaffen, etwas Bleibendes ... ein Werk! Dieser Gedanke befiel Tuganov wie ein Bazillus, nistete sich in ihm ein, verpuppte sich und keimte auf, wenn er durch die feuchten Straßen nach Hause unterwegs war. Er bedrängte ihn um so heftiger, je mehr Schreibkram ihm aufgebürdet wurde und je sicherer der Platz im Archiv damit war. Dummerweise hatte er sogar dankbar zu sein für diesen Platz, was er oft genug zu hören bekam. Andere würden sich die Finger nach so einer Stelle lekken, andere würden mit Freuden abends länger im Büro bleiben, andere warteten nur auf so eine Arbeit.

Ha, mochten sie warten!

Er, Tuganov, wollte nicht unter einem halben Dutzend

Skribenten schuften, sich nicht unter der Fuchtel eines Bürovorstehers ducken müssen, nicht jedes laute Wort und jedes Lachen aufgespießt sehen wie einen schmutzigen Fetzen.

Und so klappte er an einem trüben Nachmittag die Akte zu, legte den Stift aus der Hand, erhob sich und streifte die Ärmelschoner ab. Er nahm seinen Mantel, verließ das Archiv, noch bevor die Nebel aus der Newa gestiegen waren, und kehrte nicht mehr zurück. Er legte dieses Leben ab wie ein zu enges Kleidungsstück. Dienst zu tun, wo das Schicksal ihn auch hinstellte, dazu war später immer noch Zeit. Vorerst wollte er sich ausprobieren. Er wollte komponieren, dichten, schreiben, darin schien ihm Sinn zu liegen. Er wollte etwas Sinnvolles bewirken. Zwar hatte er nichts vorzuweisen, kein Libretto, keine Sonate, kein Poem, doch seine Phantasie gaukelte ihm genügend Bilder vor. Ach, er brauchte sie doch nur wiederzugeben. Und sosehr ihn seine Zugehörigkeit zu nichts und niemandem oft betrübte, so sehr kam sie ihm nun zugute. Da war niemand, der sich ihm in den Weg stellte, niemand, der ihn zu einem Broterwerb drängte, niemand, der ihn bevormundete – allerdings war da auch niemand, der ihn mit einem Salär, und sei es auch noch so kümmerlich, unterstützt hätte.

Ein solcher Traum mußte ausgeträumt werden – nichts schlimmer als altbackene Träume.

Also beschloß Tuganov, Dichter zu werden. Ja, Dichter! Er würde einen Roman schreiben über Petersburg und seine Bewohner – und damit hatte er auch schon den Titel: *Petersburg-Roman*. Oder war das zu schlicht? War *Petersburger Schicksale* besser? Ja, etwas Großes sollte es werden, ohne daß er genau wußte, wie das zu bewerkstelligen war – ein Kunstwerk. Doch die Geschichte hatte er bereits im Kopf. Ein Bilderbogen Petersburger Lebens sollte es werden, in einem einzigen Zug hingeschrieben, so viele Szenen, wie es Sonnenblumenkerne zwischen Newski-Prospekt und Wladimir-Kirche gab. Von den Quartieren in den Armenvierteln würde er erzählen, von den Herbergen, wo das oberste Bett vier Kopeken kostete, das mittlere fünf, das unterste sechs, weil dort die Luft besser war. Vom Erzittern der Stadt bei den Kanonenschüssen im Frühjahr, wenn das Meer das Hochwasser in die Stadt drückte und das Volk heraus mußte aus den Löchern aufs Trockene, und vom Jammer beim Zurückkehren, wenn die Newa mitgenommen hatte, was man besaß, und nur die Schaben und Wanzen einem geblieben waren, die von den Stubendecken zurückkehrten in den Moder und den Schmutz. Und von der Angst würde er schreiben: der Angst vor dem Winter, vor dem Hunger, vor dem Fieber und vor dem Tod. Lange genug war er herumgestoßen worden, hatte er in seinem Schneckenhaus zubringen müssen. Heraus jetzt mit dem, was er sah! In einem Roman durfte er sich sogar zu erkennen geben. Da war alles erlaubt, da galt als Phantasie, was für ihn Wirklichkeit war. Und natürlich mußte er, unbedeutend, klein wie er war, etwas um so Größeres vollbringen, um wahrgenommen zu werden. Etwas Strahlendes wollte er der Welt entgegenhalten und sie damit erobern. Ein Roman sollte es werden, so wirklich und wahrhaftig, daß ihn alle Petersburger lesen würden. Ein Roman, für den stapelweise schwedisches Papier herangeschafft werden müßte, für den die Druckmaschinen laufen und die Drucker schwitzen und die Kuriere nach Moskau, Kiew, Warschau unterwegs sein würden und den die Buchhändler ihren Kunden empfehlen und die Lesehungrigen den Bibliothekaren aus den Händen reißen würden. Ein großer Roman, ein schöner Roman, ein gelungener Roman!

Viktor träumte.

19

Vom Verkauf des Gutes waren ihm nach Abzug der Schulden dreihundert Rubel geblieben. Viktor teilte das Geld in Häufchen ein, verwahrte es in alten Gläsern und beschriftete die Gläser mit Zahlen – für jeden Tag ein Glas.

Ein Dichter braucht keine Räume, er schafft sich seine Räume selbst. Ein Dichter kann sich mit einem Zimmer zur Untermiete begnügen. Viktor nahm das billigste, das er fand, direkt an der Moika, fünf Rubel im Monat. Er besserte die brüchige Decke aus, kalkte die Wände und stopfte alten Filz in den Türspalt. Dreißig Kopeken gab er täglich für Öl aus, zehn für Holz, fünfzehn für Kerzen, und zehn Kopeken hielt er für Garn, Talg oder Seife zurück. Ein Hemd genügte ihm zum Ausgehen, eine Filzjacke für zu Hause, dazu ein Paar Schuhe, zwei Strümpfe und drei Handtücher, die er in einem wurmigen Schrank verwahrte. Das Wasser holte er vom Brunnen im Newski-Viertel, mehr als tausend Schritt entfernt, dort kostete es nichts. Er rasierte sich vor einer Spiegelscherbe, aß nur altbackenes Brot und kaufte den Tee bei einem Händler im Hinterhof, wo er am billigsten war, weil mit Unkraut gestreckt. An den Sonntagen gönnte er sich einen Krug Milch. Doch die Armut störte ihn nicht, er war frei, und diese Freiheit war köstlicher als alle Delikatessen.

Viktor besorgte Papier, drei Fäßchen Tinte und dazu

fassonierte Gänsekiele. Dann preßte er eine Kerze in einen Flaschenhals und nahm am Tisch Platz – das Dichten konnte beginnen. Aber womit? Oh, er würde mit den Zwangsarbeitern beginnen, die die Stadt aus den Newasümpfen gestampft hatten, mit den Tausenden von Toten, die dieser Anfang gekostet hatte, und er würde mit den Nachfahren dieser Zwangsarbeiter fortsetzen und deren Nachfahren, die noch heute über die Straßendämme von damals spazierten. Über die Liebe, über die Not, über das Glück wollte er schreiben, und über die Menschen, über ihre Innen- und Außenwelten.

Nichts Gewöhnliches, nichts Einfaches wollte er schaffen, sondern ein Werk. Keine rasch hingeschluderte Schmiererei im englischen Stil, wie es in Mode war. Kein Machwerk voller billigem Nervenkitzel aus Tränen, Fleisch und Lügen. Die Kulisse dafür war rasch zusammengeklaubt, die Handlung im Handumdrehen erfunden, auch der Schauplatz: Italien oder Arabien, Degengeblinker, Kerker und Heldentaten, selbstlose Helfer, hochherzige Retter und kaltblütige Rächer; in allem ein wenig mondäner Glanz, vermischt mit Hintertreppengeruch, dazu ein ordentlicher Schuß Sentimentales – verlorene Liebe, verlorenes Kind, verlorene Heimat und Wiedersehen. Das Ganze aus fremden und eigenen Fetzen unbedenklich zusammengeflickt, gewendet und gebürstet. Paßt! Modern eben! Andere machten das vor, die Lesestuben und Buchhandlungen waren voll davon und der Hunger des Publikums auf immer Neues unersättlich. Es schien, als suchte das Publikum die Wirklichkeit auf diese Weise zu vergessen. Aber das wollte Tuganov nicht, das verbot ihm sein Gewissen, jenes andere Ich: Nicht tun, was andere tun – auch was alle tun, kann falsch sein.

Er schrieb mit pochendem Puls, überhitzten Nerven und zitternden Händen. Herausschleudern, was die Phantasie aufkochte! Er machte nur Pausen zum Brotholen, zum Wasserholen, zum Essen und zum Schlafen. Als die Kälte unerträglich wurde, besorgte er sich eine wollene Decke aus einer Pfandleihe und schnitt zwei Ärmellöcher hinein, dazu trug er Handschuhe, eine Fellmütze und Filzschuhe. Da er mehr Öl und Kerzen verbrauchte, sparte er diese Ausgaben am Brennholz ein. Er besuchte keine Kaffeehäuser, keine Restaurants, keine Trinkstuben, er kümmerte sich nicht wie andere junge Männer um Mädchen, er war für Mädchen nicht geschaffen.

Tagelang sprach er kein Wort.

Doch sosehr Tuganov sich auch mühte, die Bilder in ihm scheuten das Licht. Sie waren Quälgeister, die nur in der Tiefe schillern wollten. Kaum ans Licht gebracht, erlosch ihr Glanz. Oh, sehen konnte er das Elend wohl, das in Fetzen an einem Trinker hing, oder die Mühsal eines Eisengießers, an dessen Aura die Hitze, der Dampf und der Ruß der Öfen klebten und dessen Gedankenfetzen ein einziger Schrei waren: Herr Jesu, Erlösung! Wahrnehmen konnte er das Stöhnen der Hafenarbeiter, die aus den Bäuchen der Lastkähne krochen, das Mißbehagen, das einem Sünder vor der Dreifaltigkeitskirche im Nakken hockte, den Geiz der Krämer, die Hast der Boten und die Habgier der Pfandleiher.

Ja, aber es zu beschreiben, das war eine Qual.

Viktor lebte von altem Brot und gedörrtem Hering, den er an diesem Brot eine Woche lang abrieb, und von ein paar Gläsern Tee am Tag. Fünf, zehn, sogar fünfzehn Seiten schaffte er täglich, das alles ohne Auftrag, ohne Bestellung. Hirn, Hand und Herz arbeiteten in einem und feuerten sich gegenseitig an. Weiter, weiter! Baute nicht ein anderer mit der gleichen Leidenschaft Brücken, ein zweiter Kanonen, ein dritter Häuser? Doch all das wurde gebraucht – wer brauchte schon ein Buch? Man braucht es, man braucht es, machte er sich Mut. Mit der Kraft seiner Jugend trieb er sich an, glühend, doch er spürte auch, wie im ständigen Fortgang des Schöpfens Schlacken in ihm zurückblieben, die er mit neuem Feuer bekämpfte. Auch die Schlacken sollten verbrennen.

Ein Werk brauchte Willen, ein Werk brauchte Kraft, die Zweifel daran kamen jedoch von selbst. Kleine, kümmerliche Zweifel: Du willst zuviel, Viktor. Du bist nicht begabt, nur vermessen. Schau, wie häßlich deine Sätze sind!

Tuganov prüfte die Sätze, und tatsächlich, sie waren häßlich. Er stellte sie um, strich sie aus, fügte neue ein und ersetzte die neuen durch die alten – es blieben Krüppel von Sätzen zurück. Als er das Maß in Frage stellte, zerfiel es ihm. Diese launischen, kapriziösen Wörter! Er umwarb sie, streichelte, liebkoste und tätschelte sie, und sie rächten sich an ihm wie verzogene Kinder. Er war nicht ihr Herr, er war ihr Knecht, und zwar der unterste. Nichts ließen sie gelten, nichts war gut genug, immer zwangen sie ihn zu Änderungen. Nachts bedrängten sie ihn: Wir sind die besten, wir ... Nein, schau uns an, wir sind viel schöner als die anderen ... Sei nicht dumm, nimm uns, wir sind die, die du suchst! Zweifel, überall Zweifel. Die Blätter waren übersät davon. An den Rändern, zwischen den Zeilen, in allen Passagen – Zweifel. Die Wörter tanzten sich schwindlig mit Zweifeln, sanken ihnen seufzend in die Arme, gaben sich ihnen hin. Eine Höllenfahrt!

Viktors Blut schien zu kochen, er phantasierte, und ihm war, als müßte er den Verstand verlieren. Doch anstatt sich abzuwenden, verdoppelte er seine Anstrengungen. Nicht aufgeben! Als er nach einem Jahr aus dem Taumel auftauchte, war er wie betäubt und unfähig, noch eine Zeile zu Papier zu bringen. Das Band zwischen seiner Phantasie und der Wirklichkeit war zerschnitten. Leere! Alles schien aus ihm herausgeflossen zu sein. Sein Körper und sein Geist wehrten sich gegen weiteres Produzieren. Aus! Nichts wird mehr kommen. Alles Schlacke, nur Schlacke. Er schwitzte, zitterte, fror und weinte sogar.

Er war bleich, hohlwangig, und seine Kleidung war verschlissen. Als eine Mieterhöhung kam, zählte er die Gläser. Ein halbes Jahr noch konnte er durchhalten, dann würde er nicht einmal mehr das Öl für die Lampe bezahlen können. Verzweiflung befiel ihn. Um sich zu erholen, spazierte er zum Sommergarten, doch dort verwehrte man ihm wegen seiner schäbigen Kleidung den Einlaß. Als er zurückkam, liefen die Kinder im Hof vor ihm weg. Er nahm seinen Platz wieder ein und feuerte sich an: Weiter, nicht nachlassen! Bald ging er dazu über, die Tinte zu verdünnen, die Federn erneut zuzuschneiden und die Blätter auf der Rückseite zu beschreiben. Später würde er alles kopieren, vorerst sparte er das Geld. Als das Newahochwasser die Ertrunkenen ins Meer schwemmte, war auch Viktor, als müßte er ertrinken. Vor der Fastenzeit wollte er fertig sein.

Würde er jemals fertig werden?

Er war zwanzig Jahre alt, hatte noch nicht gelebt, nicht geliebt und hatte niemanden, der ihm vertraute und dem er vertrauen konnte. Er hatte sich abgekapselt vom Leben, in der Hoffnung, es später um so heftiger erobern zu können. Nichts lernt man leichter als genießen. Doch vorerst hatte er nicht einmal mehr genug Brennholz für den Winter. Wer leiht fünf Rubel? Vielleicht der Nachbar Besarin aus dem Vorderhaus? Der Herr Besarin aus dem Vorderhaus trug einen schwarzen Rock, neue Kragen und feste Schuhe. Der Nachbar Besarin klagte nicht, er las.

Treten Sie ein, wärmen Sie sich auf! empfing Besarin ihn freundlich. Und bei Tuganovs Anblick fügte er hinzu: Ach, man lebt elend in dieser Zeit. Ganz Rußland lebt elend. Er seufzte: Elend auch im Geiste.

Nein, nein, der Geist ist frei, bemerkte Tuganov.

Ja, für sich allein mag er frei sein, doch wenn er heraus will, wird er gebeugt, malträtiert. Jedes vierte eingeführte Buch wird verboten, wußten Sie das?

Nein, Tuganov wußte es nicht.

Die Politischen sind in der Verbannung, die Dichter im Ausland, und was der Zar denkt, ist Gesetz, fuhr Besarin fort.

Er hat noch immer Angst vor den Dekabristen, scherzte Tuganov.

Ja, was für Männer! Und wir, was tun wir?

Und wie von einer Feder geschnellt schritt Besarin zum Bücherregal: Hier, Fourier, Saint-Simon, überall neue Ideen, nur bei uns nicht. Bei uns sind Bauern immer noch leibeigen. Eine Schande für Rußland, oh, eine Schande.

Er wand sich, als wäre es seine eigene Schande.

Und die Beamten halten für alle Dienste die Hand auf. Für jeden Stempel, jedes Dokument muß man extra zahlen, und noch einmal extra, wenn man es gleich will.

Wenn Sie mit ein paar Silberrubeln locken, bekommen Sie, was Sie wollen, pochen Sie jedoch auf Ihr Recht, müssen Sie warten und warten ... Wohin sind wir gekommen, wohin soll das führen ...

Die Moral geht in Lumpen, meinte Tuganov.

Ah, wie recht Sie haben! Besarin lächelte. Nehmen Sie das Brennholz, schämen Sie sich nicht. Und kommen Sie morgen abend in die Rossitzkaja Nr. 8, wenn Sie mögen. Wir treffen uns dort, ein paar Freunde, wir unterhalten uns ein wenig. Er begleitete Tuganov zur Tür: Bis morgen!

Ja, bis morgen, murmelte Tuganov und kehrte erfreut in sein Zimmer zurück. Besarin hatte ihn eingeladen, ganz ohne Wenn und Aber. Das war außergewöhnlich, gegen alle Erfahrung. Er schien sein, Tuganovs, Schielen überhaupt nicht bemerkt zu haben, kein einziger Gedanke daran war in ihm wahrzunehmen gewesen.

In dieser Nacht saß Tuganov am Ofen, wärmte sich an den brennenden Holzscheiten, mehr jedoch noch an seiner Freude über die Einladung. Die störrischen Sätze purzelten aus seinem Bewußtsein.

20

Die Rossitzkaja war durchweht vom Fischgestank der stadtauswärts liegenden Hafenbecken, und die Nr. 8 war ein schmuckloses Haus, das an Studenten, verarmte Handwerker und Fremde vermietet wurde. Die Bewohner wechselten häufig, und dem Hausbesitzer war das ständige Kommen und Gehen gleichgültig. Er wollte das Haus nicht erhalten, sondern ausbeuten, in jedem Zimmer zwei, drei oder vier Bettstellen vermieten – Kleinvieh macht auch Mist, viel Mist –, und irgendwann, wenn die Fenster die Kälte nicht mehr abhielten und das Dach sich durchbiegen würde wie der Rücken einer alten Katze, wollte er es abstoßen, um die Kosten für die Sanierung zu sparen.

So ein Haus war der richtige Ort für Versammlungen und Zusammenkünfte, da blieb man unbehelligt, da wurde der eigene Lärm übertönt vom Lärm der im Parterre liegenden Trinkstube.

Gegen acht Uhr abends stieg Tuganov die abgewetzten hölzernen Treppenstufen empor. Im zweiten Stock trat er vom Flur aus direkt in einen der schäbigen Wohnräume, und Besarin kam ihm mit ausgebreiteten Armen entgegen: Ah, Sie! Herein mit Ihnen, herein. Willkommen! Er drängte Tuganov zum Samowar, reichte ihm ein Teeglas und machte ihn mit den Anwesenden bekannt.

Andrejew, unser Dichter! Schapiro – von der Zeitung.

Pugatschow, unser Mann der Tat. Strelnikow fehlt heute, er läßt sich entschuldigen.

Unser Bombenbauer, rief Andrejew.

Tuganov erschrak.

Ein Scherz, ein Scherz, klärte Besarin Tuganov auf. Strelnikow sei ein Hitzkopf, immer auf Gewalt aus, doch mit Gewalt allein sei nichts zu erreichen. Da stimme Tuganov ihm doch zu?

Nein, Gewalt sei auch seine Sache nicht, erwiderte Tuganov. Seine Sache sei das Schreiben, und das sei, wenn überhaupt, eine sanfte Gewalt, die Gewalt der Gedanken, und die sei allemal stärker als die Gewalt der Faust.

Bravo, rief Besarin, unser Freund denkt, bravo, er denkt – das ist nicht gern gesehen in Rußland.

Der Zar mag zu viele Gedanken nicht, lachte Andrejew.

Alles soll bleiben, wie es ist, fiel Schapiro ein.

Auch der Hunger! fauchte Pugatschow. Ha, sollen die Herren doch selbst einmal Strohbrot fressen, dann werden sie sehen, wie lustig es ist, ein Bauer zu sein.

Der Tee wurde mit Wodka versetzt, man riß sich um das Wort, und die Diskussion wurde hitziger. Immer neue Gedanken stürmten auf Tuganov ein. Atheismus, Aufklärung, Fortschritt – das französische Modell, Demokratie und Parlamentarismus. Philosophische Gedanken, politische Gedanken. Das war verwirrend und aufregend, und den Männern war es eine Lust, diese Gedankenberge umzuwälzen, eine Lust, die eigene Meinung dazuzugeben, Ansichten, die an anderen aufgewogen wurden, um zur Wahrheit zu kommen, zur letzten, endgültigen Wahrheit: Die Welt ist ungerecht – die Welt muß verändert werden!

Mehr Bildung, forderte Besarin.

Und Pluralismus, ergänzte Schapiro.

Und in das Mitternachtsläuten der Muttergottes-Kathedrale von Kasan rief Pugatschow: Weg mit der Leibeigenschaft, weg mit der Zensur, weg mit der Willkür der Justiz!

Andrejew erhob sein Glas: Auf Rußland!

Vom Wodka gleichermaßen berauscht wie von ihren Ideen, stießen die Männer an.

Kommen Sie beim nächsten Mal wieder, forderte Besarin Tuganov auf.

Ja, kommen Sie, stimmte Schapiro zu und steckte ihm beim Gehen Schriften zu: Lesen Sie, lesen Sie!

Tuganov las, und er kam wieder. Erst einmal die Woche, dann zweimal, schließlich wann immer man sich verabredete.

Der Zirkel, Rußland, ein freieres Leben, diese Gedanken füllten die Männer aus. Dafür glühten sie, und Tuganov, gleichermaßen hingerissen wie hineingerissen in diese Welt, war begeistert. Da waren keine schmutzigen Seelenwinkel, keine Gedankenpfützen, in denen sich Ich-mein-mich-Gedanken ringelten, etwa: Kümmere dich nicht um alles selbst, Schapiro, laß das die andern machen! Behalte dein Geld, Besarin, gib nicht alles für Druckkosten her! Denk an dich, Andrejew, denn in der Not bist du allein! Alles kehrte sich nach außen. Besarins Geist war auch in Pugatschow, Pugatschows Geist in Andrejew, Andrejews Geist in Schapiro: Es war ein Gleichklang im Streben, ein gemeinsamer Wille, es war wie ein Fluß, in dem sie Tropfen waren. Sie waren von sich selbst gelöst, waren eins mit den anderen durch eine Idee, ihr Individuum bedeutete ihnen nichts. Sie waren

Brüder im Geiste, nichts schöner als das! Tuganov wußte nicht, sah er in sie hinein oder wurde er von ihren Gedanken angezogen. Er verlor die Distanz des nüchternen Beobachters, ja er verzichtete darauf, es reizte ihn nicht. Er wollte nicht beobachten, nicht analysieren, er wollte dabeisein, mittendrin sein. Er wollte vortragen, diskutieren und dazugehören. Und angezogen wie von etwas Glänzendem, mit aufgerissenen Augen, taumelte er in diese Welt hinein. Revolution! Ah, was für ein verschwörerisches, berauschendes, süßes Wort! Das war ein Ziel. Und zwar nicht irgendeines, sondern eines, das erhöhte. Plötzlich war man kein kleiner Journalist mehr, der sich mit Lobreden über Wasser halten mußte, kein verarmter Adliger, der nichts als seine Bildung vorweisen konnte, kein Hafenarbeiter, der in stinkenden Lagerschuppen herumkriechen mußte – man war plötzlich wer. Man hatte selbst Ideen, man gehörte einem Zirkel an, man war beinahe ein Revolutionär. Ja, man *war* eigentlich ein Revolutionär.

Aber was für eine Einbildung, und eine fatale dazu. Ganz Petersburg war voller Hitzköpfe dieser Art, voller krakeelender Zirkel, voller Schwatzbuden für aufgebrachte Gemüter. Überall kursierten Ideen – von irgend etwas mußte man ja satt werden. Ideen kosteten nichts, Ideen waren an jeder Straßenecke zu haben, und Ideen waren problemlos weiterzugeben. Ein paar Bücher genügten, ein paar Diskussionen, und schon war man im Bilde. Ideen waren leicht anzunehmen, ebenso leicht abzulehnen, nicht minder leicht anzuzweifeln, zu verdammen und sogar zu bekämpfen – man brauchte nur genügend Frechheit, um einfach etwas anderes zu behaupten. Sie waren jederzeit korrigierbar, im Handumdrehen auswechselbar und noch schneller zu vergessen. Ideen ließen sich achten, anbeten oder heiligsprechen, man konnte sie in den Dreck treten, mit Häme überschütten, zerfleischen, zerfetzen und in Schutt und Asche legen oder sich an ihnen aufschwingen, sich über sie erhöhen und an ihnen die eigenen, natürlich besseren Ideen entfalten. Wenn diese nicht mehr paßten, ließen sie sich durch neue ersetzen. Das hieß dann Reform. Mit Ideen konnte man sich vor allem schlagen, ohne Schweiß, ohne Schmerz und ohne Schaden zu nehmen. Niemandem geriet das zum Nachteil, jedenfalls nicht auf den ersten Blick. Würde man dasselbe mit greifbaren, materiellen Dingen tun, so wäre die Welt ein Trümmerhaufen. Im Prinzip konnte man also mit Ideen machen, was man wollte, wenngleich das von Zeit zu Zeit gefährlich war, hin und wieder sogar zu Katastrophen führte.

Bei einer der Versammlungen erklärte Besarin: England und Frankreich haben Verfassungen, sogar in Polen gibt es machtausübende Institutionen, und Polen ist Rußland untertan. Taugen wir nur zum Beten?

Schluß mit dem Beten, rief Pugatschow. Wir brauchen neue Gesetze! Unabhängigkeit der Richter! Eine gerechte Verteilung der Gelder …

Ja, endlich Gerechtigkeit, brüllte Andrejew.

Gerechtigkeit! Andrejew war ganz benebelt von dieser Empfindung. Gerechtigkeit für die Bauern, Gerechtigkeit für die Kinder, Gerechtigkeit für die Hungernden … bei jeder Gelegenheit forderte er Gerechtigkeit ein. Es war ein Gefühl wie eine leuchtende Wolke, die dem Hintergrund von Heiligenbildern glich, weiß und rosa. Und es war umrankt von Versen, in denen vom Schwert der Gerechtigkeit, dem Sturm und der Glut der

Gerechtigkeit die Rede war, von ihrer Unsterblichkeit und von der Qual, sie in Rußland vermissen zu müssen. Andrejew war bereit, für diese Gerechtigkeit zu kämpfen, mit nackter Brust, und, wenn es sein mußte, sogar zu sterben. Allerdings einen schönen Tod, einen Dichtertod, der mit Fahnen und Sinfonien zu tun hatte, der bestaunt und bewundert werden würde. Keinen kratzigen, kleinen, schleimigen Tod in irgendeiner Kellerecke, zerschunden und hoffnungslos, auch keinen schamvollen Tod, befleckt von Verrat, keine große, endgültige Niederlage. Dafür war in Andrejews Vorstellungen kein Platz.

Schapiro platzte herein.

Habt ihr schon gehört: Sie wollen das Wort *Fortschritt* verbieten! Es soll aus dem offiziellen Sprachgebrauch verschwinden!

Ein Tumult brach aus.

Pugatschow sprang auf und klopfte sich an die Brust: Hier ... hier sollen sie es herausreißen!

Besarin stürmte im Zimmer umher. Verbieten, ha, sie glauben, sie können alles verbieten! Sie wollen die Gedanken verbieten, nur dummerweise gehören unsere Köpfe dazu.

Und Strelnikow, ein Kerl wie ein glühender Krater, dröhnte: Man muß die Behörde in die Luft sprengen. Weg damit! Aufstand ... Gewalt!

Diese Vorstellung schlug in ihm hoch wie eine Flamme. Attentat! Endlich! Tuganov wurde davon erfaßt, und er fixierte Strelnikow. Dessen Aura war voller Eruptionen und Explosionen. Den Polizeipräsidenten hängen, die Popen massakrieren und die Offiziere erschießen. Umsturz, Brand, Rache, ja, und allen voran er, Strelnikow, ein Engel des Aufruhrs. Das Zensorenpack sollte Papier fressen, der Adel in Lumpen durch die Straßen gehen und der Zar zu Fuß nach Sibirien geschickt werden, um die Verbannten um Vergebung zu bitten. Derartige Bilder versetzten Strelnikow in einen Taumel. Erschlagen, das Pack! Strelnikow roch nach Gewalt, er stank regelrecht danach, beißend, schweflig, der ganze Kerl war ein Pulverfaß.

Sie haben Angst ... Sie sind am Ende ... Nieder mit der Autokratie! brüllte er.

Das war kühn, das rief zum Sturz des Zaren auf, das war gefährlich.

21

Beim nächsten Treffen waren sie schon zwölf, beim übernächsten fünfzehn und im Herbst dreißig. Pugatschow lud zu freimütig ein, und noch ehe der Zirkel sich versah, war er ausgehorcht und ausgeforscht. Schließlich hatte der Staat seine Beamten, seine Polizei, darüber hinaus eine Geheimpolizei und neuerdings sogar die Dritte Abteilung, die allergeheimste Geheimpolizei. Sollten die Schwätzer also krakeelen und palavern, solange man wußte, worüber, drohte keine Gefahr. Ideen, Ideen, aber nirgendwo ein Plan.

Doch es tauchten gerade zu jener Zeit Flugblätter auf, in denen Forderungen gestellt wurden nach einem Parlament, einer Rechts- und Bildungsreform, der Abschaffung der Leibeigenschaft und so weiter ... Unterzeichnet: Das Junge Rußland. Das Junge Rußland – wer war das? Solcherart Forderungen waren dem Zar zuwider, äußerst zuwider sogar. Ha, hier hatte niemand etwas zu fordern, auch nicht die Abschaffung der Leibeigenschaft. Schließlich gehörte das Land dem Adel, schließlich gab der Adel den Bauern davon ab und machte sie dadurch erst zu Bauern. Und schon gar nicht hatte jemand eine Verfassung zu fordern. Mochten die Polen sie haben, ein Zuckerbrot für das unruhige Volk, hier in Rußland bestimmte immer noch er, der Zar. Konstitutionelle Monarchie? Das hieße ja, ihn beiseite drängen zu wollen, ihn entmündigen zu wollen, ihn vielleicht sogar abschaffen zu wollen. Ein Zar läßt sich nicht abschaffen.

Doch dummerweise regierte zu jener Zeit in Warschau ein Bruder des Zaren, dem vielleicht auch nach Reformen, also nach dem russischen Thron, zumute war, man konnte nie wissen, und dummerweise zeigte ganz Europa mit dem Finger auf Rußland, wo alles beim alten geblieben war bei soviel Fortschritt drumherum. Das bessert die Laune eines Zaren nicht. Vielleicht hatte er darüber hinaus schlecht geschlafen, vielleicht war ihm das Frühstück nicht bekommen, und vielleicht machten die Türken an der Grenze wieder einmal Theater – jedenfalls gehörte dem Jungen Rußland der Schnabel gestopft. Flugblätter, eine Frechheit, und was folgte danach – vielleicht Zeitungsartikel, Bücher, Bomben?

Also Schluß mit dem Palaver!

Und so wurde der Zirkel ausgehoben, leise, in einer Novembernacht, kaum daß er auseinandergegangen war. Und natürlich kam nicht nur ein Gendarm zu Tuganov wie zu einem säumigen Zahler, der seine Schuld im Stadtgefängnis abzusitzen hatte, sondern es drängte ein ganzes Rudel ins Haus, quoll die Treppe hinauf, durch die Tür und in das Zimmer. Tuganov, der gerade nach Hause gekommen war und noch nicht einmal seinen Mantel abgelegt hatte, erkannte sofort den unerhörten Schwall Entschlossenheit, der von den Männern ausging, dahinter die Lust am Zupacken, den Trieb zum Schnüffeln.

Ankleiden und mitkommen!

Blödsinn, er war doch noch angekleidet.

Die Schnüffler öffneten die Tabakdose, zerfledderten die Bücher und rissen die Matratze auf. Dann fuhren sie zwischen die Manuskriptbögen, daß diese umherstoben wie Gänsefedern, und rückten den Schrank von der Wand. Alle Briefe, alle Aufzeichnungen, jedes Stück bekritzeltes Papier wurde beschlagnahmt. Das waren sichtbare, habhaft zu machende Gedanken. Drei Mann allein drängten sich um den Schreibtisch, um ein verräterisches Dokument, ein Flugblatt, vielleicht einen Aufruf zum Umsturz zutage zu fördern. Der Verhaftete, das Beweisstück, die Schuld – das wäre ganze Arbeit gewesen. Ah, was für ein Kitzel, jemanden aufzuspüren, zu belauern und ihn schließlich zur Strecke zu bringen. Was für ein Vergnügen, ihn überrumpelt, verblüfft und zittern zu sehen. Was für eine Befriedigung, von einer Minute auf die andere alles zu beherrschen. Und welche Lust, kleine, böse Fragen auszustoßen: Sie schreiben? Interessant, interessant …

Das klang wie ein Urteil. Denn wer schrieb, dachte nach, wer nachdachte, wollte verändern, und wer verändern wollte, stürzte auch um.

Tuganov, der mit starrem Gesicht inmitten des Gewusels stand, wurde von Gedanken berührt wie von feuchten Schweineschnauzen. Das war ein Sabbern, Schniefen und Schnaufen. Eine Gier, das Unterste nach oben zu kehren. Das war Jauche, Gefühlsjauche. Und zwar nicht nur ein paar ranzige Spritzer, sondern eine Kloake, die sich lustvoll erbrach. Unwillkürlich saugte das Gesicht, sein Übersinn, auch davon auf, was zu haben war. Tuganov wurde beinahe übel davon. Und ehe er sich versah, wurde er die Treppe hinabgeführt, in eine Kutsche gedrängt und ins Polizeipräsidium gefahren. Dort saß schon der ganze Zirkel, und am nächsten Tag wurde das Grüppchen in die Peter-Pauls-Festung überführt.

Auf die Festung konnte der Zar vom Kaiserpalast aus

herübersehen. Dort konnte er sie schmachten sehen, leiden und bibbern sehen, die Herren Revolutionäre, dort würde er sie ein Weilchen schmoren lassen, bis sie weich genug waren, daß man sie klopfen konnte wie ein Stück Schweinenacken. Ha, aus war es mit den Ideen!

Dort gab es kein Licht, keine Gesellschaft und keine Auskunft. Auch kein Waschwasser – Wasser sei für reinliche Menschen –, kaum Frischluft – die Lüftungsklappe wurde nur einmal am Tage geöffnet – und keinen Arzt – hier sei man nicht im Sanatorium.

Hier war der Sohn Zar Peters zu Tode gefoltert worden.

Angst befiel Tuganov. Allein in einer Zelle, fütterte er die Mäuse mit Brotkrumen, die er in einer Linie auf den Fußboden legte. Er schmiegte sich an den Boden, drückte die Wange an die Steine und starrte in die Mäuseaugen, kleine glänzende Pünktchen, Lichter eines fremden Lebens. Doch er konnte nichts anderes als Scheu erkennen, eine Scheu, die die Mäusewelt durchfuhr wie der Wind die grünen Felder von Marlowka. Eine Maus sein, dachte er. Aber war er denn mehr als eine Maus? Und wenn ja, wen kümmerte es?

22

Zur Verhandlung wurden gleich drei Richter aufgeboten, denn in einem Zug wollte man fertig werden mit dem Kopf der Bande, für den Rest blieb immer noch Zeit. Strelnikow, der Teufelskerl, war nicht dabei.

Von wem sie beauftragt worden seien, fragte der Vorsitzende Richter, und Besarin antwortete unverblümt: Von Rußland! Man habe sich wohl selbst beauftragt, näselte der Richter, und ein alter, blankgewetzter Ärger stieg in ihm auf. Aufsässig war das Gesindel, sogar hier auf der Anklagebank, vollgestopft mit neuen Ideen. Der Ärger sprang heraus, direkt auf das Grüppchen zu, und Tuganov brauchte nur das Gesicht zu heben, um ihn wahrzunehmen. Neu, neu, immer sollte alles neu werden, ha, was war nicht alles neu! Seit kurzem wurde in die Sonne hineingestarrt, wo man Linien entdeckt hatte, und das Licht, das von dort kam, sollte sich angeblich in Wellen ausbreiten. Unsinn! Jeder konnte sehen, daß es nicht so war. Licht war kein Wasser. Und bei Hofe hatte man eine Influenz-Elektrisiermaschine beklatscht, Hokuspokus, und danach sogenannte Rollschuhe vorgeführt, mit denen sich die jungen Müßiggänger jetzt vergnügten. Unnütz! Und das Allerneueste war ein Wasserstoff-Platin-Feuerzeug. Aber wozu? Zum Brändelegen für das unruhige Volk? Doch wenn das Feuer gelöscht werden soll, dann kann das niemand, dann schreit man nach der Polizei und nach der Gerichtsbarkeit. Und laufend diese neuen Elemente, Thorium, als ob das wichtig wäre. Niemand kann sich etwas darunter vorstellen. Man drang in die Dinge ein, man wollte Gott nacheifern, nachäffen. Blasphemie! In Kasan lehrte man nichteuklidische Geometrie, in der es zu einer Geraden mehrere Parallelen gab – na und? Euklid wollte man übertreffen, das Genie. Ha, man wollte selbst ein Genie sein. Das war vermessen, denn die alte Geometrie hatte der Welt Maß und damit Stabilität gegeben. Aber das stellte man in Frage. Und wenn man etwas in Frage stellt, dann dauert es nicht lange, bis man die Achtung davor verliert, und hat man erst einmal die Achtung davor verloren, ist es alsbald nichts mehr wert. Das war mit Dingen nicht anders als mit Ansichten. Das schuf nur Unordnung. Aber das allerschlimmste, weil gefährlichste, waren Bücher. Neuerdings wurde eine sogenannte Himmelsmechanik verkauft, natürlich von einem Franzosen, Laplage oder so ähnlich. Ja, so weit war es gekommen, den Himmel erklären zu wollen. Aber der Himmel gehörte dem Herrn, und damit genug!

Laplace, hätte Tuganov beinahe dazwischengerufen, der den Ärger des Richters jetzt ganz nackt sah. Es war ein Gefühl, das beizende Spritzer absonderte, die zu heißen, übelriechenden Wölkchen verdampften.

Ach, das alles machte einen wirr im Kopf, ganz irre. Und dieses junge Volk hier hatte es auch irre gemacht. Das glaubte, an der Gesellschaft herumpfuschen zu können, aushebeln zu können, was seit Jahrhunderten Bestand hatte. Aber nichts da! Ordnung, Ordnung, darauf kam es an. Doch niemanden schien das zu kümmern. Schon gar nicht den Adel, denn der hatte ja nichts zu verantworten. Zu verantworten hatten alles die Beamten, letztendlich die Sekretäre und die Minister. Jugend, Jugend, nur Ärger hatte man mit dieser Jugend. Erst mußte man sie beobachten, dann verhaften, dann einsperren und dann verurteilen. Und hatte man sie verurteilt, dann wurde darüber diskutiert, ob dieses Urteil gerecht war oder nicht. Bah, gerecht oder ungerecht, ein Urteil hatte nützlich zu sein, und damit genug. Entsprach es den Ansichten des Zaren, war es allemal nützlich – und gerecht obendrein. Gerechtigkeit, herrje, die Leute hatten Vorstellungen davon! In jedem Salon, in jeder Gesellschaft, ja sogar in den Zeitungen wurde darüber polemisiert, zwischen den Zeilen natürlich. Und egal, wie das Urteil hier aussehen würde, die feinen Damen würden mitfühlen mit den jungen Männern, schon wegen der glühenden Blicke, der verwegenen Gebärden und deren Sinn für Poesie. Dieser Andrejew, ein Dichter, herrje, so etwas machte die Damen ganz verrückt. Sie werden an dem Urteil herummäkeln, herumpicken, vielleicht sogar ihre Männer dagegen mobilisieren, man hat ja sonst nichts zu tun. Natürlich mit Rücksicht auf die Jugend der Angeklagten, das klang barmherzig. Dabei schützte man letztendlich doch ihre Güter, ihre Palais, ihre Juwelen. Neuerdings drängte alles zu einem Attentat, wenn man dem Geheimdienst glauben durfte. Und wem sollte man glauben, wenn nicht Graf Benckendorff und der Dritten Abteilung. Dort forderte man: Kopf ab! Aber so einfach ging das nicht. Nicht ohne Beweise, und Beweise hatte Benckendorff, der Wichtigtuer, der Klugscheißer, nicht liefern können. Nur Absichten, keine richtige Tat. Unfertige Arbeit, das machte einem das Verurteilen schwer. Propaganda hin, Umsturz her, man brauchte Konkretes, eine Verschwörung, einen Plan, kein Romanmanuskript! Das war nichts als ein Haufen Papier. Bloß dieses Manuskript nicht erwähnen, sonst fragte noch jemand, was da drinsteht; das würde die Damen vollends den Verstand kosten. Und was machte es für einen Sinn, neue Märtyrer zu schaffen, wo die alten, die Dezemberrevolutionäre, noch in Sibirien hockten samt ihren Frauen. Ach, hätte man die doch damals nur ein bißchen eingesperrt und dann ins Ausland geschickt, dann wäre die Sache nur halb so heldisch. Statt dessen waren drei Stricke beim Hängen gerissen, Murawjow war in die Grube gestürzt und hatte gebrüllt: Nicht einmal ordentlich gehenkt werden könne man in diesem Land! Peinlich, peinlich. Solche Geschichten liebte das Volk, so etwas vergaß es nicht. Man mußte vorsichtig sein beim Bestrafen, keine neuen Märtyrer, man mußte an die Zukunft denken. Aber er bestrafte ja nicht, er urteilte nur – der Zar bestrafte. Und zu verurteilen gab es genug, wie die Akten bewiesen: aufrührerische Diskussionen, gefährliche Schriftstücke, Geheimbündelei und so weiter.

Schriftstücke? rief Pugatschow. Wo? Verbrannt? Die Asche haben Sie selbst gesehen? Ein bißchen Asche, die vom Pfeifenrauchen übriggeblieben war.

Umstürzlerische Gespräche? Andrejew lachte. Haben Sie Angst vor dem Wort, meine Herren?

Eine Geheimdruckerei? spottete Besarin. So geheim, daß selbst Sie sie nicht finden?

Der Ärger des Richters schwoll an, und zum Schluß waren seine Gedanken weniger spaßig, denn zum Schluß dachte er: Schuld hat das Pack allemal. Unverfroren ist dieser Haufen, Frechheiten erlaubt er sich. Obenauf will er sein, statt stillzuhalten. Was starrt der Schielende so?

Aufdringlich, der Kerl, widerlich wie das ganze Grüppchen. Verurteilen!

Rasch, denn der Zar drängte, der Zar war ungeduldig, der Zar war sogar verstimmt.

Unglücklicherweise explodierte zu jener Zeit eine Bombe, unglücklicherweise direkt am Justizgebäude, aus dem es aber nur ein Stückchen Mauer herausriß, und ganz unglücklicherweise zu früh, so daß es den Attentäter in tausend Stücke zerfetzte. Man fand hier einen Arm, dort einen Fuß und anderswo einen blutigen Klumpen, der wie das Herz aussah. Doch man fand nicht alles. Die Milz fraß eine trächtige Katze, die Lunge ein Straßenhund und die Leber ein Bettler, der glaubte, sie wäre von einem Metzgerwagen gerutscht. Mühsam setzte man den Kerl zusammen, um herauszufinden, wer er war, doch der Kopf blieb verschwunden, der Kopf war wie vom Erdboden verschluckt – den Kopf hatten sich die Ratten geholt. An der Mauer blieb ein Blutfleck, der bewacht wurde, als könnte ihn jemand stehlen, und den zu bestaunen die halbe Stadt zusammenlief.

Ein gewisser Strelnikow, nach dem die Geheimpolizei fieberhaft suchte, blieb unauffindbar.

Eine Bombe war etwas Handfestes, das war so gut wie eine Kanonenkugel, eine Bombe kam gerade recht. Also verwies der Zar die Sache an das Militärgericht: Sollten die Herren Offiziere zeigen, wozu sie in der Lage waren.

Vor einem Militärgericht wog eine Absicht genauso schwer wie das Verbrechen, und Absichten gab es genug, wie aus den Akten hervorging. Ein Brief ins Ausland, aufrührerisches Gedankengut gegen Religion und Regierung, umstürzlerische Gespräche und anderes mehr. Ein Militärgericht macht nicht soviel Federlesens wie die

Herren Beamten, die Weichlinge, es macht kurzen Prozeß. Schuldig! lautete der Richterspruch, der auf das Grüppchen herabfuhr wie ein höherer Wille. Doch das eigentliche Urteil, das hieß, die Verkündigung der Strafe, blieb aus. An die Strafe verschwendeten die Militärs keinen Gedanken, die Strafe war ihnen gleichgültig, bestrafen würde der Zar.

Die Strafe sollte am nächsten Tag verkündet werden – über die Strafe wollte der Zar noch einmal schlafen.

23

Am nächsten Morgen waren die Gänge erfüllt von Schlüsselklappern, Rufen, Türenschlagen. Die Gefangenen wurden aus ihren Zellen geholt. Auf den Mauern der Festung lag Schnee, Krähen flatterten durch den Gefängnishof, und eine Kutsche wartete am Tor, eskortiert von berittenen Gendarmen. Die Fahrt ging die kleine Newa entlang, durch die Strelka, über die Schloßbrücke bis auf den Senatsplatz. Aber wieso hielt die Kutsche mitten auf dem Platz? Tausend, nein, zweitausend Menschen hatten sich dort versammelt, Muschiks in Schapkas und muffigen Filzen, gegenüber eine Kompanie Soldaten, die wie angefroren auf der weißen Fläche stand. Und wozu der Priester, das Kreuz und die Bibel? Die Kutsche fuhr davon, und Tuganov war, als würde damit das Band zu seinem bisherigen Leben zerschnitten. Er konnte keinen klaren Gedanken fassen. Trommelwirbel fegte über den Platz, und die Gendarmen trieben die Gefangenen zu einer kleinen hölzernen Tribüne, die mit schwarzem Stoff behängt war. Hinter der Tribüne entdeckte Tuganov, der sich umgewandt hatte, Pferde, Wagen und auf den Wagen ... Särge!

Jetzt begriff er.

Auch Andrejew hatte sich umgewandt und stammelte: Aber sie können doch nicht ...

Tuganov war zu keiner Antwort fähig. Er starrte auf das Kreuz in der Hand des Popen. Nein, angesichts des

Kreuzes würden sie es nicht wagen, eine Ungerechtigkeit zu begehen, alles würde sich aufklären, alles war sicher ganz anders, als es aussah.

An der Treppe zögerte er und wurde gestoßen; Besarin und Schapiro schritten mit raschen Bewegungen hinauf, Andrejew taumelte mehr, als daß er ging, und Pugatschow nahm die Stufen, als führten sie zu einem Tanzboden hoch.

Ein Offizier verlas das Urteil: Schuldig der Anstiftung zum Umsturz ... Schuldig der Verbreitung verbotener Schriften ... Verurteilung durch das Militärgericht ... Pugatschow, Schapiro, Besarin, Andrejew, Tuganov ... zum Tode.

Tuganov war fassungslos. Auch sein Name war gefallen, und es war, als würde dieser Name in dem Gefühl verglühen, das plötzlich in ihm aufwallte. Sie wollten seinen Tod!

Als den Verurteilten weiße Gewänder mit Kapuzen übergezogen wurden, zischte Besarin: Lächerlich!

Nein, sie waren nicht lächerlich, sie waren Unglückliche, Verlorene. Der Priester reichte ihnen das Kreuz zum Kuß. Für Tuganov war es wie ein Abschied von allem, was bisher sein Leben ausgemacht hatte. Dann war er allein. Allein mit dem Rest dieses Lebens, jenem winzigen, kostbaren Tröpfchen, das sich rasend schnell verbrauchte, während sie hinabgeführt und an die Pfähle gebunden wurden. Er schaute auf die gaffende Menge. Ah, man hatte sie hierhergebracht, um sie ausstellen zu können, um aus ihrem Tod Kapital schlagen zu können – Feinde der Krone, Feinde der Ordnung, Feinde Rußlands. Seht, so wird es jedem ergehen, der aufzubegehren gedenkt! Wie naiv von ihnen, zu glauben, daß die Bestie, die sie gereizt hatten, sie nicht zerreißen würde. Der Zar war die Bestie! Tuganovs Blick glitt über die schwarz-roten Uniformen, die Bäume, den Platz und die Offiziere und Priester. Vorbei alle Hoffnung, vorbei alle Pläne. Gestern noch Dichter – heute dem Tode geweiht. Wie ungerecht das war, wie schnell das ging, viel zu schnell. In fünf Minuten würde alles vorbei sein. Dieser Gedanke traf Tuganov mit unerhörter Wucht. Er begann zu zittern. Lohnte es sich, für eine Idee zu sterben? Für die Idee eines besseren Lebens? Freilich, man stirbt für das große Ganze, aber was zählt das schon in so einem Augenblick. Mochten stärkere Naturen dabei Größe empfinden, er, Tuganov, empfand nur Angst. Die Idee war so klein und der Wunsch nach Leben so groß. Er atmete heftig, so, wie er schon millionenmal geatmet hatte, doch jeder Atemzug schien ihm einmalig, erquickend, köstlich zu sein. Atmen, atmen, was für ein Glück, die Luft trinken, schmekken, genießen – in ein paar Augenblicken wird es auch damit vorbei sein. Seine Gedanken zitterten, sein Herz verkrampfte sich, und seine Knie wurden weich. Alles in ihm trommelte nur den einen Wunsch: Leben, leben, noch einen Augenblick, eine Stunde, einen Tag ... Und sollte dieses Leben auch noch so erbärmlich sein – nur leben! Nicht einmal die furchtbare Kälte wird er in ein paar Minuten noch spüren dürfen. Pugatschow lächelte verächtlich, als man ihn an den Pfahl band. Er hatte sich die Kapuze vom Kopf gerissen und starrte die Soldaten an. Warum weinte er nicht? Weine doch, Bruder, weine, damit ich auch weinen kann! Tuganov schossen Tränen aus den Augen, liefen über die Wangen und gefroren auf der Haut. Weine doch! Pugatschow spuckte in den Schnee. Oh, er, Viktor Tuganov, würde nicht wie ein Held sterben können. Er würde mit erbärmlichen Gefühlen zugrunde gehen. Er würde dem furchtbaren allerletzten Augenblick ganz ausgeliefert sein. Sterben! Noch drei Minuten. Jetzt banden sie Andrejew fest. Noch zwei Minuten. Jetzt Schapiro. Noch eine. Jetzt Besarin. Nur ein paar gierige Atemzüge noch ... Tuganov bekreuzigte sich, ließ sich festbinden und sog die Luft tief ein.

Dann hörte er das Kommando: Legt an!

Die Soldaten standen wie erstarrt, die Menge hielt still, und selbst Gott schien den Atem anzuhalten.

Tuganov hob das Gesicht zum Himmel. Der Augenblick war erfüllt vom kurzen, starren Warten auf die Salve. Die Priester, die Offiziere, ja ganz Petersburg schien zu warten.

Nun schießt schon, schießt ...

Doch auch die Soldaten schienen zu warten.

Erlöst uns. Schießt endlich!

Mit einem Mal war Pferdegetrappel zu hören. Ein Meldereiter sprengte auf den Platz, schwenkte ein weißes Tuch, und die Gewehre sanken zu Boden. Tuganovs Blick stürzte auf die Szene: Die Menge regte sich, der Bote übergab dem Generaladjutanten eine Depesche, und der Adjutant reichte sie an den General weiter. Die Stimme des Generals holte Tuganov zurück in die Welt: Seine Kaiserliche Hoheit ... in Anbetracht der Jugend ... Gnade ... Verbannung ...

Die Menge holte mit einem riesigen Seufzer Luft.

Verbannung? Der Gedanke durchfuhr Tuganov wie ein Jubelschrei. Sibirien ... Was für ein Glück!

Hoch lebe der Zar, rief jemand.

Hoch lebe der Zar, brüllte das Volk.

Die Männer wurden von den Pfählen losgebunden,

doch Andrejew blieb wie träumend stehen. Er schaute in den Himmel, über die Dächer, auf die Soldaten und in den Schnee. Komm, Bruder, meinte Besarin, es ist vorbei. Komm!

Aber Andrejew rührte sich nicht. Besarin ergriff Andrejews Hand, und Andrejew machte einen unsicheren Schritt vom Pfahl weg. Dann lächelte er, und Besarin legte ihm den Arm um die Schulter: Vorbei, vorbei ...

Andrejews Lächeln erlosch. Seine Augen weiteten sich, die Züge wurden starr, und er schien blind zu sein vom Schnee. Sein Blick blieb an Tuganov hängen. Tuganov schaute Andrejew an, und was er sah, erschreckte ihn: Andrejews Welt geriet aus den Fugen. Gefühle wallten in ihr auf, brandeten gegeneinander und entluden sich – Angst und Hoffnung, Verzweiflung und Haß. Ein Gedanke: Ge-rech-tig-keit! Der Gedanke zersplitterte, die Silben spritzen auseinander wie Schaum, erstarrten und irrten in Andrejew umher. Grausiges Echo, das sich verdoppelte, verdreifachte und zu einem furchtbaren Heulen anschwoll. Ge-rech-tig-kei-ei-eit! Andrejew hielt sich die Ohren zu. Er schaute flehentlich, Verrat, Verrat, aber nein, nein ... Die Splitter wirbelten empor, schwebten umher und sanken schließlich wie Schneeflocken in ihm herab. Andrejew wollte mit ihnen spielen, versuchte sie zu fangen, zu Worten zusammenzusetzen, zu einem letzten Wort, Ver-ge-bung, doch die Splitter zerschmolzen, und alles war mit einem Mal wie ausgelöscht. Ruhe, Ruhe. Nur eine blöde Freude breitete sich in ihm aus: Bin so klein, bin so fein, will mit niemand böse sein ...

Tuganov schaute fassungslos zu: Er sah den Wahnsinn!

Hihi, kicherte Andrejew. Es ist heiß hier, laßt uns baden gehen, Brüder ...

Besarin hatte Tränen in den Augen, auch Tuganov begann zu schluchzen, und beide umarmten den wahnsinnig gewordenen Andrejew.

24

Am nächsten Morgen holte man die Gefangenen aus dem Keller. Tuganov hob den Fuß auf den Schmiedestock, die eiserne Kralle schloß sich um das Gelenk, und der Hammer fuhr nieder. Noch ein Hammerschlag und noch einer, dann war die Öse geschlossen. Angekettet, dachte er, angeschmiedet an das Schicksal, und seine Gedanken schlossen sich um dieses Schicksal wie die Kralle um sein Gelenk: Sibirien, fünf Jahre, kein Schritt mehr ohne Ketten. Werden wir zurückkommen?

Fünf Kilo, zischte Pugatschow verächtlich, ein Gruß auf den Weg von der Obrigkeit.

Im Hof warteten Schlitten mit Gendarmen. Ein Feldjäger führte den Konvoi an, als sie das Tor passierten. Auf dem Newski Prospekt fuhren sie hinaus aus der Stadt. Hinter den Fenstern der Palais wurde geplaudert, in den Kirchen gebetet, in den Wirtsstuben gelacht und getrunken – das Leben ging weiter, als wäre nichts geschehen. War es zu vermessen gewesen, die Welt verändern zu wollen? Wenig später waren nur noch das Schnauben der Pferde, die Rufe der Kutscher und das Knirschen der Kufen im Schnee zu hören. Tuganov hing seinen Gedanken nach. Er hatte am Pfahl gestanden, war Spielzeug gewesen, Teil eines grauenhaften Experiments. Er war einem fremden Willen ausgeliefert gewesen, von diesem beherrscht worden. Nie, so schwor er sich, wollte er einem anderen auch nur ähnliches antun, nie mit seinem Übersinn in ein Wesen eingreifen, es vielleicht manipulieren, wie er manipuliert worden war. Gott würde ihm das nicht verzeihen.

Kälte umfing den Konvoi. Sie kroch in Tuganovs Stiefel, unter seinen Mantel, durch jeden Spalt seiner Kleidung; Kälte, ein unbezwingbarer, allgegenwärtiger Feind. Langsam kroch der Troß von Hügelkette zu Hügelkette. Der Blick erlahmte an der Weite. In den Dörfern liefen die Bewohner zusammen, bekreuzigten sich und begafften die Gefangenen – Verurteilte, Unglückliche, die zur Hölle fuhren. Weiter, weiter. Nach zehn Tagen zeichnete sich der Ural am Horizont ab, ein gewaltiger Buckel im Weiß – es war, als hätte das Land die Weite selber satt. Doch dahinter lag ein neuer Horizont, dahinter ein neuer, und Tuganov spürte, wie ihm bei dieser Vorstellung die Kräfte versagten. Warum hatte Gott Rußland hier nicht zu Ende sein lassen? An einer Wechselstation für Pferde machten sie halt, im Rücken Europa, vor ihnen Asien.

Auf Wiedersehen, Heimat!

Der neue Kontinent hieß sie mit Schneestürmen willkommen. Tagelang war die Luft erfüllt von einem eisigen Toben und Fauchen. Die Schlitten wurden ausgespannt, die Feldjäger saßen beim Wodka, und Pugatschow hatte sich so sehr an die Eisen gewöhnt, daß er bereits von Flucht faselte. Schapiro wickelte Lappen um die Fußeisen und deutete auf seine wundgeriebenen Knöchel: Vielleicht damit? Besarin wärmte seine halberfrorenen Zehen an einem Ofen. Er wimmerte vor Schmerzen, als das Leben in sie zurückkehrte.

Durchhalten, nur bis Tobolsk, durchhalten! machte Tuganov ihm Mut.

Am nächsten Morgen hatte die Weite den Sturm ausgeatmet. Die Pferde waren frisch, und die Männer setzten ihren Weg fort. Wie weit ist es noch? wollte Schapiro wissen. Weit genug für dich, rief einer der Feldjäger. Immer stiller wurde die Landschaft, immer länger brauchte man von einer Station zur anderen. Hin und wieder begegneten ihnen die Schlitten von Bauern oder Kaufleuten. Die Kutscher riefen sich die Entfernungen zu: Vierzig Werst bis Gawrilowo, sechzig bis Dwinskoje, neunzig bis Studenkowa. Tuganov hatte aufgehört, die zurückgelegten Entfernungen abzuschätzen oder auf die Ankunft an der nächsten Station zu warten. Eine gebrochene Kufe, eine Eisbarriere bedeuteten stundenlange Verzögerungen. Es war gleich, wann sie irgendwo ankamen. Die Zeit zerfiel, sie hatte in dieser Einöde keine Bedeutung.

Endlich Tobolsk!

Die Stadt, ein Sammelplatz für Verurteilte aus dem ganzen Reich, war ein schwitzender, schmutziger Fleck im Weiß. Sträflinge aus allen Himmelsrichtungen wurden hier zusammengetrieben, um nach Sibirien verschickt zu werden. Hunderte in einem Saal, stehend, hockend, liegend, ein Durcheinander von Körpern, Sprachen und Gebeten. Vermutungen und Gerüchte dampften aus der Menge: Wohin wird es weitergehen? Und wann? Gestern ging ein Transport nach Kubanowka. Wer nach Iljino kommt, ist verloren, von dort kommt niemand mehr zurück. Sie schicken uns einfach dorthin, wo Platz ist, und manche vergißt man sogar. Da, der Mann ist schon ein paar Wochen hier …

Scheinbar ergeben wartete die Menge auf den nächsten Aufruf. Warten hieß stillhalten, glich einem Starren in ein bedrohliches Dunkel, war wie Atemholen und Luftanhalten. Warten, warten ...

Tuganov hatte den Blick gesenkt, seine Sinne eingezogen, die Schalen seines Bewußtseins geschlossen. Er hockte in seiner Kapsel und stellte sich tot.

Die Politischen auf den Hof, hieß es eines Morgens. Niemand regte sich.

Tuganov schaute sich um: Außer ihnen waren keine Politischen hier.

Unter dem Gejohle der Gefangenen bahnten sie sich einen Weg durch die Menge.

Ha, die Politischen! Die lassen sich wegen ein paar Ideen einsperren, was für Dummköpfe! So was darf nicht frei rumlaufen. Die gehen nach Sibirien und wissen nicht, warum. Hat man so was schon gesehen!

Eine Woge der Verachtung umbrandete sie auf dem Weg zur Tür. Jemand stellte Besarin ein Bein, Besarin stürzte und brüllte vor Schmerz auf. Pugatschow warf dem Kerl blitzschnell die Kette um den Hals, riß die Arme kreuzweise übereinander und zerrte ihn hoch. Entschuldige dich!

Der Kerl lief rot an, Pugatschow ließ kurz locker, und die Entschuldigung entwich aus dem Mund des anderen wie ein Rülpser.

Im Hof wurden sie einem Troß zugeteilt, der sich langsam in Richtung Osten in Bewegung setzte.

Nach Omsk, zischte einer der Gefangenen.

Dreihundert Kilometer ... zu Fuß, stammelte Schapiro fassungslos.

Stille, Schnee. Alles Leben schien sich aufgegeben zu haben. Besarins Zehen wurden schwarz vom Frost. Er wankte, stürzte eines Mittags und blieb liegen. Einer der

Wachsoldaten stieß ihn an wie einen müde gewordenen Ochsen: He, he, auf, auf ... Besarin küßte das Kreuz. Tuganov drang ein letztes Mal in ihn ein. Es war kein Wille mehr in ihm. Er wollte schlafen, einschlafen im Schnee, er wollte, daß es vorbei war. Alle Gedanken, alle Gefühle drängten dahin. Seine Welt begann bereits zu leuchten, mattgolden zu strahlen. Erlösung. Keiner der Gefangenen hatte die Kraft, ihm zu helfen. Besarin blieb zurück, reglos, ein Bündel im Schnee. Schlafen, schlafen ...

Ist das Rußland oder die Hölle? murmelte Tuganov.

Rußland *ist* die Hölle, keuchte Schapiro.

Weiter ging es von Station zu Station. Der Tee war gefroren, die Decken vereist. Pugatschow riß mit den Zähnen Späne von einem Scheit Holz. Feuer, Feuer, kicherte Schapiro halb beschwörend, halb irre, als Flammen hochschlugen. Nachts krochen sie zueinander, warfen die brüchigen Schaffelle über sich und wärmten ihre zitternden Körper aneinander.

Weiß, überall weiß. Tuganov war, als wollten seine Sinne in diesem Weiß verglühen ... weiß wie die Laken im Schlafsaal, die Kleider der Debütantinnen, ein Brief von Marja. Endlich! Dann das Geklingel eines Postschlittens, doch es war kein Schlitten zu sehen. Ein Walzer, ein Tanz ... seine Augen tränten, die Lunge brannte, die Haut riß über den Wangen. Laßt uns hierbleiben, ausruhen....

Irgendwann drang ein dünner Schrei Schapiros in seine weiße Welt. Tuganov hob den Blick. Eine Krähenwolke wirbelte über einem der Hügel empor, sank nieder, stieg erneut auf und drehte sich im Wind. Aasvögel, die über ihren Futterplätzen schwebten. Auch Pugatschow stieß einen kratzigen Laut aus, und selbst die Gendarmen gerieten in Unruhe. Wo Aas war, war Leben, wo Leben war, gab es Menschen.

Vor ihnen befand sich das Lager – das Ziel war erreicht.

25

Die Sträflingskolonie war ehemals eine Bastion gegen die Völker des Ostens gewesen, dann ein Holzfällerplatz, auf dem der Wind aus den Wäldern sich austanzen konnte, und schließlich eine Handelsstation, die aufgegeben worden war. Ein schiefes Sechseck aus Pfählen, umgeben von Erdwällen, an den Ecken Wachtürme und im Innern Holzhäuser – zweihundert Schritt nach Norden, hundertfünfzig nach Westen.

Als Tuganov durch das Tor ging, war ihm, als wäre ihm das Leben ein zweites Mal geschenkt worden. Die Lumpen, in denen die Ankömmlinge steckten, wurden ihnen abgenommen und verbrannt, die Haare geschoren und die Namen in ein Buch eingetragen. Besarin – ein sauberer gerader Strich; das war die letzte Auskunft über den Revolutionär Besarin, einen Mann von kaum dreißig Jahren, der, wenn man so wollte, an seinen Ideen zugrunde gegangen war. Sie wuschen sich, bekamen rauhe Sträflingskleidung und tupften Ringelblumensalbe auf die eiternden Wunden an ihren Gelenken. In einem Wassertrog sah Tuganov seinen kahlen Schädel. Rawenie, gleichmachen, der Masse gleich! Alles, was Leben bedeutete, würde er fortan zugeteilt bekommen, so wie er wenig später seinen Platz in der Baracke zugeteilt bekam. Zwanzig doppelstöckige Betten auf der einen Seite, zwanzig auf der anderen, in der Mitte ein Ofen und an der Stirnseite zwei Luken zur Lüftung. Kein Fenster, kein Tisch, kein Stuhl. Reglos hockte Tuganov auf einem Strohsack, und jeder Gedanke in ihm war erstorben. Bis hierher war er also gekommen – und wie weiter?

Als die Sträflinge mit Gepolter, Rufen und Geschrei in die Baracke zurückkehrten, war Tuganov, als würde er in einen brodelnden Kessel gestürzt. Augenblicklich witterte er: Von diesen Männern ging nichts Gutes aus. Er hob das Gesicht, und ein Schwall aus Unheil und Gewalt schlug ihm entgegen. Achtzig kahle Schädel, Tataren, Zigeuner, Juden, Polen und Russen, in einem Raum zusammengedrängt, Totschläger, Mörder und Straßenräuber, kein Verbrechen, das hier nicht gesühnt wurde. Oh, hier würde er bleiben müssen, aufgehen in der Menge, vielleicht untergehen. Sofort war er Teil dieser Masse, und wie ein Teilchen wurde er von ihr umfangen, aufgewirbelt und kurz danach hinausgespült zum Appell.

R-e-i-h-e-n-m-a-c-h-e-n! riefen die Posten.

Ein paar Augenblicke später tauchte aus dem Verwaltungsgebäude gleich neben dem Tor der Platzmajor auf. Er schritt langsam in die Mitte des Platzes, stieß mit der Stiefelspitze gegen einen Eisklumpen und ließ einen langen, kratzigen Laut fahren, der an das Schnarren einer Krähe erinnerte. Die Gefangenen verstummten, nur in einer der hinteren Reihen zischte jemand: Kruzow, der Teufel!

Die Neuen einen Schritt vortreten! rief der Platzmajor. Es sind Politische!

Ein abfälliges Raunen rollte durch die Reihen der Gefangenen.

Sie wollten dem Zaren nicht gehorchen.

Jemand lachte.

Mir werdet ihr gehorchen, brüllte Kruzow. Hier bin ich euer Zar.

Er grinste. Sein gerötetes Gesicht war nicht weniger böse, nicht weniger roh und sein Blick nicht weniger kalt, als das bei den größten Verbrechern im Lager der Fall war. Es schien, als habe das Leben ihn nur zufällig auf die andere Seite gestellt, aus einer Laune heraus, und er machte den Eindruck, als gehörte er nicht dorthin.

Einer ist auf der Strecke geblieben, grunzte Kruzow. Er spuckte in den Schnee: Wer zu schwach ist, geht ab. Z-ä-h-l-e-n!

Die Stimmen der Gefangenen schallten über den Platz, und bei jeder Zahl ließ der Platzmajor die Peitsche an seinen Stiefelschaft knallen.

Fünfhundertvierundzwanzig Seelen, fünfhundertvierundzwanzig Vergessene.

E-s-s-e-n-f-a-s-s-e-n!

Die Sträflinge wandten sich ruckartig nach rechts und marschierten zur Küchenbaracke.

Es gab Suppentage, Grützetage und Fischtage. Auf zwei Suppentage folgte ein Grützetag, auf einen Grützetag ein Fischtag, auf einen Fischtag zwei Suppentage. Brot gab es jeden Tag, Wurst nur an den Feiertagen und Fleisch nie.

Zurück in der Unterkunft, vernahm Tuganov die grunzenden Laute der neuen Gesellschaft. Sätze wie Strünke, alle Wörter ein Auswurf. Sein Instinkt sagte ihm, diese Wesen waren in der Lage, ihn wegen einer Geringfügigkeit zu treten, zu würgen und zu massakrieren, ihn halbtot zu schlagen, vielleicht sogar ganz tot, wenn sie sich einen genügend großen Vorteil davon versprachen. Niemals, so schien es, würde er mit diesen Männern etwas gemein haben können. Aber schlimmer noch, niemals würde er von ihnen befreit sein, immer begleitet werden von ihrem Rülpsen, Grölen und Schreien. Und von ihrem Gestank. Es stank nach den fettigen Leibern, dem Schweiß, der ihnen geronnen unter den Achseln hing, nach fauligen Zähnen, Körpersäften und den Dünsten, die ungeniert fahrengelassen wurden. Tot sein, bei Gott, schien schöner als leben. Tuganov wandte sich ab. Er zog den Blick ein. Doch was auch immer ihn von diesen Männern trennte, etwas hatte er mit ihnen gemeinsam: das gleiche Schicksal. Von nun an würde dieser lausige Fleck Erde, herausgeschlagen aus der Taiga und acht Monate im Jahr bis unter die Wurzeln der Bäume gefroren, sein Zuhause sein. Gerade Platz genug für ein paar Baracken, die Küche, aus der es ewig nach Kohl stank, den Appellplatz und die Magazine, die Schusterei und die Schneiderei, die Unterkünfte für die Wachen und die Pferdeställe, aus denen der Mistgeruch bis zu den Schlafplätzen der Sträflinge quoll.

Morgens erhob sich Tuganov von seinem Strohsack, stand frierend Schlange vor dem Abtritt, in dem die Exkremente zu gelben und braunen Klumpen gefroren waren, und trat an, um einer Arbeitskolonne zugeteilt zu werden. Begleitet von den Wachen, marschierte er in der Kolonne auf eisigen Pfaden in die Wälder. An den Einschlagplätzen wurde jeder der Gefangenen an ein Werkzeug angeschlossen und hatte damit eine Funktion, einen Nutzen. Es gab Sägen, Klauen und Beile. Tuganov war eine Klaue. Wenn nach einer Klaue gerufen wurde, sprang er herbei und verrichtete die befohlene Arbeit. Er wurde dadurch wichtig – wichtiger, als er es als Mensch war. Ständig wurde eine Klaue gebraucht, immerzu war er in Bewegung. Flucht? Ach, wie hätte man fliehen sollen mit so einem sperrigen, hinderlichen Ding an den Ketten.

Durchhalten, dachte er, durchhalten, und im nächsten Moment: Wir werden alle untergehen.

Ein Gefühl, das ihn mitten im größten Lärm überkam, auf dem Weg zurück, beim Löffeln der Suppe, in den Augenblicken der Ruhe. Je mehr er an die vor ihm liegende Zeit dachte, über sie hinweg dachte in die dahinterliegende Freiheit, um so langsamer vergingen die Tage. Hier galt es, nur an morgen zu denken. Er drohte weniger an dem neuen Leben zugrunde zu gehen als an der inständigen Hoffnung auf dessen Ende, denn dieses Hoffen gab dem Dasein Maß. Jedes Maß jedoch schien zu klein angesichts der Endlosigkeit der noch vor ihm liegenden Zeit.

Nachts vernahm Tuganov das Heulen der Wölfe in der Taiga, klagende Laute, die in ihm ihr Echo fanden. Oh, er war selbst in ein Rudel geraten, angeführt von Banz, Gagin und Tschuk, der Troika, denen die besten Plätze in diesem Wolfsleben vorbehalten waren: ein Platz auf dem Abtritt, ein Platz am Ofen, ein Platz in der hintersten Reihe bei den Appellen. Dort wirkte Kruzows Gebrüll und Grimassenschneiden nur noch lächerlich. Sie mußten nie den Kotkübel reinigen, nie die Baracke schrubben, nie lästige Sonderaufgaben verrichten. Sie waren Pidurki, Funktionshäftlinge. Banz arbeitete in der Schusterei, Gagin in der Küche und Tschuk in der Kleiderkammer. Ein Pidurk hatte mehr Essen, mehr Tabak, mehr Wärme und vor allem Macht. Er konnte Brot, Kleidung und sogar Wodka beschaffen. Kruzow brauchte die Pidurki als Anordner, Verwalter und Versorgungsgehilfen, und sie führten ihr Regime in den Baracken wie er draußen auf dem Platz. Keiner der Politischen hatte eine Funktion, denn Politische galten nichts. Politische hatten kein richtiges Verbrechen begangen. Einsitzen ohne echte Tat, nichts dümmer als das! Selbst hier galt das alte Ganovengesetz, wonach dem größten Verbrecher die meiste Anerkennung gebührte. Diese Welt ohne Werte hatte ihren Maßstab in der Wertlosigkeit des Tuns. Sie stand kopf. Den Politischen war sogar der Kontakt untereinander verboten. Sie gehörten nirgendwo hin. Politische waren unnütz wie Ungeziefer, wie Schaben. He, Schabe, hol den Tee! He, Schabe, räum auf! He, Schabe, bring den Kübel raus.

Tuganov stellte sich taub.

Klaue – ziehen! Klaue – ziehen! hieß es am Tage, und am Abend: Stehen – zählen! Stehen – zählen!

Tuganov führte ein Schneckendasein. Es gab keinen Grund, schneller voranzukommen als unbedingt nötig. Wurde er etwas gefragt, gab er keine Antwort, schmeichelte man ihm, stellte er sich dumm, beleidigte ihn jemand, reagierte er nicht. Er sprach nur, wenn er unbedingt mußte. Er schaute niemanden an. Er hatte das Gesicht verloren, doch er vermißte es nicht. Wer selbst Qualen erleidet, will nichts von den Qualen anderer wissen. Sein Wesen schützte ihn vor sich selbst. Er war da und doch nicht da, er war wie die Farbe Grau, unauffällig, kraftlos. Eigentlich keine Farbe, eher ein Zustand, ein Nichts. Man gewöhnte sich an dieses Nichts, man vergaß es.

26

Im Frühjahr war Tuganov erfüllt von einem dumpfen Sichfügen in das Schicksal. Dazu gehörten der dünne Tee am Morgen, die fischige Suppe am Mittag, das feuchte Brot am Abend, die Bedrängnis in der Baracke, die Qual der Arbeit.

Zählen, immer wieder zählen. Die Zahlen machten sich in Tuganov selbständig. Zweiunddreißig Leute, vier Pferde, das waren vierundsechzig Arme und achtzig Beine – und wie viele Zähne? Er brauchte diese Zahl, eine Lücke in seinen Zahlenkolonnen, die er schließen mußte. Wie viele Zähne hat ein Pferd? Der Wachposten verpaßte ihm einen Stoß mit dem Gewehrkolben: An die Arbeit, Schabe! In Gedanken zählte er die Noten einer Partitur, die Ganzen, die Halben, das Thema hüpfte, es flatterte, zu viele Achtel – gleich, wenn er nach Hause kommt, wird er es korrigieren. Doch es gab kein Zuhause, die Strafkolonie war sein Zuhause. An den Sonntagen zählte er die Pfähle des Lagerzauns, jeder Pfahl ein Tag: von Ostern bis Pfingsten, von Pfingsten bis Mariä, von Mariä bis Christi Geburt. Tuganov zählte auch die Stämme, die den Fluß hinabtrieben, jeder Stamm ein Seufzer: weniger Kälte, weniger Hunger, weniger Läuse, weniger Krankheit und weniger Tod. Sogar im Traum zählte er: fünfhunderteinundzwanzig, fünfhundertzweiundzwanzig. Seine Nummer! Er brachte die Nummer nicht heraus. Er stand auf dem kalten Platz, gegenüber die Soldaten:

Legt an! Die Nummer, ich hab sie – zu spät. Feuer! Die Sterne über ihm begannen zu taumeln, und Tuganov zählte auch sie. Er erwachte. Er fror. Schneekristalle an den Wänden.

Zählen, zählen, er konnte nicht mehr aufhören zu zählen.

Je näher der Sommer rückte, um so mehr stank das Lager. Es stank die Baracke, in die kein Fenster eingelassen war, die Abfallhaufen, auf denen die Fischreste verfaulten, die Grube, in die die Bottiche mit den Exkrementen geleert wurden.

Tuganov starrte auf die toten Ratten im Kot.

Was starrst du, rief jemand. Sind wir nicht auch Ratten? Nur geht es uns schlimmer als denen, denn die sind im Dreck zu Hause – und wir, wo sind wir zu Hause?

Draußen in der Taiga roch es nach Harz, Rinde und dem Saft der Bäume. Tuganov steckte ein Taschentuch zwischen die Stämme, das er am Abend mit in die Baracke nahm. Vor dem Einschlafen roch er daran. Dieser Duft beruhigte ihn, er hatte nichts mit dem Lager zu tun, er kam aus einer anderen Welt. So, stellte er sich vor, mochte es in Marlowka riechen.

Im Sommer wuchsen ihm durch die Arbeit neue Kräfte. Wer Kraft hat, spürt Hoffnung, und wer Hoffnung spürt, hat Mut: Es wird vorübergehen. Nach und nach empfand Tuganov wieder andere Gefühle als nur Schmerz und Verzweiflung. Er begann, sich auf die Feiertage zu freuen, das waren Wursttage, mehr als neunzig im Jahr, den Rechtgläubigen sei Dank. Auch auf die Tabakstunde freute er sich, wenn er nach der Arbeit hinter den Pferdeställen saß, und erst recht auf die Badetage, die ihm anfangs so abscheulich erschienen waren. Dann ging es hinein in den Dampf der Sauna, da war ein Drücken, Schieben und Stoßen, hundert Mann in einem Raum, die sich um die begehrtesten Plätze drängten. Verdammte Ketten! Wer stürzte, riß die anderen mit, und im nächsten Moment wälzte sich auf dem glitschigen Boden ein Knäuel Gefangener, hilflos wie Hunde, deren Leinen ineinandergeraten waren. Das Klatschen der Badequaste, das Klirren der Eisen und das Gurgeln und Grunzen der Männer war wie ein dumpfer Gesang, der alle Augenblicke in freudiges Geschrei umschlug, wenn Dampf aufwallte. Mehr, mehr! Der Eiter taute aus den Wunden, die Narben quollen auf, und die gebrandmarkten Körper waren ein einziger bebender, zuckender Haufen Menschenfleisch. Alle Poren waren geöffnet, um auszuatmen. Unbekümmert wurden Rotz, Speichel und Blut auf den Fußboden gespuckt – schleimige Fladen, in die der nächste hineintrat. Dann das Bad! Im Dutzend stiegen die Gefangenen in die Bottiche, in denen sich schon die Vorgänger und deren Vorgänger geschrubbt hatten. Tuganov wurde gestoßen, gedrückt, die Schulter neben ihm gab nach, und er sank, von den Ketten gezogen, in die Kloake. Auf dem Sud schwammen Hautreste und Fettlachen, und die Köpfe der Männer, die aus dem Wasser ragten, erinnerten ihn an rote Rüben. Abscheulich das Ganze, ja. Doch mit der Zeit wurde auch das Abscheulichste zur Gewohnheit. Schließlich flog die Tür auf, und die Gefangenen drängten hinaus. Licht, Licht – Luft, Luft – frei atmen.

Zurück in der Baracke, förderte Banz aus dem Bottich, der als Abtritt diente, Schnapsflaschen zutage. Gagin holte Brotkrusten unter dem Strohsack hervor, breitete sie auf einem Topfdeckel aus, und sie bereiteten

Tjura zu. Tjura, ah, eine Spezialität, ein Vergnügen! Die Krusten wurden mit Wodka aufgeweicht, dann zwischen Wange und Zähne geschoben und nach und nach ausgesaugt. Tjura, das war Essen und Trinken in einem, wohltuend für Körper und Geist und besonders wohltuend für einen Mund voller fauler Zähne. Der Wodka stieg den Männern in die Köpfe, und wie in der Sauna der Schorf von ihren Knöcheln geweicht war, so tauten jetzt ihre Erinnerungen auf. Sie, die Straßenräuber, Einbrecher und Taschendiebe, die Schmuggler, Betrüger und Totschläger, begannen lautstark die Ungerechtigkeit ihrer Strafen zu beklagen.

Ha, wer weiß schon, wie man sich fühlt, wenn man von seiner Braut in der Hochzeitsnacht betrogen wird? Das Miststück! Wenn man das feine Pärchen im Keller überrascht, beim Würsteholen – weiß der Teufel, wie lange die es dort schon miteinander getrieben haben. Da muß man doch an die Ehre denken! Rache nehmen, und wenn's mit der Forke ist! Der Kerl hat's nicht anders verdient. Das Luder hat gewimmert und gefleht, und zum Schluß hat es sich selbst in die Forke gestürzt. Ja, selbst, verdammt noch mal! So war es.

Tuganov, im Hintergrund, blickte unwillkürlich auf, und ebenso unwillkürlich bekam er das Gesicht. Stoljan, ein dunkeläugiger Kaukasier, hatte mit der Forke zugestoßen, heiß vor Wut, hinein in den verdammten Bauch, immer wieder, immer wieder. Tuganov sah den Nebenbuhler überm Krautfaß liegen, sah, wie ihm das Blut aus dem Mund schoß, und sah Stoljan bleich danebenstehen. Was hatte er getan! Der Braut jedoch hatte er kein Haar gekrümmt. Sie hatte nach der Forke gegriffen, hatte sich die eisernen Zinken selbst unter die Rippen gerammt und war nach hinten in einen Topf mit sauren Gurken gestürzt. Das war kein Doppelmord, das war Totschlag, und selbst der nicht doppelt, aber niemand hatte es ihm geglaubt.

Sind wir nicht überflüssig in diesem Leben? rief Strelnik.

Ja, überflüssig, stimmten die anderen zu, Poljanow, Boitschuk, Makow und Botkin. Drinnen im Lager, und draußen erst recht. Draußen hieß, sich durchschlagen, irgendwie und irgendwohin, hieß betrügen, hehlen, stehlen, man mußte doch essen, und hieß, schließlich wieder in ein Lager zu kommen. Ein Teufelskreis. Aber alles, was sie getan hatten, hatten andere noch viel schlimmer getan. Ach, was war schon das bißchen Hehlerei? Ein kümmerliches Geschäft, wo sich die Oberen Tausende und Abertausende in die Taschen steckten. Raub? Sie waren doch nur angeheuert worden zum Schmierestehen, ohne richtig zu wissen, worum es eigentlich ging. Mord, nein, das hatten sie nicht gewollt; weiß der Teufel, warum da jemand zu schreien anfing und direkt ins Messer lief und warum alle anderen verschwunden waren und man selbst allein am Ort – so ungerecht ist die Welt. Und Vergewaltigung? Ha, die Weiber wollten das doch selbst so! Die hatten doch mitgesoffen, die Röcke hochgerafft und ihr geiles Fleisch gezeigt. Da mußte einen doch die Lust ankommen, wenn man die nassen Punzen sieht. Danach, ja, da wollen sie nichts mehr davon wissen, da wollen sie sich gewehrt haben. Ach, das bißchen Zappeln soll's gewesen sein? Sie zappeln doch alle, wenn's ihnen kommt. Wie soll da einer unterscheiden? Aber hinterher, da zeigen sie mit dem Finger auf einen und fordern Vergeltung. Und ist man erst einmal gefangen, dann wollen sie, daß man singt, und singt man, dann wollen sie, daß man hängt. Jawohl, so ist das!

Aber ja, freilich, genau so! bestätigten die Männer sich gegenseitig.

Sie, die Verbrecher, die ihrer Untaten überführt und verurteilt waren, waren voller Anklage. Schuld, herrje! Wenn überhaupt, dann war das der Schnaps, der Teufel oder der Zufall. Nein, die Schuld lag nicht bei ihnen. Sie lag bei niederträchtigen Verwandten, falschen Freunden und scheinheiligen Pfaffen, und wenn die nicht herhalten konnten, dann bei Gott. Niemand ist ein Engel. Und alles, was auf Erden geschieht, ist doch gottgewollt, oder? Sie waren verführt worden von Spießgesellen, hereingelegt von Advokaten, Staatsanwälten und Richtern, in jedem Falle ungerecht behandelt worden. Nein, sie konnten keiner Fliege etwas zuleide tun. Sie waren allesamt irrtümlich hier, Opfer falscher Anschuldigungen oder der Verkettung unglücklicher Umstände. Sie waren wie Kinder, die sich, wenn sie sich nur lange genug etwas einredeten, Wahrheit und Lüge nicht mehr auseinanderhalten konnten. Es war, als wollten sie ihre Schuld abstreifen wie ein kratziges Stück Leinen: Schaut her, so steh' ich da, nackt. Ich habe nichts zu verbergen. Ehrlich! Das war ihr liebstes Wort. Ehrlich! Ihr Blick wollte fast überlaufen vor Beteuerung: Glaubst du mir wenigstens, Bruder? Strafe ja, aber doch nicht so eine! Ehrlich!

Tuganov hörte zu, schaute zu und war hellwach. Er umfaßte die Männer mit seinem Blick, Banz, einen Mörder, Gagin, einen Brandstifter, und Tschuk, einen Plünderer. Er sah in Tschuk hinein und entdeckte dort einen zweiten Tschuk, die moralische Instanz für den ersten. Eine unbrauchbare Instanz allerdings, deren einzige

Aufgabe darin bestand, den Plünderer Tschuk in ein mildes Licht zu stellen, ihn zu trösten, ihm zu verzeihen, ihn zu verstehen. Halb so schlimm! War nicht so gewollt! Quäl dich nicht!

Anders bei Gagin, einem Kerl mit gleichgültigen Zügen und einem trägen Blick. Gagin war merkwürdig leer, so leer, daß es Tuganov verblüffte. Das Gesicht fixierte diesen Gagin, stieß in ihn hinein, wühlte in ihm herum. Es kroch in jede Wesensfalte, schnüffelte jeden Winkel aus. Nichts! Keine Ausflüchte, keine Rechtfertigungen. Dieser Gagin, stellte Tuganov fest, war ein Mensch ohne Licht. Ihm fehlten die Bilder zu seinen Verbrechen, und das wiederum, weil ihm die Gefühle fehlten. Ihn plagte nichts, in ihm lebte nichts, er fürchtete nichts; auch keine Schmerzen, demzufolge war er durch Schmerzen nicht berührbar. Nicht durch Schläge, nicht durch die Peitsche, nicht durch den Knüppel. Selbst Kruzow ließ ihn in Ruhe. Dieser Mann war fähig, für ein paar Kopeken ebenso zu töten wie für alles Gold Sibiriens. Mitgefühl kannte er nicht, hatte er nie erfahren. Und wer ein Gefühl nie erfahren hat, kann ihm keinen Sinn geben, kein Maß. Es war wie mit einem toten Glied: Man kann hineinstechen, ohne Schmerz zu erzeugen. Gagin war abgestorben. Er war dem Tier näher als dem Menschsein. Niemand wußte, wie viele Menschen er wirklich umgebracht hatte.

Erst als Tuganov auftauchte aus dieser Welt, wurde ihm bewußt: Sein ursprüngliches Wesen hatte sich geregt. Er sah wieder, er lebte wieder.

27

Eingepfercht in die Baracke, Körper an Körper, Tag für Tag, gebot ihm fortan sein Instinkt, sich mit den Männern zu befassen. Er stieß hinein in ihre Welten, durchstöberte ihre Gedanken. Denken war nicht ihre Sache. Ihre Gedanken waren eckig, stolpernd, eigensinnig und oft ablenkbar wie die von Kindern; manchmal waren sie dünn, manchmal klumpig und nicht selten verkrampft. Wenn ein Gedanke kam, so stieg er langsam in ihnen empor, ging er, so war er mit einem Mal wie ausgelöscht. Es war, als seien sie froh, ihn los zu sein. Nur selten dachten sie aus eigenem Antrieb, zumeist benötigten sie einen Anstoß, um in Bewegung zu kommen: Antreten, Zählen und Marschieren – Arbeiten, Essen und Notdurft. Sie waren von solch unerhörter gedanklicher Trägheit, daß es keine Freude machte, ihnen zuzuschauen.

Zwei Klauen wurde diese Trägheit zum Verhängnis. An einem hellen Winternachmittag gerieten sie unter einen Stapel eisiger Stämme. Der Gedanke, daß der Stapel ins Rollen geraten könnte, kam ihnen erst, als die Stämme schon in Bewegung waren. Das Ereignis hatte sie eingeholt, bevor sie darüber nachgedacht hatten – es hatte sie sozusagen überrollt. Zwei Abgänge, die als steifgefrorene Leichen den Winter hinter den Pferdeställen überdauerten.

Gedanken zum Zwecke der Erkenntnis miteinander zu verknüpfen war den Männern fremd. Anstrengungen dieser Art waren zu meiden, wie überhaupt alle Anstrengungen zu meiden waren – das war ein Prinzip ihres Lebens. Ihr Verhalten war auf Fühlen ausgerichtet, auf Empfindungen, und auch hier waren es die einfachen, natürlichen Wahrnehmungen und Zusammenhänge, die sie bewegten: Kälte und Ofen, Ruhe und Tabak, Vergnügen und Tjura. Alle Gefühle hockten ihnen im Bauch wie zottelige Tiere. Kam man ihnen zu nahe, signalisierte der Bauch: nahe! Ein Gedankenbrocken stieg auf: weg! Diesen Brocken stießen sie aus: Geh weg!

Ah, der Bauch! Die Männer waren ganz und gar Bauchmenschen. Sie hörten auf ihren Bauch, verließen sich auf ihren Bauch und entschieden aus dem Bauch heraus. Der Bauch ersparte ihnen lästige Überlegungen – wozu den Kopf anstrengen, dafür waren andere zuständig. Doch er hatte sie betrogen, ihr Bauch, er hatte sie zu Sträflingen gemacht, und er sollte sie ein weiteres Mal betrügen, und zwar so sehr, daß es für viele das letzte Mal sein sollte.

Nach der langen Zeit der Verweigerung, der Taubheit, war es für Tuganov, als sähe er vieles zum erstenmal. Vor allem Gefühle begegneten ihm zuhauf, zumeist offen, geradezu ungeniert. Sie spazierten ihm regelrecht entgegen, er brauchte sie nur noch einzusammeln. Ja, das Gesicht zwang ihn unwiderstehlich dazu. Ach, wie hatte er sich früher vergebens um Gefühle bemüht! Hier, unter diesen Bauchmenschen dagegen, stellten sie sich geradezu aus. Das war faszinierend, das war von höchstem, allerhöchstem Interesse. Begierig faßte Tuganov zu. Das Gesicht verleibte ihm Gefühle ein, wo immer es ihrer habhaft werden konnte. Kruzow ließ Spießruten laufen: Furcht –, eine fohlende Stute: Interesse –, ein Versprechen: Heuchelei –, ein Rattennest: Geringschätzung. Die Männer traten die Ratten tot. Geringschätzung war ein sehr verbreitetes Gefühl. Was wurde nicht alles geringgeschätzt: Schwächlichkeit, Verblödung und Zaghaftigkeit – die Wachen, die Polen und der Nebenmann – Rücksichtnahme, Mitgefühl und Krankheit. Die Mörder schätzten die Totschläger gering, die Totschläger die Räuber, die Räuber die Hehler und so weiter. Auch Herkunft, Vernunft und Besonnenheit wurden geringgeschätzt, ebenso Berufe, Positionen und Stellungen. Der Schmied schätzte den Schuster gering, der Schuster den Schneider und der Schneider den Stallburschen. Und sie alle schätzten jene gering, die es nicht zum Funktionshäftling gebracht hatten. Sogar das Essen wurde geringgeschätzt. Fraß! Doch die Männer fraßen, und zwar soviel sie davon bekamen. Ihr Bauch befahl es. Im Grunde genommen schätzten sie alles gering, was ihnen nicht entsprach. Geringschätzung erhöhte. Es war ein kühles, silbriges Gefühl, das sie hätschelten, tätschelten und zur Schau stellten, wo immer möglich.

Manchmal drohte Tuganov sich in der Welt der Gefühle zu verirren. Die Männer jedoch verirrten sich niemals, dazu fühlten sie zu einfach, zu direkt. Hatten die Zöglinge im Internat bei Zorn die Lippen aufeinandergepreßt, so taten die Sträflinge genau das Gegenteil, sie zeigten die Zähne. War damals der Neid auf eine Uniform ein verkümmerter Neid gewesen, verbogen durch Erziehung, verklemmt durch Moral, so war Banz' Neid auf eine Tabakdose ein ganz praktischer Neid. Sofort gab er seinen Gedanken Kontur: Erster Gedanke, schön, zweiter, wertvoll, dritter, besitzen, vierter, stehlen, fünfter, tauschen. Für seine Verhältnisse war das eine unerhörte Gedankenkette. Wenig später war die Tabakdose verschwunden, und Banz kam mit einer neuen Winterjacke daher.

Niemand hier im Lager zerbrach sich über Gut oder Schlecht den Kopf. Ein Gefühl war da, also zu Recht, also wurde es herausgelassen. In ihrer Einfachheit waren die Gefangenen viel weniger verbogen als die Menschen vom Stande Tuganovs. Hier, im Elend, in der Unverbildetheit des Daseins, lagen die Gefühle wie Bausteine bloß. Jedes Gefühl hatte seinen festen Platz. Gier war Gier, Haß war Haß, Lust war Lust. Einfach, direkt, ohne Umschweife. Und je nach Schichtung dieser Bausteine ergab sich daraus ein Temperament, ein Charakter. Diese Männer waren unverwechselbar. Ihre Regungen waren nicht geformt, verbogen oder zerbröselt durch Gesittung, gesellschaftliche Regeln und Anstand. Sie waren nicht durch Erziehung bis zur Unkenntlichkeit des Wesens miteinander vermengt, sie waren in ihrer Einfachheit ungebremst und auf eine direkte Weise verblüffend.

Geiz? – Ha, wer nichts hat, kann nichts geben.

Habgier? Ach was – nimm dir, was du kriegen kannst, sonst tut's ein anderer.

Lüge? – Herrje, die Welt ist voller Lügen.

Das war banal, schrecklich, großartig! Nirgendwo anders, das begriff Tuganov, würde er Gefühle so unverfälscht wahrnehmen können wie in dieser Umgebung. Zwar würde er hier nicht die feinsten Regungen bekommen, aber die wichtigsten. Er war wach und gespannt wie nie zuvor. Er witterte Gefühle, roch Gefühle, lauerte Gefühlen auf. Das Gesicht überwachte alles, bemerkte alles, beobachtete alles. Tuganov konnte nicht mehr aufhören, nach Gefühlen zu suchen. Er durchschnüffelte die Baracke, ließ sich zu Diensten einteilen, durchstöberte das Lager. Er machte Jagd auf Gefühle, ach was, er hetzte hinter ihnen her. Er holte sie aus der Küche, der Schusterei, dem Magazin und der Kleiderkammer. Ein Laut, ein Stirnrunzeln, ein hochgezogener Mundwinkel genügte, um seine Aufmerksamkeit zu erregen. Dann packte er die betreffende Person mit seinem Blick. Die Mimik starr, die Augenbrauen hochgezogen, wartete er. Ein Reptil, das gespannt seine Beute fixierte. War ein Gefühl wahrnehmbar, nur ein Flöckchen davon, schnappte er zu. Doch im Gegensatz zu einer Aura verströmten Gefühle sich weniger nach außen als nach innen, zumeist jedenfalls. Also hinein, hinein in diese Welten! Kaum war er drinnen, faßte er zu. Er umkreiste die Gefühle, pusselte daran herum, um hinter ihren Ursprung, ihre Beschaffenheit zu kommen, ließ sich von ihnen erfassen, durchwehen und sank mit ihnen hinab in den Bauch, den Gefühlsbauch. Da lagen sie oft, zerfallen, zerstampft, zerrieben, dort brodelten sie wie in einem Kessel und spreizten sich wie auf goldenen Altären. Hatte er sie ganz umfangen, entriß er sie dem anderen und verleibte sie sich ein. Nie vergaß er, sie zu bestimmen. Doch er bewertete sie nicht im moralischen Sinne, sondern analysierte sie neutral, wissenschaftlich. Interesse war ein offenes Gefühl, Furcht ein hemmendes Gefühl, Schreck ein Gefühl, das wie Wasser auf einer Herdplatte verzischt. Daß der Zorn auf jemanden ein würgendes Gefühl war, das war ihm bekannt. Doch es gab noch eine zweite Art von Zorn, den Zorn auf ein Ding oder auf einen Umstand, und eine dritte, den Zorn auf sich selbst; letzterer war quälend, zersetzend.

Tuganov sammelte diese Mutanten ein, zufrieden, beglückt, triumphierend.

Und wenn er erst einmal einen Unterschied ausgemacht hatte, suchte er erst eifrig, dann besessen nach anderen. Freude und Trauer schlossen einander aus, das war eine banale Erkenntnis. Geradezu fiebrig aber wurde er, als er erkannte, daß Gefühle auch aneinandergekoppelt sein konnten. Genau betrachtet, klebten manche regelrecht aneinander. Interesse an Erregung, Entsetzen an Furcht, Scham an Erniedrigung. Das waren Doppelgefühle, Dyaden. Mehr Dyaden, her damit! Sein Übersinn glich einem Skalpell, das Dyaden aus dem Gepansche eines Wesens herausschnitt. Überraschung und Schreck, was für eine wunderbare, seltene Dyade! Denn auf den Schreck mußte er tagelang, ja wochenlang warten. Nicht selten verpaßte er ihn. Es gab aber auch Überraschungen, auf die kein Schreck folgte. Keine Abwehr, keine Gewalt – nur Verblüffung. Verblüffung war ein neues Gefühl, merkwürdig hohl.

Jede neu erbeutete Regung trug Tuganov tagelang wie eine Trophäe in sich.

Immer aufs neue selektierte er Ableger von Gefühlen, von diesen Ablegern wieder Ableger, von allen Nuancen und winzigste Regungen – Gefühlsbrocken, Gefühlsstrünke, Fasern davon. Alle mußte er haben, alle. Er wußte, er würde nicht aufhören zu suchen, bis ihm auch die letzte Regung, die letzte Dyade zu Gesicht gekommen war.

Aber konnte er sicher sein, daß es wirklich die letzte war?

Es war wie ein Rausch, ein Taumel. Es schien, als hätte ihn das Schicksal nur zu diesem Zweck hierherverschlagen. Irgendwann befiel ihn Angst, er könnte ein Gefühl übersehen oder verpassen. Später würde es ihm fehlen. Was er jetzt nicht bestimmte, würde ihm vielleicht nie wieder so klar begegnen. Nachts fand er oft nicht in den Schlaf. Auf seinem Strohsack liegend, rief er mit geschlossenen Augen die frisch erbeuteten Gefühle auf. Er ließ sie noch einmal in sich entstehen, fühlte sie nach, betrachtete sie, so wie man ein Abbild betrachtet. Nicht das Original, nein, das hätte ihn in seiner Heftigkeit vielleicht zum Wahnsinn getrieben. Er ließ sich benebeln, betören, berauschen, ja, sogar bekümmern von einem Gefühl. Er analysierte seinen Ursprung, seine Beschaffenheit. Er befaßte sich so lange damit, bis er den letzten Winkel erforscht hatte.

Aber auch tagsüber stand er manchmal scheinbar träumend vor einem Abbild. Ja, er lief Gefahr, daß die Abbilder sich in ihm selbständig machten. Eine Stunde hockte er auf dem Abtritt und erfror dabei eine Zehe. Beim Appell vergaß er das Zählen und erhielt halbe Ration; er versengte sich am Ofen, blieb im Regen stehen und verspätete sich zum Essen. Einmal kam er erst zu sich, als die Schlittenpferde sich vor ihm aufbäumten. Kruzow versetzte ihm einen Schlag mit der Peitsche. Verdammter Träumer!

Nein, er träumte nicht, er fühlte nach.

28

Kruzow mochte die Politischen nicht, das hochmütige Gesindel. Sie polterten nicht herum, wurden nicht in Händel verstrickt und kochten im Hintergrund ihr Süppchen, nie wußte man, welches. Mochte sein, sie diskutierten heimlich sogar miteinander, was verboten war. Oh, er würde dazwischenhauen, wenn er Wind davon bekäme! Vor allem aber schrieben sie Briefe, vielleicht sogar an die Inspektoren in Tomsk, Klagen, Beschwerden, gewandt formuliert, so daß sie Gehör fänden. Ha, alles Lügen! Die Politischen wußten ja immer alles besser, hörten nie auf zu palavern, zu agitieren, suchten immer Anschluß, Gefolgschaft und Mehrheiten. Ein unbequemes Volk. Die Politischen konnten einem wahrlich schaden. Man sollte ihnen dieses Briefeschreiben einfach verbieten! Doch dazu brauchte es einen Anlaß, denn alles mußte seine Ordnung haben, auch hier im Lager.

Ach, es war nicht einfach, so ein Lager zu regieren. Mal mußte man Karzer geben, mal halbe Ration und mal die Peitsche. Man brauchte ein gutes Ohr und ein scharfes Auge. Und gelegentlich mußte man jemanden ein bißchen erschrecken. Ein bißchen Stehenbleiben beim Appell, ein bißchen Anpusten, ein bißchen mit der Peitsche knallen. Das wurde verstanden, auch von den Herren Politischen.

Er, Kruzow, regierte das Lager, und darauf war er stolz. Und am stolzesten war er darauf, wenn er getrunken hatte, sonntags schon am Morgen. Aber ihm war nicht wohl, schon gar nicht beim Anblick des Gesindels da. Widerlich, der Schielende! Anpusten. Kruzow stank nach Wodka. Tuganov beobachtete, wie ein kleines, krummes Gefühl in Kruzow emporkroch, sich wand und sich nicht zufriedengeben wollte mit dem harmlosen Anblick dieses Politischen. Es war der Widerwille, ein pulsierendes Gefühl voller winziger Häkchen. Ha, was bildete der Kerl sich ein! Kruzow empfand Widerwillen gegen diesen Kopf da, gegen den Geist darin, gegen die ganze Bildung. Ein Kopf nur, man konnte ihn einschlagen wie jeden anderen Kopf auch.

Tuganov schaute gespannt zu, als sei er nicht gemeint. Mißtrauen-Abneigung-Feindseligkeit, ein neues Muster. Drei Gefühle, sauber aneinandergekoppelt. Eine Triade? Ja, tatsächlich, eine Feindseligkeitstriade! stellte er fest, und im nächsten Moment jubelte er: Triade! Triade! Beinahe vergaß er, an Kruzows Gedanken festzuhalten, äußerst unbehaglichen Gedanken. Man muß sie im Auge behalten, die Politischen, das aufsässige Volk. Es zwickt wie Flöhe im Pelz, und wie Flöhe muß man es herausschütteln, zerquetschen.

Ein Dreck, dachte Kruzow, und er schaute Tuganov an. Beseitigen. Einen Abgang schaffen. Und ein kleiner, schon hundertmal empfundener Ärger kochte in ihm auf, der sich auf das Thema Abgänge bezog. Es hatte zu wenige davon gegeben in letzter Zeit, Abgänge aber waren sein Geschäft. Sie brachten ihm Einnahmen, ganz persönliche Einnahmen, denn nur jeden zweiten, ja, jeden dritten Abgang meldete er an die Behörde. Die anderen führte er in den Büchern weiter. Wer derart in den Büchern stand, war nicht tot, wer in den Büchern stand, mußte mit Jacken, Hosen, Schuhen und Unterwäsche versorgt werden, wer auf diese Weise weiterlebte, verbrauchte Brot, Dörrfisch und Kolbassa. Das brachte Kruzow einen schönen Überschuß, den er auf dem Markt in Tomsk verhökern konnte. Dieser Tuganov hier war vielleicht achtzig Rubel wert. Nicht schlecht, nicht schlecht! Nummer fünfhundertdreiundzwanzig. Wen kümmerte diese Nummer schon. Schließlich kamen alle paar Wochen neue Gefangene an.

Weg mit dem Dreck! dachte Kruzow.

Tuganov erschrak.

Ja, ein Leben war für Kruzow nur ein Haufen Dreck, und er würde es beseitigen wie einen Haufen Dreck, wenn es ihm in den Sinn kam. Genaugenommen betrachtete er auch sein Leben als einen Haufen Dreck. Sein Vater war ein Muschik gewesen, die Mutter eine Wirtstochter, und er, Kruzow, hatte Schuster werden wollen, doch niemand hatte ihn genommen. Also hatte er sich als Soldat verdingt: wenigstens Kleidung, wenigstens Essen, wenigstens Unterkunft. Er hatte sich geduckt, nicht gemuckt und hatte es so bis zum Feldwebel gebracht. Ah, in so einer Position bestimmte man über Rationen, Freistunden und Ausgänge, da hatte man mehr Macht über die Mannschaften als mancher Offizier. Die Freude an dieser Macht hatte ihn vorbildlich dienen lassen, und derart bewährt, war er in das Lager versetzt worden, als Versorgungsoffizier. Als der Lagerkommandeur gestorben war, hatte man ihn allein weiterkommandieren, weiterwirtschaften lassen, das sparte eine Stelle auf der Gehaltsliste der Behörde. Doch dieses Leben, abgeschnitten von der Welt, war ein Hundeleben. Keine Frauen, keine Freunde, keine Vergnügungen. Das einzig Gute daran war, daß man hier herrschen und befehlen konnte, wie es einem beliebte. Nur einmal im Jahr mußte man einen Bericht abliefern, nur einmal im Jahr kamen Inspektoren, elende Schnüffler, selbst strafversetzt, nur einmal im Jahr mußte man buckeln. Hier hatte man eine Stellung wie ein Offizier, konnte man leben wie ein Offizier, ansonsten aber hatte man nicht viel, eigentlich gar nichts. Aber hier war man Herr. Und darum ging es schließlich: Herr sein. Eine Beschwerde der Politischen jedoch konnte alles verderben. Davor hatte Kruzow Angst, denn er war kein richtiger Offizier, kein Adliger, er hatte also nicht einmal das Recht, im Streitfalle etwas zu seiner Verteidigung vorzubringen. Er war nur ein Feldwebel.

Diese verdammten Politischen! Man mußte sie loswerden. Beseitigen, dachte er, und da er gesoffen hatte, dachte er es besonders heftig. Einen Anlaß finden!

29

Pugatschow starb im nächsten Frühjahr. Er geriet am Fluß zwischen die Stämme, niemand wußte, ob er fiel oder gestoßen wurde, und als er herauswollte, reichte ihm keiner die Hand. Er wurde eingeklemmt, zerdrückt, die Wachen schauten zu, und er trieb mit dem Holz den eisigen Fluß hinab. Schapiro starb im Jahr darauf in der Krankenbaracke, einer von zehn Abgängen in jenem Winter. Er hatte einen glühendheißen Stein in seinem Bett gefunden, frisch aus dem Ofen, hatte ihn gepackt, aufgeschrien und fallen gelassen. Ein Spaß nur, ein Spaß! Die verbrannte Haut hing in Fetzen von seinen Händen, doch Kruzow schickte ihn weiter in die Wälder. Schapiro war eine Säge. In die Wunden kam erst Dreck, dann Schnee, dann Frost, sie eiterten, und das Fleisch wurde brandig. In der Karwoche wurde er in die Krankenbaracke eingeliefert, und der Arzt sah sich gezwungen, ein paar Finger abzuschneiden. Als aus der Krankenstation während der Osterfeiertage das Ofenrohr gestohlen wurde, blieb die Baracke kalt. Schapiro bekam eine Lungenentzündung. Er lag eine Woche lang im Fieber, phantasierte, bekam keine Luft mehr und starb. Ein Abgang.

Es wurde viel gestorben im Lager. Ein Balte wurde von einem fallenden Baum erschlagen, ein Ukrainer geriet unter einen Lastschlitten, und jemand ging an rohem Sauerteig zugrunde, den er in der Bäckerei in sich hineingeschlungen hatte. Gleich ein halbes Dutzend Gefangener starb an zu dünnem Stuhlgang, andere an durchgebrochenen Blinddärmen, manche an Blutvergiftung und welche an eiternden Zähnen.

Der Pole Kowalski starb daran, daß er Pole war. Genaugenommen starb auch er wegen des Ofenrohrs, denn das Rohr wurde gesucht, gefunden, und Kowalski wurde des Diebstahls bezichtigt. Ein nichtsnutziger Pole, der stahl, ha, das war ja noch schöner! Die Empörung darüber war gleichermaßen groß, wie sie unter Verbrechern lächerlich war. Doch die Polen galten nichts. Sie waren von schlechtem Blut, nicht rechtgläubig und genau besehen gottlos. Pack! Nichtswürdig, verschlagen, link. Über die Obrigkeit sich zu erheben war sinnlos – über einen Polen jedoch durfte man sich allemal erheben. Und noch bevor es zu einer Strafe kommen konnte, richtete die Meute, aufgeputscht durch eine ordentliche Portion Tjura, den Polen selbst.

In die Hundeecke also mit dem Kerl, der gestohlen hatte, hinter die Latrine mit ihm! Auf alle viere! Bellen soll er wie ein Straßenköter. Na, wird's bald? Brav! Dann wurde der Pole geschlagen wie ein Hund, bekam einen Tritt wie ein Hund und fiel in die Jauchegrube wie ein Hund. Tuganov, der auf der Latrine einer Dyade nachhing, wurde hellhörig durch das platschende Geräusch. Das Gesicht gegen ein Astloch gedrückt, beobachtete er die Szene. Was er sah, entsetzte und fesselte ihn zugleich. Eine Triade, ach was, eine ganze Handvoll Triaden! Fünf Gesichter, fünf Triaden! Überraschung, daß der Pole in die Grube gestürzt war, Interesse, was mit ihm geschehen würde, und Vergnügen, ihn in der Jauche zu sehen. Überraschung-Interesse-Vergnügen, eine glasklare Triade.

Tuganovs Übersinn schnappte zu, er riß sie an sich und verleibte sie sich ein.

Ah, dort in der Jauchegrube hatte Banz schon immer mal jemanden sehen wollen. Das war der nichtswürdigste Platz überhaupt, und dort zu ersaufen, nicht einfach so, nein, in der Scheiße zu ersaufen, das war der ekelhafteste Tod, den man sich vorstellen konnte. Und wie ein anderer Mensch nach einem höheren Ziel strebte, so strebte Banz nach diesem Anblick. Fortwährend hatte er Worte wie Jauche, Scheiße und Ersaufen im Mund geführt. Oft hatte er gebrüllt, man solle jemanden in der Jauchegrube ersäufen. Kot und Gewalt und Vernichtung in einem – das war die berauschendste seiner Vorstellungen. Jetzt war es soweit!

Der Pole strampelte, schlug mit den Armen und reckte den Hals. Er machte allerlei hilflose Bewegungen, hob das Kinn, tauchte für einen Moment unter und wieder auf. Mit einem heftigen Aufbäumen klammerte er sich am Grubenrand fest. Die Männer traten ihm auf die Hände, schlugen ihm auf den Schädel und setzten ihm mit Knüppeln zu. Zurück, hinein in den Sumpf. Doch ein Leben gibt sich so schnell nicht auf, ein Leben wehrt sich mit allen Kräften – auf und ab, auf und ab! Ah, weg mit dem Mistkerl! Verdammter Hund! Der Pole tauchte wieder auf, und Jauche schoß ihm aus dem Mund. Es folgte ein Gurgeln, dann ein Schrei nach Luft, nach Leben, nach Barmherzigkeit. Ersauf, ersauf! Schließlich verließen ihn die Kräfte. Er glitt an der Wand ab, röchelte und versank.

Tuganov war wie erstarrt. Er sah, wie die Erregung langsam aus den Männern herausrieselte. Banz war zufrieden, ja er quoll geradezu über vor Befriedigung. Endlich war jemand in der Jauche ersoffen. Oder erstickt?

Ersoffen, beschloß er. Ah, wie das im Bauch kribbelte und warm wurde. So ein aufregendes Kribbeln hatte er schon lange nicht mehr verspürt, schon sehr lange nicht. Es war wie ein Schluck Wodka, der sich angenehm in ihm verströmte.

Ein Unfall, Zeugen gab es genug.

Tuganov kehrte benommen in die Baracke zurück. Der Schreck steckte in ihm wie ein Pfropf. Doch darunter rumorte es: Triade! Triade! Er nahm die Triade mit in den Schlaf. Kaum erwacht, kam das Gesicht erneut über ihn. Wo eine war, mußte es noch mehr geben. Augenblicklich suchte er nach weiteren Triaden. Sein Instinkt trieb ihn an, ein Befehl. Er arbeitete konzentriert, akribisch, ohne nachzulassen. Er nahm nicht nur wahr, was sich ihm bot, er hatte ein Ziel. Jeder Äußerlichkeit ging er nach. Verbrühte sich jemand mit Wasser, sprang er hinzu, hatte jemand Magenkrämpfe, starrte er ihn an, gab es Streit wegen einer Ration, wich er nicht von der Stelle. Eine hochgezogene Stirn, Längsfalten, gewölbte Augenbrauen, geblähte Nasenlöcher oder eine gekröpfte Oberlippe zogen ihn an. Er selektierte reine Gefühlstriaden wie Ekel-Furcht-Scham von Handlungstriaden wie Erniedrigung-Haß-Aggression. Waren das früher nur unförmige Klumpen gewesen, so erkannte er jetzt ihre Strukturen. Jede Triade war ein Kleinod für ihn. Hatte er es erbeutet, jubelte er. Mit verzückten Zügen, taumelnd, träumend, trug er seine Beute nach Hause.

Kruzow war der Mord an dem Polen gleichgültig. Ein Abgang. Fünfzig Rubel auf dem Markt in Tomsk. Alle Leichen, die von Kowalski ausgenommen, wurden hinter dem Pferdestall aufgeschichtet. Je länger der Frost, um so mehr Abgänge, um so näher das Wolfsgeheul. Erst im Juni, wenn der Boden aufgetaut war, konnten die Toten begraben werden. Jeder Hügel erhielt ein Kreuz, ein Feld namenloser Holzkreuze, auf dem sich die Wölfe, die die Leichen witterten, halb wahnsinnig vor Hunger drehten.

Triaden, Triaden! Unzählige Kombinationen waren möglich. Wie viele? Wie einem Forscher ließ Tuganov diese Frage keine Ruhe. Die ausbleibende Antwort machte ihn unzufrieden und spornte ihn noch mehr an. Kombinationen, Kombinationen – er war ganz verrückt nach Kombinationen. Ungeduldig stellte er selbst welche zusammen, doch als sie sich in der Praxis nicht bestätigten, hörte er sofort damit auf. Sie verwirrten nur. Geduld, mahnte er sich, Geduld. Unablässig strich er durch das Lager, er durchwühlte es geradezu. Jedes neu gefundene Gefühl ergänzte die theoretischen Möglichkeiten um ein vielfaches. Tuganov zählte, speicherte, zweifelte an und prüfte. Er arbeitete konzentriert, besessen, süchtig. Er kam auf einhundertzwanzig Varianten. Wunderbar klare Triaden.

Nach zwei Jahren hatte er sich Übersicht verschafft. Es gab drei Arten von Gefühlen: angenehme, unangenehme und negative. Es gab flüchtige Gefühle wie den Schreck und lang anhaltende Gefühle wie den Haß, kühle wie die Geringschätzung und heiße wie den Zorn, was etwas über ihre Dichte und Intensität aussagte. Es gab Gefühle, die zusammengehörten wie Neid und Begierde, und welche, die einander ausschlossen wie Mißachtung und Ehrfurcht. Es gab Dyaden, Triaden, und deren Bestandteile konnten sich gegenseitig verstärken, dämpfen, hemmen oder sogar auslöschen. Das alles hatte Einfluß auf die Stimme, die Gestik und die Körperhaltung, auf

Wörter, Gedanken und Ideen, führte zu Handlung und zum Verhalten. Jede dieser Erkenntnisse offenbarte Tuganov die Welt der Gefühle auf neue Weise. Er brauchte nur hinzuschauen, und dieses Hinschauen fesselte ihn gleichermaßen, wie es ihn abstieß.

Nur das Glück, dieses merkwürdige, unbekannte Gefühl, fand er nicht. Aber hier, unter diesen verlorenen Seelen, war Glück auch nicht zu erwarten. Dennoch ließ ihm die Frage keine Ruhe: War Glück eine Mischung angenehmer Gefühle?

30

Im nächsten Winter verließen Tuganov die Kräfte. Die Klaue lag schwer wie Blei in seiner Hand. Wo früher ein Ruck durch ihn gegangen war, wenn er sie in einen Stamm schlug, war ihm jetzt, als müßte er daran zerbrechen. Er begann zu husten, taumelte beim Ziehen aus der Reihe, fühlte die Erde unter sich schwanken und brach zusammen. Auf den Schlitten, die Schabe!

In der Krankenbaracke lag er wochenlang im Fieber.

Einmal drang die Stimme des Krankenwärters zu ihm hindurch: Ein Brief sei gekommen. Ein Brief, flüsterte Tuganov, von wem? Hatte er gesprochen? Nein, er hatte nur die Lippen bewegt. Er fiel zurück in den Fieberwahn, und der Brief flatterte durch seine Träume – über Petersburg, die Wolga, durch die Birkenwälder der Taiga, weit, viel zu weit. Kehr um, kehr um! Ein Brief bedeutete eine Nachricht, und eine Nachricht hieß Hoffnung. Man kann nicht aus der Welt gehen, ohne die letzte Nachricht empfangen zu haben. Hier im Lager war ein Brief etwas Außergewöhnliches, ein Kleinod, ein Schatz. Nur sehr selten kamen Briefe an. Wo ein Brief war, war ein Stück Vergebung, ein Stück Zuversicht, ein Stück Zukunft. Da hatte das Leben einen nicht vergessen. Doch wer sollte ihm schreiben? Vielleicht der Onkel, der rationale Mann, der irgendeine Angelegenheit geregelt wissen wollte. Im nächsten lichten Moment bat Tuganov den Wärter, ihm den Brief zu bringen, dann, ihn vorzulesen, doch der

Pfleger schüttelte den Kopf – er könne nicht lesen. Das hieß, ihn selbst lesen zu müssen, und selbst lesen hieß, sich zu erholen, zu Kräften zu kommen, nicht aufzugeben. Dieser Brief rettete Viktor Tuganov das Leben. Er war gelb, fleckig, hatte abgestoßene Ränder und war von den Säcken, in denen er gelandet war, ganz fusselig gerieben. Auf der Vorderseite war er mit Stempeln und Vermerken übersät, und auf der Rückseite stand ein einziges Wort: Marja. Der Name fuhr in Tuganovs Welt wie ein Hoffnungsstrahl. Marja hatte ihn nicht vergessen. Natürlich war von einer Magd aus Marlowka keine Rettung zu erwarten, doch was auch immer, etwas war von ihr zu erwarten, und wenn es nur eine noch so bescheidene Zeile war. Marja würde das Richtige treffen. Der Brief war in Marlowka aufgegeben worden. Er war an die Pionierschule geschickt worden, dort in einer Ablage gelandet, weil der Zögling Tuganov gerade im Karzer gesessen hatte, war mit anderen Papieren zwei-, dreimal umgeschichtet und dann vergessen worden. Eine winzige Ecke jedoch, gelb von der Sonne, hatte noch herausgeschaut, als wollte er nicht untergehen, bevor er dann doch in der Flut der Papiere versunken war. Später, anläßlich eines Wechsels der Schulleitung, war er beim üblichen Ordnungschaffen wieder aufgetaucht, und da man einen Brief nicht einfach wegwerfen konnte, was diesem Ordnungschaffen widersprochen hätte, war er dem ehemaligen Zögling Tuganov nachgeschickt worden, genauer, an die Adresse des Vormundes, das Hospital des Onkels. Dort war er von einer Schwester in Empfang genommen worden, wobei er einen klitzekleinen Fleck einer ätherischen Lösung abbekommen hatte, bevor der Onkel angewiesen hatte, ihn der Petersburger Kanzlei zuzustellen, in der Tuganov jetzt arbeitete. In der Kanzlei lag der Brief abermals unbeachtet einige Zeit, ein kümmerliches Schreiben unter all der wichtigen Geschäftspost, wurde dann aber doch mit neuer Adresse versehen und Tuganov zugestellt, in sein Dichterzimmer an der Moika. Der Mieter Tuganov wohne schon lange nicht mehr hier, gab die Vermieterin Auskunft, er sei verurteilt worden und sitze im Gefängnis. Mit einem klebrigen Fingerabdruck der Vermieterin versehen, ging der Brief zurück an das Postamt, wo er registriert, umsortiert und dem Polizeipräsidium zugestellt wurde. Hier landete er in einer Kiste für demnächst zu erledigende Fälle. Nach angemessener Zeit, das heißt noch im selben Jahr, wurde er hervorgeholt, mit den Listen der Verhafteten verglichen und an das Justizministerium weitergeleitet, nicht ohne einen Teefleck vom Platz des Beamten aufzusaugen. Vom Schreibtisch eines Justizoberinspektors wanderte er auf den Schreibtisch eines Inspektors, wo er eine Spinnwebe mitnahm, dann auf den Schreibtisch eines Unterinspektors, dort rieb er sich an einem Blaupapier, und schließlich auf das Pult eines Unterinspektoranwärters, wo ein winziges zerdrücktes Insekt auf ihm kleben blieb. Der Unterinspektoranwärter versah ihn mit dem Vermerk der Weiterbearbeitung und schickte ihn an die Peter-Pauls-Festung. Da der Beamte dort vorerst keine Muße hatte, sich damit zu befassen, deponierte er ihn in einem Ablageregal für weniger dringliche Vorgänge, wo er von Martini bis Neujahr lag. Doch wie bei jeder richtigen Behörde wurde auch hier nichts vergessen. Und so wurde der Brief am ersten Tag des neuen Jahres von einem Assistenten hergenommen, mit den Listen abgeglichen und seinem Adressaten nachgeschickt: Sträfling Viktor Tuganov, Tomsk, Sibirien. Und von Tomsk aus gelangte der Brief am Ende jenes Winters endlich in Tuganovs Hände.

Tuganov, frei vom Fieber, ließ ihn einen Vormittag lang liegen, betrachtete ihn immer wieder und erfreute sich an seinem Anblick. Dann öffnete er ihn. Im Kuvert lag ein gefaltetes Blatt Papier, darauf kein Wort, keine Zeile – oder waren die Worte nur verblaßt? –, und in dem gefalteten Blatt fand er ein Seidenpapier. Das Seidenpapier knisterte, und darin lag eine Blume. Es war eine Kornblume, trocken, unversehrt, und noch immer so blau, wie sie in Marlowkas Feldern blühte.

Nie war eine Blume schöner gewesen.

Nach einer Woche konnte Tuganov im Bett sitzen, wenig später ohne Hilfe durch die Baracke gehen und bald schon allein die Latrine aufsuchen. Wie lange hatte er geschlafen?

Fünf Wochen, bemerkte der Krankenwärter.

Als die Stare zurückkehrten, bestellte der Arzt ihn zu sich. Er könne lesen, er könne schreiben, er solle in der Krankenbaracke bleiben. Er könne sich um die Versorgung der Patienten kümmern und die Bücher führen. Oh, er durfte Pidurk sein, danke, danke!

Fortan versorgte Tuganov das Revier. Er trug die schmutzigen Tücher in die Wäscherei, verwahrte die Medikamente und führte die Krankenlisten. Drei Abgänge in diesem Monat, zwei im folgenden, einer im nächsten – dann keiner mehr.

Es war Sommer.

31

Im Frühjahr war der Frost noch einmal zurückgekehrt und die Mückenbrut erfroren. Die Pferde schnaubten zufrieden, ein blanker Himmel stand über den Birken, und das Klirren der Ketten klang so friedlich wie das Topfgeklapper an einem Sonntagmittag auf einer Dorfstraße.

Tuganov, auf dem Weg zur Wäschekammer, begegnete Banz, Gagin und Tschuk, die sich am Pferdegatter herumdrückten.

Sie waren von einer eigenartigen Unruhe umwölkt, schwirrend wie Schwaden von Insekten. Augenblicklich hielt Tuganov inne. Er näherte sich, das Gesicht wach, und bemerkte, daß ihre Gedanken nervös zwischen den Pferdekörpern hin und her schwirrten. Doch in ihnen war nichts von einem Pferd erkennbar, kein Gedanke, kein Abbild. Statt dessen war etwas Rohes, Zuckendes wahrzunehmen, das aussah wie Fleisch. Es war Fleisch, rotes, faseriges Pferdefleisch. Und zwar gewaltige Klumpen, die in ihrer Vorstellung verführerisch aufstiegen: Bratenscheiben, Spieße und Kesselfleisch, Borschtsch und gewürzte Lendenstücke, Schnitzel und Fleischklöße, so groß, daß sie für drei Mann gereicht hätten. Banz hatte sogar eine fetttriefende Pferdekeule im Kopf, deren Anblick ihn schwindlig machte. Kein Koch der Welt wäre imstande gewesen, solch eine Keule zuzubereiten, aber das machte nichts – seine Phantasie schaukelte ihn von einer Halluzination zur anderen. Nur satt werden, richtig satt!

Die Gedanken der Männer hatten so sehr an dieser Vorstellung festgemacht, daß alles in ihnen geiferte. Sie wollten den Gäulen die Haut abgezogen sehen, wollten sie in leckere Stücke zerteilt, gekocht, gebraten, geröstet sehen, und sie hätten diese Stücke sogar roh gefressen, nur um nicht zu kurz zu kommen. Zu kurz kommen hieß, kleine, genau bemessene Portionen zugeteilt zu bekommen, keinen Nachschlag zu bekommen und bald danach wieder Hunger zu haben. So war es beim letzten Pferd gewesen, das eingegangen war, und beim vorletzten auch. Das war kein Vergnügen, das war genaugenommen Betrug gewesen. Denn die Wachen hatten als erste davon gefressen, das Doppelte, Dreifache einer normalen Ration, und der Rest war in unzähligen Suppenkübeln verschwunden. Kruzow hatte dafür gesorgt, daß ihnen der Spaß verdorben war. Aber diesmal sollte es anders sein, diesmal mußte genug Fleisch her, so viel, daß gar nichts anderes übrigblieb, als es zu verteilen. Ein Pferd, dachte Gagin. Zwei, dachte Tschuk. Drei, dachte Banz. Das genügte für das ganze Lager, das gäbe keinen Neid, das sorgte für Ansehen. Alle würden begreifen, wer das Fleisch auf ihre Teller gebracht hatte. Anders als in den Vorjahren hatte es im Frühjahr Fohlen gegeben, also war die Gelegenheit günstig. Niemand würde mehr als bisher arbeiten müssen, wenn ein paar Schlittenpferde eingingen.

Drei, murmelte Banz, und die anderen beiden stimmten befriedigt zu.

Ah, das also brüteten sie aus! Tschuk würde giftige Kräuter in der Taiga besorgen, Gagin würde sie unter das

Futter mischen, und die Pferde würden gelbliche Augen davon bekommen. Sie würden sich hinlegen, würden nicht mehr aufstehen, und nach ein paar Tagen würde es aus mit ihnen sein. Eine Krankheit, Gottes Wille. Vier, fünf Fleischtage hintereinander, was für ein Fest!

Sieh an! Tuganov hatte die schmatzenden Gedanken vollständig aufgenommen. Er hätte nun, wenn er gewollt hätte, zu Kruzow laufen und sagen können: Paß auf, Kruzow, sie wollen dir die Pferde kaputtmachen. Sie wollen ihnen Gift ins Futter mischen. Ja, deine Pidurki! Und leise hätte er hinzufügen können: Sie wollen die Männer mit Fleisch füttern. Um dann noch leiser anzumerken: Und wer füttert, dem gehorcht man. Damit hätte er Kruzows Nerv getroffen. Das wäre gefällig gewesen, das hätte Tuganovs Lebenschancen erhöht und vielleicht sogar seine Haftzeit verkürzt. Wer eine solche Tat anzeigte, der durfte auf Begünstigung hoffen. Aber Tuganov verzichtete darauf. Erstens war er es Pugatschow und Schapiro schuldig, zweitens interessierte ihn die Sache, und drittens würden ein paar kräftige Mahlzeiten auch den Kranken guttun. Und viertens, so gestand er sich ein, hatte auch er keinen geringen Appetit auf Pferdefleisch.

Also Gottes Wille!

Eine Woche später meldete der Stallbursche: Die Pferde stehen nicht mehr auf. Kruzow stürmte die Lagerstraße entlang zu den Ställen, schrie erst nach dem Schmied, dann nach dem Doktor, doch weder der Schmied noch der Doktor brachten die Pferde hoch. Kruzow ließ die Pferde mit Seilen aufstellen, ließ sie bewachen, was sinnlos war, aber seinem Sinn entsprach, und ließ ihnen kübelweise Wasser in den Schlund gießen. Am Mittag jedoch legten sie sich wieder hin, und am nächsten Morgen, es war ein Sonntag, waren sie tot.

Von der Küche her zog am nächsten Tag der Geruch nach gebratenem Fleisch durch das Lager. Ein herber, würziger Duft, der die Baracken umwehte und die Männer vor die Türen treten ließ. Eine kribbelige Fröhlichkeit machte sich breit. Fleisch, drei Pferde, das reicht für die Mittagsration, für das Abendessen und für den nächsten Tag. Die Stimmung war außergewöhnlich sonntäglich. Die Männer hielten die Nasen in den Wind, sogen den Duft ein, und jede Faser ihres Körpers vibrierte. Es war wie ein gemeinsames, gewaltiges Verlangen der mehr als fünfhundert Seelen: Fleisch!

Doch zu Mittag gab es Suppe.

Am Abend gab es Brot.

Nach dem Abendessen schleppten die Pidurki dampfende Kübel aus der Küche, kippten sie in die Abfallgrube und kamen mit neuen Kübeln wieder.

Es war das Fleisch!

Die Männer schauten ungläubig, gebannt und fassungslos zu, so wie man einer höheren Gewalt zuschaut. Aber nein, das war keine höhere Gewalt, das war Teufelswerk. Das war Kruzows Werk! Er hatte sie den Duft schnuppern lassen wie Hunde, hatte sie geifern lassen, hatte sie in ihrer Gier halb irre werden lassen, um dann den Brocken in den Dreck zu treten: Oh, das war zuviel, das war nicht zu ertragen, so etwas tut kein Mensch. Kruzow, das Vieh!

Flei-eisch! stieg ein Ruf wie ein Racheschrei aus Dutzenden von Kehlen auf.

Das war ein Signal, und es folgte ein kurzer Moment der Stille. Immer mehr Männer brachen aus den Baracken heraus, keinen hielt es an seinem Platz. Sie schoben die Vornstehenden auf die Lagerstraße, über den Appellplatz, in den Speisesaal, durch die Küche, und auf der anderen Seite wieder heraus.

Das Fleisch war nicht mehr da.

Ein tierischer Laut stieg aus dem gärenden Haufen:

Flei-ei-ei-sch!

Dann ein Schreckenslaut: Es ist weg!

Doch kaum verhallt, erscholl ein neuer Ruf: Da ist es!

Ah, sie hatten es – ein Pferd. Hurra! Ein Triumphgeheul setzte ein, und die Masse der Männer drängte zur Rampe, die sich hinter der Baracke befand. Dort lag das tote Pferd, unversehrt, als wäre es gerade erst gestorben. Kruzow hatte es nicht ausbluten lassen, es nicht ausnehmen und nicht zerteilen lassen, um das Fleisch zu verwerten. Er wollte es verderben lassen, um es dann den Wölfen vorzuwerfen. Aber falsch gerechnet: Sie hatten es, sie hatten es! Die Männer hingen wie eine Traube Insekten an dem Pferd. Sie zerrten es am Maul, am Kopf und am Kiefer, zogen es an den Beinen, am Schwanz, sie schleiften es von der Rampe in den Schmutz und von dort, um nicht von den anderen erdrückt zu werden, auf den Appellplatz. Es war ein einziger lärmender, rauschender Siegeszug, den die anderen Gefangenen brüllend begleiteten. Dort machten sie sich mit Messern und Beilen, die sie aus der Küche geholt hatten, über das Pferd her. Sie rissen ihm die Haut vom Fleisch, schlitzten den Bauch auf, daß die Gedärme herausquollen, und hieben auf den toten Körper ein. Her mit den Brocken! Sie umschwirrten den Kadaver wie Fliegen. Ein paar blutige Arme tauchten aus der Menge auf und schwenkten eine Vorderhand des Gauls triumphierend über den Köpfen.

Immer wilder wurde das Gewusel und Gesumme, immer dichter der Haufen, so dicht, daß keiner mehr den Überblick bewahrte. Nur Kruzow. Kruzow stand auf der hölzernen Terrasse seines Hauses wie ein Feldherr, hob langsam den Arm und senkte ihn mit einer ruckartigen Bewegung: Feuer!

Die Salve krachte in den Haufen Männer wie eine Schrotladung in eine Schar Rebhühner. Einige der Sträflinge sanken augenblicklich vornüber auf das tote Pferd. Getroffen! Es war, als hätte Kruzow in ein Wespennest gestochen. Plötzlich war ein Surren auf dem Platz, mit einem Mal war Haß in den Gesichtern, und die Männer schwirrten wie ein wild gewordenes Bienenvolk umher. Zum Magazin!

Ja, zum Magazin. Aber das Magazin war bewacht. Das Magazin war nicht so leicht zu nehmen wie die Küche, dort lagerten Pulver, Gewehre, Uniformen, um das Magazin war selbst an normalen Tagen besser ein Bogen zu machen. Doch nicht mit Hunger und Wut im Bauch, der gefährlichsten aller Dyaden, mit Schreck und Zorn, mit Enttäuschung und Aufbegehren – Dyaden, Dyaden, Wolken von Dyaden. Flimmernd, glühend, geladen. Tuganov, allein auf einer Stufe zur Küche, starrte mit aufgerissenen Augen und offenem Mund auf den Platz. Was für ein Überfluß! Den Hals steif, den Kopf gereckt, machte er die verschiedensten heftigen Bewegungen, als wollte er die Menge mit einem Mal umfassen. Dann fuhr das Gesicht hinein in die Szene. Ohne zu unterscheiden, riß es an sich, was es bekam. Der Instinkt war stärker als die Vernunft. Es war ein Taumel, ein Schwelgen, ein Fressen, ein Saufen. Ein Bad in aufgeputschten Gefühlen. Das gab es noch nie, das würde es nie wieder geben! In unendlich tiefen, sinnlichen Atemzügen sog er ganze Gefühlsströme in sich hinein, Zorn und Mißgunst, Neid und Haß. Verschlingen, verschlingen, was immer sich bot! Und plötzlich war es da, das eine große lodernde Gefühl, das alle anderen umfaßte, mit ihnen zu einer Triade verschmolz, einer Riesentriade mit Hunderten von Verzweigungen: Rache, Rache, Rache! Das fand kein Halten mehr, das mußte sich vorwärtswälzen und niederwalzen, was sich in den Weg stellte. Wer achtet da schon auf die Wälle, die Wachen, die Posten und auf Kruzow, der endlich bekam, was er wollte: Krieg. Ah, jetzt war Gelegenheit, draufzuhauen, hineinzufahren in den Haufen nach Herzenslust und ihn zur Räson zu bringen. Jetzt war die Stunde, zu zeigen, wer Herr war. Einer gegen alle!

Erneut hob Kruzow den Arm, und als die ersten Männer das Magazin erreicht hatten, senkte er ihn wieder: Feuer!

Die Männer brachen an der Tür zusammen. Der Kopf des Stroms wendete sich, der Schwanz drängte nach, es gab ein Durcheinander von sich gegenläufig bewegenden Haufen, und die nächste Salve fuhr beinahe lustvoll hinein.

Feuer!

Weg ... zum Vorratslager.

Feuer!

Weg, weg ... zurück zur Küche.

Auch von dort wurde geschossen. Die Männer irrten wie eine in Panik geratene Herde Vieh umher, wirbelten Staub auf und rasten über den Appellplatz. Schließlich fanden sie ihren Weg auf die Lagerstraße zurück und in die Baracken, die ihnen Schutz gewährten.

Dann wurde es still im Lager. Eine schreckliche Stille, Totenstille, die die ganze Nacht währte.

Am Morgen wurden die Leichen zusammengetragen und neben der Krankenbaracke aufgebahrt. Kruzow ging durch die Reihen, einen eisernen Sporn in der Hand, und rammte ihn den Erschossenen in die Brust.

Vorschrift! bellte er, damit sie nicht plötzlich wieder zum Leben erwachen!

Aus einem der Gefangenen stieg wie ein Seufzer ein Rest Leben.

Seht ihr!

Eine schwitzende, stinkende Zufriedenheit ging von ihm aus. Er hatte dem Pack gezeigt, wer Herr war. Er hatte gesiegt, rundum gesiegt. Siebenundzwanzig blutige Körper. Er, Kruzow, hatte Ordnung geschaffen. Siebenundzwanzig Abgänge. Ein schöner Gewinn auf dem Markt in Tomsk.

32

Ein Sieg war errungen, ein richtiger Sieg, einer, der Ehre einbrachte, Anerkennung, sogar einen Orden, ein blitzendes, dummes Stück Metall, das Kruzow aus Tomsk zugeschickt bekam. Kruzow betrachtete ihn, befühlte ihn, polierte ihn. Ein Orden, großartig, raunte es in ihm. Großartig, Kruzow, großartig! So ein Orden erhöhte, berauschte, mehr als ein Liter Wodka, viel mehr. Dennoch soff Kruzow eine Woche lang – ein Sieg mußte schließlich gefeiert werden.

Doch der Sieg wandte sich gegen ihn, denn er war so großartig, daß er auch in Moskau nicht übersehen werden konnte. Eine Revolte war nicht irgend etwas, eine Revolte erregte Aufmerksamkeit, sogar beim Zaren, ein derartiges Vorkommnis mußte untersucht werden. Also kamen, gerade als Kruzow wieder einmal seinen Orden putzte, drei Inspektoren aus Moskau. Unangenehme Kerle, das war sofort klar, mit einer aufdringlichen Art zu fragen. Fragen, wozu? Er, Kruzow, hatte sich doch nichts zuschulden kommen lassen, im Gegenteil – er hatte gehandelt. Und das zum Besten des Zaren, der Orden bewies es. Doch die Herren Inspektoren fragten nicht nur nach, sie schnüffelten auch herum. Sie prüften erst die Haftbedingungen, dann die Sicherheitsvorkehrungen, dann das Essen und schließlich die Bücher – und mitten im Prüfen ließen sie auf einmal zählen. Oh, das war dumm, jetzt konnte die Sache brenzlig werden.

Denn da stimmten Soll und Haben nicht überein, und einmal mißtrauisch geworden, prüften die Inspektoren die Bücher vom Vorjahr und die vom Jahr davor und so weiter, dann die Totenscheine und die Lieferungen an Nahrung, Kleidung und Schuhen und verglichen das alles mit Verbrauch und Bestand. Schließlich rafften sie alle Dokumente zusammen und nahmen sie zur weiteren Auswertung mit. Ein halbes Jahr hörte man nichts mehr von ihnen, und Kruzow begann, die ganze Prüferei zu vergessen. Papierkram, mehr nicht. Damit allein ließ sich kein Lager führen, das hatten die Herren sicher begriffen.

Doch in dem Bericht, den die Inspektoren für das Justizministerium verfaßten, stand peinlich genau, wieviel Jacken, Hosen, Socken und Schuhe, ja sogar wieviel Schnürsenkel geliefert worden waren und wieviel nur hätten angefordert werden dürfen. Wie viele Häftlinge geführt wurden und wie viele nur hätten geführt werden dürfen. Und ganz am Schluß stand unter einem schönen, geraden Strich die Summe, die der ganze Betrug wert war: vierundzwanzigtausenddreihundertzweiundachtzig Rubel.

Daraufhin wurde ein Konvoi mit Gendarmen in Gang gesetzt samt einem neuen Kommandeur, direkt von Moskau aus, denn den Trotteln in der Provinz war ja keine ordentliche Verhaftung zuzutrauen, und kaum angekommen, war die erste Handlung dieses Kommandeurs, den Platzmajor Kruzow seines Postens zu entheben und im Karzer festzusetzen. Am nächsten Tag wurde Kruzow in das Gefängnis nach Tobolsk gebracht.

Einige Wochen darauf wurde ihm der Prozeß gemacht, er wurde des Betrugs schuldig gesprochen, und ehe er sich versah, saß er in einem Straflager bei Kolima, wo er tagein, tagaus Alabaster schleifen mußte. Zählen und stehen, stehen und zählen – das überlebte er nicht. Das Geld allerdings, das er unmöglich alles versoffen oder sonstwie verschwendet haben konnte, wurde nicht gefunden.

Tuganov aber überlebte, denn im Lager wurde Ordnung geschaffen. Ein Jahr Verbannung wurde dem Sträfling Tuganov wegen tadelloser Führung erlassen, und ganz unerwartet durfte er sich ein paar Tage später in der Schmiede die Ketten abnehmen lassen. Die ersten Schritte waren zwar noch taumelnd in dem neuen Gleichgewicht, aber so leicht, so frei, so wunderbar. Noch ein Schritt und noch einer, kein Drücken, kein Schaben, kein Klirren mehr. Tuganov drehte sich beglückt im Kreis, hob das rechte Bein, dann das linke, hüpfte und begann, um den Schmiedestock zu tanzen. Ohne Ketten konnte man bis nach überallhin gehen, auch aus dem Lager heraus, bis nach Tomsk, auch bis nach Hause. Nach Moskau.

Er weinte vor Glück.

Drei Tage später fuhr er mit dem Postboot den Fluß hinab. Der Krankenwärter stand am Ufer und schwenkte seine Mütze.

Auf Wiedersehen!

Tuganov winkte nicht zurück. Er wußte, es würde kein Wiedersehen geben.

33

In Tjumen nahm ihn ein Pferdekarren mit, ab Jekaterinburg reiste er mit der Postkutsche, von Nischnij-Nowgorod nach Wladimir war er zu Fuß unterwegs.

Er nahm keinen Abschied von Sibirien, er ließ es einfach hinter sich. Er schaute nach vorn, dort lag Moskau.

Als er der Stadt näher kam, begrüßte ihn das Glokkengeläut der Kirche zum Märtyrer Niketas, und der Klang war ihm so vertraut, als wäre er nie fort gewesen. Er taumelte mehr in die Stadt hinein, als er ging – endlich zurück im Leben. Ah, dieses wunderbare Leben! Das Rattern einer Kalesche, der Ruf eines Kutschers, das bunte Markttreiben und das Auf und Ab auf der Promenade – er trank davon, leckte daran, verschlang es. Und er konnte sich wenden, wohin er wollte – niemand, der ihm den Schritt oder die Richtung befahl. Er badete in diesem Leben, betört, berauscht, und vergaß darüber beinahe, das Hospital aufzusuchen.

Dort empfing ihn der Onkel, erfreut, wenngleich keineswegs überrascht.

Viktor, ah, da bist du also. Bist du gesund?

Ob er gesund sei? Was für eine wunderbare, berührende Frage. Niemand hatte in den letzten Jahren danach gefragt. Ja, er war gesund, und er war frei. Doch kaum angekommen, wurde diese neue köstliche Freiheit bereits getrübt.

Man habe sich nach ihm erkundigt, meinte der Onkel, er solle sich auf der Behörde melden.

Melden? Das war kein gutes Wort, das war ein Lagerwort! Viktor erschrak.

Nur wegen der Dokumente, beruhigte der Onkel ihn, schließlich brauche man eine Legitimation, ein Papier mit Namen, Anschrift und Stempel und Unterschrift.

So ein Papier war wichtig, äußerst wichtig. Denn ohne so ein Papier war man weiterhin nur ein Strafgefangener, ein entlassener zwar, aber kein Bürger wie jeder andere. Ohne Papiere gab es keine Vorsprache, keine Anhörung, keine Anstellung, keine vernünftige Zukunft. Ohne ein Papier galt man nichts, war man eigentlich gar nicht richtig da. So ein Papier war die Eintrittskarte in ein anständiges Leben.

Vier Stunden verbrachte Viktor deshalb auf der Behörde und wartete geduldig, bis die Reihe an ihm war. Und tatsächlich bekam er Papiere, genauer gesagt ein Dokument, das ihn legitimierte. Aber nicht für Moskau, nein, hier war kein Platz für einen Aufwiegler, auch nicht, wenn er die Strafe abgesessen hatte. Hier gab es bereits genügend unruhiges Volk, hier konnte man ihn nicht gebrauchen. Das Papier war auf Tverj ausgestellt, ein Nest an der baltischen Küste, wo man der Behörde bereits seine Ankunft signalisiert habe.

Oh, Tuganov verstand sofort: Dort würde man ihn besser kontrollieren, besser überwachen können, dort warteten bereits die Spitzel auf ihn. Und wer würde der Spitzel sein? Vielleicht der Bäcker, der Schuster oder der Metzger? Wohnte er gegenüber, wartete er an der nächsten Ecke oder beobachtete er ihn von einer Teestube aus? Der Bibliothekar vielleicht, der darauf achten würde, welche Bücher der Herr Tuganov las – ein bißchen Achtgeben nur, mehr nicht; wenn man es selbst nicht tut, tut es ein anderer, und dieser andere würde gleich die Bibliothekarsstelle mit einnehmen, und der Herr Bibliothekar würde nicht einmal mehr im Archiv die verstaubten Bücher registrieren dürfen. Oder vielleicht der Wirt? Einem Wirt kann man mir nichts, dir nichts die Schanklizenz entziehen, und ohne Lizenz ist ein Wirt kein Wirt mehr, nicht einmal ein Schankbursche ist er mehr, er ist ein Garnichts mehr, das sich jeden Schluck Wodka erbetteln muß. Oder der Bote, der die Briefe bringt und vermerkt, woher sie kommen, oder der Nachbar, der aufpaßt, wen der Herr Tuganov empfängt. Dafür darf der Nachbar dann weiter wie jeder anständige Bürger leben, denn wer ein anständiger Bürger ist, bestimmt die Polizei; man brauchte ja nur zu dem Herrn Bürger zu kommen, um nachzuschauen, ob alle Rechnungen bezahlt sind, ob der Fiskus seinen Teil erhalten hat, ob verbotene Bücher gelesen werden und in Schriftstücken etwas gegen die Obrigkeit steht. Klagen über den Alltag, und damit Klagen über den Staat. Ha, man hatte Übung darin, Unanständigkeit nachzuweisen.

Nein, in diesem Rußland ließ sich nicht anständig leben. Vielleicht ließ sich anderswo freier leben.

Tuganov erklärte, er beabsichtige, ins Ausland zu gehen, wenn das möglich ... ähm, erlaubt sei?

Ins Ausland, o ja, das war möglich, das war erlaubt. Das war ja noch besser als Tverj, das war sogar bestens. Da war man ihn los, diesen Tuganov. Vielleicht sogar für immer, denn dann brauchte man ihn nicht wieder hereinzulassen nach Rußland, wenn man nicht wollte. Ja, er solle ruhig reisen, ins Ausland. Wohin er denn wolle?

Nach Paris!

Tuganov hatte den Entschluß in diesem Moment gefaßt. Paris, Frankreich, ein aufgeklärtes Land, das schien ihm recht zu sein.

Gut, Paris, das war weit genug weg, das war auch den Behörden recht. So bekam man die Laus aus dem Pelz. Hinaus also aus Rußland! Solcherart Papiere, Reisepapiere, gab es im Handumdrehen.

Auch der Onkel meinte, Reisen sei wohl das beste, und Viktor sah, daß er froh war, ihn los zu sein. Froh darüber, den Neffen nicht empfehlen zu müssen, nicht unterstützen und vor allem nicht versorgen zu müssen. Das wäre lästig gewesen bei all der wichtigen Medizin. Erleichterung durchfuhr den Onkel wie ein Windstoß und wirbelte sogar ein paar Krümel Dankbarkeit auf. Doch wer reist, braucht Geld, wer weit reist, braucht viel Geld – also eintausend Rubel, das mochte Viktor weit genug bringen.

Viktor bedankte sich für das Geld, verstaute sorgfältig die Papiere und nahm die nächste Reisekutsche in Richtung Westen. Einige Tage später war er bereits in Warschau. Dort wurden die Pferde gewechselt, und weiter ging es nach Berlin. Nirgendwo blieb er länger als für eine kurze Zeit des Atemholens. Die Städte luden ihn nicht zum Bleiben ein.

Hamburg zu zugig.

Amsterdam zu naß.

Brüssel zu kalt.

Weiter, weiter, die nächste Kutsche.

Frankreich, Paris, ja, das würde der passende Ort sein, um ein neues Leben zu beginnen. Um zu dichten, zu musizieren und um eine Position zu erringen. In Paris könne ein jeder sein Glück machen, besagte das Gerücht. Dort frage niemand, wer man sei, woher man käme, dort zähle nur, was man vollbringe. Das schien sich in Windeseile herumgesprochen zu haben, denn Volk aus allen Ländern drängte der Stadt zu – vier von fünf Wagen, die die Grenze passierten, zwei Drittel aller Personen, fast alle Überlandreisenden. Handwerksgesellen, Händler und Künstler, Landstreicher und Hochstapler, Dienstleute und Arbeiter und Kaufleute strömten nach Paris; allein fünf Kutschen überholten den Wagen, auf dem Tuganov einen Platz gefunden hatte. Es schien ein Wettlauf im Gang, wer als erster die Stadt erreichte.

Paris, so hatte es den Anschein, war der einzig glückliche Ort in Europa.

34

Wohin in einer fremden Stadt, natürlich ins Zentrum. Tuganov stieg an der Place de l'Opéra ab, doch in den umliegenden Hotels wurde ihm die Frage nach einem Zimmer abschlägig beschieden. Hier logierte der Adel, nahmen Bankiers, Rentiers und zur Not auch Politiker Quartier – ein Zugereister in einem speckigen Soldatenmantel, verblichenen Hosen und schiefen Schuhen hatte hier nichts zu suchen. Schäbig. Also mußte er wieder hinaus in den Faubourg Saint-Antoine, in das Viertel der Arbeiter und der kleinen Handwerker, wo ein Zimmer für einen heruntergekommenen Reisenden vielleicht noch zu kriegen war. Und nun mußte er sich doch befragen lassen: woher er käme, wohin er wolle, wie lange er bleibe. Und das von einer Concierge, die nicht weniger schäbig aussah als er und in deren Kopf sich ein kleiner geringschätziger Gedanke kringelte: Noch so ein Russe! Doch das Französisch des Herrn war vom Feinsten, das war nicht der Ton der Straße, das war der Ton der Salons. Der Herr konnte reden, der Herr konnte zahlen, das witterte die Concierge, und so wies sie ihm ein einigermaßen erträgliches Zimmer auf der Rückseite ihres Hauses zu.

Am nächsten Morgen verließ Tuganov zu einem Spaziergang das Hôtel, begierig, sich umzuschauen in diesem verheißungsvollen Paris, einzutauchen in das neue Leben. Doch kaum daß er die Straße betreten hatte, streifte ihn der Bewußtseinsfetzen einer Dame, ein nicht sehr wohlgefälliger Fetzen: Voilà, schlechte Toilette. Tuganov hielt inne und sah an sich herab. Tatsächlich, so wie er aussah, konnte er hier nichts bestellen. Jämmerlich! Also suchte er das nächste Schneidergeschäft auf, unweit der Rue Saint-Antoine, ließ sich beraten, legte die alten Sachen ab und kleidete sich ein, auf Pariser Art. In einem mausgrauen Frack mit einem Schoß à l'anglaise, einem weißen Hemd, einer gestreiften Piqué-Weste und flaschengrünen Pantalons verließ er das Geschäft. Ein paar Schritte weiter, um die Ecke, ließ er sich die Haare schneiden, kaufte bei einem Hutmacher in der Rue de Charenton einen flachen Zylinder und im Viertel um die Place des Vosges ein Paar genähte Schuhe. Schließlich Handschuhe und einen Spazierstock mit einem Leopardenkopf als Knauf. Fertig war die neue Toilette! Dann spazierte er weiter bis zum Hôtel de Rohan und testete sein neues Aussehen. Niemand nahm Anstoß, er konnte als Pariser durchgehen.

Zwei Drittel des verbliebenen Reisegeldes waren durch diese Prozedur aufgebraucht, also hieß es, keine Zeit zu verlieren, sich um einen Verdienst zu kümmern. In Paris zählte, was man konnte – vielleicht brauchte jemand einen Übersetzer? Er bot sich der *Revue Parisienne* und dem *Journal du Jour* an, keine Stelle frei. Er besuchte das Kaufmannshaus Bonnard, kein Bedarf. Er schrieb an die Bank Chassy & Valmont, an russische und polnische Handelsniederlassungen, an die Städtische Verwaltung und an eine Handvoll anderer Institutionen, doch seine Briefe blieben unbeantwortet. Oh, hier in Paris wäre er sogar bereit gewesen, in einem Schreibbüro seinen Unterhalt zu verdienen, sogar in einem Archiv, wenn es hätte sein müssen, aber nicht einmal das wollte gelingen. Er war noch keine dreißig Jahre alt, also jung genug für eine Anstellung, er war nicht schwächlich, und er war ausdauernd. Doch in der Stadt wimmelte es von jungen Leuten, jüngeren als ihm, und alle waren billig zu bekommen. Das große Paris schien keinen Platz für ihn zu haben, es schien schon zu voll zu sein von Menschen. Er hatte keinen Nutzen für die Stadt, und wer keinen Nutzen bringt, hat keinen Wert.

Das Leben erwartete ihn nicht, es wies ihn ab.

Ha, heutzutage glaube jeder Hergelaufene, in Paris sein Glück machen zu können, nörgelte die Concierge, und damit hatte sie mehr recht, als ihr bewußt war.

Ja, seit Napoleon konnte jeder Kutscherssohn, jeder Gastwirtsenkel, jeder Ziegenhirt aufsteigen, wenn er nur genug Kraft, Talent und Verschlagenheit zeigte. Und die Zeiten seien immer noch golden, besagte das Gerücht. Aber es war eben nur ein Gerücht, denn zum Erfolg gehörte auch Glück, also vermochte nur jeder Glückliche etwas zu werden, die anderen fielen wieder hinab, kaum daß sie ein bißchen aufgestiegen waren – und den meisten gelang nicht einmal ein kleiner, winziger Aufstieg. Vorbei waren die Zeiten, wo man durch verwegene Bajonettangriffe oder wilde Reiterattacken über Nacht General und Herzog werden konnte, Murat, Ney, diese Namen kannte ein jeder. Wo man dem kleinen Artillerieleutnant nacheifern konnte, der von heute auf morgen General geworden war, wenn das auch ein paar tausend Leben gekostet hatte. Der es sogar bis zum Kaiser gebracht hatte – was ein paar hunderttausend Leben gekostet hatte. Aber Napoleon war ein Mann ohne Gewissen gewesen, rücksichtslos, gierig, menschenverachtend und größenwahnsinnig. Heutzutage jedenfalls brauchte man mehr als nur einen klaren Kopf, Entschlossenheit und die Gunst der Stunde, man brauchte Empfehlungen, Geld und vor allem einen langen Atem. Einen Adelstitel allerdings, das war wohl wahr, brauchte man nicht mehr, nicht unbedingt jedenfalls. Deshalb drängten unentwegt junge Leute vom Lande in die Stadt, Knechte, Mägde, Bauernburschen, die sich hier ein verheißungsvolleres Leben erhofften als in Steinhütten zu hocken, den Gestank der Ställe einzuatmen und das Vieh zur Tränke zu treiben. Mit dem Willen zum Weiterkommen, zum Emporsteigen bohrten sie sich in die Stadt. Und einmal hineingestoßen, hieß es, sich festsetzen, festzecken, eine Anstellung bekommen, auch wenn sie noch so kümmerlich war. Man ging nicht zimperlich miteinander um, denn man mußte schnell sein, schneller als andere. Tausende kamen Jahr für Jahr. Sie kamen aus Rouen, aus Tours, sogar aus Limoges und Montpellier, und unter diesem Ansturm blähten die Vorstädte sich gewaltig auf.

Täglich kommt neues Pack nach Paris, nörgelte die Concierge. Sie hatte es so dahingesagt, wie man sagt: Heutzutage hat die Jugend keinen Anstand mehr. Sie hing den verflossenen Zeiten nach, als es noch einen Kaiser gab, als alles noch geregelt war zwischen Unten und Oben. Sie kannte sich aus mit diesem Pack, denn es gehörte zu ihrem Beruf, es zu beherbergen, im Auge zu behalten und, wenn es nicht zahlte, auf die Straße zu setzen. Aber nicht der Herr Tuganov war damit gemeint, nein, der Herr Tuganov konnte ja zahlen. Und da der Herr Tuganov plötzlich recht nobel aussah, empfahl die Concierge ihm: Kennen Sie Monsieur Mugnier? Er hat die besten Verbindungen in Paris. Gehen Sie hin, er wird Ihnen helfen.

Nein, Tuganov kannte diesen Monsieur Mugnier nicht, er kannte überhaupt niemanden in der Stadt, und das wußte die Concierge natürlich. Das war ein Vorteil, und einen Vorteil gab man nicht so ohne weiteres aus der Hand im Paris jener Zeit. Zweifellos hätte Tuganov mit ein bißchen Geschick diesen Vorteil aus ihrem Kopf herauszuzupfen gewußt, aber die Sache war zu billig, als daß sich die Mühe gelohnt hätte. Ein kleiner, schmieriger Zwei-Francs-Gedanke ringelte sich in der Concierge, und Tuganov schob ihr die beiden Geldstücke hin.

Rue de Lappe, Nr. 12, sagte die Concierge, die im gleichen Augenblick bereute, nicht drei Francs verlangt zu haben.

Monsieur Mugnier war eine geheime Adresse in Paris, so geheim, daß sie lebhaft weitergereicht wurde unter den Bittstellern der Stadt. Monsieur, hieß es, kenne einflußreiche Leute, Monsieur könne Dinge bewegen, wo andere Mittel versagten, Monsieur habe schon vielen Menschen geholfen – wie vielen genau, wußte niemand zu sagen. Er setze sich für jeden ein, hieß es weiter, auch in gänzlich aussichtslosen Fällen, er behandele jedes Anliegen wie sein eigenes, und das Wichtigste: Monsieur war auch weiterhin bereit zu helfen. Zum Beispiel ein Bett in einem Hospital zu beschaffen, eine Anstellung in einem Amt, eine Einladung für eine Gesellschaft oder einen Platz an der *École Normale Supérieure*. Monsieur Mugnier könne auch bei Grundstücksangelegenheiten vermitteln, einen Kredit beschaffen oder eine Genehmigung der Behörden erwirken. Es hieß, er stehe auf gutem Fuße mit dem Finanzministerium, dem Stadtparlament, dem Katasteramt und überhaupt allen Ämtern. Monsieur Mugnier war der Strohhalm, nach dem man griff, wenn alle anderen Anstrengungen vergebens waren, der rettende Engel. Und natürlich hatten die Bemühungen des Monsieurs ihren Preis, aber Mugnier schrieb keine Preise vor. Er nahm, was man ihm bot, das allerdings im voraus. Und das Erstaunlichste und Allerwichtigste dabei war: Blieb der Erfolg aus, bekam man sein Geld zurück. Abzüglich einer kleinen Provision für die Aufwendungen des Monsieurs, versteht sich. Ja, auch dafür war Mugnier in diesem ganzen von Habgier erfüllten Paris bekannt: Er war ein ehrlicher Mann.

Mugnier betrieb ein kleines Büro mit Vor- und Hinterzimmer in einer Seitenstraße der oberen Rue de Rivoli, eigentlich eine Wechselstube, wie es Hunderte in Paris gab. Und da es Hunderte gab, wurden Geschäfte dieser Art nicht selten um einige Dienstleistungen erweitert: die Beschaffung von Legitimationen, Zollgenehmigungen oder Reisedokumenten. Das war eine zusätzliche Einnahmequelle, denn die neue Zeit, die bürgerliche Zeit, hatte neue Gesetze und Bestimmungen zuhauf mit sich gebracht. Wo früher ein Wort entschieden hatte, entschied nun ein Paragraph, und zu diesem Paragraphen gab es einen Unterparagraphen, dazu wiederum einen Ergänzungsparagraphen und zu dem eine einschränkende oder erweiternde Bestimmung. Das ganze Verfahren der Ordnungsfindung, eigentlich Verordnungsfindung, lief demokratisch ab. Früher war gar nichts demokratisch gewesen, jetzt war jeder Furz demokratisch. Unaufhörlich wurden neue Bestimmungen verabschiedet, und diese zogen bis dahin unbekannte Formulare nach sich, und das alles mußte beachtet und bewältigt werden. Papiere, Papiere! Ein normaler Mensch bekam davon Kopfschmerzen, schlechte Laune, Schlaflosigkeit und Anfälle von Verzweiflung – deshalb gab es Büros wie das des Monsieur Mugnier.

Es war ein kleines Büro, bei dem die Glocke wie in einem Bäckerladen schellte, wenn man eintrat, und im Vorzimmer saß ein Sekretär, der die Leute empfing und gleichzeitig die Aufgabe hatte, sie zu vertrösten. Monsieur sei nur für angemeldete Besucher zu sprechen, Monsieur sei zu beschäftigt, Monsieur empfange heute erst am Abend oder vielleicht überhaupt nicht mehr. Und morgen? Ja, morgen, wahrscheinlich. Denn Monsieur Mugnier war viel in Paris unterwegs, Angelegenheiten in Ämtern und Ministerien brauchten ihre Zeit. Der Sekretär war auch damit beschäftigt, die Namen der Besucher in Wartelisten einzutragen, aber vor allem war er dazu da, ganz nebenbei die Regeln des Geschäfts durchblicken zu lassen. Monsieur verspreche zwar nie etwas, bemühe sich jedoch um jede Sache wie um seine eigene; deshalb sei die Aussicht auf Erfolg größer als anderswo. Erfolg – wann? Nun, das könne beim besten Willen niemand vorhersagen, Wunder seien nicht zu erwarten. Aber mit Hartnäckigkeit und Geduld werde man schon weiterkommen …

Bittsteller und Bedürftige gab es in Paris wie Fliegen auf den Fischständen an der Seine, also hieß es warten. Tuganov wartete sechs Stunden, und als das Büro sich geleert hatte, fiel er dem Sekretär auf. Von wem er denn komme?

Von Madame Blanche, sagte Tuganov.

Ah, Madame Blanche, näselte der Sekretär, eine gute Frau, ein weiches Herz, zu gut, zu weich! Immer wieder schickt sie Leute hierher, obwohl sie weiß, daß sie das nicht tun soll. Worum geht es denn?

Tuganov erwiderte, vielleicht könne Monsieur Mugnier eine Einladung beschaffen, eine Empfehlung, vielleicht sogar eine Stelle.

Als was man den Herrn denn empfehlen könne?

Vielleicht als Hauslehrer, als Übersetzer, als Sekretär, meinte Tuganov.

Ach, Sekretäre! All die jungen Leute wollen Sekretär sein. Wo soll man hin mit soviel Sekretären. Aber einen ausgebildeten Diener, noch von der alten Schule, den werden Sie nirgendwo finden.

Schreiben, ergänzte Tuganov. Vielleicht suche man jemand bei einer Zeitung, in einer Redaktion.

Mit der entsprechenden Empfehlung würde man vielleicht jemanden nehmen, entgegnete der Sekretär, aber suchen, nein, suchen tue niemand irgendwen in Paris. Kommen Sie morgen nachmittag wieder, empfahl er zum Abschied, dann werden Sie Monsieur treffen.

Tuganov kam am nächsten Nachmittag, und tatsächlich empfing ihn Monsieur Mugnier.

Mugnier war groß, hager, hatte hängende Schultern, und seine Bewegungen waren müde. Er glich einem alten Raben, dem die Welt gleichgültig geworden war. Sein schwarzgefärbtes Haar war dünn geworden vom Schweiß der Perücken, die er in seiner Jugend hatte tragen müssen, und er hatte es mit Pomade nach hinten gestriegelt. Er saß bewegungslos in einem großen Sessel mit geschnitzter Lehne, die Samtvorhänge der Fenster waren zugezogen, und die dicken Teppiche schluckten jeden Laut. Eine abgekapselte Welt.

Mugnier scheute das Licht. Seine Aura war äußerst trocken, geradezu staubig, und Tuganov war, als ginge ein Knistern davon aus. Doch er konnte keinen Gedanken in ihm ausmachen, nicht einmal einen Hintergedanken, einen Rest, einen Krümel oder den Schwanz eines Gedankens, denn Mugnier saß mit dem Rücken zu ihm. Eine Marotte, eine äußerste Unhöflichkeit, eine Beleidigung eigentlich, doch den Leuten, die hierherkamen, ging es nicht um Höflichkeit, es ging ihnen um Hilfe.

Die Stimme Mugniers, leise, ein wenig knarrend, paßte zu dem Intérieur. Was der Herr Tuganov denn schon getan habe, um in Paris Fuß zu fassen? wollte er wissen. Ah, bei Geschäftshäusern habe er vorgesprochen, sich bei Banken vorgestellt, auch bei Pariser Zeitungen? Absagen habe er erhalten? Nichts Besonderes, nichts Besonderes! Nun, er, Mugnier, könne unter Umständen ein wenig nachhelfen, er habe Kontakte zu Redaktionen, vielleicht ließe sich da etwas machen.

Es wäre ein Glück ..., sagte Tuganov

Nein, nein, wehrte Mugnier ab, es ist nur ein Versuch, erwarten Sie nicht zuviel, und seine Stimme wurde deutlicher: Bemühen Sie sich selbst in jedem Fall weiter. Geben Sie nicht auf. Nie nachlassen, hören Sie, nie nachlassen! Und vor allem: Bewahren Sie Stillschweigen. Gewisse Beziehungen, Sie wissen, werden oft mißverstanden. Man kommt schnell ins Gerede. Jedermann will heutzutage eine Anstellung, niemand ist mehr zimperlich. Wenn etwas erst einmal öffentlich wird, dann bauscht man es auf.

Tuganov versprach zu schweigen.

Und wenn Sie irgendwo genommen werden, dann fragen Sie nicht, warum und wieso. Dann seien Sie einfach froh, daß es so ist, machen Sie Ihre Arbeit, und seien Sie gewiß, daß wir ein bißchen nachgeholfen haben. Also, schicken Sie Ihre Bewerbungen weiterhin ab, der Sekretär wird Ihnen die wichtigsten Adressen geben. Und halten Sie sich daran: Erwähnen Sie nie den Namen Mugnier.

Dann schien Mugnier seinen Gast einen Moment zu vergessen, bevor er anmerkte: Einige Aufwendungen sind zu machen, Sie verstehen …

Tuganov begriff: das Honorar!

Fünfzig Francs? bot er an.

Mugnier schwieg, und jetzt knisterte seine Aura tatsächlich. Es war, als würden die dünnen, morschen Fäden, aus denen sie gemacht schien, sich unwillig aneinanderreiben.

Und das Viertel eines Jahreslohnes, schlug Tuganov vor, wenn eine Stelle gefunden ist.

Und rasch, noch bevor Mugnier etwas einwenden konnte, legte er die fünfzig Francs auf den Tisch. Das wirkte.

Ich werde die Sache bei passender Gelegenheit erwähnen, erklärte Mugnier. Sie hören von mir, natürlich nicht direkt …

Die Audienz war beendet.

Mugnier war die letzte Hoffnung.

35

Auf dem Heimweg hob Tuganov eine Zeitung auf, die jemand auf einer Parkbank hatte liegenlassen; sie war dreimal so dick wie eine Moskauer Zeitung. Vor allem Reiseberichte füllten die Seiten. Da wurde aus Italien, Arabien, Persien berichtet, aus allen Winkeln der Welt – aus der Ferne. Ja, eine Nachricht aus Florenz oder Bagdad war allemal schillernder als eine Nachricht aus Toulouse oder Nancy oder gar aus dem Faubourg Saint-Honoré. Was in der Nähe passierte, vielleicht sogar in der Nachbarschaft, interessierte kaum, das war alltäglich, ohne Belang. Wirklich Erstaunliches geschah doch eigentlich nur in der Ferne. Ein gewisser J. H. Montgomery schrieb über die Wüste von Afrika, ein Philippe Régnier über die Durchquerung Amerikas und eine Florence Ferry über die Nacht von Bagdad, mit dem Versprechen, in der nächsten Ausgabe über die Nacht von Kairo zu berichten.

Das waren Reisen!

Auch Tuganov war gereist, nicht weniger weit, nur eben nicht in die Ferne, sondern aus der Ferne her. Aber ob hin oder her, das war doch eigentlich egal. Wichtig war die Ferne, wichtig war, daß man darüber berichten konnte. Und Sibirien war fern, unerhört fern – niemand wußte etwas darüber. Weit genug weg, so schien ihm, um Interesse zu erregen. Besser als jeder andere könnte er, Tuganov, darüber berichten, denn er hatte dieses Sibirien ja selbst erlebt. Aufschreiben, das war die Idee! Eine Idee, endlich eine Idee, jubelte Tuganov.

Noch in derselben Stunde kaufte er Rabenkiele, billiges Papier und Tinte. Er stürmte durch den Faubourg Saint-Antoine in sein Hôtel, die Treppe hinauf, warf den Mantel auf das Bett und setzte sich an den Tisch. Er schrieb über die Verbannung. Das war keine Dichtung, das war die Wahrheit. Schreiben, schreiben, wie wunderbar! Ein hitziger Taumel ergriff ihn. Ah, jetzt kamen ihm seine einsamen Lesestunden in der Internatsbibliothek zugute, wo sich seine Abbildungskraft geformt hatte, seine Qualen in der Dichterstube in Petersburg. Das Gesicht machte jeden Eindruck, jede Stimmung, auch das kleinste Detail faßbar. Er war wieder dort, von wo er aufgebrochen war, in der Festung, im Straflager, er holte die Ferne aus Tausenden von Kilometern in sein Zimmer.

Er nannte es: Tagebuch eines Verbannten.

Das Dutzend Seiten kopierte er und schickte es an den *Courrier de la Paris*, an das *Journal Parisien*, an den *Mercure* und andere Pariser Zeitungen. Mochten sie sich mit der Antwort Zeit lassen, mochte er von manchen überhaupt keine Antwort bekommen, das machte nichts – er war beschäftigt, er hatte einen Plan, ein Ziel. Darüber hinaus verging Zeit, in der auch Mugnier nicht untätig sein würde. Ah, irgendwie würde er sich schon festsetzen in diesem übervollen Paris.

Aber die Antwort kam schneller als erwartet, denn die Concierge fing ihn ein paar Tage später auf der Treppe ab: Ein Brief, Monsieur!

Die Concierge reckte neugierig den Hals, um etwas von dem Geschriebenen aufzuschnappen, als Tuganov den Umschlag aufriß, doch er wandte sich ab und las.

In dem Brief stand, daß das *Journal Parisien* beabsichtige, ein Drittel des Reiseberichts in der Wochenendausgabe abzudrucken, weiter, daß es beabsichtige, die restlichen zwei Drittel danach zu veröffentlichen und daß man auf fortsetzende Berichte hoffe. Reisebericht, herrje, ein Witz, das war die Wirklichkeit! Im übrigen stand da, daß der Unterzeichnende Monsieur Tuganov in der Redaktion erwarte zum Abschluß des beigefügten Vertrages. Ein Vertrag, ein Vertrag! Tuganov war außer sich vor Freude. Zwanzig Francs pro Folge, unglaublich!

Unterzeichnet: D. D. Droix.

Tuganov tanzte die Treppe hinauf, durch den Flur, in das Zimmer und um den Tisch herum. Natürlich wird er unterschreiben, natürlich wird er weiterschreiben und natürlich noch viel mehr liefern. Gar keine Frage! Und noch am selben Tag verfaßte er eine weitere Folge, am nächsten Tag wieder eine, am übernächsten gleich zwei. Er würde dem Monsieur D. D. Droix zeigen, was er konnte, er würde die Geschichten dem Monsieur bei seinem Besuch glatt auf den Tisch legen. Er würde diesen Droix beeindrucken, überzeugen, er würde ihn mit Fortsetzungen überhäufen.

Er würde Paris erobern!

36

Monsieur Droix betrieb ein Verlagsgeschäft in der Rue du Caire, das in einem Ladenlokal mit schmutzigen Scheiben und stickiger Luft untergebracht war. Das Büro glich einem Schlauch, der auf der einen Seite mit Schreibpulten, auf der anderen mit Regalen und Papier vollgestopft war. Nach hinten schloß sich ein Konferenzzimmer an, dahinter lag der Hof und über den Hof Setzerei, Druckerei und Expedition. Die vorbeifahrenden Kutschen brachten die Fensterscheiben zum Zittern, und alle paar Augenblicke schellte die Büroglocke, was anzeigte: Hier kamen Annoncen herein, hier kamen die Verkäufer herein, hier kamen vor allem Neuigkeiten herein. Bei jedem neuen Gebimmel entstand Unruhe im Raum, den Droix mit flinken Blicken überwachte.

Tempo war die Seele des Geschäfts. Tempo! Denn die mehr als zehn Schreibpulte, hintereinander aufgestellt, mußten mit Neuigkeiten beschickt werden. Fortwährend gaben sich Boten, Zeichner und Nachrichtenbeschaffer die Klinke in die Hand. Die Nachrichten wurden von den Redakteuren entgegengenommen, begutachtet, ausgewählt und dann in einem riesigen Regal abgelegt, das in Rubriken unterteilt war: Geld, Gesundheit, Mode, Politik, Lokales und Kriminelles. Droix betrieb einen Gemischtwarenladen für Informationen. Was brauchbar war, wurde bearbeitet und kam hinten im Hof in der Setzerei an. Dann wurde es gedruckt, geschnitten und gefaltet und auf die Rampe geschickt. Ganze Bündel von Informationen gelangten auf diese Weise wieder ans Licht. Und kaum daß sie aufgetaucht waren, rissen Zeitungsjungen sich die Packen gegenseitig aus den Händen. Allez, allez! Hinaus mit den Nachrichten, hinaus mit den Meldungen! Morgen schon würden sie nichts mehr taugen, morgen würde es neue geben.

Droix bot Tuganov, der ein wenig zögerlich eingetreten war, in einem Sessel vor dem einzigen Schreibtisch im Raum Platz an. Dann machte er eine ausladende Geste, als wolle er das Treiben umfassen, und schnarrte: Informationen, In-for-ma-tio-nen! Jedermann will heutzutage informiert sein. Man will wissen, was geschieht in Paris. Denken Sie nur an die Mode. Niemand will etwas verpassen, nicht wahr?

Seine Zigarre verbreitete einen beißenden Gestank, und es machte ihm Freude, zu sehen, wie Tuganov der Rauch in die Nase fuhr. Droix war fett geworden vom vielen Sitzen, und da er fett war, schwitzte er. Das Haar klebte ihm im Nacken, sein Hemdkragen war aufgeweicht, und mit einem Tuch rieb er sich unaufhörlich Stirn und Hals trocken. Die Weste jedoch, die den Bauch überspannte, trug er geschlossen. Die Weste mußte sein, denn Droix mußte repräsentieren. Er dampfte, er kochte geradezu in ihr und verströmte dabei eine unerhört heiße, käsige Aura. Beim Reden hing ihm ein kleines ekliges Schaumflöckchen im Mundwinkel, das er gelegentlich mit der Zunge einfing, und wenn er aufgeregt war, sabberte er sogar ein wenig.

Wir sind für ein breites Publikum da, setzte Droix fort, denn wir bringen für jeden etwas. Nichts Spezielles, wir achten nur auf die richtige Mischung. Das ist das

Concept, verstehen Sie, und auf das Concept kommt es an.

Droix ließ sich das Wort auf der Zunge zergehen wie eine Delikatesse: Concept!

Seine Sinne waren gespannt und nahmen wie nebenbei den ganzen quirligen Betrieb wahr, der die nächste Ausgabe des *Journal Parisien* hervorbrachte. Am nächsten Morgen würde diese Ausgabe in Paris sein, ach was, sie würde ganz Paris durchfluten, überschwemmen. Man wolle die Nummer eins sein, erklärte Droix, und mit diesem Wir meinte er sich selbst. Ja, man sei groß, so groß wie die *Paris Nouvelles.* Man kämpfe um den Platz an der Spitze. Droix räkelte sich, und Tuganov beobachtete ihn. Die Nummer eins sein, darauf kam es ihm an. Die Nummer zwei taugte schon nichts mehr, jedenfalls nicht für Droix, niemand hörte auf die Nummer zwei. Der König war die Nummer eins gewesen, Richelieu war die Nummer eins gewesen, Robespierre war letztendlich auch die Nummer eins gewesen, wenngleich ihn das den Kopf gekostet hatte, und Napoleon war sowieso die Nummer eins gewesen. Die Nummer eins stand über allen, sie kam gleich nach Gott. Ein König, ein Napoleon, ein Robespierre der Verleger wollte er sein. Nur einer konnte oben stehen, nur einer konnte gewinnen, und dazu brauchte er, Droix, Leute wie diesen Tuganov.

Nicht übel gekleidet, dieser Russe, einer von der besseren Sorte, dachte Droix, aber hilflos in Paris, wie alle diese Emigranten.

Doch einen eigentümlichen Eindruck machte der Kerl. Er schien ins Nichts zu schauen und doch mit irgend etwas beschäftigt zu sein. Er schielte, ein Makel, aber Droix war das gleichgültig. Er hatte, als er noch selbst im Sumpf von Paris herumwühlen mußte, so viele Makel gesehen, daß ihn ein Schielen nicht beeindrucken konnte. Auch Droix hatte einen Makel, er war unförmig, ein Kloß, speckig, und er bekam diesen Speck einfach nicht mehr weg, trotz aller Diäten. Er trank Sauerkrautsaft, verzichtete auf Törtchen, Wein, Liköre, Marzipan, erstellte ausgeklügelte Speisepläne, sogar nach den Mondphasen – alles für die Katz. Nach jeder Kur suchte ihn ein so unwiderstehlicher Freßanfall heim, daß er alsbald dicker war als zuvor. So ein Makel verband. Irgendwie schien dieser Tuganov kein übler Kerl zu sein, wenngleich Droix weit davon entfernt war, so etwas wie Sympathie für Tuganov zu empfinden. Er empfand für überhaupt niemanden etwas, im Grunde genommen auch für sich selbst nicht, außer der Zufriedenheit, Didier D. Droix zu sein – ein Verleger, den ganz Paris kannte. Droix schlug die neueste Ausgabe des *Journal Parisien* auf und erklärte, was ohnehin zu sehen war. Seite eins: Politik. Seite zwei: Theater. Seite drei: Pariser Ereignisse. Seite vier: Reisen. Seite fünf: Vermischtes. Er wies Tuganov auf die Überschriften hin, dann auf einen Artikel. Und während Droix derart räsonierte, unterhielt sich Tuganov mit einem kleinen Ausflug in die Droixsche Welt. Aber wohin er sich auch wendete, auf allen Bahnen kam er immer wieder bei Droix, dem großartigen Verleger, an. Das heißt, auch Droix kam immer wieder selbst bei sich an. Bei Didier D. Droix, dem Zeitungsmann, ach was, Zeitungsmacher! Dem Meinungsmacher, der unerhört viel wußte, viel mehr, als er schreiben durfte, der eigentlich alles wußte. Der leuchtend war, regelrecht erleuchtet. So gefiel er sich, denn so war er sich selbst gefällig. Dieses Gefühl war intensiv, rein, kompakt. Dieses

Gefühl brauchte nicht zerlegt zu werden. Es war ein Ich-Gefühl, klar, hart, glitzernd wie ein Edelstein und nur in der Welt der Edelsteine von Wert. Die Selbstgefälligkeit. Eine Funzel, die zu wirklicher Helligkeit nicht taugte, die jedes andere Gefühl in dieser Welt im Schatten stehen ließ. Dermaßen im Schatten, daß Tuganov beinahe das bißchen Zufriedenheit übersehen hätte, das faltig wie ein alter Lappen in einem Droixschen Gemütswinkel lag. Denn diese Zufriedenheit war Droix in letzter Zeit unter all dem Alltagskram abhanden gekommen. Aber jetzt, angesichts seines Gastes, zupfte er an ihr, schüttelte sie aus und holte sie mit einem einzigen tiefen Atemzug ans Licht. Das tat gut! Wieder einmal klarstellen zu können, wer man war – Didier D. Droix. Konnte so ein Russe wissen, was dieser Name bedeutete? Nein, das konnte er nicht, aber er würde es erfahren.

Ach, wie klein, wie winzig war so eine Stunde, in der man mit Begeisterung von sich selbst reden konnte! Am Wochenende bringen wir sechs Seiten, entfuhr es Droix mit einem Schwall schönster Zufriedenheit. Bald werden es acht sein. Paris liest uns, hört auf uns. Und Paris ist Frankreich, mein Lieber, vergessen Sie das nicht!

Tuganov war bereit, das nicht zu vergessen, wenn Monsieur ihm nur endlich sagen würde, worum es ging.

Ihre Berichte sind, wie soll ich sagen ... gefällig geschrieben, meinte Droix.

Gefällig, dachte Tuganov, nein, Sibirien war nicht gefällig, Sibirien war schrecklich!

Bringen Sie Ihre Geschichten wöchentlich vorbei, setzte Droix fort. Den Vertrag haben Sie unterschrieben? Geben Sie her! Abgemacht.

Er nahm den Vertrag, warf einen Blick darauf und

wischte ihn unter einen Stapel loser Blätter wie ein Schmierpapier. Eine Geste, die Tuganov verstand: Er, Droix, konnte geben und nehmen, konnte füttern oder hungern lassen. Er konnte so einen kleinen, unwichtigen, für den anderen aber überaus notwendigen Vertrag abschließen, oder er konnte es seinlassen. Er, Droix, bestimmte, was geschah.

Derart verabschiedet, trat Tuganov auf die Rue du Caire, erleichtert und sogar dankbar, so etwas wie eine Stellung zu haben.

Eine Chance in Paris, und er war entschlossen, diese Chance zu nutzen.

37

In der Folgezeit kam Tuganov einmal pro Woche in das Büro des *Journal Parisien*. Droix empfing ihn ein jedes Mal mit großer Geste, als hätte er ihn erwartet, und mit Ausrufen wie: Ah, haben Sie wieder eine Ihrer wunderbaren Geschichten?

Natürlich hatte er ihn nicht erwartet, aber den Leuten das Gefühl zu geben, als hätte er sie erwartet, darin war Droix unübertrefflich.

Einmal rief er, kaum daß die Büroglocke geschellt hatte: Man schreibt uns, stellen Sie sich das vor! Man will mehr von uns, pardon, von Ihnen. Man bewundert Sie!

Man gruselt sich, erwiderte Tuganov.

Oh, damit sollten wir zufrieden sein, schnaufte Droix.

Droix war zufrieden, sehr zufrieden sogar. Dieser Russe kam ihm gerade recht. Diese Geschichten waren zu gebrauchen, das hieß, sie waren zu verkaufen, und billig waren sie außerdem. Vielleicht, so überlegte Droix, sollte man den Herrn Tuganov ein wenig enger an sich binden? Droix wußte, wie das zu machen war: eine kleine Chance geben, den anderen sich daran festbeißen lassen und Hoffnung auf mehr machen. Ein bißchen streicheln, ein bißchen loben und ein bißchen bezahlen. Aber nicht zuviel. Ein Dutzend hungriger junger Leute führte er so an der Leine.

Schreiben Sie mehr für uns, forderte er Tuganov auf, schreiben Sie, was Ihnen auffällt in Paris. Irgend etwas

Interessantes wird es schon geben. Vielleicht können wir es bringen. Möglicherweise schaffen Sie sogar eine kleine Sensation herbei, wir brauchen Sensationen, das steigert die Auflage.

Geschickt hatte Droix einen weiteren Köder plaziert. Er schmeichelte Tuganov, er traute ihm eine Sensation zu, wenngleich nur eine kleine, geeignet für die Faits-divers, die Rubrik Vermischtes.

Nun, zahlen können wir nicht viel, setzte er fort, das will ich Ihnen gleich sagen. Aber wir honorieren gute Informationen, und vor allem jede gute Geschichte. Oft kommt es nur auf die Verpackung an, verstehen Sie. Wenn man nichts hat, worüber man schreiben kann, muß man wenigstens wissen, *wie* man es tut.

Er stieß ein speicheliges Geräusch aus, das ein Lachen sein sollte.

Und für besonders gute Geschichten zahlen wir extra. Beobachten Sie das Leben, mein Lieber, es gibt genug her für eine Zeitung. Auf das Auge kommt es an, auf das Auge! Die Leute beobachten zuwenig. Pro Zeile fünf Sous. Einverstanden?

Fünf Sous, das war schäbig, aber ein armer russischer Exilant konnte nicht viel fordern, das wußte Droix. Ja, für die Faits-divers sollte dieser Tuganov schreiben. Soll er zeigen, was er kann, soll er sich bewähren, soll er sich die Hacken ablaufen.

Und Tuganov lief sich die Hacken ab. Er war von der Place de la Bastille quer durchs Zentrum bis zur Kirche Madeleine unterwegs, von der Porte Saint-Denis bis zum Pont Notre-Dame. Und wenn aus dieser Gegend zuwenig herauszuholen war, dann dehnte er sein Revier aus, dann durchstreifte er die Faubourgs außerhalb des Boulevardringes, die Quartiere der Armut von Saint-Antoine und die Geschäftsstraßen von Saint-Honoré, und hatte er diese ausgeweidet, dann das südliche Paris, die Viertel vom linken Seineufer bis zur Val-de-Grâce, um schließlich nach Westen vorzudringen, zu den Schenken, Absinthhöhlen und Tabagien von Montparnasse. Er sammelte Informationen und Neuigkeiten, wo immer etwas geschah. Er durchpflügte Paris, er durchwühlte es geradezu, es war sein Terrain. So lernte er die Stadt viel besser, viel schneller kennen, als es auf sonstige Art möglich gewesen wäre. Informationsbeschaffung war seine Chance, vielleicht die einzige Chance in Paris.

Und er schaffte Informationen herbei.

Ein Brand in der Rue de Cléry. Fünf Häuser, sieben Opfer, drei davon Kinder!

Ein zusammengebrochenes Lagerhaus am Quai de la Rapée. Die Hälfte der Waren geplündert!

Drei durchgegangene Pferde – ein Postkutschenunglück – ein explodierender Eisenkessel!

Er brachte mehr Meldungen, als Droix verwenden konnte.

Nicht schlecht, nicht schlecht! schniefte Droix, und seine Zufriedenheit schwoll weiter an.

Einhundertzehn Gäste bei einer Soirée im Modesalon Laurent L. Louis.

Schreiben Sie einhundertvierzig Gäste, wies Droix ihn an. Wir plazieren es vorn.

Vorn, ja, das war der Modeschöpfer Laurent L. Louis dem *Journal Parisien* wert. Denn Louis war ein Anzeigenkunde, und zwar nicht irgendeiner, sondern einer der besten. Die Plazierung würde ihn zufriedenstellen, und das, so kalkulierte Droix, würde ihn zu weiteren Anzeigen bewegen.

Und vergessen Sie die Namen nicht! mahnte Droix. Die Leute wollen ihre Namen in der Zeitung sehen. Namen sind wichtig, manchmal wichtiger als Informationen, denn die Namen bringen das Geld. Vor allem: Schreiben Sie nie einen Namen falsch, hören Sie, niemals!

Wo immer etwas Tuganovs Aufmerksamkeit erregte, stieß er zu. Er drang vor bis in die dunkelsten Winkel der Stadt, in die Kaschemmen um die Place d'Aligre, wo man *entre nous* war, unter sich. Dort wurden Pläne ausgeheckt und Papiere gefälscht. Ein Napf mit Wagenschmiere, Wachs, Siegellack, Tinte und Papier genügten, dazu der gefälschte Stempel einer Polizeidirektion in der Champagne oder des Gemeindeamtes von Dijon, das Papier ein wenig gerubbelt, ramponiert, mit dem talgigen Fingernagel drübergestrichen, nicht zuviel, nicht zu heftig – und fertig. So machte man eine Flebbe, echter als echt. Zehn bis zwanzig Francs brachte das ein, mehr war den Zugereisten aus der Provinz dafür nicht abzunehmen. Und Tuganov stieg noch weiter hinab, zu den Chiffonniers, den Lumpensammlern von Paris, die nachts mit ihren Säcken zwischen der Porte de Vincennes und der Porte de Clichy unterwegs waren. Ein Chiffonnier kannte die Stadt wie niemand sonst, er wußte mehr als die Polizei; er wußte zum Beispiel, wo schwarz geschlachtet wurde, wo heimlich Schnaps gebrannt wurde und wann im Sentier-Viertel ein Stofflager gefleddert werden sollte, denn er würde mit den Stoffen hehlen. Die Chiffonniers rochen nach Lumpen – Lumpen waren ihr Geschäft. Diesen Dunst, diesen Mief kannte Tuganov, es war der Dunst der Sträflinge in Sibirien. Lumpig war auch ihre

Ausstrahlung, die Sprache zerfranst, die Blicke schwankend und die Bewegungen schmalzig – ohne Stolz. Nein, für Stolz war in diesem Leben kein Platz. Und da Tuganov dieses Gemenge kannte, zerlegte er es nicht, analysierte es nicht, er hatte im Lager genug davon gesehen. Er stocherte in diesem Brei nur herum, um Informationen zu erbeuten, und er zog diese Informationen heraus wie Würmer aus dem Schlick.

Ein Einbruch.

Kaum geschehen, schon in der Zeitung.

Plünderung eines Ladenlokals.

Kaum geschehen, schon in der Zeitung.

Raub beim Juwelier Bourienne.

Kaum geschehen, schon in der Zeitung.

Egal, wohin man Tuganov schickte, immer kam er mit brauchbaren Nachrichten zurück. Droix war deshalb nicht nur zufrieden, er war begeistert. Ah, jetzt mußte er nichts mehr mutmaßen oder erfinden, um die Spalten zu füllen, im Gegenteil, er konnte auswählen. Raubmord, Giftmord oder Totschlag. Die Axt war beliebt, der Hammer oder die Ahle. Manchmal wurde das Opfer auch erwürgt, mit einem Seil oder einem Draht oder mit den bloßen Händen. Zu viele Menschen waren in Paris, zu viele wollten nach oben, zu viele stürzten ab in die Not. Und wo die Not war, da war auch das Verbrechen.

Aber dieser Russe brachte nicht nur die Meldung von einem Verbrechen oder einer Katastrophe, er brachte auch das ganze Drumherum, Hintergründe und Zusammenhänge, die sich als richtig erwiesen. Er brachte die komplette Illustration einer Geschichte, und er illustrierte sehr gut.

Bei einem Brand im Marais-Viertel erklärte er, es sei

Brandstiftung gewesen. Der Täter gehöre vermutlich zu den Angestellten des Hauses. Drei Tage später wurde ein Verkäufer namens Pellier verhaftet, der die Brandstiftung gestand.

Bei einer Leiche an der Rive Gauche behauptete Tuganov, es handele sich um Mord. Ein Roßschlächter von der Place Maubert sei es wohl gewesen. Bald darauf wurde der Roßschlächter des Mordes angeklagt, denn man hatte Pferdehaare an der Leiche gefunden, das Beil in einem Schuppen und einen goldenen Ring hinter dem Brotkasten. Der Mann gestand unter der Last der Indizien.

Ein Kind war in einem Zuber ertrunken. Tuganov eilte in die Kirche Saint-Germain-des-Prés, wo das Kind aufgebahrt lag. Er mischte sich unter die jammernden Weiber, drehte sich im Kreise und erfaßte mit seinem Übersinn die Gedanken. Er spulte sie auf wie Fäden. Armes Kind! – Kleiner Engel! – Was für ein Unglück! Die heftigste, heulendste Klage kam von einer Frau am Rande des Pulks, die auf den Knien lag und betete: O Christine, meine liebe Christine, verzeih mir! Gott wird mich strafen! Tuganov stieß augenblicklich zu. Er bohrte sich hinter die Stirn dieser Frau, in sie hinein und sah die ganze Wahrheit: Er sah einen Hof, einen Fliederstrauch, einen Wäschekessel, den Zuber und das Mädchen. Er sah, wie die Frau das Kind in den Zuber stieß und niederdrückte, bis die zappelnden Beine Ruhe gaben, dann ungläubig starrend davorstand und schließlich händeringend zu den anderen Wäscherinnen ans Ufer rannte: Ihr Kind sei ertrunken!

Die Gefühle der Frau waren zu Tränen zerflossen, zu einer Lache, einem Tümpel, die ganze Frau schien zerflossen zu sein. Reue, eine Empfindung wie schmelzendes Wachs. Sie betete nicht nur um Gnade, sie winselte darum. Sie war die Mörderin, aber im Gegensatz zu dem Roßschlächter hatte diese Frau nicht aus vollstem Willen gemordet, sondern aus Verzweiflung. Verzweiflung, Schuld, Reue, eine neue Triade! Tuganov nahm sie auf, betrachtete sie interessiert und legte sie zu den anderen. Später, so nahm er sich vor, würde er sie sezieren. Aber warum wohl hatte die Frau gemordet? Sosehr er sich bemühte, er vermochte nicht, den Grund aus ihr herauszupulen. Jeder Gedanke ertrank in ihrem Jammer.

Wer die Frau sei, fragte er.

Mademoiselle Matilde, eine Wäscherin, gab man ihm Auskunft.

Wieder im Büro, meinte er zu Droix: Es war eine Wäscherin namens Matilde. Droix gab diese Information an die Polizei weiter. Die Polizei befragte die Wäscherinnen der Rive Gauche, Mademoiselle Matilde kam ins Stottern, verwickelte sich in Widersprüche, wurde verhaftet und gestand. Für Droix nur eine hübsche Geschichte: Eine Handwerkerstochter, in Dienst gegeben in eine Wäscherei, um der Familie nicht zur Last zu fallen, ein anständiges Mädchen, das in einer Frühlingsnacht, wo alle Worte weicher klingen und das Gras grüner ist, sich hingegeben hatte. Betörender Mond, schmieriger Mond, lausiger Mond! Als sie zur Besinnung gekommen war, war es schon geschehen, wenige Wochen später wußte sie, sie war schwanger. Mit einem Kind im Bauch taugt man nicht für anstrengende Arbeit, mit einem Kind auf dem Arm gleich gar nicht, und deshalb hatte ihr die Wäscherin irgendwann einen Mann angetragen. Aber keinen Mann, der bleiben würde, einen Mann, der wieder gehen würde. Was, Dirne sein, sich für Geld hergeben, fremdes Fleisch an das eigene lassen? Niemals! Doch das Kind wollte leben, wollte versorgt werden, verlangte immer mehr Aufwendungen. Irgendwann also sei der erste Mann gekommen. Die Wäscherin habe ihr sogar die Hand dabei gehalten, um ihr die Angst zu nehmen, und der Lohn sei reichlich gewesen. Das Kind konnte versorgt werden. Beim zweitenmal sei sie schon weniger ängstlich gewesen, beim drittenmal ergeben, beim vierten- und fünftenmal gleichgültig. Die Kupplerin hatte ihren Anteil behalten, und die Männer kamen immer wieder. Mit so einer Schande kann man selbst kaum leben, das Kind aber sollte diese Wahrheit nie erfahren.

Matilde wurde zum Tode verurteilt.

Drei Wochen später wurde ihr im Hof der Bastille der Kopf abgeschlagen.

Das *Journal Parisien* berichtete.

Tuganov trieb sich weiter an den Orten der Bluttaten umher, er graste sie regelrecht ab. Und natürlich tat er nichts anderes als das, was jeder Journalist tut: Er befragte Verwandte, Bekannte, Nachbarn und Augenzeugen. Aber wichtiger als deren Auskünfte war, was sie verschwiegen. Oft mischte er sich unter die gaffende Menge oder gesellte sich zu einem Grüppchen Schaulustiger und schnüffelte nach Gedankentröpfchen, die mit der Tat zu tun haben konnten. Eifrig sammelte er Informationen aus den Köpfen anderer ein: In welchem Ruf jemand stand, ob man ihn mochte, wer ihn haßte, wer ihm Gutes wünschte, wer Böses, wer um ihn trauerte und wer nur so tat. Er kroch in sie hinein, stöberte in ihnen herum. Er trieb Nebengedanken auf, versuchte Hintergedanken zu fassen. Wenn jemand etwas verschwieg, dann bohrte er beiläufig seine Fragen in dieses Schweigen und machte es damit löchrig. Hatte er es löchrig, versuchte er, das zerfranste Ende eines Gedankens zu erfassen und mehr herauszuziehen. Denn die Menschen hatten die Angewohnheit, auf jede Frage eine Antwort zu geben, gedanklich. Auf die einfache Frage nach dem Aufenthalt zur Tatzeit etwa. Allesamt waren sie natürlich brave Bürger gewesen, die zu Hause gesessen oder in ihren Betten gelegen hatten, doch in Wirklichkeit hatten sie alles andere als das getan: Der eine hatte sich mit einer Dirne herumgeschmiert, der andere hatte stockbesoffen in einer Trinkstube gehockt, der dritte hatte gerade beim Glücksspiel gesessen, und jemand hatte mit seiner Tochter im Bett gelegen. Nackt! Ja, mit seiner Tochter! Er hatte sich an ihrem Fleisch gerieben. Inzest! Das allein hätte genügt, um ihn hinter Gitter oder auf eine Galeere zu bringen.

Diese wunderbaren Geschichten brachte Tuganov zu Droix. Er wußte mehr über jede Sache zu berichten als alle anderen Redakteure. Sogar mehr als die Polizei. Ja, in einigen Fällen konnte Droix der Polizei neuerdings sogar behilflich sein, was die Polizei natürlich nicht zugab. Ah, hatte man früher bei den Herren Gendarmen um Informationen betteln müssen, so fragten sie heute nach. Das war eine unerhörte Genugtuung, das war großartig. Vor allem zahlte sich das aus, denn nun war man im Handel mit Informationen ein gleichwertiger, genaugenommen sogar ein überlegener Partner. So weit war es wunderbarerweise gekommen, dank dieses Herrn Tuganov. Und für einen Anfänger arbeitete dieser schielende Russe außerordentlich gut, was Droix allerdings nicht zugab. Dieser Tuganov war ein Glücksfall. Er war sein Geld wert, und auch die Faits-divers waren plötzlich etwas wert, viel mehr als bisher. Es waren kleine Sensationen, und Sensationen zogen die Leute an.

Tod dreier Huren – die Auflage stieg.

Zwei zusammengewachsene Kinder – die Auflage stieg.

Trinkwasservergiftung an einem Brunnen neben dem Hospiz Saint-Lazare – die Auflage stieg.

Sensationen gehörten nach vorn, die Faits-divers gehörten weiter nach vorn.

Auf Seite vier damit! ordnete Droix an.

38

Zwar war die Auflage für eine Zeitung wie das *Journal Parisien* wichtig, sehr wichtig, aber sie war nicht das Wichtigste. Das Wichtigste waren die Anzeigen, denn Anzeigen brachten Geld. Wenn jedoch die Auflage gleichblieb, kamen auch nicht mehr Anzeigen herein – kein Mensch bevorzugte eine Zeitung, deren Verkaufszahlen stagnierten. Das war für Droix wenig erbaulich. Und ganz und gar nicht erbaulich war es, wenn die Leute vielleicht eine andere Zeitung kauften, den *Mercure* etwa, und wenn dessen Auflage dadurch stieg, jeden Monat ein paar Exemplare mehr und bei ihm, Droix, ein paar weniger. Wenn die Anzeigenkunden dann vielleicht sogar auf die Idee kamen, ganz zum *Mercure* zu wechseln. Das war beunruhigend, das war beängstigend. So war es im letzten Jahr gewesen, und im Jahr davor auch, und so konnte man natürlich nicht die Nummer eins werden. Auch deshalb kam der Herr Tuganov Droix gerade recht.

Ein bißchen mußte man ihn noch führen, diesen Russen, denn er war zu ehrlich, zu naiv. Hatte ein Säufer seine Frau zu Tode geprügelt, dann schrieb er: Ein Säufer war's. Aber nein, das war keine Meldung. Totschlag im Suff war nichts Außergewöhnliches in Paris. War der Mann nicht ein Handwerker gewesen, ein Weber aus dem Gobelinviertel? Ein anständiger Bürger, der seine Steuern zahlte und ein biederes Leben führte, ein ganz normaler Mann also, der jedoch vor Eifersucht plötzlich raste, außer Rand und Band geriet und eine Bluttat beging? Das mögen die Leute vorgeführt bekommen, die schwarzen Flecken auf der Seele, daran weiden sie sich, denn daran erkennen sie sich wieder.

Droix schnaufte, lächelte und ließ eine stinkende Rauchwolke fahren.

Die Sitten verfallen, mein Lieber, und wir schreiben darüber. Die Leute wollen das so. Und wir wollen, daß sie glauben: Wie gut, daß es eine Zeitung gibt! Unsere Zeitung, die die Wahrheit ans Licht bringt. Jawohl, die Wahrheit. Das ist zwar ein Irrglaube, aber ein nützlicher. Denn wir bringen nur Tatsachen. Nichts als Tatsachen. Das ist etwas anderes als die Wahrheit, es kommt der Wahrheit bestenfalls nahe. Zumeist ist es nur die Hälfte davon oder ein Drittel oder noch weniger.

Droix lehnte sich in seinem Sessel zurück. Ach, naiv, dieser Tuganov, dachte er wieder. Naiv! Droix betrachtete jedermann als naiv, der nicht soviel wußte, wie er wußte, der die Dinge nicht so durchschaute, wie er sie durchschaute. Und kaum einer konnte sie so durchschauen, denn kaum einer verfügte über so viele Informationen. Darüber hinaus hatte Droix ein wenig Philosophie studiert, die Rechtswissenschaften zur Hälfte und noch ein paar andere Wissenschaften zu einem Viertel, was er gern durchblicken ließ, und das, davon war er überzeugt, bewahrte ihn vor jeglicher Naivität. Ah, diesen Tuganov galt es ein wenig hinzubiegen, ein wenig brauchbarer zu machen.

Wir schreiben nur, was geschieht, wir berichten authentisch, setzte Droix fort. Darum geht es, um Authentizität. Mehr nicht. Ob etwas wahr ist oder nicht, obliegt nicht uns zu beurteilen. Wir sagen nur, daß es so gewesen ist, so und nicht anders! Um die Wahrheit herauszufinden, muß man eine Sache in Zusammenhänge stellen, diese Zusammenhänge überprüfen, alles abwägen, ein Urteil bilden. Wer hat denn dazu Zeit! Nein, wir urteilen nicht, wir berichten nur. Die Leute verwechseln das zumeist. Und außerdem: Zu viele Zusammenhänge verwirren, sie langweilen sogar. Das wollen unsere Leser nicht. Tatsachen sind wahr, das genügt. Authentizität und Wahrheit, haben Sie noch nie darüber nachgedacht?

Derart belehrte Droix Tuganov von seinem Schreibtischsessel aus. Und wenn Droix aufstand, was er jetzt tat, kam er noch mehr in Fahrt.

Wir wenden den Misthaufen um. Es muß stinken, denn die Leute wollen sich ekeln. Sie wollen das Gefühl haben, daß es ein Glück ist, von den Übeln dieser Welt verschont zu sein. Ein Glück, daß es einen Staat gibt, eine Polizei und eine Gerichtsbarkeit. Ich werde die Herren Abgeordneten bei nächster Gelegenheit wieder einmal darauf hinweisen, wenn sie an uns herumnörgeln. Denn manchen Leuten paßt nicht, was wir berichten. Sie möchten gern ein wenig eingreifen, ein wenig zensieren. Vor allem, wenn sie sich angesprochen fühlen. Ha, in die Zeitung wollen sie immerzu, jeder mit seinem Namen, seiner Meinung, seinen Ideen. Aber über die Diäten, die sie sich in schöner Regelmäßigkeit heraufsetzen, soll man kein Wort verlieren. Nicht über die Renten, die Versorgungen und Zusatzversorgungen und Sondervergünstigungen. Nun gut, man braucht sie – und sie brauchen uns. Man muß Kompromisse machen. Hauptsache, die Tatsachen stimmen. Für mehr bleibt keine Zeit.

Ah, er, Droix, kannte das Gewerbe. Für eine umfassende Recherche blieb wahrlich wenig Zeit, nicht einmal für das Schreiben blieb wirklich Zeit. Aber er schrieb ja kaum noch, er korrigierte nur in den Artikeln seiner Redakteure gelegentlich ein bißchen herum. Und da diese Artikel durch seine Korrekturen genaugenommen erst Glanz bekamen, damit eigentlich als sein Werk gelten konnten, schrieb er nicht selten seinen Namen darüber: Didier D. Droix. Gleich beim erstenmal hatte Tuganov erkannt, worauf es Droix dabei ankam, wenngleich dieser gleichmütig getan hatte. Es kam ihm auf das D. an. Das D. liebkoste er, das D. schleckte er ab, es quoll geradezu in ihm auf. Das D. setzte er mit besonderer Genugtuung. Es war fast wie ein *de* in Herzog de Ruffac, und das sollte es auch sein. Nie, das witterte Tuganov, durfte er an diesem D. herummäkeln, wie lächerlich es auch immer sein mochte. Das hätte Droix nicht ertragen, das hätte ihn, Tuganov, augenblicklich die Stelle gekostet. Denn mit so einem D. wies man darauf hin, daß man nicht irgendwer war. Man war ein D. wie Monsieur Louis ein L. war – Laurent L. Louis. Dabei war Louis' Vater nur ein hungriger Schneider in der Rue des Forges gewesen. Droix wußte das, denn er kannte ganz Paris, doch er erwähnte es nie, denn auch Droix' Vater war nur ein schwitzender Drucker gewesen, der sich im Dampf, Schweiß und Öl einer schmierigen Werkstatt zwölf Stunden am Tag abgerackert hatte. Aber dieses kleine funkelnde D. stand nicht mehr für einen armen Drucker, es stand für die neue Wichtigkeit. Es stand für Bedeutung. Es klang nach Adel, adlig war man in seinem Fach, also konnte man es beanspruchen. Warum nicht Didier D. Droix! Ärgerlich war nur, daß jeder Trottel es einem nachmachte. In ganz Paris schwirrten mittlerweile Kärtchen mit solchen Namen herum. Da gab es Henri A.s,

Justine P.s, und neuerdings sogar Romanschreiberinnen und Schauspielerinnen, Martine M. Mallot – das verdarb die ganze Sache.

Früher, ach, da hatte Droix selbst brillante Texte geschrieben, die ganz Paris gelesen hatte. Gelesen, ja, aber nicht bewundert, darüber war Droix sich im klaren. Niemand bewunderte irgendwen in Paris, bestenfalls neidete man einander etwas. Ah, wie schwer war es, so einen Text zu recherchieren, zu formulieren, und wie oft mußte man ihn hinschludern. Nichts konnte reifen in diesem Gewerbe, alles mußte von heute auf morgen geschehen. Immer neues Futter für das Lesepublikum mußte her. Hatte man wegen zwei, drei Geschichten halb Paris durchquert, hetzte man am Nachmittag ins Büro und schrieb sie nieder, gerade noch rechtzeitig, um ins Theater aufzubrechen. Dort hockte man stundenlang zwischen Proszeniums- und Parkettloge, führte sich die Schmonzette zu Gemüte und notierte zwischen den Akten das Wichtigste mit Bleistift ins Notizbüchlein. Dann mußte man die Vorhänge mitzählen, und kaum daß der letzte gefallen war, eilte man die zweitausend Schritte zurück in die Redaktion. Dort schrieb man am Stehpult hastig die Eindrücke nieder. Ach, alle wollten gut behandelt werden: die Dichter, die Regisseure, die Mimen, die Sänger und Sängerinnen. Niemanden durfte man vergessen. Reizend war ein zu geringes Wort, darüber beschwerten sich die Damen und Herren. Hinreißend, überwältigend oder grandios, das wurde erwartet, beinahe schon gefordert. Bei *göttlich* kamen Dankesbriefe. Ha, Künstler! Dem Volk fehlte es an Distanz zu sich selbst. Hatte man die richtigen Worte gefunden, reichte man das Ganze schließlich an die Setzer weiter, und dann war die Hatz vorbei. Nach Mitternacht war man zu Hause und gegen zwei bei einer Tasse Pfefferminztee endlich so weit zur Ruhe gekommen, daß man einschlafen konnte. Aber am nächsten Morgen gegen zehn, elf Uhr begann die Rennerei von neuem. Kein Mensch konnte sich vorstellen, wie man sich nach Jahren dieser Hatz fühlte. Leer fühlte er sich, leer. Aber er brauchte ja nicht mehr zu schreiben, wenn er nicht wollte.

Besonders gern setzte Droix seinen Namen unter Tuganovs Artikel. Immer klangen diese Geschichten echt, immer waren sie unverfälscht, und vor allem waren sie eines: vorzüglich serviert. Tuganov nahm Droix' Zufriedenheit freudig wahr, denn das machte seine Stelle sicherer. Doch er hütete sich, etwas von seinem Wissen durchblicken zu lassen. Sollte Droix den Maître spielen, sollte er sich aufplustern, um so mehr würde er an ihm, Tuganov, festhalten, um so besser würde Tuganov in Paris Fuß fassen. Und deshalb ertrug er auch geduldig, daß Droix ihn belehrte, denn das lag in dessen Natur.

Eines müssen Sie wissen, niemand mag uns! Man mag uns nur, wenn man uns braucht. Allerdings gibt es immer jemanden, der uns braucht – das heißt, alle brauchen uns, nur zu unterschiedlichen Zeiten. Jeder Beutelschneider ist doch heutzutage stolz, in der Zeitung erwähnt zu werden. Auch die politischen. Die Zeitung macht hoffähig. Prominent ist, über wen man spricht. Der Anlaß ist vielen doch egal. Vor allem müssen die Tatsachen stimmen. Sind die Tatsachen wacklig, setzen wir ein Fragezeichen, verstanden? Ein Fragezeichen ist nicht angreifbar, denn Fragen stellen ist nicht verboten.

Darauf hatte er schon ein halbes dutzendmal hingewiesen. Droix liebte Fragezeichen. Bei jeder passenden

Gelegenheit machte Tuganov ein Gewimmel von Fragezeichen in Droix aus. Kleine, giftige und fordernde, lauernde und hämische, böse, drohende und vernichtende Fragezeichen. Damit ließ sich eine Menge ausrichten. Man setzte einfach ein Fragezeichen, und schon war jemand gezwungen, sich zu rechtfertigen. Und hatte sich jemand gerechtfertigt, ließ sich zumeist etwas finden, was ein zweites Fragezeichen wert war. Die meisten Leute hatten etwas zu verbergen. Ein Fragezeichen war zwar nicht ganz so gut wie eine Sensation, aber beinahe so gut. Ärgerlich war, wenn ein Fragezeichen nicht saß, nicht griffig war. Die dummen aufgeblasenen Fragezeichen mancher Redakteure zum Beispiel, die zu nichts führten. Tuganovs Fragezeichen dagegen führten zu etwas. Erster Tag: War es ein Unfall? Zweiter Tag: War es Mord? Dritter Tag: Wer ist der Mörder? Vierter Tag: Der Messingbrenner Candela? Und am fünften Tag konnte man sich ein Ausrufungszeichen gestatten: Candela – der Totschläger! Nur selten kam einem die Konkurrenz dazwischen, die Konkurrenz mußte zuschauen. Und war die Konkurrenz genauso schnell, dann war dieser Tuganov noch schneller, dann brauchte er keine fünf Tage, dann kam die Meldung sofort.

Das steigerte die Auflage.

Ja, der Herr Tuganov konnte schreiben. Droix brauchte nicht lange, um herauszufinden, daß er einen der begnadetsten Schreiberlinge vor sich hatte, dem er je begegnet war. Und Tuganov brauchte noch weniger Zeit, um zu erkennen, daß Droix ihn sogar beneidete. Egal, welches Thema er, Droix, diesem Russen gab, immer kam etwas Exzellentes dabei heraus. Droix mußte sich letztendlich eingestehen, daß er niemals so gut hätte schreiben können. Nicht, daß er schlecht gewesen wäre, nein, er war kein Stümper. Er beherrschte sein Fach, wie man es beherrschen mußte. Schließlich hatte er das kränkelnde winzige Blättchen hochgebracht, schließlich wurde er im Faubourg Saint-Germain zu Tisch gebeten. Er, Droix, und nicht irgendein anderer! Doch er hatte schon lange nichts wirklich Gutes mehr geschrieben, und manchmal fragte er sich, ob er es überhaupt noch konnte. Aber er hütete sich, die Probe aufs Exempel zu machen. Ein Mißerfolg hätte ihn nur verstört. Gelegentlich las er einen seiner früheren Artikel, von dem er wußte, daß er gelungen war, und erfreute sich daran wie an einem guten Rotwein. Doch glücklich machte ihn das nicht. Es machte ihn eher ein wenig unzufrieden, denn selbst diesen Artikel hätte man noch besser schreiben können. Dieser Russe hätte ihn besser geschrieben! Feuriger, mit einem deutlicheren Hintergrund. Diese Feder war blitzend, war brillant, war etwas ganz Seltenes. Diese Feder war die beste Feder von Paris!

Derartige Gedanken regneten wie kleine schwarze Tröpfchen in die Welt von Didier D. Droix. – Herrgott, die Herren Redakteure! – Die muß man doch ständig an die Kandare nehmen. – Die gründeln sonst alle in ihren eigenen Tümpeln: Philosophie, Ästhetik, Ethik, Geschichte. – Staatswesen sogar. – Jeder hält etwas anderes für oberwichtig. – Schwätzer, Analytiker. – Dabei sind die Analysen vom Vorjahr jedesmal einen Dreck wert. – Die Dinge hatten sich dann immer überraschenderweise anders entwickelt. – Wozu denn die ganze Analysiererei, wenn sich die Dinge immer anders entwickeln. – Das sieht man doch an den hundert Tagen Napoleons. – Erst hieß es: Das korsische Ungeheuer ist in der Bucht von

Juan gelandet. – Dann: Der Menschenfresser marschiert auf Grasse zu. – Dann: Der Usurpator ist in Grenoble eingezogen. – Dann: Bonaparte hat Lyon besetzt. – Schließlich: Napoleon nähert sich Fontainebleau. – Und zuletzt: Seine Kaiserliche Hoheit wird heute in seinem getreuen Paris erwartet. – Das innerhalb von ein paar Tagen. – Von ein und demselben Blatt! – Ein und denselben Redakteuren. – Bescheidwisser! Alleswisser! Klugscheißer! – Und jeder gefällt sich in der Rolle des Weissagers, des Propheten. – Ha, niemand kann das Leben vorwegnehmen, keiner kann den nächsten Augenblick erkennen. – Trifft eine Prophezeiung ein, brüstet man sich: Seht, ich habe es gleich gesagt! – Dabei ist das kaum mehr als ein Ratespiel. – Ein Ereignis trifft ein oder es trifft nicht. – Dafür oder dagegen, irgendwer hat immer recht. – Nichts da mit freien Themen. – Hier wird geschrieben, wonach Paris verlangt.

Mit Erstaunen nahm Tuganov wahr, daß auch der Verleger Droix kein besonders glücklicher Mensch war. Ein glücklicher Mensch brauchte kein D. Genaugenommen war Droix überhaupt kein glücklicher Mensch. Tuganov, der ihn ruhig beobachtete, ganz konzentriert, konnte in ihm kein glückliches Gefühl ausmachen, nicht einmal etwas, was dem nahegekommen wäre. Keine kleine Sonne, die seine Welt erhellte, keine Flamme, die ihn erwärmte, kein Fünkchen von Glück, das in ihm glomm. Merkwürdig! Droix' Überlegungen, seine Aufmerksamkeit, sein Interesse, seine Entschlossenheit richteten sich ausschließlich auf Informationen. Er saugte Informationen auf, jede Regung klebte daran fest. Informationen, Informationen! Nirgendwo Glück! Das war verwunderlich, war kaum zu fassen. Das Gesicht packte Droix, fuhr in ihn hinein, wühlte in ihm herum. Es durchstöberte jeden Gedankenwinkel, stieß in jede Wesensfalte. Nichts. Es drang immer weiter in Droix vor, bis in die staubigste Gefühlsnische. Kein Glück. Droix, der bekannte Zeitungsmacher, der Hausbesitzer, Kutschenbesitzer und Vater einer Familie – wenngleich die ihn kaum zu Gesicht bekam –, der Genießer von Wachteln in Rotwein, Cremetörtchen und spanischen Zigarren hätte doch glücklich sein müssen! Eine große gelbe Glückssonne hätte in seiner Welt strahlen müssen. Die Gedanken hätten erblühen und die Gefühle duften müssen. Ein Summen, Singen und ein freudiges Schwirren hätten in ihm sein müssen. Unter einem heiteren Himmel hätten kleine hufschlagende Glückspferdchen galoppieren und silbrige Glückskaskaden dahinströmen müssen. So etwa stellte Tuganov sich das vor. Doch nichts dergleichen. Dabei war Droix in Paris geboren, er durfte in Paris leben, ihm lag halb Paris zu Füßen. Das war ein Geschenk, eine Gnade! Jeder Muschik aus Tobolsk hätte, ohne nachzudenken, sofort mit ihm getauscht. Doch Droix' Welt war karstig, irgendwie sehr spärlich ausgestattet. Niemand in Moskau oder überhaupt in Rußland hätte das für möglich gehalten. Aus Moskauer Sicht war Paris die Ferne, dort mußte man einfach glücklich sein – und ein Mann wie Droix erst recht. Vielleicht wäre Droix es gewesen, hätte er einen Blick auf diese Ferne werfen können, auf sein wunderbares Leben, von Moskau oder Tobolsk aus. Aber dort wäre ein Mann wie Droix, ein Wohlstandsbürger, ein Diätbesorgter, ein Demokrat – dafür hielt er sich –, augenblicklich eingegangen. Nicht ein Jahr hätte er in diesem dumpfen Rußland überlebt. Alles zu besitzen und sich doch nicht daran erfreuen zu können, das war widersprüchlich, widersinnig. Dieses Nichtglücklichsein schien ein Defekt zu sein. Das wiederum war interessant, dem beschloß Tuganov bei Gelegenheit nachzugehen.

Vorerst jedoch hatte er Geschichten herbeizuschaffen, und er schaffte Geschichten herbei; so viele, daß die Lokalseiten dafür nicht mehr ausreichten.

Die Faits-divers noch weiter nach vorn, befahl Droix eines Tages: Auf Seite drei! Doppelter Raum!

Und kaum waren drei Wochen vergangen, ordnete er an: Ganz nach vorn. Seite eins!

Das war kühn, das hatte noch niemand gewagt. Aber Tuganovs Geschichten waren keine kleinen dummen Faits-divers mehr, es waren echte Neuigkeiten, und oft waren es Sensationen. Und brachte er keine Sensationen mit, dann gab es ja noch das Fragezeichen.

Das war das Concept. Endlich ein richtiges Concept!

39

Tuganov drang immer weiter in Paris ein, weidete das Gewirr aus morbiden Gassen, feuchten Winkeln und verfallenen Treppen förmlich aus. Während der vielen Kriege war die Stadt vernachlässigt worden. Es war kaum Geld in den Wegebau, die Brücken und die öffentlichen Bauten gesteckt worden. Man hatte ein paar Straßen begradigt, um bei Aufständen besser hineinschießen zu können, aber ansonsten war alles beim alten geblieben. Volle Kriegskassen, leere Stadtkassen! Zwar war eine Handvoll Lieferanten, Beamte, Geschäftsleute reich geworden bei der jahrelangen Abschlachterei, aber die meisten Pariser hatten verloren. Auch die Stadt hatte verloren. Nackt und verkommen stand sie da, wie in Lumpen gehüllt, höchste Zeit, sie wieder erblühen zu lassen.

Begonnen hatte man mit den großen Boulevards um die Place de l'Opéra. Dort gab es neuerdings Geschäfte mit sogenannten Schaufenstern, Fenstern, deren Glasfront aus einem Stück bestand und nicht mehr durch Sprossen unterbrochen war, Läden mit Verkaufsräumen, die bis in den ersten Stock reichten, und Delikatessenhandlungen anstatt der herkömmlichen Metzgereien. Dort wurden edle Liköre, Weine der seltensten Jahrgänge und Champagnerflaschen mit silbernen und goldenen Köpfen angeboten, dazu Käse aus Holland, Marzipan aus Lübeck und Feigen, Datteln und Nüsse aus Afrika. Auch häuften sich die Geschäfte, in denen man besondere Seifen, Puder, Crèmes und Parfüms und Brillantinen kaufen konnte, dazu Schönheitsöle und Augenwasser, Pflaster und Watten, Essenzen gegen unreine Haut, Rosenwasser für den Mund und Irispaste für den Atem. Wer etwas auf sich hielt, kaufte hier ein. Feinste Saffian-Portefeuilles aus Ziegen- und Bocksfellen konnte man hier erstehen, Täschchen aus Alligatorhäuten oder den Häuten von Javaeidechsen, versehen mit edlen Bügeln und zartesten Schlössern, englische Stoffe und japanische Seide, kunstvolle Bernsteinarbeiten, Spazierstöcke mit verzierten Knäufen, Galanterieartikel und natürlich Brillanten in jeglicher Fassung.

Eine Meile der Kauflust war entstanden.

Die Wappen der Geschäftsleute zierten die Fassaden der Häuser, vor den Türen lagen Teppiche, und über den Schaufenstern hatte man lackierte Markisen oder Baldachine in allen Farben angebracht. Streifen waren in Mode, und der ganze Boulevard de Montmartre bekam auf diese Weise einen gestreiften Himmel. Glockenspiele, die vollständige Melodien spielten, lockten die Kunden an die Ladentüren, und wer hineinging, schritt nicht selten durch einen goldenen Bogen. Gold war das Zeichen der neuen Lebensart. Die Wappen waren golden, die Türklinken, die Zierleisten, die Kutschenbeschläge waren golden; es gab goldene Kerzenständer, goldene Vasen, goldene Schnüre und Bänder, goldene Kämme, Flacons, Etuis, Bonbonnieren und golden verziertes Billettpapier. Sogar goldene Blumen. Natürlich war all das Gold nur aus Messingpulver angemischt, aber was machte das schon: Man zeigte Gold und meinte Gold.

Nirgendwo in ganz Frankreich ließ sich besser einkaufen als auf den Pariser Boulevards. Hier wurden

Schönheit, Eleganz und feiner Geschmack vollendet bedient. Wer sich in den noblen Geschäften einfand, bevorzugte Erlesenes, und erlesen war, was von weit her kam. Auch beim Genießen zog man die Ferne vor. Ah, verwöhnt waren diese sogenannten Gourmets! So verwöhnt, daß es einem Mann wie Tuganov lächerlich vorkam. Das französische Öl genügte nicht mehr, man kochte mit toskanischem Öl, der Schinken aus der Bretagne war nicht mehr fein genug, man kaufte Mailänder Schinken, und ein Chablis galt als zu gewöhnlich, man bevorzugte spanische und griechische Weine; Schokolade mußte selbstverständlich aus Belgien oder der Schweiz kommen, Kaviar aus Rußland und Konfiserien aus Wien. Und wenn man all diese Spezialitäten seinen Gästen servierte, dann war man darauf bedacht, den Namen des Herkunftslandes zu erwähnen, was auf erlesenen Geschmack und feine Lebensart hinwies. Nur der Fisch war französisch, denn Fisch war verderblich, Fisch ließ sich nicht so ohne weiteres über weite Strecken herbeischaffen. Und da man gezwungen war, mit französischem Fisch vorliebzunehmen, galt dieser natürlich als besonders gut. Dabei übersah man geflissentlich, daß er aus denselben Meeren kam wie englischer oder italienischer Fisch. Französischer Fisch, da war man sich einig, war unübertrefflich.

Wenn es also in Paris Überfluß gab, dann zeigte er sich hier.

Zwischen den Läden entstanden immer mehr Restaurants und Cafés, wo man ausruhen konnte vom Auswählen und Kaufen, wo man bei einem Café au lait die Zeitung lesen konnte. Wo sich vor allem ungestört das Treiben auf den Boulevards beobachten ließ. Ah, hier konnte man sich satt sehen an den Gesichtern, den Hüten und Pelerinen und Kleidern und Schirmen, an dem Strömen und Bewegen des ganzen Volkes, das wie die Figuren eines Karussells an einem vorüberzog.

Tuganov war gleichermaßen verwirrt wie überwältigt vom Anblick dieser übervollen Welt. Ah, anständig zu wohnen, gut gekleidet zu sein, das Brot nicht mehr an einem Hering abreiben zu müssen, das genoß auch er. Und vor allem das Gefühl, frei und unbeobachtet an diesem Leben teilhaben zu können. Sich unter diesen beherzten, streitlustigen, wichtigtuerischen und kultivierten Parisern tummeln zu können, die charmanten, selbstsicheren und spottlustigen Damen beobachten zu können – auch das war Genuß. Niemand interessierte sich für einen Sträfling aus Sibirien. Am meisten aber genoß er die Leichtigkeit des Pariser Lebens. Schillernd, spritzig, elegant! Oh, hier würde es ihm gelingen, das Glück zu Gesicht zu bekommen. Ganz sicher würde ihm das gelingen!

Paris liebte Attraktionen, und diese erblühten Boulevards waren eine Attraktion. Aber eine noch viel größere Attraktion sollte die bevorstehende Beleuchtung der Place du Carrousel sein. Die ganze Stadt sprach davon. Eine öffentliche, dauerhafte Beleuchtung sollte das sein, nicht mit Fackeln oder riesigen Altarkerzen oder Réverbères, den alten Ölfunzeln, die nur kümmerliche Lichtflecke ins Dunkel tupften, sondern auf künstliche Weise! Mit einem neuen Licht! Einem Licht, das durch brennendes Gas erzeugt werden sollte und für das, genauer gesagt, für dessen Leitungen, schon das Pflaster des ganzen Platzes aufgerissen worden war. Kaum jemand hatte eine Vorstellung, wie das funktionieren sollte. Gas, das war so etwas wie Luft, nur daß es brannte. Ein Stoff, der bei der Verkokung von Steinkohle ausdestilliert und in Kesseln aufbewahrt wurde. Für den man einen riesigen Gasometer mit mehr als fünfzehntausend Kubikfuß Fassungsvermögen gebaut hatte, direkt am Quai de Conti. Gasometer, komisches Wort! Gas, das in Laternen mit Kandelabern entzündet werden sollte, von denen eine jede die Leuchtkraft von zwei Dutzend Öllampen übertreffen sollte. Das alles war unglaublich, kaum jemand verstand etwas davon. Aber es waren Neuigkeiten, die die Stadt in Erregung versetzten. Seit Tagen kündigten die Zeitungen dieses unerhörte Ereignis an.

Paris war voller Erwartung.

40

Zu Christi Himmelfahrt war es soweit. Tagsüber hatten Zimmerleute auf der Place du Carrousel eine Tribüne errichtet, am Nachmittag war die Mitte des Platzes abgesperrt worden, und am frühen Abend schon strömte eine große Menschenmenge herbei. Immer mehr Leute kamen mit Beginn der Dämmerung aus den Vorstädten hinzu, ganz Paris schien auf den Beinen zu sein. Tuganov, der ebenfalls zur Place du Carrousel unterwegs war, blieb förmlich in der Masse stecken. Normalerweise mochte er so etwas nicht; es war für ihn, wie im Schweiß der Körper zu baden, wenngleich in ihrem geistigen, das betäubte ihn, drohte ihn zu ersticken. Da aber ein ungeheurer Dunst aus Neugier, Spannung und ungläubiger Erwartung von der Menge ausging, ließ er sich willig von ihr vorwärtsschieben. Rasch begann es zu dunkeln, und bald glimmten nur noch ein paar Kutschenlichter wie Glühwürmchen in den anliegenden Straßen. Da man aus Gründen des Effekts auf jegliche Beleuchtung verzichtet hatte, tasteten sich die Menschen mehr voran, als daß sie gingen. Sie stießen sich an, prallten aufeinander, schoben und drängten sich und verharrten schließlich, da kein Weiterkommen mehr war, ein jeder an seinem Platz. Sie warteten, und dieses Warten wurde kaum von einem Laut begleitet, was an dem fehlenden Licht und der Enge liegen mochte; es herrschte eine dumpfe, stickige, bedrückende Atmosphäre.

Nachdem die Dunkelheit so sehr zugenommen hatte, daß man kaum noch den Nebenmann erkennen konnte, wurde die Menge unruhig. Rufe wurden laut, man solle endlich mit der Vorstellung beginnen, und als immer mehr Stimmen diese Forderung erhoben, flammte tatsächlich in einer der Laternen, mit denen die Place du Carrousel reihum bestückt war, ein kümmerliches, schwaches Licht auf. Einen Augenblick später folgte ein zweites, dann ein drittes, ein viertes und fünftes. Für einen Moment war die ungläubige Enttäuschung zu spüren, die von der Masse ausging: Das soll alles gewesen sein? Doch dann, wie angestaut und endlich befreit, schoß das neue Licht in breiten, wallenden Strömen aus den Laternenkronen hervor. Es ergoß sich über die Tribüne, über das Pflaster und die Menschen, es lief uferlos in die Dunkelheit hinein, ja es löschte diese geradezu aus.

Nach einem Augenblick der Erstarrung entfuhr der Menge wie aus einem einzigen Mund ein Aufstöhnen, das in ein langgezogenes Aah und Oooh überging. Dann folgte ein tiefes Atemholen, und schließlich brandete Jubel auf.

Die zwei Bänder, mit denen das Zentrum des Platzes abgesperrt war, wurden auf der einen Seite vom Bürgermeister, auf der anderen vom Präsidenten der Gasgesellschaft zerschnitten, und die beiden Männer, ein jeder mit dem Rattenschwanz seines Gefolges, schritten aufeinander zu. Eine Kompanie Soldaten, die Ketten gebildet hatte, hielt das nachdrängende Volk zurück. Die Männer begegneten sich in der Mitte des Platzes und reichten sich die Hände, gut sichtbar für alle, trotz der späten Stunde und der großen Entfernung. Tosender Beifall war die

Folge. Hochrufe erschallten, eine Kapelle begann zu spielen, und die Notablen bestiegen die Tribüne.

Die Place du Carrousel war jetzt ganz vom Licht erfüllt. Es war ein Lichterkreis, der mit strahlenden Kuppeln besetzt war, gerade wie bei einem Feuerwerk. Ah, das war nicht nur eine Attraktion, das war eine Sensation, ein einmaliges Schauspiel! Reinstes Licht! Mehr als bei jeder Illumination, stärker als bei jedem Fackelzug. Nein, das war nicht mehr die alte graue Place du Carrousel, wie sie jeder kannte. Das war ein leuchtendes Kunstwerk, ein Glanzpunkt! Das war in diesem Augenblick der schönste Ort der Stadt, ja der ganzen Welt.

Die Musik wurde durch begeistertes Klatschen, Johlen, Schreien übertönt.

Bravo! Bravo!

Schaut nur, schaut! Einmalig! Herrlich! Unübertrefflich!

Die Menge brüllte wild durcheinander.

An jedem Punkt des Platzes war es jetzt fast so hell wie am Tage. Man konnte das Gesicht, ja die geringste Mimik des Nebenmannes wahrnehmen, man konnte den nächsten und übernächsten erkennen, man konnte die Herren auf der Tribüne sehen, die sich wohlwollend von einer Seite auf die andere drehten, und sogar die Menschen auf der anderen Seite des Platzes. Man konnte ihnen zuwinken, und die Menschen da drüben winkten zurück, das war ganz deutlich auszumachen.

Phantastisch!

Ein rücksichtsloses Schieben und Stoßen setzte ein, denn jeder wollte dem neuen Licht näher kommen; jeder wollte eintauchen in seinen Kreis, wollte es erspüren. Männer schauten ehrfürchtig in den Himmel, wo sogar die Sterne verblaßt waren, Frauen waren betend auf die Knie gefallen und drohten niedergetrampelt zu werden, Eltern retteten ihre Kinder aus der schiebenden Menge, und einige Damen, die in Ohnmacht gefallen waren, mußten fortgeschafft und mit Dufttüchern zur Besinnung gebracht werden. Sogar die Kutschenpferde in den Seitengassen wurden nervös. Einige Leute ruderten mit den Armen, wie um das Licht in Wallung zu bringen, andere, als wollten sie es über sich schaufeln, dritte versuchten es anzufassen, vierte bemühten sich, es zu zerteilen, und fünfte hüpften und staksten darin herum wie in einem Bad.

Das Kneipenvolk hielt Weinkrüge hoch und begrüßte das neue Licht mit Gegröle.

Auch das Publikum schien betrunken zu sein. Es wogte, wankte und zuckte und vollführte wirbelnde Bewegungen. Danke, o Herr ... Ein Wunder! Einige Bürger standen mit offenen Mündern da und machten mit den Lippen saugende Bewegungen wie Karpfen: Trinken, kann man es trinken?

Noch nie hatte man so etwas gesehen. Seit Jahrtausenden, ja seit Menschengedenken hatte die Nacht die Menschen unter die Dächer getrieben, hatte die Finsternis ihnen angst gemacht, war sie mit Schrecken und Geistern und furchtbaren Gewalten verbunden. Jetzt war die Welt erhellt, und zwar mehr als durch ein Feuer, das nur einen winzigen Schutzkreis zog, mehr als durch jede Talgfunzel oder Wachskerze, mehr als durch jede Fackel. Die Welt war dauerhaft hell! Von nun an war Schluß mit den nächtlichen Dämonen. Die Finsternis war für immer besiegt.

Das übertraf alles jemals Dagewesene.

Und es übertraf alles Bisherige vor allem in einem: Es kostete nichts! Jedenfalls nicht direkt. Es wurde weder abgewogen noch zugeteilt, noch jemandem vorenthalten; niemand bekam mehr als ein anderer, und man brauchte keinen Eintritt zu bezahlen, um daran teilzuhaben. Es verströmte sich für Arm und Reich gleichermaßen, ein Luxus für alle. Das war ein Fortschritt, ein echter Fortschritt!

Das Gesicht gehoben und die Augen geweitet, nahm Tuganov die äußerst reine Stimmung der Menge wahr. Niemand dachte etwas Mißgünstiges, niemand zweifelte, niemand klagte. Alles Kleinliche schien angesichts der Größe des Augenblicks von diesen Menschen abgefallen zu sein. Die Gemüter waren erhellt. Es war eine Sinfonie des Jubels. Die Leute auf der Place du Carrousel waren erfüllt von einem einzigen Gedanken, einem einzigen Gefühl: Bewunderung. Das schien Glück zu sein. Ja, es war Glück. Wenngleich nicht das Glück des einzelnen, wie Tuganov erkannte, aber eine besondere, seltene Form von Glück: das Glück der Gemeinschaft. Von sich selbst gelöst sein, eins sein mit anderen, dabeigewesen zu sein beim allerersten mal – das war beglückend!

Bis zur Morgendämmerung war die Gegend um die Place du Carrousel von Menschen bevölkert wie am Tage. Viele schliefen im Schein des neuen Lichts vor Erschöpfung an Ort und Stelle ein.

Dank, Dank! jubelten am nächsten Tag die Zeitungen. Dank dem Bürgermeister, Dank den Bauherren, Dank den Politikern. Dank vor allem der Gasgesellschaft und ihrem Präsidenten. Dank dem neuen Denken und der neuen Zeit. Dem Erfinder allerdings dankte niemand, den Erfinder vergaß man. Sein Name wurde nicht erwähnt, war kaum bekannt. Der Erfinder war unwichtig, er wurde von der Masse nicht gefeiert, wie so oft, wenn die Öffentlichkeit den Nutzen einer Erfindung für sich vereinnahmte.

Tausende und Abertausende Menschen wollten in den folgenden Nächten das neue Licht sehen. Wochenlang mußte die Place du Carrousel bewacht werden, um den Zustrom des Publikums zu regeln, denn man befürchtete, es könnte durch den Ansturm zu einer Panik kommen. Der Andrang ließ erst nach, als auch an anderen Orten in Paris das neue Licht Einzug hielt: zunächst in der Rue de la Paix und wenig später an der Place Vendôme. Eine jede dieser und der folgenden Einweihungen war ein gesellschaftliches Ereignis. Schon lange vor Einbruch der Dunkelheit belegten Schaulustige die besten Plätze – am allerbesten direkt unter einer Laterne –, oder sie machten es sich auf den Bänken und Mauern bequem. Sie warteten auf den Augenblick, in dem die Lichter in den Kandelabern aufflammten, ein Moment, der ein jedes Mal von einem unerhörten Jubel begleitet wurde. Dann folgte stets der gleiche Ablauf: Monsieur Blaye, der Direktor der *Imperial Gas Association*, begrüßte im Namen seiner Gesellschaft das neue Licht, der Lichtbeauftragte der Stadt, der Sekretär Pallot, sprach über modernes Denken, und eine Reihe von Abgeordneten und Geschäftsleuten hielten Reden, in denen sie ihre persönlichen Bemühungen um das neue Licht wortreich verpackten.

Auch Tuganov fand sich regelmäßig ein, denn für ihn war jeder dieser Orte ein Feld vorzüglichster Wahrnehmungen. Und nachdem er die Neugier, Spannung und Erwartung der Menge zur Genüge untersucht hatte, befaßte er sich mit einem anderen, klaren Gefühl: der Verwunderung. Verwundert starrten die Menschen vor Beginn einer jeden Vorstellung die Kandelaber an. Daraus sollte Licht kommen? Und den ganzen Platz erhellen? Kaum zu glauben. Nachdem sie lange genug gestarrt hatten, wurden sie der Verwunderung jedoch müde. Die Leute warteten. Tuganov suchte in seinem Vorrat an Abbildungen nach einem Gegenteil für dieses Gefühl, doch er fand keines. Aber es gab eine Minderung, denn von einer Gruppe Trinker vor einer Weinstube ging viel weniger Verwunderung aus als von einem einzigen Studenten der Ecole des Arts, der ungeduldig versuchte, weiter nach vorn zu gelangen. Und ein Stupider am Rande des Platzes war sogar ganz ohne Verwunderung. Vor allem aber machte Tuganov eine Steigerung aus, ein neues Gefühl. Und zwar in dem Moment, in dem das Licht sich Bahn brach. Diese Regung war eine Folge der Verwunderung, eine heftigere Form: das Erstaunen. Ungeheuer dominant war dieses Erstaunen. Es war, als ob sich ein Blütenkelch in einem einzigen Augenblick öffnet. Jedes der Wesen um ihn herum war geöffnet vor Erstaunen, der ganze Platz war voller Erstaunen.

Einige Abende fand Tuganov sich ein, um nur diesen Vorgang zu studieren. Nirgendwo hatte er die Verwunderung so klar, so rein, so über alle Maßen eindeutig wahrnehmen können. Nie blieb das Erstaunen aus. Und zwischen beiden konnte er, wenn er achtgab, ein weiteres Gefühl ausmachen. Es war von geringer Beständigkeit, kaum aufgeflammt, verglüht wie eine Sternschnuppe: die Überraschung. Und wenn er sich ganz konzentrierte, vermochte er, besonders bei abergläubischen Leuten, davon sogar noch ein weiteres Gefühl abzutrennen. Es ging der Überraschung voraus, in einem einzigen blitzenden Augenblick. Ein flüchtiges, aber unerhört heftiges Gefühl, wie Wasserspritzer in siedendem Öl. Es war der Schreck. Oh, wie oft war er dem Schreck nachgejagt, und wie selten hatte er ihn packen können. Wenn irgendwo ein Schreck wahrzunehmen gewesen war, bei einem Knall oder dem Zerspringen eines Glases, dann war er, als Tuganov sich ihm zuwandte, schon vorbei. Aber hier bekam er ihn geradezu wie auf Bestellung. Das war befriedigend. Verwunderung – Schreck – Überraschung – Erstaunen. Die schönste Tetrade! Begeistert filterte er sie immer wieder aus der Menge heraus. Das war wahr! Über jeden Irrtum erhaben. Großartig. Doch bei manchen Leuten, die wie er nicht zum erstenmal das Licht sahen, waren diese Gefühle so gut wie nicht mehr da, sie waren zerschmolzen. Es war nur noch eine Lache davon in ihnen. Tuganov schloß daraus, daß die Verwunderung dazu dienen mußte, eine Erkenntnis zu machen. War diese Erkenntnis jedoch gemacht, wie hier über das Licht, erlosch das Gefühl. Daraus wiederum war zu schließen, daß Menschen mit geringer Verwunderung unwissender sein mußten als solche mit großer. Das mochte auch für Schwärmer gelten, bei denen die Verwunderung nicht zu einer Erkenntnis führte, sondern nur dazu, ein Ding immer wieder zu bestaunen. Das wollte er später untersuchen.

Vorerst war an den Plätzen des Lichts noch ein anderes Gefühl zu betrachten, und zwar dann, wenn die Menge zur Ruhe gekommen war, wenn das Brüllen und Jauchzen aufgehört hatte. Dann breitete es sich wie eine stille, beschwichtigende Kraft aus, ein langsam ansteigendes Wasser. Es war ein erhabenes, ungetrübtes, ehrliches Gefühl. Die Achtung. Die meisten Menschen achteten das Licht, sein Eindruck war noch nicht abgenutzt. Für Tuganov war es eine Freude, das wahrzunehmen, wo die Achtung doch sehr spärlich in der Welt verteilt war. Und war Achtung zu erkennen, so pellte er noch ein anderes Gefühl davon ab wie ein Blatt von einem Stengel – die Verehrung. Dieses Gefühl galt der Gasgesellschaft und allen, die behaupteten, mit dem Licht zu tun zu haben. Oh, das war ein Überfluß, das war wie Wein trinken. Das alles bekam er ohne die geringste Anstrengung. Aber damit nicht genug. Denn wenn die Leute ihre Verehrung nach Hause trugen, so konnte er in einigen Passanten sogar noch etwas anderes ausmachen, ein Anhängsel der Verehrung. Ein Gefühl, das um so größer wurde, je mehr es sich beugte. Es war die Demut. Ja, manch bescheidener Geist war sogar demütig: Das Licht so groß, und ich so klein! Tuganov betrachtete diese herrlichen Verknüpfungen wie etwas Kostbares. Schön, sehr schön. Logisch. Klar wie ein Bauwerk. Und das Wunderbarste daran war: Er konnte das alles, wann immer er wollte, betrachten. Das war beinahe eine Architektur. Nein, das war Architektur. Derart beglückt, ging er nach Hause. Noch wußte er nicht, wie schnell aus Achtung Mißachtung, aus Demut Hochmut, aus Verehrung Geringschätzung werden konnte und daraus sogar Haß – und das alles als Folge ein und desselben Gefühls: der Verwunderung über das Licht.

War bis dahin die Erhellung der Dunkelheit zum Beispiel mit Feuerwerken ein königliches Vergnügen gewesen, das zu Ehren Seiner Majestät, des Stellvertreters Gottes auf Erden stattgefunden hatte, so war es von nun an ein Vergnügen aller Bürger. Hatte man bis dahin die bekanntesten Feuerwerksmeister ins Land geholt, allesamt Italiener – den genialen Giacomo Torelli, der leuchtende Figuren an den Himmel malte, die phantastischen Ruggieris, die Theaterblitze schufen und ein *feu d'artifice* zu griechischen Mythen entfachten, und deren Nachkommen, Claude-Fortuné, der den Sturm auf die Bastille feuersprühend in Szene gesetzt hatte –, so besaß man jetzt selbst Meisterschaft in der Illumination, war man in gewissem Sinne sogar überlegen. Jedes Lichterspiel war bisher doch nur ein Puff gewesen, ein Hokuspokus, nach dem wieder Dunkelheit eingekehrt war. Nun aber hatte man ein dauerhaftes Licht, ein ewiges Licht! Und das nicht, um den König zu ehren, sondern für alle Bürger, was zeigte, daß Sa Majesté le Roi nicht mehr viel zu sagen hatte. Der König war auf die reichen Bürger angewiesen, um überhaupt regieren zu können, und irgendwann würde es mit seiner Herrlichkeit ganz vorbei sein. Dann würde man als Bürger selbst ganz oben stehen, selbst regieren dürfen, dann würde man selbst so etwas wie ein König sein. Das Licht, so betrachteten es die Politiker, war ein entscheidender Schritt dazu – es war ein Symbol der aufstrebenden Macht.

Ah, dieses Licht machte die Stadt heller, machte das Leben sichtbarer, ja es verlängerte das Pariser Leben geradezu. Jetzt konnte man am späten Abend über den erleuchteten Place du Carrousel oder die Rue de la Paix gehen wie am Tage. Man konnte sich dort gefahrlos aufhalten, sogar nach Mitternacht, und irgendwann würde man durch ganz Paris spazieren können, ohne Angst vor der Dunkelheit haben zu müssen. Großartig fand das das Pariser Volk, das immer mehr Geschmack fand am nächtlichen Flanieren. Großartig fand das auch der Polizeipräsident, der hoffte, endlich die Straße besser in den Griff zu bekommen. Großartig fanden das vor allem die Dessoushändler, die Putz- und Hutmacher, die Vergolder, Juweliere, Antiquitäten- und Porzellanhändler, denen das neue Licht die Geschäfte auf wunderbare Weise erhellte. Es ließ die Scheiben blitzen, die Auslagen funkeln, es spiegelte sich überall, wo es auf eine polierte Fläche traf. Alles bekam Glanz: das Wappen über der Tür, die Ladenschilder, die Inschriften, die Farben und die Waren. Also Schluß mit dem bescheidenen Äußeren, her mit allem, was im Lichte erstrahlte! Fortan wurden für die Ausstattung poliertes Mahagoni, Marmor, Spiegel, buntes Glas und Messing bevorzugt, alles, was das neue Licht reflektierte. Auf eine nie gekannte Weise begannen die Fassaden zu erstrahlen.

Mehr Licht, riefen die Geschäftsleute begeistert, mehr Licht, riefen die Bürger, mehr Licht die Abgeordneten, die Studenten, die Mütter, ja sogar die Kinder. Ganz Paris sollte leuchten. Alle wollten das Licht, alle drängten ans Licht. Es war, als würde Paris neu geboren.

Eine neue Zeit war angebrochen: die Zeit der öffentlichen Helligkeit.

41

Auch der Modesalon Laurent L. Louis auf dem Boulevard des Italiens begann auf nie gekannte Weise zu glänzen. Ein Salon war es, ja, kein kleines Geschäft mehr, wie es Dutzende gab in Paris. Denn Monsieur Louis hatte den Laden vergrößert: Er hatte die Fenster aufbrechen lassen, zehn Schritt breit und mehr als mannshoch, hatte die schmucklose Tür zu einem Portal erweitern und die Scheiben mit seinem Namen beschriften lassen. Darüber hatte er sein Wappen angebracht – zwei Schwäne auf einem roten Tuch. Drinnen hatte Louis einen Teppich ausgelegt, zwei Reihen geschliffener englischer Spiegel aufgestellt, dazwischen jeweils eine polierte Vitrine aus afrikanischem Holz, und alle fünf Schritte samtene Fauteuils plaziert. Die Wände hatte er mit roten Stofftapeten bespannen lassen, die mit einer duftenden Tinktur getränkt waren. Rot, ja, Rot war gerade richtig. Das war die Farbe der Könige, die Farbe der Macht – Rot zog an. Darüber hinaus hatte er die Decke durchbrechen lassen, wie um seinen Ideen, den Anregungen, die er seinen Kunden gab, mehr Raum zu verschaffen. So etwas war selbst in Paris außergewöhnlich, das gab es nur noch in der Oper und in einigen Bankhäusern. Ein halbes Jahr lang hatte Louis im Staub gestanden, hatte den Schweiß von Schreinern und Stukkateuren riechen müssen – ekelhaft –, aber jetzt war alles fertig. Und natürlich hatte er viel Gold drapiert, denn Gold zog noch mehr an als Rot. Gold machte den neuen

Adel, die Bürger, die mit Geschäften über Nacht zu einem Vermögen gekommen waren, blind. Sie hatten noch nicht lange genug mit Gold zu tun, um vernünftig damit umgehen zu können. Sie bekleckstensich damit, wo es nur ging. Ohne Geschmack, fand Louis. Man trug goldene Borten, goldene Schleifen, goldene Volants und sogar goldene Schuhe. Man hätte sich wohl auch gern die Fingerspitzen vergoldet, wenn das möglich gewesen wäre, oder die Wimpern, oder sich einen goldenen Fleck ins Gesicht gemalt, vorausgesetzt, es wäre in Mode gekommen. Doch die Mode hatte ein Erbarmen. Er, Louis, hielt nichts von Gold. Das war keine Farbe, das war nur ein fetter Tupfer, der, wenn man zuviel davon nahm, alles verdarb. Aber Gold war ein geschäftliches Kalkül, Gold mußte sein.

Das alles hatte er geschaffen, aus dem Nichts ans Licht gehoben: den Modesalon Laurent L. Louis! Und durch die beiden Flügel des Portals ging man nicht einfach in den Salon hinein, sondern man schritt hinein, und ebenso heraus. Da war genügend Licht, genügend Platz, um gesehen zu werden – von den Gästen im Restaurant gegenüber zum Beispiel, die auf der Terrasse saßen, plauderten und beobachteten, was vorging auf der anderen Straßenseite. Ja, ein Salon war es – kein popeliges Geschäft mehr.

Jetzt stand Louis an einem der beiden prunkvollen Schaufenster seines Salons und schaute auf die Straße. Der Boulevard des Italiens war die glänzendste Meile von Paris, was das Volk da draußen jedoch nicht zu kümmern schien. Louis seufzte angesichts des Schrecklichen, das er dort mit ansehen mußte, und damit meinte er nicht die Kranken, die Alten, die verwahrlosten Kinder, nein, er meinte die Kleidung der Leute – das war wahrhaft schrecklich. Die Leute gingen, wie es ihnen einfiel. Ohne

Stil, ohne Geschmack und vor allem ohne Phantasie! Wohin er blickte, hohe Schuten, dabei hatte er die Hauben schon vorvergangene Saison flacher gemacht. Überall Kragen, die den Hals würgten, Kleider, die einem oben zugebundenen Sack glichen, herrje. Dabei war die Taille das wichtigste, die Taille! Aber keine Schneppentaillen, bitte schön, das mochte vielleicht in Berlin und Wien noch angehen, aber nicht hier in Paris! Hier war eine Schoßtaille en vogue, darunter ein freier Faltenwurf, so frei wie der Körper und der Geist der modernen Frau. Aber manche der Weibsbilder schämten sich nicht einmal, in wattierten Röcken herumzulaufen – und in Wollstrümpfen! Ach, und diese armseligen Geschöpfe nahmen für sich in Anspruch, romantisch, sehnsüchtig, sensibel und aufgeweckt zu sein. Nein, das waren sie nicht, sie waren einfach nur eines: hinterher. Zwar entdeckte Louis auch schicke Capes und Canezous, hin und wieder sogar einen Pamelahut mit üppigen Blüten, Bändern, Früchten, auch weiße oder cremefarbene Strümpfe, wie es der gute Geschmack vorschrieb – aber nicht oft genug. Dafür sah er Kreuzbandschuhe, mon Dieu, als seien die modernen Stiefeletten nur für schlechtes Wetter da! Ach, diese Trampel wollten einfach nicht begreifen, daß ein kleiner Absatz den Gang geschmeidiger machte. Dumpf waren sie, taub! Und sogar ohne Handschuhe waren sie unterwegs, äußerst unschicklich, und natürlich ohne passenden Schirm, und statt einer der neuen Handtaschen trugen sie die alten Beutel. Dabei hatte er ihnen das doch alles gegeben. Sie konnten es nachlesen im *Petit Courrier des Dames* oder in *Les Modes Parisiennes.* Wozu machte man eine Collection, wozu gab es denn eine Saison, wenn alles für die Katz war! Eine Beleidigung für das Auge war das, eine Qual für die Sinne. Schlimmer noch: Das war Schmutz, eine Verschmutzung des öffentlichen Lebens. Das verdarb den ganzen Boulevard. Grausig! Ekelhaft! Louis erfand immer neue Floskeln zur Aburteilung des schlechten Geschmacks. Wenn es um Mode ging, war er ein penibler Richter, ein Blutrichter. Er klagte an, er verurteilte, er mordete im Geiste. Es gab Momente, da verursachten ihm die Scheußlichkeiten, die er zu sehen bekam, sogar Übelkeit. Ah, wie er das haßte! Das gehörte in die Lumpenkiste! Aber die Menschen da draußen lächelten zu dieser Aufmachung sogar noch, als wäre alles in bester Ordnung. Nein, sie hatten keinen Grund zum Lächeln, sie sollten weinen. Er, Louis, hätte in Tränen ausbrechen können angesichts solcher Stumpfheit. Die Leute trugen einfach alles. Als wären sie sich selbst gleichgültig. Sie verhunzten sich!

Er nahm sein Hündchen aus dem Körbchen zu seinen Füßen und drückte es, als suche er Trost. Wie er so auf die Straße schaute, war er still, angeekelt und wütend zugleich. Und beinahe ein bißchen traurig. Verschmutzung, überall Verschmutzung, Modeschmutz! Ah, wenn man ihn gelassen hätte, er hätte schon für Ordnung zu sorgen gewußt. Durchkämmen! Ausmisten! Die Leute sollten sich endlich würdig kleiden, zeitgemäß. Die Zeit war im Aufbruch, und sie sollten diesen Aufbruch zeigen. Herunter mit dem Lumpenzeug und seine Mode getragen. Allerdings war seine Mode nicht ganz billig, das übersah Louis. Um so mehr, da er selbst an nichts sparte, wenn es um seine Kreationen ging – weder an Mühe noch an Zeit, noch an Geld. Wie konnte also jemand sparen wollen beim Kauf seiner Modelle? Kleidung war doch das Wichtigste, denn so trat man der Welt gegenüber! So zeigte man, wer man war: seinen guten Geschmack, seine Persönlichkeit, seine Individualität. Die neue Zeit, wo jedermann etwas gelten konnte, schrie doch geradezu nach Individualität. Er, Louis wäre bereit gewesen, nur ein Kleid für einen einzigen Körper zu entwerfen – ein Modell in ganz Paris, das wäre der Gipfel seiner Kunst gewesen. Allerdings für einen würdigen Körper! Und dann noch ein Kleid für einen weiteren würdigen Körper ... Nur war beklagenswerterweise dafür zuwenig Kundschaft da.

Überhaupt war zuwenig Kundschaft da. Schon den ganzen Vormittag hatte niemand den Salon betreten, das machte Louis unzufrieden. Ein Seufzer entfuhr ihm. Ach, er würde mehr werben müssen. Das *Journal Parisien* würde die neue Collection ankündigen müssen, den Leuten mußte das Maul wäßrig gemacht werden. Doch nie kam dieser Droix selbst vorbei, immer schickte er einen seiner Domestiken. Gleich würde der Kerl erscheinen. Ah, er würde demnächst persönlich mit Droix sprechen, damit die Sache Hand und Fuß bekam, und er würde Rabatte fordern. Schließlich gab er genügend Geld für Anzeigen aus. Sollte die Zeitung also über die Collection berichten, und diesmal ausführlich, bitte schön! Das war nicht zuviel verlangt. Aber diese Redakteure schrieben ja, was ihnen gerade paßte. Die Hälfte von dem, was man zu lesen wünschte, fehlte, die andere Hälfte stimmte wiederum nur zur Hälfte, machte summa summarum ein Viertel. Pfusch! Wenn er seine Kundschaft nur zu einem Viertel ordentlich bedienen würde, dann könnte er dichtmachen. Ja, das war der Unterschied zwischen Schwätzen und Tun!

Das alles wallte in Monsieur Louis auf und ab, als er Tuganov erwartete.

42

Als Tuganov eintrat, war Louis augenblicklich wie verwandelt. Er straffte sich, bog den Rücken durch und hob die weiche Brust, so daß die Beine unter dem aufgeblähten Oberkörper ein wenig kümmerlich wirkten. Zu seinem Leidwesen hatte die Natur ihm die Figur eines Schwächlings gegeben, und schon deshalb liebte er es, erhöht zu stehen. Deshalb hatte er in den Verkaufssalon eine Stufe einbauen lassen, genau in der Mitte, und wenn er Kundschaft empfing, so kam er von hinten, von oben – ja, oben, dort war sein Platz: oben.

Ah, das *Journal Parisien* in meinem bescheidenen Haus, eine Ehre ... Oh, legen Sie ab ... Den Hut bitte nicht auf die Kommode, das bringt Unglück, nein, nicht auf den Tisch, das bedeutet Armut, bitte nicht auf die Chaiselongue, wegen der Krankheiten ...

Tuganov nahm in einem der samtenen Sessel Platz, und Louis umschwirrte ihn.

Tee, Plätzchen? Allez, allez, trieb Louis seinen Diener an. Schauen Sie sich um, riecht man die Farbe noch?

Nein, man roch die Farbe natürlich nicht mehr, man roch Louis' Duft.

Alles neu, alles wunderbar, wie ich hoffe. Alles für die Kundschaft. Ach, wenn ich da an früher denke ... Und Louis dachte an früher. Einige Brocken von dem, was er dachte, spuckte er aus, einiges war für Monsieur Tuganov bestimmt, also für die Öffentlichkeit, das andere überging er. Oh, Louis hatte sich nach oben arbeiten müssen, nein, schuften müssen. Vor dreißig Jahren war er nichts als ein kleiner Schneiderlehrling in der Rue du Sentier gewesen, heute war er Laurent L. Louis, Besitzer des gleichnamigen Salons. Schon als Kind hatte er gern Puppen aus- und angezogen, doch das verschwieg er, das war lächerlich. Normalerweise wäre er ein unbedeutender Schneider geblieben, der sich in einem Hinterzimmer die Augen müde gearbeitet hätte, aber erst kam die Revolution und dann Napoleon und mit Napoleon der Krieg. Für den Krieg war Louis zu schwach, dafür taugten nur die besten Kerle, und als all diese Besten tot waren, kehrte Napoleon noch einmal zurück, um auch die Halbbesten zu holen, bevor er für immer nach St. Helena verschwand. So war für eine kurze Zeit viel Platz in Paris, Gelegenheit für die Zuhausegebliebenen, in eine der Lücken zu stoßen.

Seine ersten Entwürfe hatte Louis noch an das Modegeschäft Plevier verkaufen müssen, das Unternehmen eines fleißigen, aber unbegabten Couturiers, für ein Butterbrot. Aber das brachte ihm Geld ein, um ein eigenes Modeatelier zu eröffnen. Zuerst hatte er die Nächte durchrackern müssen, hatte die schlechtesten Konditionen der Tuchhändler akzeptieren und um die Preise feilschen müssen, nur um einigermaßen rentabel zu arbeiten. Auf jedem Markt hatte er seine Modelle anbieten müssen, und oft war er durchgefroren zurückgekehrt, nur mit ein paar Francs in der Tasche. Aber dann war ihm die Idee mit den Künstlerinnen gekommen. Moderne Frauen, die etwas auf sich hielten! Zuerst hatte er eine bekannte Sängerin eingekleidet, deren Naturell es entsprach, aus der Reihe zu tanzen, aufzufallen. Aufsehen erregen! war das Prinzip. Aufsehen! Mit tiefen Ausschnitten, frechen Durchbrüchen, gewagten Rocklängen und neuer Unterwäsche, die sie sogar öffentlich herzeigte. Die Empörung war so groß, daß die Zeitungen berichteten. Wird erst einmal berichtet, muß man die Suppe am Kochen halten. Der Sängerin folgten Schauspielerinnen, denen Louis die Modelle billig hergab. Was die eine hat, muß die andere auch haben, und nach und nach kamen die Damen aus den Salons, keine wollte hintanstehen. Doch die Frauen interessierten Louis nicht wirklich. Ohne Kleider waren Frauen für ihn nur Leiber, gleichgültig, woher sie kamen, wie sie hießen. Erst durch eine modische Kreation, so glaubte er, bekamen sie Bedeutung. Aus diesem Grunde hatte Louis nie geheiratet. Zwar hätte er eine Ehe zu führen gewußt, auch ein Doppelleben, sogar ein Dreifachleben wie manch anderer, doch immer dasselbe Gesicht neben sich zu haben, denselben Körper, denselben Geruch, dieselbe Stimme, dieselben Gewohnheiten und Marotten, den ganzen selben Stil, wenn es denn überhaupt Stil war – das wäre schrecklich gewesen. Auch das Kindergeplärr hätte er nicht ertragen, die Aufzuchtsorgen, das tägliche Einerlei. Und vor allem nicht das Schwiegerelterngetue. Nein, das war ein Alptraum! Für solchen Firlefanz hatte er keinen Sinn, und er brauchte das Geld aus einer Heirat nicht mehr. Denn bald riß man sich um die Mode von Monsieur Louis, was sie teurer machte. Er brauchte nicht mehr selbst zu nähen, bezog eine größere Werkstatt und konnte im Vorzimmer empfangen.

Vor allem aber erfand er eine neue Linie, die Louis-Linie. Seine erste große Idee! So ging man nicht in Marseille, nicht in Reims, nicht in Lyon – so ging man nur in

Paris. Und als die Mode in der Provinz angekommen war, hatte er für Paris schon etwas Neues gefunden: die Cascade-Linie, dann die Madeleine-Linie und so weiter.

Monsieur Louis seufzte. Das war die Erfolgsgeschichte seines Lebens.

Würde dieser Tuganov das auch so bringen? – Genau so? – Warum schaute der Kerl so merkwürdig. – Unangenehm. – Kein schöner Mensch. – Dieser Droix schickt mir so eine Kreatur ins Haus!

Louis verabscheute alles Häßliche, er ekelte sich davor. Er drückte seinem Hündchen einen Kuß auf die feuchte Schnauze, das beruhigte ihn.

Da sei er also angekommen, setzte er fort, doch es müsse weitergehen, weiter, denn die Konkurrenz schlafe nicht. Er, Louis, sei voller Ideen, voller Pläne. Er plane ein Fest. Keinen Ball, kein Theater, einen Abend nur für die Mode. Eine Zusammenkunft für Leute, die etwas auf sich hielten. Auch davon solle das *Journal Parisien* berichten. Er wollte seine Kundschaft zu sich einladen, zum Schauen. Ja, sie sollten die neuesten Modelle anschauen! Eine sogenannte Modenschau wolle er inszenieren – das war seine Idee. Ein Novum für Paris. Das war noch nirgendwo dagewesen. Zu diesem Zwecke beabsichtige er, Modebroschüren aufzulegen, zehn Francs das Stück. Zehn neue Entwürfe – *Les Robes de Laurent L. Louis*. Der neue Stil! Kleidsam, praktisch, originell. Die Frau von heute wolle beweglich sein, der neue Stil kam ihr entgegen.

Und alles nur erstklassig!

Louis bestand auf Erstklassigem, Zweitklassiges versetzte ihn in Rage. Monsieur lebte erstklassig, dachte erstklassig, war erstklassig. Nur so fühlte er sich dem Bild nahe, das er für sich selbst akzeptierte. Aber leider nur nahe. Nie gelang es ihm, dieses Bild ganz zu erreichen, immer war dieses Bild noch schillernder als er selbst. Das bereitete ihm gelegentlich Unbehagen. Erstklassiges hatte perfekt zu sein. Alles um ihn herum mußte perfekt sein, zuallererst die Toilette. Ein Schweißausbruch trieb ihn zur Verzweiflung. Rasche Bewegungen vermied er. Hatte er den Eindruck zu schwitzen, wusch er sich sofort und wechselte die Kleider. Parfüm! Schweiß war das Zeichen des Mannes von der Straße, und wenn Monsieur mit jemandem nie und nimmer zu tun haben wollte, dann mit dem Mann von der Straße.

Schauen Sie sich die Leute an, armselig, nicht wahr?

Legen Sie die Betonung auf *-selig,* Monsieur, erwiderte Tuganov, und die Sache stellt sich anders dar.

Was sollte das? Solcherart Belehrungen mochte Louis nicht, nein, das mochte er ganz und gar nicht. Denn wie Leute seines Schlages – Händler, Coiffeurs, Handwerker – hatte er ein festes Bild von der Welt, eine unerschütterliche Perspektive, und er vertrug es nicht, wenn daran herumgekrittelt wurde. Schon gar nicht von so einer kleinen Nummer wie diesem Skribenten hier. Schließlich gingen genug Leute bei ihm ein und aus, daß er für sich in Anspruch nehmen konnte, über die Menschen Bescheid zu wissen.

In Wirklichkeit wußte Louis kaum über die Menschen Bescheid. Er wußte viel über ihre Eitelkeiten, mehr aber nicht, denn er war selbst viel zu eitel, um sich in Frage zu stellen. Wohin er auch schaute, er vermochte nur eins zu sehen: Mode. Damit verglich er alles und jeden. Louis war das, was man einen Individualisten nennt. Er reflektierte die Welt an seiner Person, er reduzierte sie auf seine Person. Mochten die anderen reden, denken, tun und lassen, was sie wollten – ohne Belang. Nur er selbst war von Belang. Er war außergewöhnlich. Mochte der Rest der Menschheit damit zurechtkommen oder nicht, egal. Ja, der Rest! Genau besehen hätte Louis mit dieser Ansicht seinen Modesalon geschlossen halten müssen, er hätte seine Modelle nur für sich erschaffen und sie in seinem Atelier allein bewundern müssen. Wie ein Individualist sich an sich selbst begeistert. Aber an dieser Stelle war Schluß mit allem Individualismus, denn Louis wollte auch von anderen bewundert werden – und er wollte verkaufen.

Tuganov genügte ein Blick, um zu erkennen, daß Louis ein Ich-Mensch war. Normalerweise war das äußerst uninteressant, denn Tuganov hatte so gut wie alle Formen des Ichs bereits gesehen, geprüft, ausgelotet. Doch Louis trug das größte Ich in sich, dem er bisher begegnet war. Ein unerhört heftiges, ein aufdringliches Ich. Hinderlich, denn Tuganov war eigentlich auf etwas anderes aus: Er hoffte, ein glückliches Gefühl zu erbeuten. Wo, wenn nicht beim größten Modemacher von Paris. Bei Laurent L. Louis, dem genialen Schöpfer! Deshalb ließ er Louis nicht aus den Augen. Doch unaufhörlich strömten ihm diese Ichs entgegen, nahmen ihm den Blick. Ein glückliches Gefühl indes kam ihm nicht entgegen. Statt dessen nahm er den schönen Louis, den eleganten Louis, den geistreichen und perfekten und witzigen Louis, den tatkräftigen und gerissenen Louis wahr; auch den abgeklärten, kühnen und unerschrockenen Louis. Sogar den politischen Louis, denn Louis hatte wie zu allem auch zur Politik eine Meinung: Politik taugte wenig! Es war wie eine Welt voller Spiegel, in der sich der Über-Louis unaufhörlich reproduzierte.

Ja, seine Menschenkenntnis ließ Louis sich nicht von einem hergelaufenen Russen in Frage stellen. Schon gar nicht von einem, der mit einem gestärkten Kragen daherkam. Einem Vatermörder! Ha, nicht einmal die Kunst, eine Cravate zu binden, beherrschte der Kerl. Dabei hätte er genügend zur Auswahl gehabt: L'Orientale, L'Americaine, Collier de Cheval, Sentimentale oder A la Byron. Das mußte man mit ansehen. Kein Kavalier! Ein richtiger Kavalier hatte wenigstens ein Dutzend Hosen, zwanzig Paar Handschuhe, zehn weiße, zehn gelbe, und den Anzug hatte er alle drei Wochen zu erneuern. Aber dieser Kerl hier – nicht einmal Durchschnitt. – Schrecklich, grausam, ganz unerträglich. – Diese Ignoranz. – Ignorant auch der Blick. – Er schaut, wie er will. – Kein Respekt, keine Hochachtung. – Bewunderung? – Gar keine Bewunderung! – Dieser Blick ist gar nicht da. – Wenigstens ein Fünkchen Bewunderung?

Louis schaute Tuganov immer wieder unverhofft an, als suchte er beinahe verzweifelt nach Bewunderung. Dieser Russe war unberührbar. Und das, wo Louis doch die Massen zu verzaubern wußte. Das kränkte seine Eitelkeit. Das war ärgerlich, das war eine Herausforderung. Er würde diesem Russen Bewunderung abringen, sie ihm abquetschen, so wie es sich gehörte. Und er tat etwas, was er sonst niemals tat: Er gestattete Tuganov Einblick ins Atelier.

43

Angrenzend an die Schneiderei lag ein Raum, den Louis so nannte. Dorthin zog er sich mehrmals im Jahr zurück, dort hatte er Ruhe, dort konnte er darüber nachdenken, was Paris im nächsten Frühjahr tragen sollte. Dann ging es darum, eine neue Linie zu entwerfen, Paris eine Kreation zu schenken. Ja, schenken nannte er das, dabei war er zu nichts weniger bereit, als etwas zu verschenken. In Wirklichkeit sollten seine Modelle Geld, Anerkennung, Luxus auf ihn zurückwerfen, worüber er allerdings kein Wort verlor. Im Atelier trug Louis normalerweise bequeme Musselinhosen, eine Art wollenen Kaftan, saß am Zeichentisch, den Kohlestift in der Hand, und war allein. Dann suchte er nach dem Einfall, der das Frühjahr verschönen würde.

Ein Einfall! Ohne den richtigen Einfall war die ganze Saison nichts wert. Louis fühlte sich bereits schlecht, wenn er nur daran dachte. Er war sensibel, er spürte Strömungen, und da diese Sensibilität mit seiner Kreativität zusammenhing, konnte er sie nicht einfach übergehen. Er seufzte und warf einen Blick in den Spiegel. Er trug Schwarz, es machte ihn schlanker, neutral. Schwarz war ein Zustand, war nicht angreifbar. Es sagte nichts und doch alles. Schwarz war die Farbe des Maître! Niemand sonst trug Schwarz, wozu auch, damit konnte man keinen Staat machen.

Louis betrachtete sein rotgefärbtes, pomadisiertes

Haar, die fleischige Nase, die üppigen Lippen und krümmte die Mundwinkel, als mißbillige er, sich selbst unter die Augen gekommen zu sein. Du bist häßlich, Louis! – Schau dir deinen Bauch an! – Er drückt beim Sitzen. – Entsetzlich! – Und das Kinn ist schlaff. – Diese fetten Wangen, die Tränensäcke! – Ah, Minze glättet die Haut. – Darf man mit fünfundvierzig so aussehen?

Offiziell war Monsieur Louis erst fünfundvierzig, obwohl er zu Zeiten Marie-Antoinettes geboren war. Offiziell, denn was ging es die Leute an, wie alt er wirklich war.

Gedanken dieser Art wimmelten in Louis wie Maden in einem Käsetopf, und um sich zu beruhigen, zog er ein Dufttüchlein an seiner Nase vorbei. Dieser Duft war etwas Schönes, etwas Außergewöhnliches, diesen Duft hatte er sich direkt aus Florenz kommen lassen. *Fleur de nuit* – das Fläschchen zu einhundert Francs. Ein paar Tropfen! Eine Verschwendung, aber gerade der Gedanke an diese Verschwendung befriedigte ihn.

Einen Einfall, man braucht immer wieder einen Einfall! seufzte er. Und hat man ihn, dann benötigt man einen zweiten, einen dritten, eine Flut von Einfällen …

Manchmal durchforstete er die alten Entwürfe, in der Hoffnung, etwas zu finden, was er noch einmal ausbeuten konnte. Ach, immer mußte man Neues bringen: Auf einfache Röcke folgten doppelte Röcke, auf hohe Schuhe flache Schuhe, auf taillierte Jacken weite, auf kleine Hüte breite oder kuppelförmige Hüte, auf spiralförmige Linien kreisförmige, dann S-Linien, auf Schinkenärmel Elefantenärmel und auf Elefantenärmel Hammelkeulen und so weiter. Nichts durfte sich wiederholen, und doch wiederholte sich alles. Das war einfach und schwierig zugleich. Ein Einfall!

Die Ärmel liegen in dieser Saison an, sagte Louis mit Entschlossenheit in der Stimme. Elegant, nicht wahr? Ohne eine neue Collection, Sie verstehen, ist das Frühjahr verdorben.

Ha, die Tölpel da draußen, die wußten nichts von solchen Nöten. Nichts! Die sahen nur, was neu war, was gelungen war, und sagten: Chic! Das sagten sie immer. Doch eine wirklich großartige Linie hatte Louis schon lange nicht mehr gefunden. Und die wahre, große, nicht zu übertreffende Collection, von der man in hundert Jahren noch sprechen würde, hatte er überhaupt noch nicht hervorgebracht. Die Schöpfung! Darum ging es, ein jedes Mal, wenn er den Stift in die Hand nahm. Bah, der Geschmack der Leute war ihm einerlei, denn der Geschmack der Leute war nur eines: schlecht. Wenn man es genau betrachtete, machte er, Louis, erst ihren Geschmack. Er bestimmte, was in Paris getragen wurde, er befahl.

Man muß nicht den Leuten genügen, meinte er bedeutungsvoll, man muß sich selbst genügen. Denn mit jeder Schöpfung ist man allein.

Allein, ja! Nicht einmal der Pariser Konkurrenz konnte er etwas abschauen. Im Gegenteil, die schaute von ihm ab. Und im Ausland war gleich gar nichts zu holen. Die drögen Engländer, herrje, die trugen doch Mode von vorgestern, die Italiener waren zu schlampig, und den Preußen war Pariser Mode zu teuer, wenngleich sie sie in Berlin nachzuäffen versuchten. Aber Berlin war im Vergleich zu Paris doch ein Dorf! Gerade mal fünfzig Modelle pro Saison gingen dorthin, in Paris verkauften sich fünfhundert! Ja, Paris, das war Mode, und Mode, das war er. Also war er Paris. Dieser Glaube trieb ihn an, mehr als alles Geld, sonst hätte er den ganzen Schwindel schon längst hingeschmissen. Immer mußte er vorangehen, und alle äfften ihn nach. Kaum gezeigt, tauchten bald darauf Modelle in der Stadt auf, die seinen auf das frechste glichen, natürlich billig gemacht. Sogar in Lyon, Marseille, Nantes konnte man die Frauen in Kleidern mit demselben Schnitt laufen sehen. Niemand hatte bei ihm um Erlaubnis nachgesucht. Man hatte es ihm einfach gestohlen.

Ach, die Abkupferei verdarb das Geschäft. In immer schnellerem Tempo mußte man entwerfen, immer schneller verkaufen, um gut zu verdienen. Begannen die Frauen von Handwerkern, seine Mode zu tragen, war es Zeit für etwas Neues. Ah, der Konkurrenz mußte die Luft wegbleiben. Neue Muster, neue Stoffe, neue Gürtel, neue Taschen und Accessoires mußten her, gewagte, freche, unverschämte Schnitte, Träger und Bünde, Schweife und Schleifen. Blusen waren das Neueste. Mit Blusen wird er die Konkurrenz schocken, Blusen in allen Farben: Hortensienblau, Nilgrün, Mauve, dazu ein provokantes Lila, Violett und Orange. Sogar Zitronengelb. Ganz Paris würde er wachrütteln mit Farben. Paris wird in der nächsten Saison in Zitronengelb gehen. Ha, ersticken sollten sie an seinen Neuigkeiten. Wie damals an seiner *Mode à la Giraffe*, die er der ersten Giraffe nachempfunden hatte, die Frankreich gesehen hatte. Das war ein Volltreffer gewesen. Damit hatte er die Londoner Schneider endgültig abgehängt. Das einfallslose Volk, bah! Ohne Esprit! Schneider eben, keine Couturiers, und schon gar keine Haute-Couturiers. Noch immer hielten sie ihre *Robe à l'anglaise* hoch – das war doch Schnee von gestern.

Solcherart Gedanken ringelten sich in Louis' Kopf wie Nattern in einem Nest.

War der Russe beeindruckt?

Tuganov hatte bis jetzt geschwiegen, denn er war da, um Louis zuzuhören.

Und Louis dachte: Und jetzt gehen Sie und schreiben Sie das.

Unmöglich, das zu schreiben. Tuganov wollte über etwas anderes schreiben, er wollte über das neue Licht schreiben, das war tausendmal interessanter als das Modepalaver eines Laurent L. Louis. Was ziehe ich morgen an? Das war doch keine ernstzunehmende Frage. Außer für Louis, der tatsächlich glaubte, daß das die Menschen glücklich machte. Und deshalb bemühte er sich fortwährend, selbst einen beglückten Eindruck zu machen. Der glückliche Louis! Schon des Geschäfts wegen tat er das, auch seiner Eitelkeit wegen. Und ein unglücklicher Individualist hätte außerdem schlecht gepaßt. Aber dieser Monsieur Louis hatte kein glückliches Gefühl in sich, stellte Tuganov fest. Nicht einmal einen Rest von dem, was einmal Glück gewesen war. Keine Erinnerungsspur. Das war erstaunlich, das war eigentlich unfaßbar. Herrje, in diesem Paris war alles anders, als es aussah.

Was halten Sie von dem neuen Licht? fragte Tuganov.

Das Licht?

Louis spitzte die Lippen und machte ein bedeutungsvolles Gesicht. Das neue Licht, gut, sehr gut. Mode brauche Licht. Das neue Licht begrüße er. Er begrüße überhaupt alles Neue. Er, Louis, habe sich eingesetzt für das Licht ..., und er würde einen Ball geben. Dieser Einfall war plötzlich wie auf Flügeln zu ihm gekommen. Einen Ball des Lichts! Sofort verliebte er sich in die Idee. Und da war noch eine Idee: Er würde eine Licht-Collection bringen. Luftiges, Blasses, Seidiges, Stoffe wie Licht, kaum zu spüren und doch zu sehen. Da war sie, die neue Linie! Oh, der Tag würde gut werden, die ganze nächste Zeit würde gut werden.

Als Tuganov sich verabschiedete, rief Louis: Schreiben Sie über unser wunderbares Haus, schreiben Sie ... Und kommen Sie wieder, es gibt noch viel zu berichten.

Louis war erleichtert, wenngleich er nicht wußte, lag es daran, daß der Russe gegangen war, oder an seiner neuen Idee.

Tuganov dagegen war beinahe ein wenig verärgert. Wieder hatte er das Glück nicht zu Gesicht bekommen. Dabei war, das fühlte er, die Zeit reif dafür. Dieses Gefühl sollte seiner Sammlung die Krone aufsetzen, es sollte eine Offenbarung sein. Denn daß es das schönste, das höchste der Gefühle war, darin waren sie sich alle einig – die Philosophen, die Misanthropen, die Philanthropen, und die Dichter erst recht. Zwar war es nicht der Zweck des Lebens, aber seine Erfüllung. Und daß das höchste der Gefühle nicht irgendwo herumlag, war klar. Das konnte man nicht an jeder Straßenecke aufgabeln, um es so mir nichts, dir nichts an sich zu reißen und sich daran zu ergötzen. Wäre es so, wäre es nichts wert gewesen. Dann wäre es Alltag gewesen. Dann würde niemand davon reden, jedenfalls nicht mit so sehnsüchtiger Stimme, mit so verklärtem Blick.

Mit dem Glück schien es wie mit der Ferne zu sein – immer war es anderswo.

44

Eine Zeitlang waren die Geschehnisse des Tages ohne Bedeutung, eine Zeitlang redete jeder nur von dem neuen Licht. Paris war wie geblendet davon.

Den ersten sechs Laternen war zunächst ein Dutzend weitere gefolgt, dann zwei Dutzend und so fort. Einhundert Lichter, zählte das *Journal Parisien* nach einem halben Jahr, doch es zählte nicht selbst, es ließ sich die Zahl vom Sekretär für Stadtbeleuchtung geben; unter den Faits-divers erschien regelmäßig die Anzahl der Laternen. Zu Martini waren es einhundertachtzig, zu Ostern mehr als das Doppelte. Von der Butte aus hatte man im Dunkel der Stadt zuerst winzige Lichtpunkte wahrnehmen können, dann Lichterinseln, schließlich ganze Lichterketten. Vor der Oper wurden Laternen mit zwei statt einer Flamme aufgestellt, der Pont Neuf und die Place Dauphine wurden beleuchtet, dann die Seinekais, wo sich die Lichter wunderbar im Wasser spiegelten, und in noch viel höherem Tempo ging es weiter. Für dieses Tempo sorgte die Imperial Gas Association, die einen Vertrag mit dem Innenministerium und dem Polizeipräsidium ausgehandelt hatte. Eintausendreihundert Straßenlaternen zu einem Preis von einundachtzigtausend Francs – was für ein Geschäft! Daß den Zuschlag gerade die Engländer erhalten hatten, war ein Fleck auf dem leuchtenden Projekt – als ob es keine französische Gesellschaft gäbe. Tatsächlich gab es keine, aber man hätte ja eine gründen können ... Im Zuge der Begeisterung jedoch wagte niemand, daran herumzunörgeln. Paris war stark genug, um darüber hinwegzusehen. Fortschritt, Schöpferkraft und Frankreich – das gehörte zusammen!

Immer mehr fiel die Stadt in ein Lichtfieber, und Leute, von denen man bisher kaum gehört hatte, trugen dazu bei. Sie überschwemmten die Gesellschaft mit Ideen, zum Beispiel, Paris mit riesigen Sonnentürmen zu erhellen. An der Place de la Concorde sollte der Anfang gemacht werden. Von Lichtgürteln, Lichtflächen und Lichtteppichen war die Rede. In jedem Viertel sollte ein geschlossenes Lichtturm-System entstehen, das die Gassen, die Höfe, die Brücken und die Fabrikgelände beleuchtete. Alle Häuser, jeder Schuppen, auch der kleinste Winkel sollte erhellt werden. Schwärmer, Fanatiker, Illusionisten verstiegen sich sogar dazu, die Dunkelheit gänzlich ausmerzen zu wollen. Und um der Sache einen wissenschaftlichen Anstrich zu geben, wurden sogar arithmetische Berechnungen vorgelegt. Visionen. Visionen! Über die Kosten allerdings verlor niemand ein Wort.

Doch alles Neue nutzt sich ab, und nach der ersten großen Aufregung begann man, sich an das Wunder des Lichts zu gewöhnen. Den Parisern wurde es mehr und mehr selbstverständlich, und bald kamen nur noch Leute aus der Provinz, um es gebührend zu bestaunen. Und je mehr man sich daran gewöhnte, um so mehr machte man es sich zunutze. Denn Nutzen brachte es vielen: den Krüppeln, die ihre Gebrechen auch am Abend ausstellen konnten, den Geschäftsleuten, deren Läden häufiger besucht wurden, und der Polizei, die mit den kleinen Ganoven, Messerstechern und Straßendieben besser fertig wurde. Den Parlamentariern brachte es öffentliches Wohlwollen, der Presse Reportagen und der Gas Association Geld. Der Stadt Paris brachte es einen guten Ruf über die Landesgrenzen hinaus, und zahlreiche Delegationen aus anderen Ländern kamen, um sich vom Nutzen des neuen Lichts zu überzeugen. Der schmutzige, sumpfige, düstere Moloch hatte sich glitzernde Pünktchen aufgesetzt.

Und da das neue Licht so nützlich war, dauerte es nicht lange, bis darum gezankt wurde. Erst meinten die Bürger aus dem Faubourg Saint-Honoré, sie hätten zuwenig Licht, dann die Geschäftsleute aus dem Marais-Viertel, und dann forderten die Handwerker der Vorstädte überhaupt erst einmal Licht. Dabei profitierten sie bereits davon wie kaum zuvor. Bei den Kunstschmieden wurden funkelnde Türschlösser und Beschläge bestellt, die Maurer ließ man die Fenster erweitern, und die Schreiner durften neue, viel größere Rahmen dafür bauen. Die Stukkateure wurden bestürmt, die Fassaden zu erneuern und zu verzieren, die Schildermaler hatten die auffälligsten Schriften anzubringen, und die Glasmacher arbeiteten bis tief in die Nacht, um den Bedarf an farbigem Glas zu befriedigen. Wo immer die Laternen kamen, wurde um die besten Plätze in ihrem Lichtkreis gerungen, um Ladenlokale, Häuser und Grundstücke. Die Preise dafür schossen in schwindelerregende Höhe, denn dort, im Licht, gingen die Geschäfte ganz ausgezeichnet. Dorthin drängte das Volk, um zu kaufen, um sich zu amüsieren. Dort konnte man bis weit in den Abend hinein Kundschaft erwarten, und dort konnte man nachts mit Vergnügungsangeboten Einheimischen und Zugereisten das Geld aus der Tasche ziehen. Viele der alteingesessenen Bewohner, die die Mieten nicht mehr zahlen konnten, mußten ihre Quartiere räumen.

Paris war erwacht.

Wenn die Hitze des Nachmittags vorüber, der Staub des Tages herabgesunken war, wenn das Gebrodel und Getöne des Geschäftslebens sich geglättet hatte, dann bereitete man sich auf die Nacht vor. Kaum war die Dunkelheit hereingebrochen, begann ein zweites Leben in Paris. Dann wurden die Ballsäle geöffnet, erwarteten die Restaurants die Gäste zum Abendessen, öffneten die Juweliere, Antiquitäten- und Accessoireshändler erneut die Türen ihrer Geschäfte. Dann zupften die Damen ein letztes Mal an den Volants, griffen die Herren zu Spazierstöckchen und Handschuhen, dann begann auf den Boulevards das große Flanieren.

Es war, als würde ein Ruf durch die Viertel des Zentrums gehen, ein magischer Befehl: *Plaisir, plaisir!*

Im Nu gab es mehr Ballhäuser, mehr Billard- und Spielsalons, mehr Amüsierbetriebe und Nachtlokale als je zuvor. Und größer als je zuvor war auch das Gezerre um die Kundschaft, genauer gesagt, um deren Geld. Alle paar Schritte lockten Tänzerinnen, Schauspielerinnen, Sängerinnen das Publikum, Frauen, die das Licht wie Falter umflatterten. Das Zentrum der Vergnügungen war der Boulevard du Temple. Dort lockten Theater, Figurenkabinette und riesige Vexierspiegel das Publikum an, drängten allerlei Absurditäten ans Licht: Positur-Macher, die sich die Glieder verrenkten, Albinos, die mit ihrer leuchtenden Haut und den roten Pupillen Eismenschen oder Weiße Mohren markierten, Allesschlucker, die Scherben, Nägel und weiße Mäuse fraßen, und der Mann mit dem Straußenmagen, der Petroleum soff.

Auch gab es mehr Huren in Paris als zu allen Zeiten, denn es waren mehr Männer unterwegs als je zuvor. Dennoch erschienen in den Zeitungen Anzeigen, in denen Damen gesucht wurden, bevorzugt mit höherer Schulbildung, sogar mit Sprachkenntnissen, für die gehobenen Etablissements, gern auch von außerhalb. Die Herren liebten die Huren wegen ihres gewandten Benehmens und der Geschicklichkeit, sich in allen Situationen zurechtzufinden, und die Huren die Herren wegen des Geldes. Ein Eisenwarenhändler oder Beamter war zwanzig Louisdor monatlich wert, ein Baron dreißig, ein Marquis vierzig und ein Herzog sogar sechzig, doch der mußte erst einmal gefunden werden. Ja, das war besser, als sich als Kinderfräulein sechzig Francs zu verdienen, als Stubenmädchen neunzig, als Verkäuferin zehn pro Woche oder sich für noch weniger am Büfett herumkommandieren zu lassen. Aber gesund war dieses Leben nicht, denn nach ein paar Jahren quollen den Huren die Knochen auf, wurde der Ausfluß zu stark und wucherten Schankergeschwüre am Gaumensegel. Wer nicht vorgesorgt hatte, landete unter einer Brücke, in der Gosse, im Dreck. Ganz Paris war ein Hurenhaus – auch für die Huren war das Licht ein unerhörter Gewinn. Allerdings nicht auf Dauer, denn das ausufernde Gewerbe sei nicht gut für das Ansehen der Stadt, nörgelten einige Abgeordnete im Parlament. Also wurden nach einigem Hickhack um das schmierige Thema den Huren bestimmte Zonen zugeteilt. Doch damit nicht genug. Als die Aufregung um die Sache sich gelegt hatte, steckte man sie in sogenannte *Maisons de rendez-vous*, geschlossene Häuser, und damit hatte man das Problem weg von der Straße. So konnte man tun, als gäbe es das Geschäft mit der Lust überhaupt nicht. Die Huren also waren die einzigen, die aus dem Licht verbannt wurden.

Le plaisir est partout, titelte das *Journal Parisien.*

Nichts traf mehr zu als das: Das Vergnügen war überall.

Vom Palais-Royal, dem Stadtsitz der Herren von Orléans, wandelte man über die Avenue de l'Opéra dahin und erging sich auf dem Boulevard des Italiens bis zum nördlichen Teil des inneren Boulevard-Rings, der den alten Kern der Stadt umschloß; auf dem Boulevard de Montmartre ging es weiter, dann über den Boulevard de Poissonnière, und wer noch nicht müde war, spazierte den Boulevard de Bonne-Nouvelle hinauf – hier schossen Theater, Cafés und Varietés wie Pilze aus dem Boden. An der Porte St.-Martin, hinter der nichts Aufregendes mehr zu erwarten war, machte man kehrt und schlenderte zurück. Das war die Bühne für Flaneure jeglichen Standes. Doch der Begriff Flanieren bezeichnete dieses Treiben nicht mehr genau genug, eine neue Art von Mensch war entstanden: der Noctambule. Kaum daß die Dunkelheit hereingebrochen war, wurde er rege, schwirrte im Licht der Laternen umher und erfüllte die Nacht mit seinem Gurren, Lachen und Raunen. Bis zum Morgen streunte er durch die Straßen, und nur die ermatteten Lungen, das müde Fleisch und die satten Sinne konnten ihn bewegen, in sein Quartier zurückzukehren. Erschrockene Bürger fanden vor den Häusern oft geknickte Fächer und schmutzige Cravaten, übelriechende Taschentücher, Urinpfützen und sogar Erbrochenes. Den Gassenkehrern und Bachfegern wurde der unaufhörlich anschwellende Dreck bald zuviel. Sie führten Beschwerde bei der Stadtverwaltung, und nach langem Gezeter um die Kosten erhöhte man die Anzahl der Reinigungskräfte um ein Viertel, zwei Jahre später um die Hälfte; andernfalls wäre Paris an diesen nächtlichen Exkrementen erstickt.

Auch Tuganov war nachts unterwegs. Er drang in die Stadt ein wie ein Chirurg in einen Körper, er bohrte sich regelrecht in sie hinein. Er durchpflügte das Dreieck Rue de Cléry – Rue Réaumur – Rue Saint-Denis und die Passage du Caire, wo einst der Cour des Miracles gewesen war, das Reich der Bettler, Landstreicher und Krüppel; ein gesetzesfreier Raum, dessen Bewohner sogar einen eigenen König gewählt hatten und in den kein Gendarm seinen Fuß zu setzen gewagt hatte. Auf der anderen Seite der Seine stieß er vor bis in das Studentenviertel Maubert, zur Place de l'Odéon und in die unzähligen Vergnügungsplätze an der Rue de la Gaîté. Er wühlte in den zuckenden, stinkenden Eingeweiden, den Krankheitsquellen dieses Organismus herum und tauchte erst am Morgen wieder auf. Benommen taumelte er nach Hause, warf sich aufs Bett und schlief wie tot. Natürlich brachte er ein jedes Mal eine Geschichte mit, ach was, zwei, drei Geschichten für Droix. Er hatte Geschichten auf Vorrat, sie hätten für Dutzende Ausgaben des *Journal Parisien* gereicht. Nach Belieben lieferte Tuganov sie bei Droix ab.

45

Auf die erste Seite gehörte kein Blabla, dahin gehörte Konkretes, und Tuganovs Informationen waren so konkret, daß Droix staunen mußte. Der Herr Tuganov schien ein Gespür für Sensationen zu haben, den siebten Sinn. Er war ein genialer Schnüffler, ein Informationsbeschaffer par excellence! Es hatte den Anschein, als könnte er die unwahrscheinlichsten Dinge voraussagen: das Abstimmungsergebnis zur Wahl des Bürgermeisters zum Beispiel. Wahlen gingen immer knapp aus, niemand konnte vorhersagen, wie, doch dieser Tuganov hatte hinter ein paar Abgeordneten hergeschnüffelt, hatte sie bis in ein Stundenhotel verfolgt, war zurückgekommen und hatte darauf beharrt: Ducruet wird Bürgermeister. Droix solle das als Schlagzeile bringen. Aber das hatte Droix nicht gewagt, nein, das wäre zu riskant gewesen. Droix hatte ein Fragezeichen dahintergesetzt, dummerweise, denn am nächsten Tag war Ducruet tatsächlich gewählt worden. Ach, wäre er doch der Empfehlung Tuganovs gefolgt, der Bürgermeister hätte es ihm ewig gedankt – und später mit Informationen bezahlt!

Die Sache mit Ducruet war genaugenommen so etwas wie eine Vorhersage gewesen. Und darum ging es, das war das endgültige Ziel, das Nonplusultra der Branche: eine Vorhersage zu treffen! Die Nachricht von einem Ereignis vor dem Eintreffen des Ereignisses selbst zu bringen, sozusagen Prophet zu sein. Über etwas zu berichten, was noch gar nicht geschehen war. Das war das Höchste, das Größte, das Nichtzuvollbringende! Das hätte die Leser nicht nur neugierig, das hätte sie sensationsgierig gemacht. Das war, als würde man den Sturz eines Kometen ankündigen, und am nächsten Tag, rumms, ist der Komet da!

Zum Beispiel hatte Tuganov auch einen Anschlag auf den Pont de Valmy angekündigt. Konkret, wie es konkreter nicht ging: den Tag, die Uhrzeit – morgens um fünf –, die Art des Anschlags – man wollte die Ketten durchsägen. Der Pont de Valmy war nicht irgendeine Brücke, nein, es war eine Brücke, die nur an Ketten aufgehängt war. Eine sogenannte Hängebrücke über einen der Seinekanäle – ein technisches Wunderwerk. Sie schwankte, wenn man drüberging, und stürzte trotzdem nicht ein. Von überall her kamen Ingenieure, um diese technische Leistung zu begutachten. Ganz Paris interessierte sich für diese Brücke – die Jungen wegen des Schwingens, die Alten, weil das Schwingen krank machen sollte, und die Politiker, weil man etwas zum Vorzeigen hatte. Die Zeitung mit dem Neuesten davon wurde den Händlern aus den Händen gerissen. Bringen Sie den Anschlag, bringen Sie ihn, hatte Tuganov Droix gedrängt, doch er, Droix, hatte nicht den Mut gehabt, die Nachricht bereits in der Morgenausgabe zu plazieren. Vierundzwanzig Stunden Vorsprung hätte das ausgemacht! Kaum hatte der Anschlag stattgefunden, hatten alle Zeitungen davon berichtet, war der Vorteil verspielt. Ach, hätte er doch auf Tuganov gehört.

Fast schien es, als ob dieser schielende Russe das Zweite Gesicht hatte, als ob er die Gedanken aus der Stirn eines anderen, aus seiner, Droix' Stirn herauslesen konnte – aber nein, das war ja unmöglich, das wäre ungeheuerlich gewesen! Aber Droix erschrak nicht einmal bei dieser Überlegung, im Gegenteil, er fand sie interessant, äußerst fesselnd sogar. Denn Droix war ein Zeitungsmann, und er hätte wer weiß was darum gegeben, hätte er nur annähernd hinter jemandes Stirn schauen können. Ach, hätte er doch nur eine Winzigkeit von dem zu Gesicht bekommen, was jemand dachte. Das hätte ihn auf einen Schlag das Hauptproblem seines Berufes lösen lassen: zu wissen, was jemand beabsichtigte, es nicht nur zu vermuten. Das hätte ihn glücklich gemacht, jedenfalls bildete Droix sich das ein. Dieser Tuganov jedoch schien es zu wissen, er schien alles zu wissen. Natürlich nicht wirklich, aber der Russe war scharfsinnig, unerhört scharfsinnig sogar. Er hatte den richtigen Riecher für einen Beruf wie diesen. Die Eingebung für das Was-Wann-Wo-Wie-Wer-und-Warum. Dagegen war sogar er, Droix, nur ein Anfänger, ein Pfuscher, ein ganz miserabler Schnüffler. Und Droix hielt sich für die beste Nase von Paris. In seiner Jugend jedenfalls war er das gewesen; mittlerweile war er alt geworden, mittlerweile ödete ihn das ganze Versteckspiel nur noch an. Dieser Russe war das, was er früher einmal gewesen war. Aber noch viel mehr, dreimal soviel, zehnmal soviel, denn er schnappte nicht nur irgendwo etwas auf, er kombinierte auch, und immer stimmte die Kombination.

Er war, richtig betrachtet, ein Genie.

Und ganz vorzüglich war die Geschichte über diesen Mugnier gewesen. Das *Journal Parisien* hatte den Kerl als Schwindler entlarvt, nun, genaugenommen hatte Tuganov ihn entlarvt. Ganz Paris hatte aufgeschaut, ach was, aufgeschrien, denn die feinsten Leute hatten dort bezahlt, und Monsieur Mugnier hatte nie auch nur einen Finger für sie krummgemacht. Ha, dieser russische Schnüffler war dahintergekommen. Bravourös!

Tuganov war eines Tages zum Bezahlen bei Mugnier erschienen, und wie immer war Mugnier nicht für jedermann zu sprechen gewesen. Für Tuganov allerdings war er zu sprechen gewesen, denn Tuganov war ein Klient – so gewählt drückte es Mugnier aus –, und von einem Klienten war Geld zu erwarten. Bei der Zeitung sei er also untergekommen, schnarrte Mugnier, erfreulich, erfreulich, nun, die Bemühungen hätten sich somit gelohnt. Ein Viertel des Jahreslohns sei als Honorar ausgemacht gewesen? Nicht viel, nicht viel! Aber gut, abgemacht sei abgemacht, er wolle sich damit bescheiden. Und als Tuganov angefragt hatte, ob er über das Büro Mugnier berichten dürfe, hatte sich der Monsieur gewunden: Nein, das sei nicht gut fürs Geschäft. Doch im nächsten Moment hatte sich die Geldgier in ihm geregt und ihm eingehaucht: Vielleicht läßt sich durch einen guten Artikel zahlungskräftige Kundschaft anlocken, vielleicht läßt sich damit noch mehr verdienen? Außerdem, über die eigene Wohltäterschaft lesen zu können, das war schmeichelhaft, das war verführerisch. Tuganov hatte also bleiben dürfen. Er hatte zusehen dürfen, als Mugnier empfing, und hatte sich seine Notizen machen dürfen. Freilich solle nur das erscheinen, was dem Geschäft nütze. Alles richtig verpackt! Einen ganzen Nachmittag hatte Tuganov in Mugniers staubigem Etablissement verbracht und hatte das Jammern und Klagen der Kundschaft verfolgt: Eine Kranke begehrte ein Bett in einem Hospital, ein Hutmacher für seine Tochter einen Platz an einem Lycée de jeunes filles, ein Handwerker das

Wohlwollen der Ämter und damit Aufträge. Alles alte Klienten. Monsieur beteuerte, er habe sich bemüht, Monsieur würde sich auch weiter bemühen. Geduld, Geduld! Doch Tuganov hatte in Mugnier keinen Gedanken an dieses Bemühen ausmachen können, nicht die Spur. Nur Floskeln. Und er hatte erkannt: Monsieur hatte die Anliegen notiert und geordnet, um nichts zu vergessen, und sonst nichts getan. Er hatte auch nicht die Absicht, etwas zu tun. Er wartete ab. Monsieur Mugnier hatte nie an ein Amt geschrieben, hatte nirgendwo vorgesprochen, er hatte überhaupt keine Verbindungen. Er baute auf den Zufall, auf die Trägheit der Behörden, die erst nach Monaten Bescheid erteilten, auf die Tatkraft seiner Kundschaft und auf das Glück, das jemandem einen Platz als Nachrücker zuteil werden ließ. Monsieur hörte nur zu und kassierte. Nicht ohne den Hinweis, seine Klienten sollten weiterhin nichts unversucht lassen. Nie aufgeben! Stellte sich Erfolg ein, behielt er das Geld. Blieb der Erfolg aus, gab er es eben zurück, eine kleine Provision natürlich abgezogen. Ein Zahlenspiel. Die Quote für Mugnier lag bei eins zu fünf – von fünf Klienten kassierte er die Provision, vom sechsten das ganze Honorar. Monsieur verdiente immer. Ein genialer Trick.

Der größte Schwindler von Paris! lautete die Schlagzeile des *Journal Parisien*.

Am selben Tag hatte man Mugnier verhaftet. Er war in die Bastille gebracht worden, man hatte ihm den Prozeß gemacht, und ganz Paris hatte sich dafür interessiert. Die Auflage des Journals war in schwindelerregende Höhe geschnellt. Er war zu fünf Jahren Zuchthaus verurteilt worden, zum Verlust der bürgerlichen Rechte und dazu, nie wieder ein Geschäft führen zu dürfen. Nach dem Urteil hatte er sich in seiner Zelle erhängt.

Drei Sensationen zu nur einem Namen: Betrug, Prozeß, Selbstmord.

Das war ausgezeichnet. Dieser Tuganov war ein Glückstreffer.

Solche Nachrichten waren Gold wert, und mit Gold meinte Droix Geld. Aber alles Geld aus seinen Reserven hätte nicht gereicht, dieses Genie zu bezahlen. Also durfte der Schielende nichts davon mitbekommen. Ein Russe, den würde er schon zu ködern wissen. Zunächst erhöhte Droix Tuganovs Honorar um die Hälfte, und einen Monat später, als der Polizeipräfekt persönlich um Informationen nachgefragt hatte, auf das Doppelte. Dann tat er etwas, was er bis dahin immer versprochen, jedoch nie wahrgemacht hatte: Er zahlte Prämien. Allerdings nur an Tuganov, und das unterderhand. Dieser Mann war als Informationsbeschaffer unersetzlich, und das wollte etwas heißen in Paris. Denn nirgendwo in der Welt wurde mit Informationen so schnell, so professionell gehandelt, nirgendwo wurde sich um Informationen so gerissen wie hier. Und nirgendwo war man mehr bereit, sich für Informationen derart anzuschmieren, falsche Versprechen zu geben, zu heucheln, zu lügen und zu betrügen. Überall gab es Zuträger, die verkaufen wollten, was sie jemandem abgeschwatzt, abgepreßt oder aus irgendeinem Kopf herausgeprügelt hatten. In ganz Paris hatte Droix seine Lauscher, Tipgeber und Schnüffler. Junge Leute mit forschen Blicken und frechen Hundeschnauzen, die mal hier, mal dort zwackten und etwas aufschnappten. Darüber hinaus war die Hälfte aller Schreiber, ach was, zwei Drittel, durch Droix' Schule gegangen, das hieß, er hatte sie ausgebeutet, als sie noch ganz kleine Lichter waren. Und wenn sie bei ihm geblieben waren oder als Redakteure zu ihm zurückkehrten, dann beutete er sie weiter aus, nur mit dem Unterschied, daß sie damals gerade mal sich selbst und heute gerade mal ihre Familie ernähren konnten. Mehr gab er ihnen nicht, denn Droix brauchte sie nicht zu fürchten, Droix benutzte sie. Er war ihr Herr, ihr Züchter, ihr Gott. Er verdiente durch sie Geld. Und machte er mal Verlust, so schrie er: Das ist mein Geld, mein Geld! Ah, manche waren so dumm, das zu glauben, sogar mitzufühlen: der arme Monsieur Droix, auf dessen Schultern die ganze Verantwortung lastete, das ganze unkalkulierbare Risiko. Aber es war das Geld, das er an den Redakteuren gespart hatte, es war ihr Laufgeld. Bei einem guten Geschäft brüllte er jedoch nie, bei einem guten Geschäft war er ganz still. Und immer, wenn er erklärte, wir waren die ersten, dann hatte er ein gutes Geschäft gemacht.

Diesen Herrn Tuganov also wollte er fortan nicht mehr ausbeuten. Nicht mehr als nötig jedenfalls. So klug war Droix, das heißt, so groß war seine Angst, Tuganov an die Konkurrenz zu verlieren. Einem Juwel mußte man die richtige Fassung geben! Diesen Mann würde er einführen in die Pariser Gesellschaft, auf daß er ihm noch mehr, noch wichtigere Informationen verschaffte. Informationen von ganz oben – von dort, wo die Luft dünn ist, pflegte Droix zu bemerken.

Und getrieben von dieser Absicht, marschierten kurz und schnell die passenden Gedanken in ihm auf. – Mit achtzig Francs monatlich kann man niemanden einführen. – Das reicht nicht einmal für vernünftige Kleidung. – Ich werde ihm ein anständiges Gehalt zahlen. – Er soll eine

Wohnung bekommen. – Und Möbel. – Die Miete im voraus für ein halbes Jahr. – Er wird Paris erobern. – Für mich! – Er soll über die Gesellschaft berichten. – Das schafft Kontakte. – Über den Ball des Lichts. – Doch erst das Gehalt. – Wieviel? – Fünfhundert Francs? – Tausend? – Das ist er wert. – Aber das weiß er nicht. – Nicht zuviel also.

Ich biete Ihnen zweihundert Francs, schlug Droix vor.

Fünfhundert, bemerkte Tuganov ganz ruhig.

Droix war, als müßte er ersticken. Er riß sich den schmuddeligen Kragen auf, schnaufte, vibrierte und schnappte nach Luft, so daß sich kleine Speichelflöckchen auf seinen Lippen bildeten. Eine Faust schien ihm die Kehle zuzuschnüren, damit ja keine Zustimmung über seine Lippen käme. Fünfhundert waren eine unerhörte Summe. Eine Frechheit, soviel zu verlangen! Ja, wo dachte der Kerl denn hin. Dafür ließen sich zehn Redakteure einstellen. Doch zehn waren nicht so gut wie dieser eine. Er preßte die Lippen zusammen, atmete zischend durch die Nase, ließ dann einen Schwall Luft fahren und mit diesem Schwall ein schnaufendes: d'accord.

Einverstanden!

46

Das Stadtpalais des Monsieur Louis in der Rue de Varenne war groß, elegant, pompös – das war etwas anderes als ein normales Bürgerhaus. Das roch nach Geld, stank nach Geld und sollte nichts anderes ausdrücken als Geld. Und wo es nach Geld riecht, da geht das Geld hin – früher wie heute. Früher hatte das Palais dem Marquis de Rochette gehört, doch die Zeit des Adels war vorbei, nur wollte der Adel das noch nicht wahrhaben. Noch einmal hatte er einen Bourbonen auf den Thron gehoben, Louis Philippe, den Bürgerkönig. Ha, was sollte der Krampf, entweder Bürger oder König – ein Dazwischen gibt es nicht. Auch die Zeit des Marquis war vorbei, denn er hatte bei Spekulationen gegen die neue Bürgerschaft viel Geld verloren. Er hatte das Palais verkaufen müssen, hockte jetzt auf seinem Schloß an der Loire und schaute vergnatzt nach Paris herüber. Hier in der Stadt hatte er nichts mehr zu bestellen, hier hatten jetzt die Bürger das Sagen, hier regierte das neue Geld. Und zwar so, wie es sich gehörte, von einem Palais aus. Zweihunderttausend Francs hatte es gekostet, aber es war Louis diesen unerhörten Preis wert gewesen. Er, der Modekönig, im Palais des Marquis de Rochette – das adelte.

Und gleich wenn man eintrat, bekam man einen Eindruck von diesem Adel. Durch ein Portal mit Reliefs, Fassadenschmuck und einer Sonnenuhr betrat man ein marmornes Foyer, das voller prächtiger Masken und

Skulpturen war; von dort ging nach Osten ein reizender Tanzsaal ab und nach Westen großzügige Salons, die mit allegorischen Wandmalereien versehen waren und deren zweiflügelige Türen sich zu einer großen Terrasse hin öffneten. Elegante Treppen führten links und rechts in die luftigen Gemächer der beiden oberen Etagen, von wo man einen bezaubernden Blick in den mit seltenen Gehölzen und Pflanzen angelegten Garten hatte.

Ah, wie hatte Louis sich um die Einrichtung bemüht. Wochenlang war er von Händler zu Händler geeilt, hatte vom Kostbarsten ausgewählt, hatte geschwankt, gefeilscht und gezetert und schließlich geordert. Unablässig hatten sich Lieferanten durch das Portal gedrängt, um das Haus mit Dingen des guten Geschmacks zu füllen: Teuren Gobelins und lichtblauen Wandbehängen, Louis-quinze-Möbeln aus bankrotten adligen Haushalten und Teppichen aus Beauvais, Gemälden, winzigen Skulpturen, Jagdszenen auf bemaltem Porzellan und Antiquitäten jeglicher Art. Das verriet den Blick des Kenners. Luxus, Luxus! Alle Zimmer waren erleuchtet, alle Türen geöffnet, ganz Paris sollte kommen, sehen und staunen. Dieser Abend würde sein Triumph sein. Dafür hatte Louis fünf Köche bestellt, zwanzig Lakaien und ebenso viele Knaben, die den Gästen Obst, Gebäck und Schokolade reichten. Er hatte die besten Musiker von Paris geordert und gegen Mitternacht ein Feuerwerk, das ein Vermögen kostete. Tausend Sterne sollten über dem Buchsbaum, dem Oleander und den silbrigen Wasserspielen aufgehen. Das alles sollte Paris bestaunen. Seine Stadt. Sie schien die Arme auszubreiten, sobald er sich ihr nur zuwandte. Ja, sein Paris!

Und gleich am Eingang des Saales nahm Louis seine

Gäste in Empfang. Ah, der Bankier Junot, willkommen, willkommen, Madame Desailly, die Sängerin aus dem Odéon, wie wunderbar, die Abgeordneten Pires und Rondeaux, welche Ehre. Dahinter der Komponist Platini und der Herr Operndirektor in Begleitung einiger Soubretten. *Tout Paris!* Mit jedem Namen, den Louis aussprach, sank mehr Genugtuung in ihn hinein. Instinktiv hatte er den richtigen Platz gewählt. Er stand am oberen Ende der Treppe, ließ die Gäste zu sich heraufsteigen und damit zu sich aufsehen. Im Saal hätten sie über die Stufen herabsteigen müssen, er unten, nein, das hätte nicht gepaßt. So stand er wie auf einem Sockel und empfing sie mit offenen Armen. Ja, auch für diesen Augenblick war der Abend gemacht. Und eine ganze Nacht wird das neue Licht gefeiert werden, und morgen wird es in den Zeitungen stehen: Ball des Lichts im Palais Louis! Alle werden sie es lesen, alle werden sie zufrieden sein, ihre Namen genannt zu sehen. Denn ein jeder wollte dazugehören zu der noblen Gesellschaft, nichts schlimmer als eine ausbleibende Einladung. Gehörte man dazu, war vieles einfacher in Paris. Vor allem durfte man sich dann dieser köstlichen Einbildung hingeben: Paris, das sind wir! Nein, danken werden sie es ihm nicht, aber sie werden ihm bei passender Gelegenheit nützlich sein. Der Tuchhändler Charbonnière gehörte dazu, der Sekretär Pallot, der Lichtbeauftragte der Stadt und der Präsident der Handelskammer, Monsieur Malbert. Oh, Louis wußte, was das Wort des Präsidenten der Handelskammer wert sein konnte, viel, sehr viel, zum Beispiel, wenn es um Einfuhrzölle ging. Es konnte über Geschäfte entscheiden, sogar über Schicksale. Clodette wird den Abend mit dem Herrn Präsidenten verbringen.

Louis war zufrieden, er fühlte sich wunderbar.

Gegen zehn Uhr waren fast alle Gäste versammelt, und wie immer, wenn Louis einen Ball gab, war das nicht irgendein Vergnügen. Es war ein Kostümball, das war modern, das war aufregend, dazu mußte man sich etwas einfallen lassen. Phantasie. Phantasie! Also bemühte man sich. Man ging als die Musik, die Sünde oder die Tugend, unzählige Damen hatten sich als der Funke oder das Licht kostümiert, der Stern und das Rätsel waren zu sehen, auch Artoise und Stella. Derartige Verkleidungen wurden aus wippenden, spitzenbesetzten Ballons, Umhängen aus Gaze, Rüschen, Musselin und aus massenweise Volants angefertigt, dazu bestimmten flatternde Fächer aus Federn oder Perlmutt das Bild.

Tuganov, dem jegliche Kostümierung gleichgültig war, stieg hinter einem Schwarm von Gästen langsam die Treppe hoch, und Louis' Mundwinkel krümmten sich, als er seiner ansichtig wurde. – Der Russe! – Aber Tuganov kümmerte das nicht. Er war erschienen, um für Droix eine Geschichte zu bekommen, die mit dem Ball und dem Licht zu tun hatte. Als Verpackung sozusagen für die vielen Namen, die Droix unterzubringen hatte. Aber er war auch hier, um ein paar seltene Gefühle zu erbeuten, einige Nuancen, etwas Neues. Ganz besonders aber war er hier, um ein glückliches Gefühl zu finden, das Glück schlechthin. Darum ging es ihm, das war sein Ziel. Heute abend mußte er das Glück endlich zu Gesicht bekommen!

47

Louis eröffnete den Ball nicht nur, er zelebrierte die Eröffnung: Das war sein Augenblick! Jetzt stand er ganz allein im Licht. Und diesmal hatte er sich etwas ganz Besonderes dafür einfallen lassen, eine Premiere: Er ließ die Modelle seiner Licht-Collection vorführen. Die Leute sollten seine Mode bewundern, sie anschauen. Das war einmalig in Paris: eine sogenannte Modenschau. Das hatte es noch nirgendwo auf der ganzen Welt gegeben, da war Louis sich sicher. Gerade richtig also für seine neue Collection! Links und rechts der Treppe hatten sich Knaben mit Leuchtern postiert, und auf einen Wink Louis' hin erschienen Tänzerinnen am Eingang des Saales, stiegen nacheinander die Stufen hinab und führten die Modelle vor. Dabei trugen sie Masken, auch eine der extravaganten Ideen Louis', denn ihre Gesichter benötigte er nicht, sie lenkten nur von seiner Schöpfung ab. Zuerst herrschte ein verwundertes, gespanntes, beinahe andächtiges Schweigen im Saal, dann, nachdem die erste Verblüffung vorüber war, klatschten einige Gäste zaghaft, schließlich heftiger, und nach einer halben Stunde applaudierten sie mit Getöse. Am Ende der Vorstellung trampelte man sogar vor Begeisterung mit den Füßen. Wunderbar … Einzigartig … Genial.

Merci, Maître, merci!

Schließlich das endgültige Urteil: Göttlich!

Der göttliche Louis!

Tuganov jedoch kümmerte das Getöse nicht. Er war als Beobachter hier, und ein Beobachter gehörte dahin, wo er den besten Überblick hatte: auf die Empore. Am Nachmittag hatte er gut geschlafen, er war ausgeruht und hatte Lust, an diesem Abend einen ausgiebigen Streifzug zu unternehmen. Noch nie hatte er so viele Menschen in einem Raum angetroffen, das Straflager ausgenommen. Das weckte die Hoffnung in ihm, auf diesem Ball Erlesenes zu erbeuten, ein paar Derivate vielleicht, die ihm sonst nicht so leicht vors Gesicht kamen. Da ein jeder der Gäste zuallererst gesehen werden wollte – gesehen wurde man unten –, war Tuganov allein auf der Empore. Und kaum daß er einen Blick auf die Gesellschaft geworfen hatte, wußte er, daß das da unten einzigartig war. Tausend verschiedene Reize gingen von diesen Menschen aus. Eine Ausstrahlung durchdrang die nächste, ein Gedanke umrankte den anderen, die Gefühle flogen einander geradezu entgegen. Sie drängten, quetschten, deformierten sich. Kein Ort bisher, an dem es mehr gebrodelt, geschwirrt und gesummt hatte. Das war unübertrefflich! Begierig sog Tuganov den Dunst der Menge auf. Er machte Angstschleier, Eifersuchtsströme und Kringel von Neid aus, Hochmut, Flöckchen von Hoffnung und Eitelkeit in allen Nuancen, Selbstgefälligkeit und Fontänen kribbeliger Erwartung. Das kochte geradezu. Noch aber war er viel zu weit davon entfernt, um das alles klar zu analysieren. Doch er wußte, er brauchte sich nur hinabzubegeben, und jeder Eindruck würde sofort Kontur bekommen. Hier war die ganze gute Gesellschaft beieinander, hier konnte er sich satt sehen, sammeln, raffen, marodieren – hier würde er den glücklichen Menschen finden. Ach was, glückliche Menschen würden ihm zuhauf begegnen. Das war sicher! Noch einmal umfaßte er mit seinem Übersinn die Menge, sog ihre Ausstrahlung auf und stieg dann, derart konzentriert, über eine Seitentreppe hinab in den Saal.

Nur so zum Spaß, zur Probe, schnüffelte er dort ein wenig herum, und augenblicklich wurde ihm bewußt, daß es hier unten noch viel mehr wahrzunehmen gab, als von oben zu vermuten gewesen war. Aus der Mitte der Menge, von den Seiten, aus allen Ecken wehten ihm Gedanken zu. Sie standen wie Säulen im Raum, stiegen wie Bläschen in einem Champagnerglas auf, schnellten wie eine Peitschenschnur durch den Saal. Sie umrankten ein Kostüm, krochen über ein Dekolleté, ertranken im Wein oder kullerten spielerisch umher. Unzählige Gedanken wurden nicht zu Ende gedacht, wurden von fremden, eitel vorgezeigten Gedanken geknickt wie Halme und sanken auf das Parkett. Ein Dutzend allein klebte an Madame Desailly, der Sängerin, die ganz in Blau erschienen war. Herbe, männliche Gedanken. Einer befaßte sich mit ihrem Fleisch – wunderbare Brüste! –, ein anderer mit ihrem Geist – ob sie wohl klug ist? –, ein dritter mit ihren Gefühlen – nur darüber kann man sie erobern –, ein vierter legte sich zu ihren Füßen, ein fünfter fragte sich, wieviel sie kosten möge, ein sechster bejammerte ihre Unerreichbarkeit, ein siebter übergoß sie mit Verehrung, und ein achter lechzte nach einem Blick. Es war ein ungeheures Schmatzen um die Madame herum. Sie wurde von Gedanken geradezu beleckt! Mitten hinein ätzte sich ein weiblicher Gedanke. Ignorieren. Ignorieren! Doch bereits der Versuch hob den Gedanken selbst auf. Madame stand mitten in diesem Gewaber, ohne etwas wahrzunehmen. Sie war völlig ahnungslos. Oh, wären all diese Gedanken fühlbar gewesen, so hätte sie sich abgewandt, statt sich auszustellen. Widerlich wäre ihr diese Bedrängnis gewesen, eklig. Sie hätte gezittert, gefroren, gebebt und geschrien. Sie wäre zurückgewichen, hätte um sich geschlagen wie nach Schlangenköpfen und wäre gepeinigt davongerannt. Kaum etwas Gräßlicheres hätte Madame widerfahren können. Doch in ihrer Unwissenheit hatte sie alles getan, um die Aufmerksamkeit auf sich zu ziehen. Sie hatte Puder aufgetragen, die Wangen gefärbt, rote Paste auf die Lippen gestrichen und die Haare aufgetürmt. Und sie trug ein Lächeln, das sich selbst meinte. Ihre Blindheit war eine Gnade – andernfalls hätte sie die Hölle erlebt.

Noch nie hatte Tuganov einen Ball wie diesen gesehen, noch nie so großen Überfluß. Das Haus kam ihm vor wie ein Gefäß, das überzulaufen drohte. Und am Boden dieses Gefäßes erhitzten sich die Gefühle immer mehr, um aufzusteigen und sich auszubreiten. In unerhörter Fülle strömten sie Tuganov entgegen. Oh, hier den Kopf oben zu behalten würde nicht leicht sein. Hier, im Gedränge, war ihm häufig der Blick verstellt. Doch er war kein Anfänger mehr, er war nicht mehr so leicht zu verwirren. Hatte er ein Gefühl erst einmal gefaßt, brauchte er nur ein paar Wendungen, um seine Art zu erkennen und es einzuordnen. Er konnte es geradezu lesen. Sicher, ganz sicher würde er heute abend die außergewöhnlichsten Dinge zu sehen bekommen. Viele der Gäste, wenn nicht sogar die meisten, bekam man in Paris nur selten zu Gesicht. Sie waren Notable, Bürger, die man nur vom Hörensagen kannte, die nicht auf jeder beliebigen Straße anzutreffen waren. Tuganov war erregt. Es war ein Zustand wie Lampenfieber. Er zitterte sogar.

Gleich zu Anfang erhob sich ein äußerst kräftiges Gefühl über die Menge, derb, einnehmend und sehr kompakt. Tuganov nahm es schon aus großer Distanz wahr. Es gehörte zu Monsieur Blaye, dem Direktor der Gasgesellschaft, der soeben die Stufen herabkam. Ein absolut deutliches, aufdringliches Gefühl, das die Aufmerksamkeit unwiderstehlich anzog, sie geradezu einforderte. Nicht direkt, man starrte Blaye nicht an, aber man wußte, daß er da war. In Bündeln schnellten ihm die Gedanken entgegen. Blaye! Blaye! – Direktor Blaye ist gekommen! – Der große Blaye! Monsieur Blaye war zu dieser Zeit einer der prominentesten Männer von Paris, vielleicht sogar der prominenteste, denn er hatte Paris das Licht gebracht. Das war zwar Unsinn, denn gebracht hatten es in Wirklichkeit geniale Wissenschaftler und Techniker, Lavoisier und Lebon, aber das kümmerte niemanden. Und Blaye selbst hütete sich, darauf hinzuweisen, denn das hätte ihm etwas von seinem Ansehen genommen, vielleicht sogar ein wenig von seiner Macht. Auf die Macht aber kam es ihm an. Blaye trug eine angegraute Mähne, die er im Gegensatz zu den Parisern nicht pomadisiert hatte und die seinem Aussehen etwas Löwenähnliches gab. Er hatte ein breites Gesicht, entschlossene schmale Lippen und ein vorspringendes Kinn. Unaufhörlich, so stellte Tuganov fest, quoll das Gefühl der Macht aus ihm heraus. Ganz eindeutig war Blaye das, was Droix sein wollte: die Nummer eins. Blaye bestimmte über das Geschäft mit dem Licht.

Laternenpfähle mußten gegossen werden – ein Geschäft.

Glaszylinder mußten geblasen werden – ein Geschäft.

Rohre mußten verlegt werden – ein Geschäft.

Straßen mußten gepflastert werden – ein Geschäft.

Blaye stand ganz oben, er brauchte zu niemandem aufzuschauen. Ja, er konnte sich den Luxus leisten, ausschließlich herabzuschauen, schlimmstenfalls geradeaus, etwa, wenn ihm der Bankier Junot gegenübertrat. Sogar auf den Bürgermeister konnte er herabschauen. Das war durch nichts aufzuwiegen, das war Macht. Seine Stimme, seine Bewegungen, seine Gesten – das saß! Tuganov spürte sofort, hier handelte es sich um eine andere Macht als die von Kruzow damals im Lager. Es war die Macht des Stärkeren, nicht des Unterlegenen, die Macht des Selbstbewußtseins, nicht des Mißtrauens. Ein Ich-Gefühl wie eine gigantische Säule. Jede andere Regung stieß sich daran, mußte ihr ausweichen. Ein Phallus! Blaye rieb sich daran. Nein, mehr noch, er ließ ihn sich reiben – durch die Bewunderung anderer. Ah, das verschaffte ihm Lust. Eine angeschwollene, pralle, selbstbewußte Lust. Tuganov sah, wie diese Lust sich mehrmals hintereinander in Blaye ergoß. Da stand er, der Mächtige, der Wohltäter, der Geldmensch. Lust. Lust! Deswegen war er gekommen.

Wer Geld hat, von dem erwartet man, daß er davon abgibt, und Blaye hatte abgegeben, nicht zuviel, aber mit viel Getön. Nicht für die Erweiterung der Kanalisation oder den Fonds für die Spitäler, nein, dort war es verloren. Er hatte es dorthin gegeben, wo man es sah, in das Théâtre de Variétés, wo sich die Pariser mit Vorliebe vergnügten. Die ersten fünf Sitzreihen im Parkett waren beseitigt worden, die Bühne war vergrößert worden, und zwei Springbrunnen waren installiert worden. Echte Springbrunnen! Darüber hinaus hatte man Teppiche verlegt, die Logen vergoldet und zwei Gasleitungen bis ins Foyer gelegt. Dort leuchteten jetzt winzige Gaslämpchen. Ah, er hatte sein Geld an der richtigen Stelle zu plazieren gewußt, denn wenn von diesem gelungenen Werk gesprochen wurde, dann fiel sein Name. Blaye! Blaye! Blaye! Ja, er hatte den Parisern die Verschönerung dieses Etablissements geschenkt. In der Passage des Panoramas, wo sich das Theater befand, war sogar eine Gedenktafel angebracht worden – sein Profil in Bronze gegossen. Eine Büste wäre ihm zwar lieber gewesen, aber eine Tafel tat es auch. Nein, er hatte sich nicht darum gedrängt, um so etwas drängt man sich nicht, dazu drängt man – mit Geld oder mit Taten. Allerdings bewirkte Geld allemal mehr als Taten. Auf diese Weise macht man sich unsterblich, beinahe. Auch das war Macht. Tuganov brauchte nicht lange, um dieses Machtgefühl vollständig aus dem Direktor herauszulösen. Gerade hier, vor dem Publikum, war kein Ende der Erektion abzusehen. Sie stand so beherrschend da, daß er sie einfach abbilden und mitnehmen konnte, bevor einige Herren, randvoll mit Devotion, geradewegs auf die Macht zukrochen.

Oh, hier war Tuganov genau richtig. Anderswo hätte er diesen Blaye, das heißt die Macht, nie so direkt vors Gesicht bekommen. Hätte er sie haben wollen, so hätte er sich in der Menge der Gaffer drängen müssen, wenn der Direktor eine neue Lichterkette eröffnet hätte, oder er hätte seiner Kutsche auflauern oder sich vor seinem Haus herumdrücken müssen, um ihm wenigstens für einen Moment nahe zu kommen. Und wahrscheinlich hätte er irgendein banales Gefühl erbeutet oder ein unbrauchbares oder gar keines, weil der Moment zu kurz war. Vielleicht wäre er sogar aufgefallen und wegen seines sonderbaren Verhaltens verhaftet worden. Nein, das hätte nichts eingebracht.

Mit diesem Auftakt war Tuganov zufrieden, sehr zufrieden sogar. Da störte es nicht, daß er sich im Weitergehen durch allerlei unergiebiges Zeug hindurchschlagen mußte, Knäuel, Trauben und Batzen von Gedanken: Ansichten zur Stadterweiterung, Mode, Theater, Botanik und Klagen über Lakaien, Tafeldecker, Portiers und Stubenmädchen. Das liederliche Volk! – Ansprüche hat es! – Neue Kleidung, mehr Lohn, freie Tage. – Äfft sogar die Herrschaften nach. – Bei der Mägdevermieterin klagt es. – Unverschämt!

Tuganov trieb langsamen Schrittes quer durch den Saal. Auf einer Gedankeninsel ging es um Hüte, auf einer anderen um neue Schminkpasten. Noch wußte er nicht, wo er festmachen würde. Er mied die Tanzfläche, denn dort dachte und fühlte niemand etwas Besonderes. Man erging sich in lächerlichen Verrenkungen, war bemüht, keinen Fehler zu machen, und schwitzte. Auch Tuganov drehte sich im Kreis, als würde er tanzen. Er umkreiste die Gäste. Er wollte etwas Delikates erbeuten, was ihm in letzter Zeit nicht oft gelungen war.

Lattich helfe gegen rote Haut.

Und das Haar auf den Armen muß man absengen.

Über der Kerze?

Ja, ruckzuck, und fertig. Nur Mut! Gleich nach dem Baden.

Wa-a-s? Sie baden?

Diese neue Moden!

Schädlich, schädlich.

Nein, so ein Bad besänftigt die Nerven – danach Schocolade, Bouillon, ein Glas Wein.

Also, das heißt, Sie haben e-x-p-e-r-i-m-e-n-t-i-e-r-t!

Ja, wir haben in Florenz gebadet. Wer pudert sich

denn heute noch! Kennen Sie nicht die neueste Kur? Hydrotherapie – Wasser von innen und außen.

Wie bitte?

Hy-dro-the-ra-pie!

Tuganov drehte sich weiter.

Monsieur Philippe, ein Geschäftsmann aus der Rue du Mail, hatte Gedanken an Stoffe im Kopf, Monsieur Taffel an Papier, Monsieur Trudot an Getreide – Getreidehaufen, Papierstapel, Stoffballen. Fallende Preise, steigende Preise. Kunden, Lieferanten, Abschlüsse. Man taxierte einander auf Gewinn und Konjunktur und Reichtum.

Unergiebig, unergiebig!

In Schleifen, Schlängellinien und Kreisen führte Tuganovs Weg durch die Gesellschaft.

Da war etwas. Ein äußerst mißmutiger Gedanke! Madame Guillard spuckte ihn den Herren regelrecht vor die Füße. – Idioten! – Herrje, diese Geschäftsidioten! – Männer, ach! – Keiner weiß, was eine Frau wirklich will, schon gar nicht, was sie fühlt. – Neun von zehn kommen nicht in Frage. – Und um den einen reißen sich dann alle, so daß er nicht weiß, wo ihm der Kopf steht. – Diese Trottel! – Unablässig schwafeln sie von Soll und Haben. – Oder von ihren Hunden. – Oder von Politik. – Oder davon, was für Paris gut ist und was nicht. – Das neue Licht! – Was für eine Frau gut ist, davon haben sie keine Ahnung. – Neun von zehn. – Dummköpfe. – Aber immerhin, der Monsieur Direktor hat den Gasvertrag bekommen. – Niemand verdient mehr Geld als er. – Aber wahrscheinlich quasselt auch er nur von seinem Gas. – Seinem Licht. – Seinen Plänen. – Seinen Visionen. – Ha, das klingt bedeutend. – Visionen, Visionen! – Das überragt alles. – Ideen prüft man, Visionen folgt man! – Wahrscheinlich glaubt er sogar, das sei sein Paris. – Wer hat ein Wort, das ein Herz erfüllt? – Auf jedem Treppenabsatz diese klebrigen Schmeichler. – Ah, Madame, bezaubernd, einzigartig, ganz der Ihre. – Madame hin, Madame her. – Madame, es liegt ganz an Ihnen, hatte dieser Pallot gesagt. – So etwas muß man sich gefallen lassen. – Plump. – Wer will schon einen Garten betreten, wenn das Tor in den Angeln quietscht. – Vielleicht für Geld. – Geld enttäuscht nicht. – Wenn man nicht zuviel erwartet. – Mit einem Mann wie diesem Blaye hätte man ausgesorgt.

Solcherart Gedanken sprangen wie Kröten in Madame Guillard umher. Doch der Direktor Blaye war eine Nummer zu groß für sie, das begriff die Madame, denn sie kalkulierte nüchtern. Und überhaupt: Es ging nicht um sie, sondern um Justine, ihre Tochter. Für Justine einen Mann zu beschaffen – und sich selbst ein gesichertes Leben –, das war kein leichtes Unterfangen. Justine war hübsch, ein gutes Kapital, das einzige Kapital, wenn man von einer kleinen Witwenrente leben muß. Eine Verheiratung war lebensnotwendig. Zur Not eine *mariage blanc,* eine weiße Hochzeit ohne Vollzug, auch wenn Justine das nicht begriff. Heiraten, Hauptsache ein Auskommen.

Vielleicht diesen Herrn von Drewitz aus Berlin?

Tuganov wandte sich um, und das Gesicht packte den Berliner Gast, in dessen Kopf deutsche und französische Wörter wild durcheinanderpurzelten. Verzweifelt versuchte der Herr, Ordnung in den Wörtersalat zu bringen. Ah, er hatte sich vorbereitet auf den Abend, hatte im *Handbuch für Galanterien* gelesen: Seite zehn, wie spreche ich eine Dame an. Seite fünfzehn, wie plaudert man am besten. Seite zwanzig, Tips zur Konversation. Praktisch. Er lächelte Fräulein Justine zu, im Kopf Seite zehn: Ansprechen – um den Tanz bitten – tanzen – danach unterhalten. Seite fünfundzwanzig: Berichte von Reisen und Abenteuern. Ja, er hatte seine Kavaliersreise gemacht, nach Italien, mit der Postkutsche über Alpenpässe, den Blick in schneeverhangene Schluchten, davon könnte er berichten. Praktisch. Ein Ruck ging durch Herrn von Drewitz, und die Gedanken wurden steif. Also auffordern, anschließend ein Kompliment machen, eines aus den *Dreißig poetischen Liebeserklärungen*. Oder sollte er etwas zitieren, einen Vers aus dem *Lustigen Declamateur*? Drei hatte er parat. In jedem Falle würde er einen Liebesbrief schreiben, er brauchte nur einen auszuwählen, Seite achtundzwanzig. Praktisch.

Doch Mademoiselle Justine scherte sich einen Dreck um den Herrn von Drewitz. Sie ging als *Der Morgen*, in Rosa und Weiß. Sie war hier in wichtiger Angelegenheit, um sich zu verlieben. – Oh, verlieben, verlieben! – In wen? – Wird er blond sein oder schwarz, ein Advokat oder ein Offizier? – Egal, er wird schöne Dinge sagen! – Er wird Rosen schicken. – Er wird Gedichte vortragen. – Er wird in einer Kutsche vorfahren. – Er wird ein Landhaus haben. – Es ginge auch ohne Landhaus. – Aber er wird Romane lesen. Derart geschmeidige Gedanken durchflatterten die Mademoiselle. Geistreich plaudern sollte er wie ein Voltaire, ein Draufgänger sein wie Descartes und sie in die Arme nehmen und das Richtige tun und sagen. Sie einfach nur glücklich machen. Ach, er wird verstehen, verstehen! Mademoiselle Justine war zur Liebe fest entschlossen. Man muß nur fleißig diese Abendgesellschaften und Bälle besuchen. Es war rührend anzusehen, wie sie sich unter ihren Phantasien bog.

Und Tuganov, von solcherart Eindrücken angezogen, tauchte tiefer in die Welt der Mademoiselle ein. Dort nahm er ein Gefühl wahr, das mit einem Windhauch, Fliederduft oder Wolkenschiffen vergleichbar war: die Sehnsucht. Wölkchen von Sehnsucht segelten dahin, und Justines Gedanken segelten auf diesen Wölkchen mit. Auch Tuganov segelte ein wenig mit, bis ihm schwindlig wurde von soviel Ausblick, soviel Tiefe und soviel Luft darunter. Das war ein Gefühl, das für den glücklichen Menschen nicht taugte, das nur zum Absturz führte. Kein reines Gefühl, ein Konglomerat. Sorgfältig zerteilte er es und löste Schmerz und Wehmut heraus. Beides sonderte er ab und behielt zu seinem Erstaunen einen Rest zurück, ein unvermischtes Gefühl – die Hoffnung. Interessant! Eine Empfindung, die wie Blütenflöckchen in die Welt der Mademoiselle hineinschneite und, kaum aufgetroffen, zerschmolz. Doch es schneite weiter und weiter. Das alles, Schmerz, Wehmut und Hoffnung, ordnete er, säuberlich getrennt, aber doch gemeinsam, unter dem Begriff Sehnsucht ein. Dort lag seit jeher die alte Sehnsucht des Hauslehrers Loubet nach Frankreich und die Sehnsucht des Moskauer Hausmädchens nach Maxim. Allerdings verstaubt, verblaßt: höchste Zeit, sie zu erneuern.

Mademoiselle Justine drängte es unerhört, glücklich zu sein, genauer gesagt, glücklich gemacht zu werden. Vielleicht von diesem Monsieur Platini da drüben, einem Künstler, einem Komponisten. Ein Sehnsuchtswölkchen segelte zu Platini hinüber, und tatsächlich, Platini lächelte vom Flügel des Salons herüber. Erschrecken-Verlangen-Ungeduld-Hoffnung! Eine Gefühlskette, registrierte Tuganov, eine Tetrade! Doch kaum wahrgenommen, erkannte er: nichts Bedeutendes, schon dagewesen. Sein Interesse erlosch. In Mademoiselle Justine jedoch wirbelte dieser Blick Platinis alle Blütenflöckchen auf einmal auf.

Platini spielte im Salon ein paar Kompositionen vom Blatt, eigene Kompositionen, doch man übersah ihn. Niemand sprach von seinem Singspiel, das im Théâtre du Palais-Royal Aufführung gehabt hatte. Zwar hatte das *Journal Parisien* etwas darüber gebracht, aber nur zwei lumpige Spalten, und selbst darum hatte er betteln müssen. Immer diese Bettelei! Irgendwann jedoch würde es damit vorbei sein. Irgendwann würde er die Noten nicht mehr auf eigene Kosten drucken lassen müssen, nicht auf das Honorar verzichten müssen, irgendwann würde man sich um seine Kompositionen reißen. Dann würde er an den Einnahmen beteiligt werden, und dann würde niemand es mehr wagen, ihn zu betrügen. Fünfzig Francs nach Abzug aller Ausgaben in der Kasse. Das war doch Betrug! Und für ihn blieben davon lumpige zehn Prozent. Jämmerlich! Ja, dann würde der Herr Operndirektor ihm einen vernünftigen Vertrag geben, dann würde man ihm zuhören müssen.

Tuganov stand an der Wand, gegenüber dem Kamin, und lauschte dem Klavierspiel. Virtuos, zweifellos! Auch Madame Morel, die Gattin des Notars Morel, hörte zu. Dabei umrankten ihre Gedanken Platini wie seidene Bänder, sie streichelten Platini geradezu. Oh, was für ein Mann! Ein Künstler! Mit so einem Mann müßte man leben, so einen Mann lieben, mit so einem Mann auf und davon gehen. Tuganov betrachtete sie. Ah, das war vielversprechend. Im nächsten Augenblick sah er nichts anderes mehr, hörte nichts mehr und konzentrierte sich ganz auf Madame Morel. Mit einigen Zügen hatte er ihre

Ausstrahlung ganz erfaßt, sehr angenehm, hatte sie eingeschlossen und drang in sie ein. Madame zog den Schal über ihre Schultern, glaubte allein zu sein und war doch nicht allein. Tuganov war bei ihr, war in ihr. Ein anderes Leben führen, dachte sie, neu beginnen. Mit dem gewohnten, dem abgenutzten Leben war Madame schon lange nicht mehr zufrieden, und die Aussicht, daß es immer und ewig so weitergehen sollte, machte sie krank. Madame war gut verheiratet, war versorgt und hätte eigentlich glücklich sein müssen. Aber sie war modern, sie las Romane, schrieb Gedichte auf hellblaues Velinpapier und neigte zu romantischen Vorstellungen: fliehen und anderswo ein neues Leben beginnen. Madame hatte ihr Dasein satt, den Ehemann, einen fünfzehn Jahre älteren Beamten, die Beziehungen, die Verpflichtungen, den ganzen stockigen Familien- und Verwandtschaftskram. Ein Leben, in dem die Motten saßen. Man könnte nach Florenz gehen, sich dort eine schöne Wohnung nehmen oder ein bescheidenes Haus, das würde sich arrangieren lassen, und dann nach seinen Sinnen leben: malen, dichten, musizieren. Ach, und verliebt sein! Dort würde man dann andere Gesellschaft haben als in diesem langweiligen Faubourg Saint-Germain, wo jeder jeden kannte. Dort würde man frei atmen können, ja, und alles noch einmal ganz anders machen. Das würde sich bewerkstelligen lassen, wenn man nur das Geld ein wenig zusammenhielte. Und daß sie das Geld zusammenhalten konnte, davon war Madame Morel überzeugt. Doch Tuganov, der sich viel aufmerksamer in Madame Morel umsah, als diese es selbst zu tun pflegte, bemerkte, daß sie von der Art Frauen war, die sich ihre Vorhaben nach den eigenen Wünschen zurechtschusseln; denn hätte sie nur einigermaßen genau kalkuliert, wäre ihr bewußt geworden, daß allein die neuen Möbel samt der Reise ein Drittel ihrer heimlich angehäuften Barschaft verschlingen würden, daß eine Wohnung anzumieten das zweite Drittel verbrauchen würde und daß man, um nur eine Saison leben zu können, das restliche Drittel benötigen würde. Alle Reserven zusammengenommen, hätte es nicht einmal für ein Jahr gereicht. Und schon gar nicht bedachte sie, daß mit Sinnesäußerungen, also Kunst gleich welcher Art, kaum Geld zu verdienen war. Letzteres jedoch mochte ihr nachgesehen werden, das konnte sie nicht wissen, die brave Madame Morel. Malen, dichten, komponieren, ach, sie träumte von einer schönen Welt. Aber in Wirklichkeit war das eine zänkische, knauserige, üble Welt, denn dort gab es noch weniger zu verteilen als anderswo. Da hieß es, sich zum Erfolg hungern – und zum Mißerfolg auch. Madame schaute Sternschnuppen nach. Sie sah nur die leuchtenden Namen, die von Agenten, Verlegern, Galerien benutzt wurden, um Geld zu verdienen. Von den unzähligen Namenlosen wußte sie nichts. Sie wußte nicht, daß es keine Gewißheit für den Erfolg gab, genaugenommen nicht einmal Hoffnung. Nur Träume! Einer von Tausenden mußte ja aus dem Kessel der Begabten emporgeschleudert werden, das entsprach der mathematischen Wahrscheinlichkeit. Ein Spritzer – es mußte geschehen, das war das einzige Gesetz, das galt. Wer, wann und wo, bestimmte der Zufall oder die Herkunft oder das Fleisch. Tuganov sah Madame Morel gleichermaßen amüsiert wie erschaudernd zu. Ein bißchen bedauerte er sie auch. Ach, die brave Madame Morel, die glaubte, da mit ein wenig Entschlossenheit mitspielen zu können. Und eventuellen Zweifeln stellte sie so schöne Sätze gegenüber wie: Wenn man wirklich will, dann wird es gelingen. Oder: Man muß nur fest an sein Ziel glauben, um es zu erreichen. Gefasel. Am liebsten hätte Tuganov ihr eingeflüstert: Liebe Madame Morel! Tausende und Abertausende, ja Millionen glauben an ihr Ziel. Und alle wollen dasselbe: Geld, Berühmtheit, Erfolg. Und wem gelingt es? So gut wie niemandem. Nein, ihre Formeln taugen nur für Sternschnuppen. Über die Gestürzten, Verzagten, Verzweifelten spricht man nicht. Von hundert Begabten kann gerade mal einer von seinem Talent leben, und das auch noch schlecht. Wollen Sie das riskieren? Das hätte Tuganov der armen Madame Morel gern gesagt, als sie von dieser Art unglückseliger Gedanken heimgesucht wurde. Und weiter wollte er ihr sagen: Bleiben Sie um Himmels willen in Ihrem Faubourg Saint-Germain, bleiben Sie in Ihrer Wohnung mit den schönen Möbeln, den Bildern, den Erinnerungsstücken und bei den Menschen, die Ihnen langweilig erscheinen. Ja, bleiben Sie da, wo Sie hingehören, wo man Sie kennt, wo man Sie mag. Träumen Sie weiter, aber in Gottes Namen, träumen Sie nur! Denn Sie wissen nicht, was Fremde ist. Wer kümmert sich schon anderswo um eine Madame Morel, deren Sprache man nicht versteht, deren Sehnsüchte man nicht kennt, deren Erinnerungen man nicht teilt? Jedem vertrauten Klang werden Sie nachlaufen, jedem bekannten Duft. Und natürlich werden Sie behaupten, daß es Ihnen in Florenz unerhört gutgeht, wie alle, die fortgegangen sind. Es ist leichter, einen Irrtum einzugestehen als eine Illusion loszulassen. Aber Sie werden Schiffbruch erleiden! Sie werden Jahre brauchen, um sich davon zu erholen, und vielleicht werden Sie am Fremdsein sogar sterben. Denn wie lange reicht der Stoff der

Liebe schon in einer klitzekleinen Wohnung, die vielleicht erst noch hergerichtet werden muß, unter einem Mond, der einen von zu Hause träumen läßt ... nicht lange genug jedenfalls. Arme, dumme, blinde Madame Morel. Ferne tut weh, wenn sie erst einmal nahe genug ist. So etwas kann nur schiefgehen. Reisen? Fliehen? Was hat das für einen Sinn? Man muß zurückkommen.

Doch die Träume segelten in der Madame dahin wie die Wölkchen in Mademoiselle Justine. Und obwohl Madame Morel gut zwanzig Jahre älter war, konnte Tuganov keinen großen Unterschied ausmachen. Außer, daß Madame Morel noch entschlossener war als Justine. Immer wieder schnüffelte sie an ihrer Sehnsucht wie an einem ätherischen Öl, immer wieder ließ sie sich davon benebeln. Sie war süchtig danach. Es war eine Substanz, wenngleich eine geistige, die ihrem Wesen entsprang. Ein bißchen Träumerei, ein Schuß Unzufriedenheit, ein Schwapp Kühnheit, einige Tropfen Verwegenheit, eine Handvoll Unbekümmertheit, und dazu der Glaube, für ein anderes Leben bestimmt zu sein. Für mehr. Für die Liebe! Das alles gemischt mit Unvernunft – ein feines, dezentes Gift. Tuganov, der dieses Gemisch Sehnsucht zerlegte, erkannte im Handumdrehen: Eine Halluzination. Eine Illusion! Denn es fehlte eines: die Kraft. Und zwar die Kraft der eigenen Natur. Diese Kraft sollte aus der Liebe kommen, von einem anderen Mann. Von einem Mann wie Monsieur Platini. Denn der war etwas anderes als ein Getreidehändler oder ein Sekretär oder Notar. Bei passender Gelegenheit wird man sich in einen solchen Mann verlieben, einen aufregenden Mann, einen Künstler. Vielleicht sogar in diesen hier. Das beschloß Madame Morel in diesem Moment. Was ihr allerdings nicht klar war, das war, daß diese Liebe sie alles kosten würde: Freude, Seelenruhe, Zuversicht und Geld! Denn Männer dieser Art gehören zur Gattung großes, unzuverlässiges, eigensinniges Kind – man war ja begabt. Das war die schlimmste Art Mann, denn wie man ein Kind versorgen muß, so muß man auch solche Männer versorgen, und wie ein Kind wird man sie nicht so einfach wieder los. Verständnis, Vernunft und Trennung ist nicht ihre Sache – es sei denn, sie verschwinden von selbst, weil sich anderswo ein besserer Futterplatz aufgetan hat. Für Madame Morels Wünsche war ein solcher Mann genau das Richtige, für ihr Leben würde er ein Verhängnis sein.

Aber das sah sie nicht, sie träumte. Madame war vierzig, und es war höchste Zeit, etwas zu verändern. Madame hatte Angst, ein Leben zu verpassen.

48

Diese Angst vor dem Älterwerden, wie sie Madame Morel bewegte, war sehr verbreitet unter den Gästen. Es war eine milde Angst, der man mit allerlei Verrenkungen begegnete. Man färbte sich das Haar, schmierte sich mit Pomaden ein, traktierte die Haut mit Tinkturen, stank nach Rosmarin, Lavendel, Jasmin und kippte sich im Laufe des Abends immer neue Duftwasser auf die Spitzen und Volants. Die feinsten Düfte gerannen so zu einer süßlichen Schmiere. Beim Tanzen bewegte man sich schwungvoll, was bei gesetzten Männern lächerlich wirkte, und bemühte sich, mit Jüngeren mitzuhalten, wobei man außer Atem geriet.

Doch es gab es noch tausend andere Ängste, Wolken von Ängsten, die den Saal füllten. Da gab es die Angst, nicht beachtet zu werden – der Abgeordnete Pires redete deshalb ohne Unterlaß –, oder die Angst, etwas Falsches zu tun oder zu sagen, vielleicht belächelt zu werden, sich sogar lächerlich zu machen – Mademoiselle Justine hatte deswegen bisher kaum ein Wort gesprochen. Verbreitet war auch die Angst, keinen guten Geschmack zu zeigen. Nichts war peinigender, als mißbilligenden Blicken ausgesetzt zu sein! Schlimmer noch war die beizende, kränkende Angst, nicht gemocht zu werden. Diese Art war äußerst verbreitet, sehr widerstandsfähig und ansteckend wie eine Krankheit. Ja, sie war eine Krankheit! Die Herrschaften litten reihenweise darunter. Die Symptome waren für Tuganov mühelos erkennbar: Stottern, Krakeelen, lautes Lachen oder extreme Scheu, zur Schau getragene Unempfindlichkeit oder übermäßige Bescheidenheit.

Derart kümmerliche, peinigende Ängste gab es überall. Nirgendwo ein schönes Gefühl, nichts Erbauliches. Statt dessen geriet Tuganov unvermittelt in eine neue, sehr dichte Strömung von Angst. Kein gutes Gefühl, kein banales, auch kein lächerliches. Neugierig reckte er das Kinn, drehte sich im Kreis und nahm es auf. Es wand sich um eine Säule herum, und Tuganov wurde unwiderstehlich dorthin gezogen. Hinter der Säule stand Monsieur La Foque, mit dem Rücken angelehnt, als ginge ihn das Treiben im Saal nichts an. La Foque war ein bekannter Pariser Makler, ein Geldmensch: Er spekulierte an der Börse, handelte mit Grundstücken, Häusern, Aktien und maroden Unternehmen. Ein Mann wie er wußte, wo und wann sich in Paris ein großes Geschäft anbahnte, denn er kannte die richtigen Leute: Politiker, Beamte, Bankiers und Juristen. Natürlich auch Droix. Doch bei dem letzten, dem einzigartigen Geschäft, dem Geschäft des Jahrhunderts, hatte man ihn nicht mitmachen lassen: dem Geschäft mit dem Licht! Ein dutzendmal hatte er sich angeboten, immer wieder nachgebohrt, aber niemand hatte ihn haben wollen. Blaye nicht, der Bauminister nicht und der Handwerkspräsident nicht – sie hatten den gigantischen Brocken unter sich aufgeteilt. Ah, dieser Brocken war Geld wert, blankes Geld! Dagegen war alles, was er, La Foque, bisher getan hatte, nur Krümelei gewesen. Beim Gedanken an diesen unerhörten Brocken befiel Monsieur La Foque Mißgunst, ein beizendes Gefühl, ein Gefühlskrampf. Alles hatte er eingesetzt, um dabeizusein. Er hatte einen Teil seines Besitzes veräußert, hatte Hypotheken aufgenommen, hatte Wechsel ausgegeben und dann das ganze Geld zusammengerafft und für eine Beteiligung an dem Geschäft mit dem Licht geboten. Doch man hatte jegliche Gelder von ihm abgelehnt. Also müssen die anderen mehr gezahlt haben, natürlich unterderhand. Das würde er, La Foque, durchsickern lassen. Ha, er würde noch eine Weile zusehen, sie noch eine Weile wirtschaften lassen und sich dann rächen. Er brauchte nur ein wenig über die Schmiergelder zu plaudern, die geflossen waren, an die Abgeordneten Pires und Rondeaux, an die Beamten der Stadtverwaltung, an den Handwerkspräsidenten und so weiter, und die Herren würden ihre Hüte nehmen müssen. Dann würde er sich erneut anbieten, und dann würde er das Geschäft machen dürfen, denn Licht mußte sein.

Tuganov hatte jeden dieser Gedanken aufgefädelt, und er wußte sofort: Da war sie, die Geschichte für Droix! Daraus ließ sich etwas machen. Er brauchte nur noch den Abgeordneten Pires zu befragen, der Abgeordnete würde erschrecken und würde Namen, Zahlen, Termine vertuschen wollen, und Tuganov würde jeden Hintergedanken aus ihm in aller Seelenruhe herauspflücken. Dann würde er zu Rondeaux gehen und ein paar Fragen stellen, und dieser würde, um sich zu retten, schon die halbe Wahrheit sagen, der nächste oder übernächste die ganze, und fertig war die Geschichte. Das würde sogar eine schöne Serie ergeben!

Ein verpaßtes Geschäft war allerdings kein Grund, so in Panik zu geraten, wie La Foque es war. Monsieur La Foque war in Aufruhr, die Angst in ihm siedete geradezu. Es war so ein unerhörtes Zittern in ihm, daß es einem

Wunder glich, wenn er sich da an der Säule überhaupt noch aufrecht hielt. Monsieur verspürte eine der schlimmsten Arten von Angst: die Angst um seine Existenz, sein Vermögen. So sehr, daß ihm übel davon war. Seine Gedanken kreisten unentwegt um seine miserable Finanzlage. Da Geld arbeiten mußte, vor allem geliehenes, sonst verursachte es nur Kosten, hatte er das Geld für die Wechsel und Hypotheken an der Börse eingesetzt. Er hatte spekuliert – und er hatte verloren. Und zwar dermaßen, daß er die auflaufenden Rechnungen nicht mehr bezahlen konnte. Täglich kamen neue Forderungen, von allen Seiten bedrängten ihn die Gläubiger und rissen ihm jeden Louisdor aus der Hand. Wer nichts bekam, drohte mit den Huissiers, den Gerichtsvollziehern. Oh, wie hatte er gekämpft, beschwichtigt, gefleht. Franc um Franc, Sou um Sou hatte er zusammengekratzt, doch nun war er am Ende, der glücklose Roturier, denn die Wechsel waren fällig. Diese verdammten Wechsel! Erst war man gezwungen, sie auszustellen, dann war man gezwungen, um Aufschub zu bitten, und schließlich war man gezwungen, sie einzulösen. Und zum Schluß hatte das alles einem wenig gebracht. Ach, die Zeiten waren schlecht, verdammt schlecht! Früher, ja, da waren die Geschäfte besser gegangen, da hatte man mit dem Staat verhandelt, da wurden Stiefel, Mäntel, Uniformen und Tornister gebraucht für all diese wunderbaren Kriege. Da genügte es, wenn man nur eine Kleinigkeit liefern durfte, Knöpfe zum Beispiel. Es wurden so viele Knöpfe gebraucht, daß man reich davon wurde. Ein Soldat, zwanzig Knöpfe, der nächste wieder zwanzig und so weiter ... Marengo vierhunderttausend Knöpfe, Ägypten sechshunderttausend, Austerlitz zwei Millionen.

Dann Borodino – fast drei Millionen! Das war ein Geschäft! Knöpfe, das schien nie zu Ende zu gehen. Nur die Bauernburschen schienen zu Ende zu gehen. Bei der letzten Armee war schon nicht mehr auf Vorrat bestellt worden, denn die Burschen waren nicht schnell genug nachgewachsen, und die letzten waren fast noch Kinder. Schließlich Waterloo. Ein Waterloo auch für die Knöpfe! Aber bis dahin war es glänzend gelaufen. Ja, damals war klar gewesen, wer was liefern durfte, doch heutzutage drängte sich jede Wanze nach vorn, heutzutage galt ein Name nichts mehr. Wanzen! Wanzen! Das ganze Paris war verwanzt. Immer mehr Geld mußte man einsetzen, um fünf oder zehn Prozent Gewinn zu machen. Geld, das nun zurückzuzahlen war. – Noch in dieser Woche! – Wer hat die Wechsel überhaupt? – Einfach nicht dasein. – Verreisen. – Aber man muß zurückkehren. – Keine Angst, La Foque. – Die Bank wird neuen Kredit geben. – Wird sie? – Ja, die Bank wird noch einmal helfen, ein letztes Mal. – Sie muß! – Junot läßt dich nicht fallen. – Auch er würde Geld verlieren. – Keine Angst! – Keine Angst!

Mit diesen Gedanken schmierte La Foque sich an den Bankier Junot heran, und Tuganov schoß wie ein Raubvogel hinterher. Doch Junot dachte gar nicht daran, La Foque weiteren Kredit zu gewähren. Er war nicht an dessen Geschäften interessiert, auch nicht an dem Haus, das mit der Hypothek belastet war, nein, er wollte in Wahrheit das Grundstück. Und er würde es bekommen, so wie er schon viele Grundstücke bekommen hatte. Das neue Licht würde es um das Doppelte, das Dreifache im Wert steigen lassen, und dann konnte er dort ein Kaufhaus errichten und eine schwindelerregende Pacht erzielen oder es zu einem noch schwindelerregenderen Preis sofort wieder abstoßen. Grundstücke sammeln war Junots Leidenschaft, Fleck um Fleck trug er zusammen, und es gehörte ihm bereits ein ganzer Flickenteppich. Ja, Grund und Boden war der beständigste aller Werte, das überdauerte Kriege, Regierungen, manchmal sogar Staaten. Seit jeher wurde darum gekämpft, und mit nichts kämpft es sich so leise und so erfolgreich wie mit Geld.

Man mußte sich Leute wie diesen La Foque vom Hals halten. Mißerfolg steckte an. Geld in ein lahmes Geschäft stecken? Wozu? Sollte der Kerl untergehen, das machte Platz für den nächsten. Vielleicht war der tüchtiger. Er, Junot, hatte die Wechsel aufgekauft, nur wußte La Foque das nicht. Er würde ihn nicht retten, er würde ihm den Garaus machen. Damit ist auch Monsieur La Foque geholfen, wahrhaft geholfen. Dann braucht er sich nicht länger zu quälen.

Lästig, dieser La Foque, lästig. Junot wehrte ihn ab: Kommen Sie übermorgen zu mir.

Danke, danke, stammelte La Foque, und seine Angst legte sich nieder wie ein müdes Tier.

Tuganov wandte sich ab, er hatte genug gesehen. Er schaute in den Saal, von wo ihm ein paar lächerliche, kindische Ängste entgegenschwallten. Die Angst Louis' zu schwitzen, die Angst um eine Frisur, die Angst vor Krankheit. Nichts Betrachtenswertes. Langsam umkreiste er die Tanzfläche, ließ sich durch andere unbedeutende Gefühlsströme hindurchtreiben und wurde dann, am Fuße der Treppe, von einem unerhört beißenden Gefühlsschwaden berührt. Es war eine giftige Wolke, ein ätzender Strahl, der ihn schräg von oben traf. Er kam von Madame Revellier, der Gattin des Gießereibesitzers von Revellier & Söhne, die drei Stufen über ihm stand, und er galt dem Lichtsekretär Pallot. Pallot war der Geliebte der Madame Revellier, halb Paris wußte das, Pallot gehörte ihr. Das war allerdings ein Irrtum, denn er war auch der Geliebte der Madame Desailly, was die Madame natürlich nicht wußte, und darüber hinaus auch der Liebhaber noch einiger anderer Frauen, die ihrerseits nicht im Bilde waren. Pallot war ein Aufsteiger, das Licht hatte ihn geradezu nach oben gewirbelt. In jungen Jahren war er nach Paris gekommen, hatte in einer Kanzlei für das halbe Salär geschuftet und war dann zum Nutzen der Kanzlei in die Stadtverwaltung empfohlen worden. Dort hatte er, geschmeidig und von nie nachlassendem Elan, die Aufmerksamkeit auf sich gezogen, und so hatte man ihn zum Sekretär für Stadtbeleuchtung gemacht. Plötzlich stand Pallot im Licht, und das war so schnell gegangen, daß ihm selbst noch ein wenig schwindlig davon war. Er gab sich eloquent, war Kunde bei Louis und liebte Gold. Und dem Instinkt seiner Herkunft folgend, raffte er an sich, was sich ihm bot, Geld, Frauen, Beziehungen und Anerkennung – er fraß es wahllos in sich hinein. Madame Revellier hatte dummerweise Angst, ihn nicht zu behalten. Ach, wie mühsam war es, einen Mann zu gewinnen, wie schwierig, ihn an sich zu binden, und wie schnell hatte man ihn verloren: an Schönheit, an Geist oder an ein Erbe. Oder an eine Sängerin wie diese Desailly. – Eine Begabung. – So etwas bewundert jedermann. – Jeder Mann. – Und wer bewundert mich? – Diese ständigen Umarmungen. – Ah, wer zuviel umarmt, umarmt schlecht! – Blödsinnig, die neumodischen Bälle! – Man kommt gemeinsam und amüsiert sich getrennt. – Das soll chic sein? – Was ist daran chic? – Das ist nur eines: gefährlich. – Man verliert die Kontrolle. – Damen, überall

Damen! – Freche Dinger, die sich einfach nehmen, was ihnen gefällt. – Mischen sich in jedes Gespräch ein. – Aufdringlich! – Desailly, bah. – Ein hübscher Mund, zugegeben. – Solches Haar müßte man haben. – Warum lächelt sie? – Sie biedert sich an. – Sie will ihn für sich! – Dummes Zeug, nicht beachten! – Spricht sie von ihren Gefühlen? – Sicher tut sie das. – Dieses Kokotte. – Ah, ihr Busen wird nicht mehr lange halten. – Sie braucht Roßhaarpolster. – Widerlich, die roten Lippen. – Nicht hinschauen! – Vergiften!

Madame Revellier schaute jedoch hin. Ihre Gedanken waren wie glühende Widerhaken, die der Madame Desailly ins Fleisch fuhren, in das schöne Gesicht, in das herzliche, allerherzlichste Lachen. Der sollte das Lachen vergehen. Dann wanden sie sich in Schlingen um die Madame, und dann, mit einem kurzen, bösen Ruck, zog Madame Revellier eine Schlinge zu. Aus!

Tuganov fiel es nicht schwer, aus dieser Angst herauszufiltern, was er haben wollte, das wichtigste, wesentliche Gefühl: Eifersucht. Eine äußerst heftige Regung. Ein Säurebad. Eine mörderische Substanz! Daß ein solch intensives Gefühl mit nur einem einzigen Wort bezeichnet wurde, erschien ihm armselig. Denn hineingemischt waren Begehren und Verzweiflung, Zorn und Neid, Wut und Haß, Qual und Zweifel. Sogar Gier. Tuganov selektierte das alles. Das winzigste Bläschen, alle Färbungen und Trübungen, die feinste Nuance zog er heraus. Er sortierte es und verleibte sich das Muster ein. Dann überprüfte er mit einem genauen Blick, daß nichts mehr zu holen war, und verließ den Dunstkreis der Madame. Er hatte sie ausgeweidet.

Oh, das hatte sich gelohnt. So eine reine, heftige Empfindung, vor allem in dieser Vielfalt, hatte er schon lange nicht mehr erbeutet. Damit konnte er zufrieden sein. Noch einmal drehte er sich langsam um die eigene Achse, die Augen geweitet, die Züge erstarrt, und umfaßte den ganzen Saal. Monsieur La Foque würgte soeben den Bankier Junot und preßte hunderttausend Francs aus ihm heraus, der Künstler Platini hatte dem Operndirektor den Fuß ins Genick gesetzt und ließ ihn sabbern, winseln und einen Vertrag für eine Spielzeit unterschreiben, ach was, für zehn Spielzeiten, und seine Abdankung dazu, und Louis riß gerade ein paar Leuten die Kleidung vom Leibe und brühte sie ab – Schweine, Schweine! Dann trieb er sie nackt den Boulevard des Italiens hinauf in seinen Salon, eine lustvolle Falte auf der Stirn.

Ah, in den Köpfen war jeder ein Richter, jeder ein Rächer, jeder ein Schlächter. In den Köpfen wurden tausend Verbrechen begangen und tausend Siege gefeiert. Hier begannen die kühnsten Gedanken mit dem Wörtchen *wenn*. Dieses Wörtchen räumte alle Hindernisse aus dem Weg, machte die Welt offen: wenn das Geschäft gelingt, wenn Madame mich erhört, wenn der Senat entscheidet, wenn Paris mir zujubelt, wenn, wenn ... Alle Schwierigkeiten und Unwägbarkeiten waren in diesem Wenn vereint, wie sie zugleich von ihm ausgeschaltet wurden. Ja, wenn Marschall Grouchy Waterloo erreicht hätte, dann würde Napoleon heute vielleicht noch Kaiser sein. Dann würden weiterhin Knöpfe gebraucht werden für all diese jungen Flaneure.

Dann hätte Blücher nicht drei Millionen Francs im Palais-Royal verspielt!

49

Tuganov hatte genug Banales, Kümmerliches, Schreckliches gesehen. Es war an der Zeit, etwas Schönes zu sehen. Er wollte sich daran erfreuen, es sollte ihn trösten, ermutigen, begeistern. Er wollte einen glücklichen Menschen sehen, nur einen. Hier, unter all diesen wohlhabenden, gescheiten Leuten mußte er doch zu finden sein. Oder wenigstens ein glückliches Gefühl, und wenn das nicht, dann zumindest ein glücklicher Gedanke. Doch niemand schien glücklich zu sein.

Wirklich nicht?

Tuganov machte die Runde. Siebenmal machte er Unbehagen, zwölfmal Neid und dreimal Kummer aus. Kein einzigesmal Freude, wenngleich man sich erfreut gab, aber die Leute verzogen nur die Gesichter. Er ruderte durch die Menge, drehte und wendete sich und reckte das Kinn wie ein Ertrinkender. Dann verließ er den Saal, denn hier war ihm der Blick verstellt, hier schwallte ihm zuviel Bedeutungsloses entgegen.

Er eilte in den Salon.

Kein schönes Gefühl.

Er durchstreifte das Foyer.

Kein schönes Gefühl.

Er stieß bis in die Bibliothek vor.

Kein schönes Gefühl.

Auch im Musikraum und im angrenzenden Séparée fand er nichts. Er suchte auf der Treppe, in den Fluren, den Alkoven, auf der Empore und am Büfett – nichts. Immer hastiger starrte er in jede Nische, fuhr in alle Ecken, stöberte in jedem Winkel herum.

Keine Spur von Glück. Es schien, als wäre es ausgestorben.

Er fand nicht einmal einen halbwegs glücklichen Menschen, nur Imitationen. Madame Prunier war eine der schrecklichsten Imitationen. Madame redete sich unaufhörlich ein, heute besonders glücklich zu sein. Sie gab sich amüsiert, lachte ohne Anlaß und atmete ihre gute Laune regelrecht aus. Sie hatte ein glückliches Gefühl aufgetragen wie Schminke. Ach, nur einen Abklatsch davon, die letzte, allerletzte Kopie. Ein Kunstprodukt! Eine Willensgeburt. Und wenn etwas mit dem Willen nichts, aber auch gar nichts zu tun hatte, dann war es das Glück. Das wäre ja, als würde man sagen: Jetzt wollen wir mal ganz vernünftig glücklich sein! Madame allerdings, dessen ungeachtet, sagte es sich. Positiv war ihr liebstes Wort, es sprudelte regelrecht aus ihr heraus. Positiv! Das neue Licht sei positiv, die Zeit sei positiv, das Leben sei positiv. Auch ein Bankrott sei positiv, denn danach könne es ja nur wieder aufwärts gehen. Was war schon ein Bankrott! Im Grunde genommen doch eine Chance, sich zu verändern, nicht wahr? Madame hatte keinerlei Ahnung von den Qualen eines Bankrotts. Zuallererst aber müsse man sich selbst positiv sehen, plapperte sie unbekümmert. Man hörte ihr zu, denn solche Ansichten waren modern. Doch Ansichten dieser Art waren nicht auf dem Mist der Madame Prunier gewachsen, dazu war sie von zu schlichtem Wesen. Sie hatte sie von den Welterklärern, Lebenserklärern übernommen, den Gesundbetern, Kurpfuschern und Sterndeutern an der

Avenue de l'Opéra oder am Boulevard de Bonne-Nouvelle, die vorgaben, sich mit dem menschlichen Wesen und seinen Empfindungen besonders gut auszukennen. Die mit ihren geputzten Messingschildern das Publikum in ihre Salons lockten, ein sattes Publikum, das Muße hatte, sich selbst zu bespiegeln, und dem allerlei Besonderheiten diagnostiziert wurden. Und dem dafür ein Rezept in Form von Ratschlägen mitgegeben wurde, Concepte für Gefühle, etwa: Wie fühle ich richtig? Oder: Keine Sorge mit dem Leben! Oder: Der Weg zum Glück! Das kostete natürlich Geld. Eine Erkenntnis war zum Beispiel, daß man als Mensch litt, und das Besondere daran war, daß man nun wußte, woran man litt – an der eigenen Kindheit, bösen Eltern, der Kälte der Welt, der neuen Zeit. Das Allerbesonderste aber war, daß man das anderen mitteilen konnte – wo diese doch keine Ahnung davon hatten, daß sie litten, geschweige denn, woran. Damit war man selbst etwas Besonderes, ein aufgeklärter Mensch sozusagen. Madame wollte nicht irgendwer sein, sie wollte etwas gelten. Zwar hatte sie kaum etwas vorzuweisen, und das wäre normalerweise nicht schlimm gewesen – nicht jeder vermag Beeindruckendes zu leisten –, aber Madame genügte sich selbst nicht so recht. Also hatte sie sich einseifen lassen, hatte bezahlt und gab das Glücksgefasel weiter. Tuganov sah ein wenig zu. Ihre Welt war rosa, voller zuckriger Kringel und Kleckereien, und die meisten Gedanken gerieten ihr zu Nippes. Damit konnte man nichts hermachen, das war schlecht vorzuzeigen. Mit einem Concept für das richtige Leben aber, ja, da hatte man etwas mitzuteilen. Glück? Ach, man dürfe nur keinen unglücklichen Gedanken zulassen. Das sei das ganze Geheimnis! Einfach glücklich denken.

Nichts einfacher als das. Derartige Dummheiten verbreitete Madame Prunier. Glück durch das Denken, nicht durch die Tat. Aber sie war nicht glücklich, sie spielte nur Glücklichsein. Wenngleich so intensiv, daß sie den Irrtum kaum wahrnahm. Sie wollte ihn auch gar nicht wahrnehmen. Glück, Glück, Glück! jauchzte es in ihr. Ich bin glücklich. J-a-a! Genau besehen war Madame nicht nur nicht glücklich, sie war sogar unglücklich. Der Gedanke daran allerdings war kein glücklicher Gedanke, den ließ sie nicht zu. Madame ließ die Wirklichkeit nicht zu. Sie war ein Glücksungeheuer. In ganz Rußland war Tuganov etwas so Absonderliches, Abstoßendes nicht begegnet. Madame war eine Ausgeburt der neuen Zeit.

Angeekelt wandte er sich ab. Er stocherte noch ein wenig in dem Menschenbrei herum, doch er fand kein Gefühl, dem er nicht schon auf der Straße begegnet war. Dünkel, Demut, Stolz und Frechheit und Hochmut. Schmuddliges Zeug aller Art, jede Menge schmieriger Gefühle.

Eigentlich hatte er seine Geschichte, eigentlich hätte er den Ball verlassen können.

50

Doch das Gesicht sagte ihm, daß er etwas verpassen würde, wenn er jetzt ginge. Etwas war da noch in der Menge, ein Tropfen von einem Gefühl, den er nicht wahrgenommen hatte. Es war mehr Ahnung als Gewißheit, es war wie eine Melodie, die von sehr weit her zu ihm herüberklang. Er konzentrierte sich, verharrte und wartete. Hineinzustoßen in die Masse und in ihr herumzuwühlen hätte nichts genützt. Es hätte nur den Bodensatz aufgewirbelt und ihm die Sicht genommen. Er reckte den Kopf ein wenig, wie um sich Luft zu verschaffen, und spannte seinen Sinn an, aber es schien nur eine Einbildung zu sein. Doch gerade als er sich abwenden wollte, wurde ihm erneut eine Winzigkeit davon zugeweht. Es war, als bildeten alle anderen Gefühle in ihren tausend Windungen eine Gasse, um dieses eine zu ihm durchzulassen. Leider nur einen sehr kleinen, sehr flüchtigen Teil davon, ein Faserchen, ein Flackern, bevor sich die Gasse wieder schloß. Daß es ein sehr verheißungsvoller Teil war, das wußte Tuganov sofort, doch war er viel zu gering, um ihn genau bestimmen zu können. Er war zerdrückt und zerbröselt durch hundert aufdringlichere, nähere Regungen, erstickt im Dampf der Masse. Andererseits stark genug, daß klar war, hier konnte es sich nicht um einen Abkömmling oder eine Mischung handeln, sondern dies war ein eigenständiges, reines Gefühl. Ein angenehmes Gefühl, ein sehr angenehmes mußte es sein, da es sich derart durchsetzte. Eine Schönheit! Tuganovs Puls begann heftiger zu schlagen. Er verspürte ein Kribbeln im Bauch, seine Brust dehnte sich, und er hörte, ohne daß er es bemerkte, für Augenblicke auf zu atmen. In dieser Starre verharrte er. Er mußte die Quelle lokalisieren, mußte erkunden, woher dieses Staubteilchen eines Gefühls kam. So lockend, betörend und verführerisch hatte noch keine Regung auf sich aufmerksam gemacht. Oh, das mußte er an sich bringen. Aber es war unerhört schwierig, eine ganz bestimmte Emotion aus dem menschlichen Sud herauszufiltern. Konzentration. Konzentration! Die Stirn gekräuselt und den Blick geweitet, stand er da. Ihm war, als wollte es ihn vor Spannung zerreißen, gleichzeitig, als seien ihm eiserne Bänder angelegt. Alles in ihm war Witterung. Zu wissen, daß da etwas Einzigartiges war, und es doch nicht fassen zu können, war beunruhigend. Eine Qual. Und gepeinigt von der Angst, zu versagen, gerade jetzt, gerade hier, bewegte er sich langsam vorwärts. Er machte mit dem Kopf zwei, drei ruckartige Bewegungen, als wollte er zustoßen und etwas Imaginäres packen, dann zog er eine schiefe Runde durch den Saal, anschließend eine Schleife und schließlich eine bizarre Figur. Er sprang von Gesicht zu Gesicht, umtanzte die Gäste. Irgendwer hier hatte ein reines, schönes Gefühl. Er suchte, schnüffelte und hielt inne. Dann wandte er sich langsam nach links, anschließend nach rechts, und richtete schließlich das Gesicht nach oben und sogar nach unten, obwohl das Unsinn war. Minutenlang tastete er sich so in verzweifelter Anspannung vorwärts, und seine Sinneskraft ergoß sich verschwenderisch in den Raum. Da sie sich auf diese Art unerhört schnell verbrauchte, war sein Spürsinn alsbald abgestumpft. Sosehr Tuganov sich auch bemühte, er vermochte kaum noch etwas wahrzunehmen. Nicht das, worauf es ihm ankam. Erschöpft gab er auf.

In einer Ecke verweilte er und schloß die Augen. Ihm wurde bang. Er hatte sich stumpfgestoßen, die Gelegenheit war vertan. Beinahe schien ihm, der ganze Abend wäre vertan. Doch nach einer Weile, getrieben von der Vorstellung, dieses Gefühl doch noch an sich bringen zu können, andererseits, ihm vielleicht nie wieder zu begegnen, sprang er auf. Was, wenn es gerade verlöschte? Was, wenn es im Begriff war, die Gesellschaft zu verlassen? Was, wenn es das Haus schon verlassen hatte?

Tuganov machte erneut die Runde. Da, da ... es war noch da! Das heißt, es war wieder da. Er registrierte es mit einem Seufzer der Erleichterung. Es schimmerte durch die Masse hindurch. Sehr dünn, sehr zart. Mehr eine Halluzination als Wirklichkeit. Doch es existierte. Und da es immer noch so schwach war, mußte es sich logischerweise dort befinden, wo er nicht war, also am anderen Ende des Saales. Wie in Trance teilte Tuganov die Menge. Vorbei an der Eitelkeit der Madame Desailly, an den Machtgefühlen des Monsieur Blaye, an der Sehnsucht der Madame Morel. Dort angekommen, begriff er, daß dieses Gefühl nicht im Saal sein konnte, denn sonst hätte das Gesicht längst zugestoßen. Es schimmerte ihm aus dem Salon entgegen. Im nächsten Moment war er im Salon, doch auch hier fand er es nicht. Tuganov drehte sich langsam, ganz langsam im Kreis. Da war etwas, etwas Leuchtendes, ein Ausläufer wie eine vergehende Duftwolke. Es kam von der Terrasse her. Augenblicklich war er auf der Terrasse.

Dort war es bereits so deutlich, daß er feststellte, es

war ein Gefühl, das er kannte. Ein unerhörtes Wohlgefühl, das ihn, je mehr er davon bekam, um so stärker an etwas erinnerte. Es war ihm beinahe vertraut, andererseits völlig neu. Dann, mit einem Mal, begriff er: Es erinnerte ihn an Marlowka – an die Magd Marja. Aber es war doch gänzlich anders. Es war viel kräftiger, viel schöner, viel heller. Das Marja-Gefühl war wie ein einziger Ton, dazu ein fast vergessener; das hier war eine ganze Melodie. Oh, er mußte sehr vorsichtig zu Werke gehen, damit er diese Melodie nicht zerstörte, damit seine Suche nicht in der Stille endete. Er durfte dieses Gefühl nicht verschrecken.

Einen Augenblick später sah er, daß das Leuchten vom Garten her kam. Also hinein in den Garten, vorsichtig. Tuganov, auf das äußerste erregt, schritt die Treppe hinab. Er mied die knirschenden Kieswege, umkreiste den Seerosenteich und bewegte sich mit geschmeidigen Schritten voran. Dann hatte er es! Es kam hinter einem Rhododendronbusch hervor. Tuganov näherte sich und teilte behutsam die Zweige – im nächsten Moment strömte es ihm voll entgegen. Ein Pärchen saß auf einer Bank, ein Junge und ein Mädchen, und zwar so, daß sie einander mit ihren Blicken umfangen konnten. Aber was heißt umfangen, nein, mehr, viel mehr, befühlen, streicheln, liebkosen. Und küssen! Dabei strahlte das Gefühl unaufhörlich aus dem Pärchen heraus, hüllte es ein. Es ergoß sich von einem über den anderen, in so einem Überfluß, daß es zuviel war, viel zuviel für einen einzigen Menschen. Es wallte gegen die efeubewachsenen Mauern, rann über den Rasen, umschloß die zierlichen Sträucher und den Teich und die Seerosen und die Blumenrabatten, es erfüllte den ganzen Garten. Tuganov, gedeckt durch den Rhododendron, wurde gleichermaßen davon übergossen. Er nahm einen unerhörten Schwall in sich auf. Ah, das war mehr als alle Gefühle im Saal zusammengenommen, das war einzigartig! Jubel und Freude lagen in diesem Gefühl, flügeltragende Heiterkeit und zitternde Erwartung, Erstaunen und Gewißheit, Leichtigkeit und Übermut und glückselige Erfüllung. Eine beinahe unirdische Substanz war das. Flog es, schwebte es oder floß es dahin? Es war gleichermaßen flüchtig wie beständig, blumig wie von dickstem Gold, von unerhörter Süße und dennoch klar. Es bildete eine Einheit, in der jeder Bestandteil zur Harmonie des Ganzen auf das genaueste beitrug. Alles in einem war es: Geist und Fleisch, Feuer und Wasser, Himmel und Erde. So stark, daß es durch alles hindurchging, alles einnahm, alles überragte. Vor allem aber war es durch nichts getrübt, durch nichts verdorben. Nicht durch Geld, die beiden hatten kein Geld, nicht durch Zweifel, sie waren zu jung, um zu zweifeln, nicht durch Ungewißheit, sie waren sich ihrer Gefühle gewiß. Auch nicht durch Lüge oder Falschheit oder Verrat – sie waren zu unerfahren, um davon zu wissen. Weder wurde es von Mutterschaft getragen noch von Vaterschaft und nicht einmal von körperlicher Liebe: Dieses Mädchen hatte noch nicht geliebt. Auch von Verlust wußten beide nichts, sie hatten noch keinen Verlust erlitten, und nichts von Enttäuschung, sie waren vom Leben noch nicht enttäuscht worden. Sie hatten noch nicht gelebt, sie begannen gerade damit, und sie begannen mit diesem Rausch – mit ihrer Liebe.

Oh, was für eine Offenbarung!

Tuganov starrte und starrte. Keine Empfindung hatte ihn bisher tiefer berührt, keine war wärmender, erhellender in ihn hineingefahren, keine hatte er willkommener geheißen. Er zitterte, wankte und bebte, ohne daß es ihm bewußt wurde. Dann weinte er vor Verzückung. Die Tränen liefen ihm über die Wangen, den Mund, den Hals und durchnäßten seinen Kragen. Das war das Großartigste, was er bisher gesehen hatte! Wie von selbst öffnete sich seine Welt und verleibte es sich ein. Er schlürfte es in sich hinein, er fraß es, er trank es, er schlang und schmatzte und saugte daran. Er füllte sich damit ab. Doch kaum war es in ihm, erneuerte sich sein Verlangen danach. Er wollte mehr davon. Mehr, mehr! Er wünschte, die Zeit würde stehenbleiben, der Augenblick wäre uferlos. Immer so zu verweilen, in dieser Sommernacht, im Schatten des Busches, wenige Schritte von den Liebenden entfernt, das wäre wunderbar gewesen. Immer dieses Gefühl aufnehmen zu dürfen, darin zu baden, sich damit zu übergießen, es zu erleben, wie es die beiden erlebten, welche Gnade wäre das gewesen. Ja, mitzufühlen, mitzulieben – lieben, lieben, lieben! Das wäre die Erfüllung gewesen. Ihm wurde schwindlig davon, und um nicht taumelnd hinzusinken, mußte er sich an einem Ast festhalten. Das war der Lohn für alles Sehenmüssen, die Krönung seines Daseins. In diesem Moment empfand er das Gesicht als ein wahrhaftiges Glück. Nein, dieses Gefühl war das Glück! Ja, das war es!

Das Glück, das Glück!

Diese beiden Menschen waren glücklich.

Davon hatte er sie alle reden hören, das stand in den Büchern, das umrankten die Gedichte. Und das war es, wonach er letztlich gesucht hatte. Mit seinen nahezu dreißig Jahren hatte er bisher nichts davon gewußt, nichts davon wahrgenommen. Wie armselig! Es war, als sei sein Leben nutzlos vergangen. Aber nein, tröstete er sich, es war auf diesen einen Punkt zugelaufen. Gleichzeitig jedoch wurde ihm bewußt: Nie würde er selbst so lieben können. Das Gesicht ließ Vergleichbares nicht zu. Zwar hatte er damals die Magd Marja geliebt, aber auf eine andere, kindliche Art. Um so wie das Mädchens zu lieben, das begriff Tuganov, sah er zuviel, wußte er zuviel. Dieses Geschöpf dagegen wußte nichts, es empfand nur. In diesem Mädchen war einzig und allein das Bild des jungen Mannes. Daran wärmte es sich, so daß es die Kühle der Juninacht, die kalten Füße, die fröstelnde Haut nicht spürte. Ein Hauchen, Seufzen, Singen war in dieser Welt, ein seliges Träumen, gleichzeitig flammende Aufregung, ungeduldiges Begehren und sonnigstes Strahlen, dazu selige Seufzer und tiefste Dankbarkeit. Vor allem aber spürte das Mädchen das fortwährende Verlangen, den Jungen zu umarmen, ihn zu liebkosen – seine Worte, seine Augen, sein Haar, seine Statur und seinen Namen. Nichts kam diesem Namen gleich, nichts war schöner: das H am Anfang ganz wunderbar – ein völlig banales H –, das E und das N eine harmonische Fortsetzung und das I ein einzigartiger Abschluß. Henri! So hießen Könige! Ein ganz gewöhnlicher Name, der von ihren Empfindungen vergoldet wurde. Alles war verwandelt: der Abend, das Fest, der Garten, die Luft und die Düfte und der Himmel und die Zeit. Es war, als habe die Liebe sie auf diese wunderbare Weise erst sehend gemacht. Liebe, Liebe! Sie spielte mit diesem Gefühl, sie streichelte es, betastete es, rückte es hierhin, dorthin, drückte es an sich und hielt es von sich, um es besser betrachten zu können. Dann drehte sie sich mit ihm im Kreis, sank vor ihm auf die Knie, rückte es beiseite, um durchzuatmen, und zog es im nächsten Moment wieder an sich. Oh, ohne dieses Gefühl wollte sie nicht einen Tag länger leben. Sie war nicht bei Sinnen, wenngleich sie sich selbst als zurechnungsfähig betrachtete. Sie trank vom Glück, wie man einen köstlichen Wein trinkt. Aber selbst der allerbeste Wein war dagegen ein korkiges Gesöff. Und sie wollte nicht aufhören zu trinken, denn davon war nicht genug zu bekommen.

Henri war das Zentrum der Welt.

Von dem Jüngling konnte Tuganov weniger wahrnehmen, er sah ihn nur schräg von hinten. Er trug pomadisiertes Haar, einen dunkelblauen Rock, kostspielige Schuhe mit Spangen und roch nach einem teuren Parfüm. An den Jungen kam Tuganov nicht heran. Doch das kümmerte ihn nicht, er hatte ja das Gefühl! Es war strahlend, viel strahlender als seinerzeit der Tod, denn es strahlte im Diesseits, der Tod jedoch strahlte aus dem Jenseits. Und es kam aus der Tiefe, aus einem unendlichen Raum, der derart weit geöffnet war, daß Tuganov einen Blick hineinwerfen konnte. Ihm wurde schwindlig. Das hatte er so entblößt noch nie gesehen. Das war das Paradies. Das menschliche Elysium, vollendete Harmonie. Ach, wäre es möglich gewesen, so hätte er sich für immer dort hineinsinken lassen. Das war eine Verheißung, ein Raum, den er noch nie untersucht hatte. Es war die Seele!

Doch plötzlich fuhr ein unerhörter Schreck in die Welt des Mädchens, und der Raum schloß sich. Ein Böller war mit einem ohrenbetäubenden Knall zerplatzt. Das Gefühl brach zusammen, und Tuganov wurde herausgewirbelt wie von der Druckwelle einer Explosion. Feuerfontänen erhellten die Büsche und Rosenbeete, aus

Raketen brachen bunte Bouquets hervor, und Sonnenräder begannen sich wie wild zu drehen. Das Mädchen sah mit einemmal Tuganovs Gesicht – eine schielende, starre Maske. Ein Faun! Ein Ungeheuer! Satan! Es schrie auf, zog den Jungen von der Bank weg und eilte mit ihm durch eine Pforte aus dem Garten. Dann folgte ein Krachen und Zischen und Fauchen, daß es Tuganov die Sinne nahm. Sternenspeier ergossen sich in die Nacht, Feuerwalzen begannen zu rotieren, und Flammenkaskaden flossen über die Wasser der Springbrunnen. Von der einen Seite des Gartens zur anderen waren glühende Schnüre gespannt. Der Sieg über die Finsternis wurde gefeiert, über das Chaos – das neue Licht.

Tuganov, ein Tuch vor den Mund gepreßt, wankte durch schweflige Pulverschwaden auf die Terrasse zu. Dort stand Louis mit verklärtem Gesicht im Schein der bengalischen Feuer und rief begeistert: Schreiben Sie davon, schreiben Sie!

51

Nach Mitternacht war nicht ein Fetzchen der üblichen Ängste mehr im Palais zu finden. Es war, als seien sie vom Champagner und der Musik weggespült worden. Doch bei genauerem Hinsehen bemerkte Tuganov, daß sie nur zu einer anderen Art von Angst geronnen waren, keiner wirklichen Angst, eher einer Wirkung aller Ängste: der Angst, zu kurz zu kommen beim großen Amüsieren, die Lust nicht genügend befriedigen zu können.

Und gleich als Tuganov den Saal betrat, schwappte ihm ein Schwall dieser Lust entgegen. Das war interessant! Das war ihm an diesem Abend noch nicht begegnet. Lust war ein überhaupt noch nicht analysiertes Gefühl. Doch Tuganov ignorierte es, denn was konnte nach dem Glück schon noch kommen! Nur Fades, Erschrekkendes, nichts Wesentliches. Er hatte vor, das Glück ganz still mit sich nach Hause zu nehmen, sich dort auf die Chaiselongue zu legen, es hervorzuholen und noch einmal von allen Seiten zu betrachten. Er wollte es in sich ausbreiten, es genießen und mit ihm allein sein. Vor allem wollte er ihm einen ganz besonderen Platz in sich einräumen, einen samtenen Altar, um es anbeten und sich an seinem Anblick erfreuen zu können. Auf diese Weise wollte er ihm huldigen wie einer Gottheit.

Doch es kam anders, als er es sich vorstellte, denn im Palais häuften sich die Fälle von Lust. Tuganov, bereits auf dem Weg ins Foyer, wurde bei jedem Schritt von ihnen bedrängt. Lusttröpfchen sickerten aus den Nischen, Lustbänder wanden sich durch den Salon, Lustströme rannen aus dem Saal. Aus allen Ecken wehten ihm Lustwirbel und Lustböen zu. Er zögerte. Das konnte er nicht mehr ignorieren. In dieser Deutlichkeit, dieser Fülle würde er das Ganze vielleicht nie wieder zu Gesicht bekommen. Schließlich hielt er inne, um davon, sozusagen im Vorbeigehen, etwas an sich zu bringen, einen kleinen Geschmack, eine Probe wenigstens. Doch bevor er sich versah, stieß das Gesicht zu.

Es umfaßte den nächstbesten Gast, Monsieur Pallot, den Lichtsekretär, und Pallots Lust kam wie eine Woge auf Tuganov zu. Tuganov entdeckte, als er genau hinsah, in einem Gefühlswinkel Pallots die Lust auf eines der Mädchen im Saal. Ein äußerst schmutziger Winkel war das, und als er noch genauer hinsah, da bemerkte er, daß sich in diesem Winkel schon einige Mädchen befanden. Ach was, ein ganzer Haufen, zwanzig, dreißig Mädchen. Geschöpfe, denen Pallot die Liebe versprochen hatte, das Glück, sogar die Hochzeit. Mädchen, die an seiner Lust eingegangen waren, an der Gier nach immer neuen Körpern, Mädchenleichen sozusagen. Monsieur hatte sich nicht die Mühe gemacht, sie zu beerdigen, wie es jeder anständige Liebhaber tut, mit Anstand und Nöten wegen Wortbruchs, mißbrauchten Vertrauens und enttäuschter Hoffnungen. Er hatte sie einfach fallenlassen, er war über sie hinweggegangen und hatte sich nach Neuem umgesehen. Was man wegwirft, beginnt zu faulen, und so faulten sie in Pallot dahin. Der ganze Pallot war auf diese Weise faulig. Seine Lust war etwas Ekelhaftes, eine stinkende Gefühlsbrühe, eine Mixtur aus Langeweile, Zerstreuung und Gier. Er gierte nach Mademoiselle Justine. Ah, er liebte kleine, spitze Brüste, wie Justine sie besaß, die unverbrauchten, besser noch unberührten Mädchenkörper, das Erschrecken der Jungfrau beim ersten Mal, ihre Angst, ihr Zittern und ihr Beben und das Flehen in den Augen, ihr nicht weh zu tun. Das war frisch, das war köstlich! Bei dieser Vorstellung verspürte Pallot Erregung. Er lächelte vor Lust, und es war, als bleckte er die Zähne. Jetzt war er gefährlich, jetzt schnürte er wie ein Fuchs auf die Mademoiselle zu.

Monsieur Platini dagegen war die Mademoiselle gleichgültig. Ein Kind, das noch Jahre brauchen würde, um eine Frau zu werden, geschweige denn eine Dame. Seine Lust, nicht weniger heftig, nicht weniger entschlossen, richtete sich auf Madame Morel. Das war ein Weib! Platinis Gedanken umkreisten die Madame. Sie bedeckten ihr Gesicht mit feuchten, gierigen Küssen, die nach Fleisch schmeckten, nicht nach Liebe, und sie zeigten ihm Madame Morel, wie er sie zu sehen wünschte, ohne das Musselinkleid mit fünffachem Volant, ohne die spitzenbesetzte Berthe am Dekolleté, ohne das lächerliche Korsett und das Baumwollmieder darunter. Platini stellte sie sich nackt vor. Er fuhr durch ihr Haar, lutschte hinter ihrem Ohr, unter ihren Achseln, er leckte an ihrer Haut. Ah, ihr Mund war halb geöffnet, der schöne Hals gebogen und die Brüste geschwellt. Großartig! Er stellte sich den Bauch vor, bebend, die gespreizten Schenkel, zitternd, und er versuchte sogar, sich vorzustellen, wie ihr Geschlecht roch. Jeden ihrer Reize sammelte er mit der Phantasie des Künstlers ein, vom Kopf bis zu den Zehen, vom Nabel bis zu ihrem Hintern. Sogar an diesem Spalt schleckte er. Er schmierte sich an ihrer Nacktheit ab wie ein Kater am Bein eines Menschen. Oh, diese Madame war kein junges dummes Ding mehr. Er würde sie erobern, er würde sie nehmen, und sie würde sich von einem Mann wie ihm nehmen lassen – einem Komponisten. Das würde der Madame nicht unrecht sein, dafür hatte Platini einen Sinn. Er erhob sich, ging die paar Schritte zu der Madame hinüber und stellte sich vor. Höflich, sehr höflich. Dann bat er, sie ein wenig unterhalten zu dürfen. Artig. Madame gewährte.

Das Gesicht, derart geweckt, zog Tuganov unwiderstehlich weiter, sog ihn mitten in die Gesellschaft hinein.

Auch Monsieur Junot dachte gerade daran, eine Frau zu nehmen, die schönste, Madame Desailly. Er war zwar kein schöner Mann, von mittlerer Statur, mit einer gekrümmten Nase, fahlen Lippen und wäßrigen Augen, aber er war ein Mann, der einer Frau etwas bieten konnte. Kleider, Schmuck, Geld, ein sorgenfreies Leben. Das war das wichtigste: sorgenfrei leben. Denn um eigene Mittel war es für eine Frau in Frankreich schlecht bestellt. Sie durften kein Bankkonto eröffnen, über kein Einkommen verfügen, keinen Besitz veräußern, auch nicht beleihen und schon gar nicht erwerben. Monsieur Junot fand das nur natürlich, denn Frauen waren in seinen Augen dafür nicht geeignet, das war Männersache. Also war es ebenso natürlich, daß Frauen sich an Männer zu halten hatten, am besten an wohlhabende Männer, noch besser an reiche. Deshalb wußten sie den Wert von Geschenken zu schätzen, um so mehr, je reifer sie wurden. Das nannte Junot Erfahrung. Er, Monsieur Junot, war ihnen behilflich, diese Erfahrung zu machen. Mit Geld, denn das bewirkte noch allemal mehr als jedes Versprechen, mehr als Liebe, die zumeist verging. Der Acker aber, so pflegte Junot das auszudrücken, bleibt. Alles, was Monsieur sah, was er berührte, war für ihn Geld. Das Haus war Geld, Louis' Möbel und Antiquitäten waren Geld, dieser Abend kostete Geld. Vielleicht zweitausend, dreitausend Francs. Das Collier der Madame Desailly taxierte er auf tausend Louisdor. Er würde ihr zuerst Rosen schicken, dann eine Perle und dann eine Theaterkarte. Irgendwann ein Schmuckstück für fünftausend Francs. Warum also sollte sie widerstehen? Alles hat seinen Preis. Die Madame selbst würde alles in allem zehntausend pro Jahr kosten. Er, Junot, konnte zahlen. Ah, diese ausgewogenen Hüften! Das machte die Frau erst zur Frau, das unterschied sie vom Knaben. Seine Lust umspülte die Hüften der Madame Desailly.

Louis wiederum fand runde Hüften ekelhaft, er fand Frauen überhaupt ekelhaft, und langweilig obendrein. Leiber, nichts als Leiber. Bedeutungslos ohne ein Kleid. Nichts Klassisches war an ihnen. Seine Lust stülpte sich über die Knaben, die Früchte und Schokolade verteilten. Ach, diese süßen, artigen Bengel, diese Madonnengesichter! Da mußte nichts verhüllt werden, noch nicht, diese Körper waren nackt am schönsten. Nichts Vollkommeneres hatte die Schöpfung hervorgebracht, nichts Begehrenswerteres. Er war süchtig nach so einem Körper, hemmungslos süchtig. Liebkosen, liebkosen! Das Begehren lief in ihm über. Er spitzte die Lippen und wedelte sich ein Duftwölkchen von *Fleur de nuit* zu. Jasmin und Moschus. Das benebelte ihm gänzlich den Verstand. Die Lust schoß bis in seine Mundwinkel und brachte sie zum Zucken. Louis fächelte schneller.

Lust, Lust, wohin Tuganov auch schaute. Immer ungezügelter kroch dieses Gefühl aus seinen Grotten. Es reckte sich, zuckte, tanzte und stampfte. Madame Revellier, voll schaumiger Champagnerlust und nicht mehr recht bei Sinnen, verlangte es danach, öffentlich zu kopulieren; der Präsident der Handwerkskammer, der Operndirektor und die Kurtisane Colette hatten ihre Lust zu dritt in einem Alkoven bedient, und den Abgeordneten Rondeaux drängte es sogar, sein Geschlecht zu zeigen.

Es war für Tuganov, als würden Räume aufgestoßen, in jedem Schrecklicheres, Absurderes. Dieses Hinschauen, welche Qual. Doch er mußte hinschauen, er mußte alles besitzen, alles! Auch die faltigsten Reste von Lust, die manchen Gästen anhafteten wie alte Haut. Ihn schwindelte, er mußte sich setzen. Ah, diese ganze Gesellschaft war verdorben, ranzig, marode, wurmig. Man lachte und war alles andere als froh, man reklamierte ständig die guten Sitten und war selbst sittenlos, man gab sich aufrichtig und betrog einander. Vor allem spielte man Glücklichsein, dabei ängstigte man sich unentwegt. Alles Fassade! Diese Menschen, so schien ihm, gingen nur deshalb nicht aneinander zugrunde, weil sie so gut wie nichts voneinander wußten. Sie lebten mit Illusionen, mit Trugbildern voneinander. Sie blendeten und irritierten sich gegenseitig. Bah, nichts war so, wie es aussah. Man hätte getrost das Gegenteil von dem annehmen können, was wahrzunehmen war – es wäre der Wahrheit nahegekommen. Ah, die Menschen brauchten den Schein, sie liebten ihn, benutzten ihn. Er schützte sie, doch er drohte sie auch zu ersticken. Ihm, Tuganov, war zum erstenmal, als müßte er daran zugrunde gehen. Er lag halb auf der Bank, hatte den Rücken an die Wand gelehnt und machte den Eindruck, als würde er schlafen. Aber er schlief nicht. Er war satt, übervoll. Er wollte sich erholen, sich abkühlen und dann nach Hause gehen.

Doch als die Lust der Marquise de Pereille ihn durch zwei unbedeutende Lustströme hindurch traf, war er erneut hellwach. Ein Zwang, er mußte gehorchen. Auch diesen Ableger mußte er haben.

Die Marquise, eine Frau von fünfunddreißig Jahren, ging als Jüngling. Sie rauchte, trug Hosen und kümmerte sich kaum um die Gesellschaft. Dennoch flossen unentwegt Rinnsale von Lust an ihr herab und bildeten zu ihren Füßen eine Lache. In dieser Lache saß ihr Hund. Tuganov, benommen und gespannt zugleich, fixierte sie. Die Marquise rieb dem Tier den Hals, beugte sich hinab und küßte ihm die Schnauze, die kalte, feuchte Hundeschnauze! Dann holte sie den Hund auf ihren Schoß, und das Verwunderliche war, daß die Lust bei ihr blieb. Die Lust ergoß sich über das Tier. Was denn, konnte das wahr sein? Nein, das war ein Irrtum. Aber das Gesicht hatte sich noch nie geirrt. Tuganov starrte die Marquise de Pereille an und erschauderte. Die Marquise verspürte erneut einen heftigen Schuß Lust und ergoß ihn wieder über das Tier. Sie begehrte das Tier. Sie liebte das Tier! Aber nicht mit dieser Art verrückter Hundeliebe, mütterlicher Liebe, mit der es die fett gewordenen Kurtisanen auf dem Boulevard de Poissonnière taten oder die Merveilleuses ihre Yorkshires hätschelten. Nein, das war fleischlich, sinnlich. Das war eine Liebe, wie man sie einem Mann entgegenbringt. Oh, wie abstoßend! Die Marquise würde zu dem Tier hinabsteigen, sie wollte selbst ein Tier sein, eine Hündin. Das war der Kern ihrer Lust. Das stank, das war das Niedrigste!

Tuganov schüttelte sich vor Ekel.

Aber hatte die Marquise denn keine Scham? Nein, nirgendwo Scham! In der ganzen Gesellschaft, stellte Tuganov fest, war keine Scham. Die Scham schien ausgestorben zu sein. Wo jedoch keine Scham war, da war auch keine Achtung, keine Bescheidenheit, keine Verehrung. Und wo derartige Gefühle nicht waren, da konnte schon gar kein Glück sein. Vor allem keine Liebe. Normalerweise hätte Tuganov das gleichgültig sein können, denn mit der Routine eines in seinem Fach erfahrenen Mannes bewertete er nicht, er analysierte nur. Und seine Erfahrung lehrte ihn, daß auch das Unmenschlichste möglich war, daß der Begriff unmenschlich damit eigentlich wenig Sinn machte. Doch jetzt, nachdem er das Glück endlich gefunden hatte, nachdem er es genießen wollte, drohte ihm der Genuß verdorben zu werden. All die Widerlichkeiten, Niedrigkeiten schienen es zu beflecken. Das war ärgerlich. Und plötzlich verspürte Tuganov Zorn gegen diese Gesellschaft. Sie waren Glücksverhinderer, Glückszerstörer, Glücksschlächter. In ihm regte sich Widerwillen, Widerstand, der Drang, dieser Gesellschaft den Spiegel vorzuhalten. Sie in die Schranken zu weisen, jawohl. Ah, er würde sie Scham lehren! Er würde ihnen Scham zuteilen, ihnen auferlegen. Ja, er würde in sie hineinfahren und sie mit Scham anfüllen, bis sie vor sich selbst erschraken. Denn wenn Scham in ihm wirkte, warum sollte sie nicht auch in anderen wirken. Das würde ihm Erleichterung verschaffen.

Gedacht, getan!

Tuganov packte mit seinem Blick den Gast, der ihm am nächsten stand; es war der Bankier Junot. Er hielt sich in direkter Linie zu ihm, stieß zu, und augenblicklich war er drin in ihm. Sein Geist war im Geist des anderen. Doch Tuganov schaute sich nicht um, hielt sich nicht auf, er atmete einfach aus und sonderte eine unerhörte Portion

Scham ab, alles, was in einem Zug möglich war. Wie einen riesigen Fladen ließ er sie fallen. Dann verließ er Junot, diese armselige Hülle.

Monsieur Platini, der Ästhet, der Feingeist, war sein nächstes Ziel. Das Gesicht blies ihm eine Wolke Scham direkt über das Madame-Morel-Bild, daß es davon eingehüllt wurde und zerschmolz. Dann war der Operndirektor an der Reihe, den Tuganov mit einer Schamflut regelrecht ausspülte, reinigte. Nach ihm die Madame Revellier und dann eine Handvoll anderer Gäste, die ihm gerade über den Weg liefen und in denen er einen ganzen Flokkenwirbel von Scham entfachte.

Als Tuganov, ermattet von dieser Anstrengung, innehielt, sah er, wie Monsieur Junot die Stirn kraus zog. Er riß die Augen auf, stand mit offenem Mund da und begann zu zittern. Wie unter Krämpfen wandte er sich von der Gesellschaft ab. Dann kämpfte er mit einem Würgen in der Kehle, als verschluckte er Erbrochenes, taumelte und wurde ohnmächtig. Mit einem dumpfen Knall schlug er auf den Fußboden und mußte fortgetragen werden. Tuganov schaute grimmig zu.

Zuviel Champagner, bemerkte Louis.

Nur der Marquise de Pereille vermochte Tuganov keine Scham mitzugeben, denn die Marquise hatte sich bereits erhoben, hatte ihren Hund an die Leine genommen und verließ gerade die Gesellschaft. Das letzte, was das Gesicht von ihr aufschnappte, war: Madame war in Eile, nach Hause zu kommen. Madame würde den Hund zu sich ins Bett nehmen und würde mit ihm tun, was man mit einem Liebhaber tut, ja, Madame hielt sich den Hund wie einen Liebhaber. Hätte das jemand wahrnehmen können, so hätte es die Marquise den Kopf gekostet, denn auf Sodomie stand die Todesstrafe. So aber blieb die Madame unbehelligt, so hatte sie noch ein Weilchen zu leben. Dann jedoch sollte sie mit einem ihrer Lakaien in Streit geraten, dieser sollte sie bei den Behörden anzeigen, und man ertappte die Madame sozusagen in flagranti. Mit großem Getöse wurde ihr der Prozeß gemacht. Eine Sensation!

Der Hund wurde getötet und ausgeweidet, um nachzuschauen, ob der Teufel in ihm steckte, und der Kadaver wurde bei Gericht vorgezeigt. Dann wurde er auf richterliche Anordnung an einem unbekannten Ort verbrannt.

Besorgte Bürger machten fortan Jagd auf herrenlose Hunde, erschlugen, ertränkten und vergifteten sie, und die Bravsten der Braven forderten sogar eine Hundewehr, aus öffentlichen Mitteln, versteht sich. Die Abgeordneten hatten Mühe, Argumente dagegen vorzubringen und den Antrag niederzuschlagen. Eine Weile galt es als unschicklich, ja sogar als gefährlich, sich mit einem Hund auf der Straße sehen zu lassen.

Der Marquise de Pereille indes wurde auf der Place de la Bastille mit dem Fallbeil der Kopf abgeschlagen. Ratsch, ab! Ein gnädiger Tod, denn es waren Forderungen laut geworden, die Marquise zu teeren, zu federn und zu steinigen, ihr Jauche in den Schlund zu kippen, sie in einem Zwinger einzusperren oder in einer Grube gefangenzuhalten wie ein Tier. Tausende von Menschen hatten sich auf dem Platz versammelt, um der Hinrichtung beizuwohnen. Eigentlich, um die Madame de Pereille zu sehen, sie anzugaffen, denn es hieß, sie sei behaart, sie habe ein Hundegesicht, und manche behaupteten sogar, sie belle.

52

Am nächsten Tag, im Büro des *Journal Parisien*, bot Tuganov Droix seine Themen an. Der Operndirektor und Colette? Droix wehrte ab, banal, banal, das brachte keine Auflage. Die Knaben des Monsieur Louis? Nein, nein, Droix verlor augenblicklich die Gelassenheit. Louis war einer der besten Anzeigenkunden, nein, der beste, er brachte zwanzigtausend Francs im Jahr ein. Nichts, aber auch gar nichts war über diesen Louis zu schreiben, außer daß er eine wunderbare Collection präsentiert hatte, von der ganz Paris, ach was, ganz Europa sprechen wird.

Nicht einmal mit einem Fragezeichen?

Nein, nicht einmal mit einem Fragezeichen! erwiderte Droix.

Dennoch saugte er diese Neuigkeit über Louis geradezu auf. Eine unterdrückte Meldung war oft nützlicher als eine herausgeplärrte, denn sie bedeutet noch mehr Macht. Es ging Droix nicht darum, Louis zu schonen. Man würde diesem bei passender Gelegenheit zu verstehen geben, daß man von seiner Vorliebe Kenntnis hatte, und das würde ihn unter Druck setzen und zu noch mehr Anzeigen bewegen. Nötigung, o nein, nicht dieses scheußliche Wort! Schließlich hatte Louis sich selbst in diese Situation gebracht. Im Gegenteil, man bewahrte ihn vor der Öffentlichkeit und damit vor einer Blamage.

Wenn nicht dieses Thema, dann ein anderes, sagte Tuganov gelassen. Wer verdient am neuen Licht?

Augenblicklich bekam Droix einen aufmerksamen, gespannten Gesichtsausdruck.

Bestechung bei der Vergabe staatlicher Aufträge?

Droix schnellte in seinem Sessel hoch, beugte sich nach vorn, und die Gier nach Informationen schnappte regelrecht in ihm zu. Ja, das waren Schlagzeilen, das brachte Auflage!

Und die Fakten, die Beweise?

Ein gewisser La Foque wird die Informationen liefern, erwiderte Tuganov leise.

Der Makler La Foque?

Ja, der.

Droix war erregt. Er witterte eine Affäre, einen Skandal, eine Schweinerei!

Sofort, nuschelte er, gehen Sie los, bringen Sie das her, Handfestes. Wir müssen es als erste haben. Und noch bevor er Tuganov losschickte, erhob er sich und tat etwas äußerst Seltenes: Er gab Tuganov Geld. Eine solche Sache war hoch angebunden, sehr hoch, da war nicht leicht heranzukommen. Droix wollte die Geschichte exklusiv haben, und exklusiv war teuer. Natürlich ahnte er nicht, daß Tuganov keinen Pfennig benötigen würde, um das Gewünschte herbeizuschaffen, doch Tuganov nahm das Geld, um Droix nicht zu beunruhigen.

Und tatsächlich, der Abgeordnete Pires erschrak ganz unerhört, als Tuganov ihm die Frage nach seinen Verbindungen zur Gasgesellschaft stellte, eine sehr unangenehme Frage. Pires liebte Fragen solcher Art nicht, und schon gar nicht solche, die seine Person betrafen. Er war zu Zeiten der Jakobiner Mitglied des Stadtrats von Paris gewesen, des blutigen Stadtrats, und sogar des Parlaments. Er hatte einen Unschuldigen nach dem anderen auf die Guillotine geschickt, nahezu dreitausend allein in Paris, und dann, als diese Revolution verblutet war, hatte er sich aufs Land abgesetzt. Der Schrecken der folgenden Kriege hatte die Schrecken, die Robespierre und seine Spießgesellen verbreiteten, beinahe vergessen lassen, die Zeiten hatten sich gewandelt, und jetzt war er wieder da, der Monsieur Pires. Ein ehrenwerter Bürger, dem die alten Verbindungen nützlich waren wie ehedem, denn überall fand man sie wieder, die Schlächter von damals. Sie hatten ja nicht selbst das Urteil gesprochen, hatten nicht selbst den Karren gezogen, hatten nicht selbst an der Guillotine gestanden und die Köpfe abgeschlagen. Sie hatten doch nur zugestimmt, aber das hatten andere ja auch getan, überall im Land. Und außerdem, was sollten die alten Geschichten, heutzutage mußte man in die Zukunft schauen. Ein wohlhabender Bürger war der Monsieur Pires geworden, denn er hatte seinerzeit nicht vergessen, für sich vorzusorgen. Er hatte ein Weingut an sich gebracht, den Landsitz eines der Opfer, ein schönes Bürgerhaus in der Rue St.-Honoré und im Laufe der Jahre Aktien und Beteiligungen an verschiedenen Unternehmungen. Sogar eine Lebensrente bei der Tontine Lafarge hatte er sich gesichert, wo mit dem Tod eines jeden Mitglieds der Anteil für die Verbleibenden sich erhöhte. Zehntausend Francs hatte ihm das im letzten Jahr eingebracht, und jetzt lag gerade Monsieur Fillon im Sterben, das machte elftausendfünfhundert, und über den Winter würde sich die Summe weiter erhöhen.

Lästig war die Fragerei dieses Russen, sehr lästig. Und gefährlich obendrein! Da konnte die alte, blutige Guillotine-Geschichte wieder hochkommen, das konnte einem schaden. Und unerhört groß war Pires' Schreck, als Tuganov ihn fragte, ob er Geld von das Gas Association bekommen habe. Eigentlich war mit einem derartigen Erschrecken für Tuganov die Frage bereits beantwortet, aber Pires entrüstete sich: Nein, nein, so etwas würde er nie und nimmer tun. Und auf die Frage, ob er es nur vergessen habe, weil der Betrag gering gewesen oder weil es nicht direkt Geld gewesen sei, nichts Bares, da schoß ihm die Summe durch den Kopf: Fünftausend Francs.

Fünftausend? fragte Tuganov leise.

Keinen Sou! beteuerte Pires, und er verbat sich Unterstellungen dieser Art, das brauche er sich nicht gefallen zu lassen, das sei üble Nachrede, Anschwärzerei, Rufschädigung. Er würde dagegen vorgehen, würde seinen Namen zu schützen wissen, würde klagen. Er brabbelte das übliche Zeug. Als Tuganov noch fragte, von wem genau er etwas bekommen habe, da meinte Pires verärgert, er habe überhaupt keine Verbindungen zur Gasgesellschaft, doch der Name Pallot blitzte in seiner Welt auf, und Tuganov pflückte diesen Namen seelenruhig aus Pires heraus.

Dann ging er zum Abgeordneten Rondeaux, fragte nach Zuwendungen, Beigaben, Aufwandsentschädigungen und ähnlichem, wann und in welcher Höhe gezahlt worden sei, und natürlich auch nach Monsieur Pallot, worüber Rondeaux nicht minder heftig erschrak. Auch hier sammelte Tuganov Informationen ein, sprach dann beim Handwerkspräsidenten vor, den er gleichermaßen ausquetschte, und ging schließlich, mit genügend Fakten gewappnet, zum Direktor für Stadtplanung, einem Parlamentsabgeordneten. Alles in allem ergab sich, daß nicht nur Schmiergelder gezahlt, sondern auch Posten vergeben worden waren, der völlig unsinnige Posten eines

Sekretärs für Stadtbeleuchtung zum Beispiel, Pallots Posten, der mehrere tausend Francs jährlich abwarf; daß sogenannte Beratungsgebühren erhoben worden waren, daß Reitpferde verschenkt, Kutschen zur Verfügung gestellt und Jagdausflüge organisiert wurden. Daß sogar eine Sommerreise nach England stattgefunden hatte. Natürlich hatte auch der Direktor von all den Dingen, die da aufs deutlichste durch seinen Kopf geisterten, keine Ahnung, und er entließ Tuganov mit der Empfehlung, Gerüchten dieser Art keine Beachtung zu schenken. Das kenne man – ein Angriff politischer Feinde! Aber man lasse sich nicht schwächen, man sei stärker als je zuvor. Ha, er log, der Herr Direktor, und zwar ohne Zittern, ohne Schrecken und derart unverblümt, daß es geradezu ehrlich wirkte. Jedermann hätte ihm seine Entrüstung geglaubt, nur Tuganov nicht. Er war vollgestopft mit Lügen, Musterlügen sozusagen, die er je nach Bedarf mit Floskeln ausfüllen konnte: Nutzen der Gemeinschaft, Bürgerinteressen, Reform, Fortschritt, Vernunft und Sachlichkeit und so weiter. Lügen war sein Geschäft, und er betrieb es wie das Reden. Dabei hatte er nicht einmal ein schlechtes Gewissen, denn er sah seine Lügen als notwendig an. Er bildete sich tatsächlich ein, stets für einen guten Zweck zu lügen, das heißt zum Besten Frankreichs, denn niemand führte Frankreich so gut wie er und seine Partei. Ja, Lügen war das Wesen der Politik, nur wurde das in seinen Kreisen vornehmer ausgedrückt: Diplomatie.

Das waren genug Fakten, fertig war die Geschichte! Das reichte für eine ganze Serie, darüber würde Droix sich freuen, denn eine Serie war etwas Besonderes. Die Leute mochten Serien, sie gewöhnten sich daran, von einer Serie kamen sie nicht mehr los. Vorausgesetzt, sie war gut. Und gut war sie, wenn sie die Menschen berührte, vielleicht sogar betraf, noch besser, wenn sie sie betroffen machte. Wenn sie Seufzer der Empörung, des Verstehens oder der Bewunderung auslöste. Kurz: wenn die Leute interessiert waren. Und nichts interessierte einen Pariser mehr als Paris, denn damit konnte er sich in gewisser Weise für sich selbst interessieren. Diese Serie würde für Empörung sorgen. Das genügte für einen deftigen Skandal.

Doch Tuganov selbst interessierte die Geschichte nicht sonderlich. Was gingen ihn diese schmutzigen Geschäfte an! Er hatte genug Schmutz in Paris gesehen, er hatte überhaupt genug von all dem Dreck. Er interessierte sich viel mehr für das neue, schöne Gefühl. Mehr noch, er glühte dafür, er war besessen davon. Alle Bestandteile davon hatte er im Garten des Palais Louis aufgenommen, er hatte es zu Hause in sich ausgegossen, sich erfüllen lassen und es mehrmals hintereinander genossen. Und da es ein sehr heftiges, helles, blumiges, duftendes Gefühl war, hatte er keine Mühe damit gehabt, aber unerhört viel Freude. Noch einmal war ihm bewußt geworden, daß es das Beste war, was er je zu Gesicht bekommen hatte. Ja, er war sich sicher, daß er niemals etwas Besseres erbeuten würde. Eines war gewiß: Diesem Gefühl konnte man sich vollends hingeben. Das war das Höchste! Das Gefühl aller Gefühle! Aber, und auch das hatte er registriert, es brachte einen im nächsten Moment dazu, mehr davon zu verlangen. Immer danach zu verlangen. Es nie wieder loslassen zu wollen.

Schon am nächsten Tag hatte Tuganov deshalb erneut danach gesucht. Er wollte es ein zweites, ein drittes Mal wahrnehmen. Er wurde von der Sucht des Sammlers getrieben, etwas Seltenes so oft wie möglich zu besitzen. Ja, er mußte es erneut an sich bringen. So schnell wie möglich. Sofort! Stundenlang war er deshalb durch die Stadt gestreift, ach was, gehetzt, den ganzen Abend, die halbe Nacht, alles andere außer acht lassend. Denn jetzt wußte er genau, wonach er suchte: nach dem Glück! Und zwar nicht nach jener Art von Glück, die er an jeder Straßenecke hätte aufschnappen können, dem stillen Glück der Mutterschaft, dem jubelnden Glück des Erfolges, dem ruhigen Glück einer Freundschaft oder dem seichten Glück eines Moments. Auch nicht nach dem gleichmäßigen, faden Glück des Glaubens, das an den Sonntagen über die Vorplätze der Kirchen rann, und schon gar nicht nach jenem betrügerischen Glück der Erinnerung, das erst im Rückblick zu schimmern beginnt. Eine Gaukelei. Darum ging es nicht. Es ging um die Liebe!

Ihretwegen hatte er die Jardins durchmessen, war er an den Quais unterwegs gewesen, hatte er die Stadt in alle Richtungen durchquert – doch gefunden hatte er sie nicht. Wo immer er auch herumgeschnüffelt hatte, er hatte nicht einmal eine Spur davon wahrnehmen können. Das war enttäuschend! Abgeschlagen, durchnäßt und mit schmerzenden Füßen war er zurückgekehrt. Tuganov begriff, er würde Zeit brauchen, um diesem Gefühl wieder zu begegnen, und diese Zeit holte er sich von Droix.

53

Tuganov lieferte einen Teil der Geschichte im Büro ab und gab Droix zu verstehen, daß der Skandal bis in höchste, ja allerhöchste Kreise reiche – er brauche noch eine Woche zum Recherchieren. Droix mahnte ihn zur Eile. Nach dieser Woche erklärte Tuganov, die Sache sei schwierig, der Minister halte sich bedeckt, er benötige zwei weitere Wochen. Droix stöhnte auf, stimmte dann jedoch zu; er wußte, eine gute Reportage ließ sich nicht erzwingen.

Während dieser Zeit trieb Tuganov sich ruhelos in Paris herum. Er mußte das Glück dieses Mädchens noch einmal finden! Zwar trug er es in sich, doch er wollte nicht nur das Abbild, er wollte das Original. Er wollte von dieser glückseligen Woge noch einmal überrollt werden, ganz frisch sozusagen. Jede Nuance, jede Verästelung, auch den geringsten Bestandteil wollte er wahrnehmen. Denn daß ein Gefühl in nur einer einzigen Erscheinungsform vorhanden sein sollte, erschien ihm zweifelhaft. Selbst ein so klarer Stoff wie Wasser konnte in den verschiedensten Zuständen auftreten. Er konnte hart, weich, hell, dunkel, kräuselig oder glatt sein.

Ja, er wollte das Glücksgefühl auf das sorgfältigste ergründen – welches, wenn nicht dieses!

Wenngleich das Glück nur schwer zu finden war, so wurde doch unaufhörlich davon geredet. Denn die romantische Liebe, das heißt die Vorstellung davon, war groß in Mode. Das hatte mit den neuen Romanen zu tun, dem Ruhebedürfnis nach den vielen Kriegen, der Zuwendung zu Herzensdingen und dem ganzen modernen Lebensstil. Hatten die Mütter und Großmütter so etwas nie und nimmer verlangen können, so waren die Töchter ganz wild danach – ja, sie forderten es geradezu für sich ein. Früher, da hatte man nach Stand, Besitz, Mitgift und Erbe geheiratet, da war die Ehe Angelegenheit der ganzen Familie gewesen, eine Bindung zu gegenseitigem Nutzen: Eine Frau mußte nicht geliebt werden, sie mußte zuallererst versorgt werden. Wenn sie darüber hinaus in gute Hände kam, war das ein Glücksfall. Heutzutage jedoch wollten die jungen Leute die Sache selbst in die Hand nehmen. Also drängten sie heraus aus dem abgenutzten elterlichen Hausstand und flanierten auf den Straßen, allein, sogar abends, um sich in dem neuen Licht zu ergehen. Die Straße war zu einer Bühne geworden, einem Publikumssaal, einem riesigen erhellten Theater. Das war aufregend wie ein Ball, das war so gut wie ein Ball. Ach was, das war ein Ball – Lichter gab es genug! Denn man begegnete einander, man betrachtete einander, man begaffte einander, wenngleich man sich das nicht anmerken ließ. Niemand wollte sich länger einsperren lassen, niemand hintanstehen, niemand seine Chance verpassen. Und wo der Widerstand der Alten zu groß war, da stieg man aus dem Fenster, watete durch Rosenbeete und entwich durch Pforten und Hintertüren. Alles zu dem einzigen großen Zweck: der Suche nach der Liebe.

Paris, die Stadt der Liebenden, eigentlich der Liebessuchenden.

Das Glück, dieser eindeutige und zugleich diffuse Begriff, war in aller Munde. Vor allem Schriftstellerinnen gaben zu derartigen Dingen unablässig ihre Ansichten kund. Die Ehe zum Beispiel solle vor allem Zuneigung und Verstehen sein, ein Glück, das dem Himmel entstamme. Ein jeder habe ein Recht darauf. Sei die Liebe erloschen, solle die Bindung aufgelöst werden, um einem erneuten Versuch den Weg zu ebnen. Die Frau solle den Mann nicht nur begeistern und inspirieren, sie solle ihn auch erziehen. Ah, das war kühn, das war unerhört!

Darüber hinaus galt es für eine Pariserin als chic, sich stets in Liebesaffären zu befinden; das war aufregend, und wenn nicht, dann tat man wenigstens so. Wer nicht zum Zuge kam, gab sich erschöpft von den vielen Abenteuern und erteilte Ratschläge. Unaufhörlich und auf das heftigste wurde auf dem Feld der Liebe gefochten.

Jeder, der sich jung genug fühlte, schien hinter dem Glück her zu sein. Welchen anderen Zweck konnte es sonst haben, stundenlang auf der Avenue de l'Opéra auf und ab zu laufen, bis Mitternacht in einem Restaurant zu sitzen, ohne zu speisen, oder dreimal an einem Abend über den Pont au Double zu wandeln. Oberflächlich betrachtet natürlich um zu flanieren, um den Abend zu genießen und die neueste Mode zu zeigen, genaugenommen jedoch, um sich selbst zu zeigen. Man wollte Aufmerksamkeit anziehen, einen Blick erhaschen, ein Lächeln einfangen – man wollte bemerkt werden. Man wollte angesprochen werden, Avancen erhalten oder welche machen dürfen. Zerstreuen wollte man sich, etwas erleben, etwas Aufregendes – am besten die Liebe.

Für Tuganov war das ein ideales, ein wunderbares Terrain. Er durchpflügte den Boulevard du Temple mit seinen Ballsälen, in die die Noctambules unaufhörlich hineinströmten, umstrich die Fontaine des Innocents oder schnüffelte in der Gegend des Théâtre Français herum. In den Tuileriengärten verharrte er unter den Arkaden, hielt stundenlang auf Parkbänken aus oder belauerte die Pärchen an der Seine. Dem Glück jedoch begegnete er nicht, und kaum einer Spur von Liebe. Er fand nur Einbildungen davon, und er wußte genau, was eine Einbildung war, denn er hatte ja den Vergleich.

Zumeist genügte Tuganov ein geübter Blick, um zu erkennen, daß die meisten Pärchen überhaupt nicht zueinander paßten. Sie stießen sich zwar nicht ab, aber sie zogen sich auch nicht übermäßig an. Sie waren einander bestenfalls zugetan. Sympathie war das richtige Wort dafür, mehr war nicht zwischen ihnen. Doch sie wollten unbedingt verliebt sein, also verliebten sie sich. Das Gefühl jedoch, das sie meinten, stellte sich nicht ein. Ach, wie ungeduldig warteten sie darauf! Wie sehnten sie es herbei! Wie lechzten sie förmlich danach. Und je heftiger sie es begehrten, um so mehr waren ihre Bemühungen darum verkrampft. Tuganov sammelte unzählige Abarten ein: völliges Zerschmelzen, zaudernde Hingabe und unbedingtes Wollen – genauestes Prüfen, inständiges Hoffen und mutloses Verzagen –, die Vorstellung, daß Glück so sein müßte, den Zweifel, daß es noch etwas anderes geben könnte, und die Zuversicht, daß sich doch noch alles zum Guten, also zum Glück wenden wird. Das alles glich mehr einer unerhörten Halluzination als einem echten Gefühl, einer gewaltigen Träumerei. Einer Stümperei eigentlich. Was wiederum zeigte, wie selten echtes Liebesglück war. In den Verliebten, egal ob Mann oder Frau, Jüngling oder Mädchen, war nur eine unerhörte Verdünnung davon wahrzunehmen. Ein Samenkorn, aus dem sie ein Pflänzchen zu ziehen versuchten, ein Fädchen, aus dem sie einen Teppich weben wollten, ein Funke, mit dem sie eine ganze Welt zu erhellen versuchten. Dieser Funke, so redeten sie sich ein, sei ein Feuer, und dieses Feuer natürlicherweise heiß. Da Liebe so heiß war wie ein Feuer, mußte das Liebe sein, ganz klar. Ein Irrtum, dem sie bereitwillig nachgaben. Fortwährend versuchten sie, sich eine Vorstellung von etwas zu machen, was ihnen noch nie begegnet war. Sie redeten sich das schönste aller Gefühle ein.

Ja, Glück war das Lieblingsthema der Gesellschaft, Glücklichsein war modern, ein jeder wußte darüber Bescheid, konnte mitreden. Tatsächlich aber wußte kaum jemand Bescheid. Das Ganze glich einem großen Irren, einem Suchen, einem Tappen im dunkeln. Manche Leute meinten, das Glück habe sie übergangen, andere wollten darauf warten, und wieder andere glaubten, sie hätten es übersehen. Ha, das höchste der Gefühle übersehen, unmöglich, so etwas übersieht man nicht, so etwas fühlt man! Manch einer wollte sein Glück auch machen, was besagte, daß er zur Liebe fest entschlossen war. Als ob ein Entschluß etwas bewirken könnte! *Machen* war das allerunbrauchbarste Wort dafür. Auch dem Glück auf die Beine helfen oder es beim Schopfe packen waren Krücken, mit Anstrengung war da überhaupt nichts auszurichten. Ebensowenig mit Ehrgeiz oder Fleiß oder Bildung, all den Dingen, die einen im Leben üblicherweise voranbrachten. Alle glaubten daran, alle strebten danach, alle waren bereit dazu. Ohne Wenn und Aber. Niemand hätte auf die Frage, willst du glücklich sein, geantwortet: Nein!

Eigentlich stand dem Glück also nichts im Wege, doch

in Wirklichkeit gab es jede Menge Hindernisse. Tuganov machte unerhört viel Wenn und Aber zwischen den Pärchen aus, die wie faule Früchte mitten hineinfielen in ihren mühsam angelegten Blumengarten: Ach, wenn er doch besser unterhalten könnte. – Aber sie sollte blond sein. – Ach, wenn er doch mehr Geist hätte. – Aber sie muß Esprit besitzen. – Ach, wenn er doch deutlicher sprechen würde. – Aber sie sollte anmutig sein. – Ach, wenn er doch elegant wäre. – Aber sie darf nicht über Politik reden. – Ach, wenn er doch bessere Manieren hätte. – Aber sie darf nicht zuviel Busen haben. – Ach, wenn er doch schöne Dinge sagen, die richtigen Fragen stellen und entschlossener sein würde. – Sie darf nicht schwatzhaft, nicht hysterisch und nicht kränklich sein. – Er geht wie ein Ganter. – Sie hat dünne Beine. – Seine Zähne sind nicht die besten. – Sie ist eine Maus. – Er hat die falschen Blumen gewählt. – Sie benutzt ein übles Parfüm …, und im übrigen sollte sie viel Busen haben!

Vorbehalte. Vorbehalte! Und das bereits, ohne Besitz, Stand und Religion in Betracht zu ziehen, die üblichen Hindernisse. Oh, die Gedanken und Gefühle wollten einfach nicht zueinander passen. Angesichts dessen kam es einem Wunder gleich, daß sich überhaupt Pärchen fanden. Wo immer Tuganov auch herumschnüffelte, niemand schien mit dem zufrieden, was er hatte oder was sich ihm anbot. Immer strebte das Verlangen woandershin – von einer Seite des Pont Marie zur anderen, von einer Seite des Quai d'Anjou auf die andere, von einem Restauranttisch des Café Anglais zum anderen. Neugierige, abwägende und prüfende Gedanken schwirrten umher, hundertmal mehr als Blicke. In Windeseile erfaßten sie, was auffiel, was interessierte, nahmen sozusagen Maß.

Sie beschäftigten sich mit der Möglichkeit, des Glückes habhaft zu werden. Dabei betrachtete kaum jemand das Nächstliegende, schweifte jedermann umher. Ein Kavalier hing mit seinen Gedanken an einer samtäugigen Mademoiselle, die Mademoiselle indes versuchte gerade, einem Kerl mit südlichem Akzent zuzulächeln, der aber interessierte sich für ein geschnürtes Mädchen, dem fast die Luft wegblieb. Das Mädchen wiederum himmelte einen Flaneur in Stegpantalons an, bevor es geübt in Ohnmacht fiel, genau in Richtung des Flaneurs. Dieser jedoch kümmerte sich nicht darum, denn er hatte seine Aufmerksamkeit auf eine Comtesse gerichtet, die soeben Platz genommen hatte. Dem Wirt war nach der Kellnerin zumute, der Kellnerin nach dem Schankburschen und dem Schankburschen nach der Wirtin – ein jeder wollte etwas anderes als das, was er kriegen konnte. Es war ein unerhörtes Durcheinander.

Es war wie mit der Ferne.

Aber es gab in diesem Wirrwarr auch Menschen, die dem Glück recht nahe kamen. So nahe, daß sie sich sagen konnten: Eigentlich bin ich glücklich. Doch das Wörtchen *eigentlich* schränkte ihr Glück bereits ein. Denn immer, wenn dieses Wörtchen im Spiel ist, verhält sich eine Sache anders, als es den Anschein hat. Auch diese Menschen waren nicht glücklich, nicht so wie das Mädchen im Garten des Palais. Genau betrachtet waren sie es auch nie richtig gewesen, denn sonst hätten sie das gleichmäßige, benebelnde, blubbernde, zufriedene Gefühl in sich nicht mit Glück gleichgesetzt. Sie waren heiter, ausgeglichen oder sonstwas – aber nicht glücklich. Denn Glück war nicht Genügsamkeit, sondern Erfüllung, war nicht Zufriedenheit, sondern Beseelung. Das schienen sie zu verwechseln – oder sie beschieden sich mit dem, was sie hatten, erfüllt von der Furcht, am Ende vielleicht mit leeren Händen dazustehen. Ach, Glück war selten, äußerst selten! Und gemessen daran, wieviel davon gesprochen wurde, war es eigentlich gar nicht da. Hätten die Menschen wirklich gewußt, was Glück, das heißt, was Liebe ist, dann wäre eine Erinnerung daran in ihnen gewesen. So ein Gefühl verliert sich nicht so ohne weiteres. Doch Tuganov fand kein Muster, keine Abbildung, keine Spur – lediglich einen Nebel wie einstmals in der Welt der Kühe. Diese Menschen jedoch lachten, weinten und schmolzen dahin angesichts eines fremden Glücks. Das war rührend anzusehen. Sie wurden hingerissen von ihren Gefühlen. Wer aber solche Gefühle hat, ist auch selbst zum Glück in der Lage. Ach, sie vermochten nicht zu erlangen, wozu sie sich in der Lage fühlten. Vielleicht waren sie deshalb so oft traurig, nörglerisch, unleidlich.

Sie waren unerfüllt!

Daß Tuganov selbst das Glück nicht vergönnt war, bekümmerte ihn nicht weiter. Er erwartete es nicht für sich. Er wußte, sein Aussehen stand ihm im Wege, denn jedes weibliche Wesen empfand bei seinem Anblick sofort Unbehagen. Aber erst recht behinderte ihn sein Übersinn. Schon die geringste Verbiegung, die kleinste Trübung dieses Gefühls hätte er wahrgenommen. Er wäre nicht einmal in der Lage gewesen, sich eine Illusion zu machen. Äußerst unwahrscheinlich, daß es also gerade ihm beschieden sein sollte. Aber das machte nichts. Er wußte ja, was Glück war, viel besser als die meisten Menschen. Er hatte das Mädchen gesehen, er hatte dessen einmalige Regungen empfunden, er hatte sie an sich genommen und trug sie in sich. Dagegen waren diese kläglichen Verrenkungen um ihn herum erbarmungswürdig. Alles Schwindel, alles Irrtum, alles Selbstbetrug. Ach, die armen Seelen! Sie waren voller Achtel-, Viertel- und halber Gefühle. Nein, das zu betrachten brachte Tuganov nicht voran, das behinderte ihn nur.

Er mußte *das* Gefühl haben!

Und je länger er danach suchte, je hartnäckiger es sich ihm verweigerte, desto intensiver ging er ihm nach. Er tauchte ein in die Lustwelt, die Liebeswelt, durchstreifte sie, plünderte sie geradezu. Er trieb sich durch die Galérie Orléans und durch das ganze Palais-Royal, in dem die Galerie lag, das Zentrum des Nachtlebens, wo aus Hunderten funkelnder Gaskronen sich eine unermeßliche Lichtflut in die Dunkelheit ergoß. Ein Sonnentempel, beeindruckender und schöner, als er sich erdenken ließ. Er mischte sich unter die eleganten Damen, die narzißtischen Stutzer und die eitlen Literaten, folgte ihnen, wenn sie aus dem Theater in die Spielsäle hinüberpromenierten, oder umstrich die Pavillons in der Tiefe des Gartens. Zwar war hin und wieder ein Flackern auszumachen, dem er hoffnungsvoll nachhechelte, aber die wahre Liebe war nicht anzutreffen. Er umrundete die Place des Victoires und suchte, als er hier nichts fand, weiter nördlich, an der neuen Börse unter den Spekulanten und Finanzmännern, aber hier war gleich gar nichts zu holen. Dann durchkämmte er auf der anderen Seite der Seine den Quai des Orfèvres, wo die Goldschmiede und Juweliere ansässig waren, vermögende Leute, die ein sorgenfreies Leben führten. Ohne Erfolg. Sogar zu den Huren verschlug es ihn, doch rasch verließ er die Winkel wieder, denn dort war nur Gleichgültigkeit oder Verzweiflung oder ähnlich säuerliches Zeug wahrzunehmen. Nicht einmal unter dem Publikum der öffentlichen Schreiber, die auf den Straßen der Vorstädte Briefe verfaßten, auch Liebesbriefe, konnte er etwas finden. Statt dessen mußte er sich ständig wehren gegen die unzähligen schmierigen, blinden, dürren Gedanken, diese ausgemergelten und verdorrten Gefühle, deren er ansichtig wurde. Um sich davon zu erholen, schritt er gelegentlich mit gesenktem Kopf dahin. Oder er schaute in den Himmel oder auf eine Mauer, einen Baum oder nach irgendwohin, nur nicht in ein Gesicht. Lästig war all dieses unbrauchbare Zeug. Vollgestopft war er davon bis zum Erbrechen, und manchmal erbrach er sich auch, auf seine Weise. Dann stieß er dumpfe Laute aus, die einem Röhren, einem Seufzen oder einem Stöhnen glichen. Auf offener Straße entfuhr es ihm, *Glück, Glück, Liebe, Liebe,* und wer ihn so sah, hielt ihn für debil. Manchmal, allein unter den Seine-Brücken, schrie er sogar. Es waren Schreie der Qual – so wenig Schönes, so viel Widerflat.

Sicher hätte Tuganov das Glück früher oder später wieder vor das Gesicht bekommen. Dann hätte er sich erneut daran berauschen können und die Gewißheit davongetragen, ihm auch ein drittes, ein viertes Mal zu begegnen, aber ein anderes Ereignis machte seine Bemühungen zunichte.

Das heißt, er machte sie selbst zunichte, allerdings ohne daß ihm das bewußt wurde.

54

Denn nachdem er wieder einmal einen ganzen Tag ohne Ergebnis umhergestreift war, stieg er am Abend auf die Butte, den höchsten Punkt von Paris, um sich zu entspannen. Sein Blick fiel hinab auf die Stadt, die schwefelig und stinkend zu seinen Füßen lag. Das da unten war ein Kessel, übervoll mit Menschen, Wesen, die sich aneinander rieben, sich stießen und hetzten, ein jeder von dem Drang erfüllt, aufzusteigen, immer weiter, immer höher und ja nicht zu langsam. Da wurde getreten, gezerrt und um Besitz, Titel, Wohlleben und Ruhm gerungen – nur nicht arm sein, nur nicht nackt, nur nicht hinabgezogen werden in die Sorge um das tägliche Überleben. In immer engeren Kanälen drängte sich die Masse nach vorn, immer größer wurde das Geschiebe, zu viele wollten das gleiche.

Die Arbeiter – ach wäre man doch Vorsteher.

Die Handwerker – ach wäre man doch Lieferant.

Die Priester – ach wäre man doch Bischof.

Die Dichter – ach wäre man doch berühmt.

Aber wo einer aufstieg, mußte ein anderer fallen, und hätte man die Klagelaute der Gestürzten, Verzweifelten und Enttäuschten hören können, so wäre die Stadt von einem gespenstischen Jaulen und Tosen erfüllt gewesen. Nur die Erfolgreichen waren zu sehen, nur die standen im Licht. Und wer endlich dort angekommen war, tat das nicht mit heiler Haut. Dorthin konnte man nur gelangen, wenn man sich tausendmal verbog, duckte, kroch und Speichel leckte, sich selbst verleugnete und selbst verachtete und sich sogar selbst verriet. Und so war auch unter denen, die im Licht standen, das Glück nicht anzutreffen. Aber irgendwo da unten mußte es doch zu finden sein, dieses einzigartige, wunderbare Gefühl.

Tuganov sank ermattet zurück. Er lag unter einem Apfelbaum, atmete den Duft der Blüten ein und träumte sich das Glück noch einmal herbei. Eine Wohltat war das. Glück, ach, wäre die Welt nicht schöner, wenn mehr davon in ihr wäre? Wären die Menschen nicht seliger, wären sie nicht vollkommenere Wesen? Ach, könnte man die Gequälten und Unglücklichen doch befreien von ihrer Düsternis, so wie das Licht sie von der Dunkelheit befreit hatte! Ein Akt der Barmherzigkeit wäre das. Tuganov dachte es so dahin. Der Abend war mild, die Luft war rein, und seine Gedanken stiegen auf wie trunkene Falter in die Blütenkrone des Baumes. Und kaum daß sie in der schneeweißen Kuppel angekommen waren, sanken sie wie verwandelt auf ihn herab: Ein bißchen mehr Glück sollte dieser Stadt beschieden sein. Ein wenig mehr sollte die Welt erhellt sein, wenigstens an diesem Ort. Und je länger er darüber nachdachte, um so mehr breitete sich eine verwegene Idee in ihm aus: Vielleicht könnte er, Tuganov, sie ein wenig erhellen. Warum eigentlich nicht? Oh, nichts Vermessenes sollte das sein, nichts Größenwahnsinniges. Nur ein paar Tröpfchen Glück könnte er verbreiten, sozusagen zur Probe. Er könnte das Glück des Mädchens, das er in sich trug, duplizieren, er könnte es vervielfachen und an andere weitergeben. Er könnte es verstreuen, so, wie er die Scham verstreut hatte! Sofort überprüfte er, ob das Bild des

Glücks noch vollständig in ihm war. Ja, es war noch da! Und wie er es erneut hervorholte, genoß er es auch ein wenig. Die Brust wollte ihm augenblicklich aufgehen davon, und es vermischte sich mit der seidigen Abendstimmung, was besonders deliziös war. Oh, war es nicht kleinlich, so etwas für sich zu behalten? Ja, kleinlich! Er könnte den Menschen davon abgeben – sie vielleicht auf eine gewisse Weise glücklich machen. Glückliche Menschen, eine glückliche Stadt! Natürlich nicht alle, aber wenigstens diesen und jenen. Das wäre selbstlos gewesen, edel! Plötzlich kam er sich knickrig vor, dieses Gefühl bisher so allein in sich herumgetragen zu haben, ja, es nicht einmal gezeigt zu haben. Doch hatte er nicht geschworen, nie ein Wesen zu manipulieren? Nein, nicht manipulieren wollte er die Menschen, sondern ihnen geben, wonach sie selbst strebten, das und nichts anderes. Er, der Unmensch, dem sie nicht das Geringste zu geben bereit waren, wollte sie glücklicher machen und damit Geben lehren. Nur das. Das würde Gott ihm verzeihen, denn das war in dessen Sinne. Geben – und lieben. Sollten andere also am Glück teilhaben, sollten sie sich ebenso daran erfreuen wie er! Wenigstens versuchen wollte er es.

Augenblicklich stieg er von der Butte herab, um seine Idee in die Tat umzusetzen. Und hatte er tagelang vergebens versucht, einen glücklichen Menschen zu finden, so begegnete ihm ein Unglücklicher im Handumdrehen. Denn kaum daß er die Treppe zur Rue Foyatier hinter sich gelassen hatte, traf er auf einen Kirchgänger, der das beginnende Flanieren auf den Straßen mißgünstig betrachtete. Der Mann war etwa fünfzig Jahre alt, trug einen schwarzen Leibrock, tabakbraune Hosen und einen Regenschirm, obwohl der Himmel klar war. Geeignet, witterte Tuganov, sehr geeignet. Und um sich zu vergewissern, zupfte er ein paar Gedanken aus ihm heraus: Nachtleben, Gaslaternen, wozu? – Licht, Licht, nur die Narren lassen sich blenden! – Gott hat die Nacht für den Schlaf gemacht. – Wer nachts nicht schläft, verschwendet seine Kraft und kann am Morgen nicht arbeiten. – Wer aber nicht arbeitet, lebt von der Kraft der anderen. – So einfach ist das. – Tuganov, neugierig gemacht, umtanzte den Mann: Ach, Paris ist verkommen, verwahrlost in den Sitten, im Geiste. – Mode, Mode, als ob das wichtig ist. – Werte sind wichtig, beständige Werte! – Denn daran kann man sein Leben ausrichten: Genügsamkeit, Pflichterfüllung und Demut. – Ja, Demut vor dem Werk anderer, der Väter und vor Gott. – Gott hat solch ein liederliches Leben nicht gewollt. – In den Tanzhäusern die Körper zuckend zur Musik bewegen, das eigene Fleisch zur Schau stellen, sich zusammenballen, daß niemand mehr weiß, wo ihm der Sinn steht. – Das ist nicht gottgewollt. – Licht, Licht! – Ach, wenn doch in den Hirnen auch soviel Licht wäre. – Kaum, daß noch jemand ein Buch liest. – Was ist das für eine Jugend, die Byron mit Biron verwechselt. – Schon allein so etwas zu denken tut weh. – Oh, sie müßte schreien vor Dummheit, diese Jugend! – Acht von zehn kannten den Namen Rousseau nicht. – Manche glaubten, es handele sich um eine neue Champagnermarke oder, noch schlimmer, um einen Parlamentsabgeordneten. – Sie wissen nichts, die jungen Leute. – Nicht einmal, wo Norden ist. – Wenn man sie in den Tuilerien-Gärten danach fragt, dann deuten sie auf die Türme der Notre-Dame, und die liegen im Südwesten. – Und sie interessieren sich für nichts anderes als für ihre Körper, ihre Vergnügungen, ihr Plaisir!

Solcherart Gedanken durchströmten den Mann wie eine gallige Brühe. Armselig war das, bedauernswert. Tuganov folgte ihm in die Kirche St.-Vincent-de-Paul, und kaum daß der Mann auf einer Kirchenbank Platz genommen hatte, stieß er ganz in ihn hinein. Oh, wie roch es hier unerhört säuerlich. Ihm war, als sei er in ein Gurkenfaß gestürzt. Seine Schleimhäute zogen sich unwillkürlich zusammen. Das war nicht auszuhalten. Weg, weg, und Tuganov, der sich eigentlich ein wenig umschauen wollte, ließ in dieser Welt das Gefühl des Glücks einfach fallen. Er stieß es ab wie ein Samenkorn, zwar nur als Abbild, doch dieses Abbild kam dem wirklichen Gefühl recht nahe. Für jemanden, der das Original nicht kannte, mußte es wie das Original sein und damit fast die gleiche Wirkung haben.

Noch in der Kirche, das heißt unmittelbar nach dem Gebet, konnte Tuganov sehen, wie der Samen aufging. Das hatte bei dem Mann zuerst einen merkwürdig debilen Gesichtsausdruck zur Folge, dann einen fragenden, als traue er sich selbst nicht, und schließlich einen entspannten. Die Mundwinkel hoben sich, der Blick öffnete sich, und die Wangenmuskeln wurden straffer. Der Mann atmete durch, und ein Anflug von Lächeln glitt über sein Gesicht. Draußen, vor der Kirche, lächelte er dann richtig. Er stieß die Luft aus, ein Ruck ging durch seinen Körper, und ihm wurde wunderbar leicht zumute. Es war, als fiele eine Last von ihm. Eigentlich ist das ein schöner Abend, dachte er, ein sehr schöner. Die Luft ist angenehm mild, die Stadt ruhig und die Leute, nun ja, ohne Hast. Der Gedanke an diesen schönen Abend erfreute ihn plötzlich wie schon lange kein Gedanke mehr.

War diese Stunde nicht wie geschaffen für ein Glas Wein? Ja, er würde in Jacques' *Maison de Vin* gehen, denn dort, so hatte er gehört, könne man bereits unter den neuen Laternen sitzen. Er würde dieses Sitzen im Licht ausprobieren. Voilà! Er schritt aus, schwang seinen Regenschirm und wurde von dem neuen Gefühl regelrecht davongetragen. Tuganov schaute ihm prüfend hinterher. Zweifellos, der Mann war auf eine gewisse Weise glücklich. Zwar nicht so wie das Mädchen im Palais, dessen Glück sich ja auf eine Person gerichtet hatte, aber er war nach Tuganovs Methode glücklich, ganz allgemein. Er war erfüllt von einer Form des extremen Wohlbefindens, des Einsseins mit sich selbst und seiner Umgebung. Für eine derartige Existenz war das ein unerhörtes Glück. Tuganov, zufrieden mit seinem Erfolg, ging beschwingt nach Hause. Dort genoß er das Abbild und dachte über die Möglichkeiten nach, es weiter unter die Menschen zu bringen.

Am nächsten Tag und an den Tagen danach erschien er nicht im Büro. Er streifte durch die Stadt, war damit beschäftigt, das Glück zu verteilen. Unglückliche Wesen begegneten ihm zuhauf, aus allen Ständen, allen Schichten. Als erstes gelang es ihm, einem Gerichtsdiener ein paar Körnchen davon mitzugeben. Nicht viel, denn der Mann war in Eile. Tuganov umtanzte ihn auf der Place Dauphine, und kaum daß er das Gesicht abgewandt hatte, ging der Mann langsamer. Er riß sich den Rock auf, öffnete den Hemdkragen, breitete die Arme aus und drehte sich im Kreis. Dabei fielen ihm einige Blätter Papier aus der Hand, was er jedoch nicht bemerkte. Ein Straßenjunge las sie auf und gab sie ihm zurück. Der Mann bedankte sich überschwenglich, ja, er kramte in seinen Taschen sogar nach ein paar Sous, um sich für die Hilfsbereitschaft erkenntlich zu zeigen.

Ah, es funktionierte!

Als nächster lief Tuganov ein Kanzleivorsteher über den Weg. Auch dieser bekam ein paar Tröpfchen Glück ab. Der Vorsteher hielt inne, setzte sich auf eine Bank, von wo aus man einen schönen Blick auf das Seineufer hatte, und begann, einen Hund mit seinen Mittagsbroten zu füttern. Er sprach freundlich mit dem Tier, kraulte ihm das Fell und holte es sogar auf die Bank. Braver Hund! Dabei hatte er einen äußerst seligen Gesichtsausdruck.

Tuganov war begeistert. Weiter, weiter!

In ein paar Flaneuren, die den Nachmittag auf der Terrasse einer Weinstube vertrödelten, konnte er ausgiebiger zu Werke gehen. Es waren Gecken in Blümchenwesten und mit lächerlichen Schnallenschuhen, voll von stokkigen und zu Langeweile verklebten Empfindungen. In jedem von ihnen verstreute Tuganov eine Handvoll Glück. Ihre drögen Gesichter wurden plötzlich rege. Die Männer plauderten, lachten und umarmten sich sogar. Dann tanzten sie über die Place Maubert davon. Sie schienen betrunken zu sein.

Tuganov folgte ihnen über den Platz und suchte, das Gesicht von links nach rechts wendend, nach weiteren geeigneten Personen.

Eine Betschwester, der er das Gefühl wie mit einem tiefen Atemzug einblies, begann auf offener Straße zu singen, ein Abdecker, der in einer der Seitengassen der Rue Lagrange gerade einen Pferdekadaver gefetzt hatte, bekam so viel ab, daß er den Pferdebesitzer zum Essen und Trinken einlud, und ein Hausmeister, in dessen völlig verkrusteter Innenwelt Tuganov einen ganzen Haufen los wurde, lief mit einer Tüte Zuckerzeug einer Schar Kinder hinterher. Der Mann schien verrückt zu sein.

Oh, das war faszinierend! Es hatte genau die Wirkung, die Tuganov sich versprochen hatte.

Hinein also mit dem Glück in diese unglücklichen Menschen. Hinein, hinein! Zufrieden beobachtete er die Wirkung seines Bemühens. Zwei Marktweiber tauschten lächelnd Nettigkeiten aus, ein Gendarm bot einer Wasserträgerin Hilfe an, und ein Posamentenmacher schenkte jungen Mädchen vor Glück ellenweise Bänder und Borten. Im Jardin du Luxembourg holte Tuganov sich den letzten Beweis. Er verstreute ein paar Glückssamen in einem Beamten, der, den Kopf erhoben, drei Schritt vor seiner Frau einherstolziert war. Der Mann blieb stehen, sah sich um und nahm seine Frau, als sie herangekommen war, in die Arme. Dann küßte er sie, so wie es ein Liebhaber mit seiner Geliebten tut. Das hatte er vermutlich seit Jahren nicht mehr getan. Die Frau war davon so betroffen, daß sie auf die nächste Parkbank sank. Dort saßen sie beieinander, Hand in Hand, und starrten selig auf die Jasminsträucher gegenüber.

Tuganov ergriff ein nicht minder seliges Gefühl. Das war großartig, das war besser, das hatte mehr Nutzen als alle Geschichten für Droix zusammengenommen, denn die machten niemanden glücklich. Sinn hatte das! Und vielleicht, so kam ihm der Gedanke, lag darin sogar der Sinn seines Lebens. Ja, vielleicht war das, die Nächstenliebe unter die Menschen zu bringen, seine Berufung. Aber Tuganov war kein Eiferer. Die Sache war anstrengend, erforderte äußerste Konzentration und Umsicht, denn zuwenig Glück hätte nichts genutzt, zuviel Glück hätte vielleicht jemanden um den Verstand gebracht. Er wußte, daß die Dosis in solchen Angelegenheiten das Gift machen konnte. Vor allem Überschwang war sich also zu hüten. Eventuelle Nebenwirkungen waren nicht auszuschließen, und deshalb beschloß er, sehr vorsichtig zu Werke zu gehen.

Dieser Entschluß bewahrte viele Menschen vor Unglück, und manchen rettete es sogar das Leben.

55

Doch er nutzte den Umstand, von Droix befreit zu sein, noch auf eine andere Art. Denn jetzt, da er nicht nur über Gedanken und Gefühle einzigartige Erkenntnisse besaß, sondern auch mehr über das Glück wußte, kam ihm die Idee, den Menschen dieses Wissen mitzuteilen. Was man nicht weitergibt, ist verloren! Nicht direkt, nein, das hätte ihm kaum jemand geglaubt, dazu hätte er sich offenbaren müssen. Aber festhalten könnte er es, niederschreiben und es auf diese Weise für andere nutzbar machen. Das Buch von der Wahrheit der Gedanken könnte er schreiben. Eine Anatomie der Gefühle. Keine Theorie, nein, eine praktische Darstellung, etwas, was die Menschen, wie ihm schien, dringend brauchten. Was sie leichter durch das Leben gehen lassen würde. Was sie den Alltag freudiger bewältigen lassen würde. Dann hätte er den Menschen, die nichts von ihm wissen wollten, etwas geben können. Geben, geben ... Dieser Gedanke ergriff stürmisch Besitz von ihm. Ein Werk! Vollständig. Übersichtlich. Klar. Nur von ihm zu erschaffen. Denn für ihn, Tuganov, gab es kein Wahr und Falsch – er sah.

Sein Werk!

Wie ein Gelehrter wollte er dabei vorgehen, systematisch, gründlich. Doch keine trockene Wissenschaft sollte es werden, denn Tuganov sah, daß gerade in seinem Bereich, den Geisteswissenschaften, die Dinge äußerst umstritten waren, schwankend. Zwar wurde Philosophie von den größten Geistern aller Zeiten betrieben, doch kaum eine Erkenntnis war unwidersprochen. Wozu sich also in diesen Streit einmischen? Das kränkelte. Das war wenig erbaulich, manchmal säuerlich. Das Leben schien nicht nach diesen Wissenschaften des Geistes zu fragen. Ein Fleischhauer in den Hallen fragte nach dem Preis des Viehs wie sein Kunde nach dem Preis eines Nakkenstückes; das bestimmte den Fortschritt der Welt. Schaffen und Verbrauchen, Gewinn und Verlust, Haben und Nichthaben – und alles, was an Gier, Verdruß und Zufriedenheit daraus hervorgeht. Die Philosophie stand am Rande. Wäre es anders, so würde jede Generation auf den Erfahrungen der Alten aufbauen. Aber tat sie das? Nein, sie machte dieselben Erfahrungen immer wieder neu und beging damit dieselben Fehler.

Mochte die Philosophie praktisch jedoch nur einen geringen Nutzen haben, so war sie für Tuganov dennoch von unerhörtem Vorteil. Sie half ihm, dem Wissen, das er in sich aufgeschichtet hatte, eine Struktur zu geben. Begriffe wie Vernunft, Verstand und Sinnlichkeit traten so viel deutlicher zutage. Nicht die körperliche oder seelische Sinnlichkeit, sondern die geistige. Ja, geistige Empfindungen und Eindrücke. Die Fähigkeit der reinen Anschauung, die eine solche Empfindung in einem geistigen Raum zu einer Erscheinung werden läßt, zu einem Dreieck etwa oder einer Pyramide. Ah, so entstand reine Mathematik. Was den Leuten draußen auf den Boulevards allerdings gleichgültig zu sein schien. Eine Fläche etwa war für sie nur eine Fläche, eben flach, nicht mehr. Sie kamen nicht auf den Gedanken, daß sie auch eine Kugel bilden könnte.

Der Verstand wiederum diente dazu, diese Erscheinungen durch feste Begriffe zu verknüpfen. Dadurch entstand Erfahrung und damit reine Naturwissenschaft. Denken heißt vergleichen! Aber für die Kunden einer Fischfrau auf dem Markt von St. Germain war schon bei den einfachsten Sachen Schluß damit. Denn hätten sie sich nur ein wenig bemüht, dann hätten sie herausgefunden, daß der Seinefisch von vorgestern war. Er roch nämlich nach Fisch. Frischer Fisch jedoch riecht nicht nach Fisch, er riecht nach Wasser. Sie waren allemal mehr bereit, ihrer Vorstellung von einer Sache zu gehorchen als ihrem Verstand. Und da sie jede Erfahrung auf diese Weise zu machen pflegten, war ihr Bild von der Welt trübe und schief.

Der Vernunft wiederum obliegt es, aus Erfahrungen Ideen zu machen. Was zu einer Vielzahl angewandter Wissenschaften führt, den Lehren von Gründen und Zusammenhängen. Aber auch hier waren die Leute gewöhnlich bequem. Wenn sich eine Sache als schwer durchschaubar erwies, führten sie nur allzugern den gesunden Menschenverstand ins Feld. Ha, so hatte der gesunde Menschenverstand jahrhundertelang besagt, die Erde sei eine Scheibe – denn wäre sie eine Kugel, würde man auf der anderen Seite herunterfallen. Ganz klar! Und viele Leute behaupteten das immer noch. So war das mit dem gesunden Menschenverstand, oft war er alles andere als gesund, hin und wieder sogar dumm.

Sinnlichkeit, Verstand, Vernunft – eine faszinierende Erklärung der Welt des Denkens. So etwas vermochten Gedanken zu vollbringen! Architektur, ja, und das aus einem einzigen Kopf. Genial, genial.

Aber so aufschlußreich alle Wissenschaften auch sein

mochten, sie zu betreiben war nicht Tuganovs Metier. Sein Metier war das Leben. Seiner Wissenschaft wollte er dienen, der über den Menschen. Ein Medicus der Gefühle wollte er sein. Eigene Schlüsse zu ziehen schien ihm mehr wert, als den Betrachtungen anderer zu folgen. Eine Ordnung darzustellen, nach der eines dem anderen folgt oder aus ihm hervorgeht, darauf kam es an. Denn wie es in der Natur diese Ordnung gab, so mußte es sie auch im Menschen geben.

Es war Zeit, mit so einem Werk zu beginnen.

Bei einem Buchbinder in der Rue de l'Université gab er zu diesem Zwecke eine außergewöhnliche Arbeit in Auftrag. Keines dieser modernen Bücher, die man überall mit herumtragen konnte, sondern von doppelter, dreifacher Größe sollte es sein. Dazu ließ er zweimal gebleichtes, sehr feines, aber festes Papier verwenden, den Rücken sauber mit Fäden heften, die Heftung zweifach mit Leinen verkleben und diesen Block in Leder binden. So ein Buch hatte Bestand, so etwas konnte man weitergeben, und das hatte Tuganov auch vor: es weiterzugeben. Ein Buch dieser Art würde, wenn man es sorgfältig behandelte, Hunderte von Jahren halten. Fünfhundert Seiten hatte er bestellt, das schien ihm vorerst genug Raum zu sein für seine Erkenntnisse.

Ein seltenes Exemplar, säuselte der Buchbinder, schön, sehr schön. Schauen Sie nur das Papier, fassen Sie es an, fassen Sie an! Fest wie Seide. Ah, das Leder ist geschmeidig, beste Ware. Die Prägung, sehen Sie, eine künstlerische Arbeit. Einhundertzehn Francs sind nicht zuviel verlangt, nicht zuviel. Doch Tuganov erkannte sofort, daß es zuviel war, viel zuviel. Das Papier hatte der Mann schon zwei Jahre liegen gehabt, ohne etwas davon losschlagen zu können, das Leder war zu Hunderten geprägt worden, und das von einem einzigen Stock, also keine Kunst, sondern Handwerk, und die Bindung war zwar sauber, aber eine gewöhnliche Arbeit. Tuganov jedoch war nicht nach Feilschen zumute, die Sache lag ihm zu sehr am Herzen, und so bezahlte er und ging nicht unzufrieden nach Hause.

Ja, wie ein Professor an der Sorbonne wollte er vorgehen. Eine Botanik des Menschen beabsichtigte er zu schaffen, und das war etwas anderes als blumenpflükkend umherzuspazieren. Sorgfalt war das oberste Prinzip. Nicht moralisch wollte er urteilen, sondern zeigen, was ist. Über das Aussehen der Gedanken wollte er schreiben. Über die Gestalt der Gefühle, ihre Verkettungen, ihre Chemie und was sie für das Handeln bedeuteten und damit für die Welt. Das menschliche Wesen ausleuchten mit klaren, schlüssigen Beweisen, wie ein Mathematiker es mit einem Sachverhalt tut, darauf kam es ihm an.

Und eine Abhandlung über das Glück wollte er einbringen – und daraus entspringend, so hoffte er, würde ihm vielleicht sogar eine Anleitung zum Glücklichsein gelingen. Von derartigen Gedanken beflügelt, förderte Tuganov aus sich selbst zutage, was er dem Volk da draußen links und rechts der Seine entrissen hatte. Er wußte, dieses riesige Werk zu bewältigen würde Jahre dauern, möglicherweise würde es ihn sein ganzes Leben beschäftigen.

Zunächst übertrug er die allgemeine Ordnung in sich auf das Papier. Er bildete die Gefühle ab, wie er sie in sich aufbewahrt hatte. Zuerst das Verlangen, denn das schien ihm Antrieb für alles Tun zu sein. Ein Gefühl, das nach außen gestülpt war wie ein feuchtes Maul, drängend, fordernd, voller klebriger Zungen, die alles beleckten, nach allem schnalzten. Immer hing ihm Hoffnung an, immer war es mit Wohlgefallen verknüpft, immer drängte es auf Befriedigung. Nie allerdings war es auf die Gegenwart gerichtet, niemals auf Vergangenes, ausschließlich auf das Kommende. Es war ein Haben-wollen-Gefühl, auch der Drang, etwas fortbestehen zu sehen.

Dann benutzte er für jedes Gefühl ein neues Blatt, vermerkte die Merkmale und die Systematik seiner Verbindung zu anderen. Das Gefühl der Gunst zum Beispiel empfindet man für jemanden, der etwas Gutes tut. Geschieht das Gute einem selbst, erzeugt es Wohlbehagen. Ein Übel dagegen erregt Unwillen, leidet man darunter, wird er zu Zorn. Was wiederum zeigt, daß Gut und Böse die Pole sind, zwischen denen die Welt sich bewegt. Daß Gefühle sich danach unterscheiden, ob sie das Ich betreffen oder nicht.

Eifrig, ja besessen arbeitete Tuganov. Es war, als leerte er einen Raum nach dem anderen in sich. Wohl war ihm dabei, angenehm leicht. Und je länger er schrieb, um so mehr wurde ihm bewußt, daß seine Erkenntnisse bei weitem noch nicht vollständig waren. Er hatte das Mitleid noch nicht betrachtet und nicht den Spott. Dankbarkeit hatte er zwar gesehen, doch noch nicht alle ihre Wendungen an sich gebracht. Auch wußte er viel zuwenig über Achtung, Verachtung, Selbstachtung. Desgleichen über Verehrung und Respekt. Und vor allem hatte er sich noch nicht mit einer äußerst feinen Regung befaßt, dem Schmerz des Herzens.

Gefühle, Gefühle, die einander entsprangen wie Funken aus einer Feuerwerksrakete.

Für jede dieser Regungen, die es noch zu untersuchen galt, verwendete Tuganov eine weitere Buchseite. Edelmut, Ruhmsucht und Bedauern. Traurigkeit, Unwillen und Hochmut. Zufriedenheit, Gewißheit und Seelenruhe. Vorerst mochte es genügen, sie hier einzutragen, später, so nahm er sich vor, würde er sie detailliert bestimmen. Als er damit fertig war, ließ er einige Dutzend Seiten frei für Empfindungen, die er vielleicht übersehen hatte oder die ihm noch nicht begegnet waren, und dann machte er einen Strich, der einen Abschluß bedeuten sollte. Auf das nächste Blatt schrieb er ein einziges Wort: GLÜCK. In Großbuchstaben, ja, denn so bedeutsam schien ihm dieser Begriff zu sein, genauer, was sich dahinter verbarg. Das menschlichste aller Gefühle wollte er hier betrachten, insbesondere natürlich das Glück der Liebe. Daran maß sich jedes andere Gefühl. Aus dem Glück schien eine Vielzahl Regungen zu entspringen. Wie sonst wäre erklärbar, daß es die Menschen derart verwandelte. Daß aus streitsüchtigen Menschen großzügige wurden. Daß Verbitterte zu lachen beginnen. Daß Zorn in Milde umschlägt und Mißtrauen in Verständnis. Aber viel mehr Empfindungen schienen aus der Abwesenheit von Glück hervorzugehen, vor allem unangenehme. Glück war der Schlüssel zur Welt der Gefühle. Was scheinbar der Gipfel war, war in Wirklichkeit die Basis, der Ursprung. Und die Sehnsucht danach bewirkte viel mehr als jeder Zwang. Und war das gewöhnliche Glück zumeist nur ein Moment, ein vorübergehender Zustand, so konnte das Glück der Liebe von Dauer sein. Auch deshalb gebührte ihm die Krone.

Und schließlich, nachdem er genügend Raum für das Glück gelassen hatte, machte er wieder einen Strich.

Auf der nächsten Seite trug er erneut ein Wort ein: SEELE. Das sollte der letzte Teil seiner Betrachtung sein. Das Menschlichste der menschlichen Substanz. Der Ursprung aller Gefühle. Ein Raum wie das Universum. Er wollte in die Seele der Menschen schauen, wie er in die Seele des Mädchens im Palais Louis geblickt hatte. Jetzt, auf der Höhe seiner Kunst, war er dazu bereit. Das würde die endgültige Offenbarung sein. Gedanken – Gefühle – Seele. Dieser großen Ordnung wollte er folgen. Das sollte sein Vermächtnis werden.

Oh, unendlich viele Mühen warteten auf ihn, die süßeste Plage.

56

Währenddessen hockte Droix unruhig auf den ersten Folgen der Skandal-Serie um das Licht. Er konnte nicht mehr vernünftig essen, nicht mehr ruhig schlafen, an nichts anderes mehr denken. Was, wenn die Konkurrenz Wind davon bekam? Sollte er jetzt schon beginnen, oder sollte er die letzten Recherchen abwarten? Nein, er konnte nicht mehr länger warten. Jetzt, beschloß er, auch so war das schon Skandal genug. Er würde ein paar Fragezeichen setzen, das schützte.

Also erschien in der nächsten Ausgabe des *Journal Parisien* die Schlagzeile: Wer verdient am neuen Licht?

Direktor Blaye, der den Artikel zu lesen bekam, wurde ein wenig unruhig.

Zwei Tage später lautete die Schlagzeile: Schmiergelder bei der Gas Association?

Ein paar Abgeordnete wurden unruhig.

Wieder zwei Tage später: Auch Bürgermeister Ducruet?

Auch der Bürgermeister wurde unruhig.

In dieser Zeit schellte im Büro des *Journal Parisien* unaufhörlich die Büroglocke. Parlamentsboten gingen ein und aus, Sekretäre aus dem Bürgermeisteramt erschienen, und Kuriere der Gasgesellschaft brachten Briefe und Depeschen, alle mit dem Ziel, weitere Veröffentlichungen zu verhindern – so lange, bis man Klarheit in die Sache gebracht habe, notfalls durch das Parlament.

Und um Klarheit gehe es doch auch dem *Journal Parisien*?

Droix blieb ungerührt. Ah, eine gemeinsame Klarheit mahnten die Herren also an, sie wurde erbeten, geradezu erfleht. Er rieb sich die Hände. Er wußte, hier ging es nicht um Klarheit, es ging den Herren um ihren Ruf. Aber Ruf hin, Ruf her, er, Droix, wäre kein Mann der Journaille gewesen, hätte ihm der Ruf von irgendwem am Herzen gelegen. Ein Ruf bedeutete ihm nichts, gar nichts, der eigene ausgenommen. Lächerlich, diese Besorgnis. Bah, sie achteten auf ihren Ruf, sie schützten ihren Ruf – aber was war so ein Ruf denn wert? Von jedem Gerücht, jeder bösen Nachrede, von jeder Polemik konnte er angegriffen werden. In jeder Debatte durfte man darauf herumtrampeln, ihn beschädigen, sogar versuchen, ihn zunichte zu machen. Ha, nicht viel war er wert! Niemand sollte wegen seines Rufs so ein Gewese machen. Nicht darum kümmern, war einer der Ratschläge Droix' an seine Redakteure, wenn diese mal wieder einen Ruf ramponiert hatten.

Und da es mit dem Ruf des Bürgermeisters Ducruet ohnehin nicht zum besten stand, zeigte sich das Parlament entschlossen, für Aufklärung zu sorgen. Alles ans Licht! forderten die Abgeordneten. Das wiederum versetzte Droix in die Lage, einen Tag später eine Meldung zu bringen, die allein schon als Wort äußerst explosiv war: Untersuchungskommission!

Ein Ruck ging durch Paris. Eine Untersuchungskommission war nichts Gewöhnliches, das war etwas ganz Besonderes, denn von einer Untersuchungskommission konnte man die Wahrheit erwarten. Sogar noch mehr: eine Sensation!

Das war eine ausgezeichnete Schlagzeile. Droix war zufrieden, er hatte den richtigen Riecher gehabt. Schlagartig begann Paris sich für die Vorgänge um das Licht zu interessieren, und ebenso rasch begann Paris sich zu spalten. Die Leserbriefe bewiesen es. Bald reichte die übliche schäbige Kiste dafür nicht mehr aus, bald waren es mehrere Säcke täglich. Die Fortschrittlichen bejubelten das Licht, die Frömmelnden lehnten es ab, die Funktionäre begrüßten es, und die Kirche verdammte es: Gott habe der Welt Tag und Nacht gegeben, niemand solle versuchen, sich ihm gleichzustellen. Das hieß nichts anderes als: weg mit den Gaslaternen! Und das wiederum: weg mit den Nachtschwärmern, weg mit den Krakeelern, weg mit den Huren! Alles sollte so sein, wie es früher gewesen war, wenngleich die Kirche das nicht offen zugab.

Oh, nichts war für Droix besser als ein Streit dieser Art, das hielt die Suppe am Kochen. Hysterie, frohlockte er angesichts des anschwellenden Palavers, und er kam der Wahrheit damit näher, als er glaubte. Diese Hysterie sollte noch größer sein als die im Falle der Marquise de Pereille – es war die letzte große Hysterie vor dem Zeitalter der Maschinen und der modernen Wissenschaften.

Eine Untersuchungskommission? Bah! Direktor Blaye, ein abgeklärter, weitsichtiger Mann, war nicht so leicht ins Bockshorn zu jagen, er wußte mit solchen Dingen umzugehen. Man mußte der Meute nur einen saftigen Brocken hinwerfen, damit sie etwas zu beißen hatte. Man mußte ordentlich Krach schlagen, um Ruhe zu haben, und zwar so, daß es auch andere betraf. Scherben waren in diesem Fall das beste! Also schickte er noch in derselben Nacht einige seiner Leute los und ließ in der Rue de Grenelle ein paar Gaslaternen zerschlagen. Die eigenen Gaslaternen! In der Nacht darauf an der Porte Saint-Denis erneut und in der Nacht darauf am Pont d'Arcole noch einmal. Nicht viele, nur jeweils drei oder vier, so daß sich ein Anschlag vermuten ließ. Das war genügend Lärm, das übertönte die Vorwürfe, das wirbelte Staub auf und machte die Schnüffler blind.

Normalerweise wäre so ein Anschlag eine wunderbare Meldung für die Faits-divers gewesen, aber beim *Journal Parisien* nahmen die vorzüglichen Meldungen inzwischen überhand.

Und was für welche: Der Sekretär Pallot hatte sich in seinem Büro erhängt und zuvor auf ein Blatt Papier geschrieben: Schweine!

Der Herr Operndirektor war vom Kulissenboden gesprungen, wobei er geschrien hatte, er könne mit *diesen* Menschen nicht länger leben – als ob es andere Menschen gäbe.

Und der Komponist Platini, dessen Singspiel gerade in der Oper aufgeführt wurde, war tot im Wald von Fontainebleau gefunden worden, bereits von den Füchsen angefressen, in der Rocktasche eine Partitur, auf deren Rand gekritzelt stand, der Neid sei nicht mehr zu ertragen.

Aber die wichtigste Nachricht kam über den Bankier Junot aus England: Er sei von den Felsen von Dover gesprungen. In einem Brief, der wenig später eintraf, erklärte Junot, er wisse nun, daß er gehaßt werde, daß er keine Freunde habe und daß sogar seine Frau ihn verabscheue. Kurz, daß die ganze Welt ihn nicht möge. Darüber hinaus tat er kund, daß Geld ein äußerst nichtiger Wert sei und daß man statt dessen seinen Nächsten lieben solle – aber nur, wenn dieser es verdiene. Und so etwas von einem Mann wie Monsieur Junot! Deshalb habe er alle Aktien, alle Wertpapiere, alle Reserven der Bank vernichtet, um sie keinem Unwürdigen hinterlassen zu müssen.

Wahnsinn, diagnostizierte die öffentliche Meinung. Unmittelbar nachdem Droix die Meldung gebracht hatte, brach das Bankhaus Junot zusammen.

Besonders ergreifend war das Schicksal der Madame Revellier. Die Liebe, so hieß es, habe ihr den Sinn verwirrt, und sie sei nackt in die Seine gegangen, morgens gegen vier Uhr. Aus Liebe, dem Sekretär Pallot hinterher, um mit ihm für immer vereint zu sein.

Was aber mehr als eine Sensation war, was Besorgnis erregte, das war, daß die Fälle von Wahnsinn sich zu häufen schienen. Zur Beichte erschienen Gläubige, die sich bezichtigten, den Teufel in sich zu tragen, und die auf das heftigste verlangten, ausgepeitscht zu werden. Bei den Ärzten tauchten Menschen auf, die beschworen, Strömungen ausgesetzt zu sein, übersinnliche Fähigkeiten zu haben, ja, die sogar behaupteten, Gedanken lesen zu können. Sie erflehten Heilung, ein Mittel, irgendeines, sie wollten sich nicht mehr vom Fleck rühren und griffen sogar die Doktoren an. Da ihnen keine Hilfe zuteil wurde, sprangen sie aus den Fenstern oder stürzten sich in den Treppenhäusern zu Tode. Die Meldungen über derart mysteriöse Fälle nahmen kein Ende; es schien eine Epidemie zu sein.

Paris Nouvelles schrieb: Macht das Licht uns krank?

Der *Mercure* sogar: Bringt das Licht uns um?

57

Tuganov war schon seit einer Woche nicht mehr im Büro des *Journal Parisien* gewesen, und er hatte auch nicht die Absicht, in der nächsten zu erscheinen. Er war in Paris unterwegs, um das Glück unter die Menschen zu bringen.

Droix vermißte ihn nicht, denn die unerhörten, gutverkäuflichen Nachrichten gingen in immer dichterer Folge bei ihm ein. Zwei Marktweiber waren in Saint-Germain mit Messern aufeinander losgegangen, hatten sich halb totgestochen und waren in ein Hospital gebracht worden. Ein Gerichtsdiener schrie, die Welt sei voller Fäulnis, und am fauligsten seien die Herren Advokaten; er mußte in die Zwangsjacke gesteckt und in einer Zelle untergebracht werden, wo er sich den Kopf an einer Mauer einschlug. Ein Kanzleisekretär hatte sich erhängt, da er angeblich die eigene Verwandtschaft nicht mehr ertragen konnte, eine Nonne legte in ihrem Kloster Feuer, um die Lüge auszubrennen, bevor sie selbst in die Flammen ging, und ein paar Flaneure ertränkten sich in dichter Folge in der Seine. Ohne ersichtlichen Grund rollte eine grausige Welle von Tötungsverbrechen über Paris hinweg. Jemand wurde mit einem Seil erdrosselt, ein anderer vergiftet und ein dritter unter einen mechanischen Hammer gestoßen. In der Gegend der Hallen löschte ein Vater, der behauptete, seine Kinder seien vom Nachbarn, dem Schmied, gezeugt, seine ganze Familie aus. In die Irrenanstalten wurden unablässig Umnachtete eingeliefert, die sich Nägel in die Haut trieben, die Haare ausrissen und beim Anblick jedes menschlichen Wesens in Panik gerieten. Bislang friedfertige Bürger bezichtigten einander des Betrugs, des Okkultismus, der Kinderschändung oder der Nekrophilie und anderer Abscheulichkeiten, bevor sie Hand an sich legten. Und die Torwachen berichteten, daß sich die Fälle häuften, in denen Menschen, qualvolle Laute ausstoßend, aus der Stadt rannten und nicht mehr gesehen wurden.

Ein Rätsel, dem nachzugehen niemand Zeit hatte.

Droix berichtete nur.

Ganz unten im Fach für die Faits-divers lag vergessen eine der ersten Meldungen: Ein Mann hatte sich in Jacques' *Maison de Vin* zu Tode gesoffen.

Man schrieb das alles dem Licht zu: Das Licht erhelle die Hirne. Das Licht sei wie ein Feuer, es verbrenne die Vernunft. Das Licht mache wahnsinnig.

In der Kirche Madeleine und in der Notre-Dame-des-Victoires wurde um die Befreiung von diesem Übel gebetet. Ein Pilgerzug machte sich zur Wallfahrtskirche nach Lourdes auf – ein Gang nach Lourdes hatte schon oft geholfen.

In der folgenden Nacht wurden im Faubourg Saint-Antoine, wo man gerade die Beleuchtung für ein ganzes Viertel übergeben hatte, alle Laternen zerschlagen. Die blauen, weißen und roten Bänder, mit denen sie zur Eröffnung geschmückt wurden, waren noch um die Pfähle gewickelt. Direktor Blaye kam der Vorfall gerade recht, lenkte er doch von der Affäre um das Schmiergeld ab. Außerdem trug dergleichen zum Geschäft bei, denn wo etwas zerschlagen wird, muß man es auch erneuern.

Doch in den nächsten Nächten wurden an anderen Punkten der Stadt erneut Laternen zerstört, in der nächsten wieder und in der übernächsten wieder. Das war nun doch zuviel, das konnte der Gesellschaft schaden. Manche der Pariser schien der Anschlag auf das Licht zur Nachahmung ermutigt zu haben. Blaye rief nach dem Polizeipräfekten, der die Sache bereinigen sollte, doch da war es schon zu spät.

Die Hysterie war in Aufruhr umgeschlagen.

Die Gesellschaft für Hydrotherapie rief zu einem Marsch ins Stadtzentrum auf, die Royalisten schlossen sich an, und Scharen von Frömmlern folgten. Ruheliebende Bürger und besorgte Mütter, Hypochonder und Rentiers und Hagestolze mit umgeschnallten Degen gingen auf die Straße, die Fackelmacher und Petroleumkocher verließen ihre Werkstätten, der Hoffeuerwerksmeister war mit einer Gruppe Gesellen unterwegs, und ganze Haufen von Chiffonniers quollen aus den Gassen. Bei Anbruch der Dunkelheit sammelte sich das Volk auf einem Platz in der Vorstadt Saint-Antoine, und aus der Menge waren Rufe zu hören wie: Wir wollen leben! Denkt an unsere Kinder! Weg mit dem Licht!

Schließlich: Weg mit der Gasgesellschaft!

Dann wälzte sich die Masse durch die Rue St.-Antoine auf die Innenstadt zu. Unzählige Körper drängten vorwärts, alle erfüllt von den gleichen Gedanken, den gleichen Gefühlen, vorwärts, vorwärts, ohne genau zu wissen, wohin. Dahin jedenfalls, wo Licht war. Und als der erste Lichtschein zwischen den Silhouetten zweier Häuser hindurchfiel, schrie eine Frau hysterisch auf, und dieser Schrei drückte nichts anderes aus als: Da ist es, das kranke, das böse, das verbrecherische Licht! Er war so gellend, so anklagend, daß er in die Menge fuhr wie ein Strahl glühenden Eisens. Die Masse brüllte auf, der Druck der Körper wurde größer, und die Menschen taumelten dem Licht entgegen. Ein gewaltiger Sog erfaßte sie, ein dumpfes Röhren, ein Kampfgebrüll, das sie wie von Sinnen machte und in dem kein Platz mehr war für einen vernünftigen Gedanken. Jetzt war Aufruhr! Sie strömten auf die Place de la Bastille, überschwemmten den Platz und umringten die Laternen wie Schwärme von Insekten. Dann rüttelten sie an den Verankerungen, schüttelten die Fäuste gegen die Glaszylinder, und Weiber schrien das Licht anklagend an. Kavaliere hatten ihre Degen gezogen, fochten gegen Lichtstreifen, und fettleibige Familienväter versuchten, die Masten zu erklettern, um die gläsernen Kronen kaputtzuschlagen. Hin und wieder gelang das sogar, aber es ging zu langsam. Also versuchte man das Pflaster aufzureißen, und da der Sand in den Fugen noch weich war, gelang es auch. Wo erst einmal ein Stein heraus war, folgte der nächste, und bald war die Fläche zerbröselt wie ein krümeliger Kuchen.

Ein Hagel von Steinen traf die Laternen, die gläsernen Kandelaber zersprangen, und begeistert von diesem Erfolg, begann man, die Pfähle umzureißen. Plötzlich schoß eine brennende Fontäne mannshoch aus der Erde. Jubel brandete auf. Das waren Brand, Zerstörung und Freudenfeuer in einem. Die Masse, in eine feuersbrünstige Erregung versetzt, bewegte sich in schwankenden Haufen von einer Flammensäule zur anderen. Wer zu spät oder zu kurz gekommen war, strömte mit dem aufgebrachten Volk weiter durch die Rue de Rivoli und deren Seitenstraßen in die noblen Viertel der Stadt. Auch dort sättigte man sich an der Zerstörung des neuen

Lichts. Es war ein Rausch, ein Taumel. Fensterscheiben zerbarsten unter dem Druck der Explosionen, Türen wurden eingedrückt, und Dachschindeln segelten durch die Luft. In der Rue St.-Honoré wurde ein Wagen zwanzig Schritt weit geschleudert, und das Gas erhob sich als Flammensäule drei Stockwerke hoch. Die Luft begann zu zittern, und Leute, die sich in jener Gegend aufhielten, glaubten an einen heraufziehenden Orkan, denn es riß ihnen die Hüte vom Kopf.

Tuganov, der an diesem Tag bereits einen Metzgergesellen, einen Handschuhmacher und ein paar Passanten unbekannter Profession von ihren unglücklichen Gefühlen befreit hatte, überschritt gerade die Place de l'Opéra, als er das Brüllen vernahm.

Wenig später, als er in den Boulevard des Italiens einbog, sah er eine Gruppe Lichtfeinde auf sich zukommen, und augenblicklich schlug ihm der Dampf dieser Menschen entgegen: Hochmut, Mißachtung, Haß. Das waren Unzufriedene, Zerrissene, Unglückliche. Das war ein riesiger Haufen von Glücklosigkeit, ein menschlicher Unglückspfuhl. Nicht ein goldenes Fädchen durchzog diesen Brei, kein leuchtendes Pünktchen glomm in dieser Düsternis. Was für ein jämmerliches Gewaber! Das waren Gedanken wie Keulen, Gefühle wie Schweiß, Dung, Leder! Das waren Schimmel, Säuernis und Brandgeruch in einem, stumpf und trostlos. Oh, weinen hätte er können angesichts dieser Trostlosigkeit. Tuganov betrachtete die Horde, und es durchzuckte ihn ein verwegener Gedanke: Er könnte hineinfahren in den ganzen Haufen und versuchen, ihn glücklich zu machen. Mit einem einzigen unerhörten Streich! Zwar war diese Idee gewagt, aber sie entsprang einem Ideal. War nicht das Licht das

Beste, was Paris seit langem widerfahren war? Also mußte man es bewahren. Und war Glück nicht auch eine Form des Lichts, eine Erhellung, wenngleich von innen her?

Tuganov sah, wie ein paar Noctambules, die ebenfalls in den Boulevard eingebogen waren und sich nicht in Sicherheit bringen konnten, verhöhnt und mit Knüppeln traktiert wurden. Vor dem Modesalon Louis schickten sich ein paar Kerle an, die Gaslämpchen neben den Schaufenstern zu zerschlagen, bevor sie die Schaufenster selbst zerschlugen. Die goldenen Buchstaben wurden zertreten, der Schwan krachte auf das Pflaster, und die Auslagen wurden von einer Gruppe Chiffonniers herausgerissen. Augenblicklich raufte der Mob sich um die Beute. In diesem Moment erschien Louis' Hündchen in einem der Fenster, sprang auf die Straße und begann quiekend zu bellen. Aufgeregt hüpfte es hin und her, beherrscht von dem einfältigen Zwang, zu wachen, zu schützen. Armer, dummer Hund! Denn als die nächste Laterne stürzte, geriet er zwischen Hauswand und Laternenkrone, zappelte und wurde zerquetscht wie eine Wurst. Aus! Unglücklicherweise tauchte nun Louis ebenfalls in den vorderen Geschäftsräumen auf, und anstatt sich angesichts des Krawalls augenblicklich aus dem Staube zu machen, stand er in einem glänzenden Hausmantel wie ein Lichterengel da und rang die Hände. Mon Dieu! Haltet ein! Suchend schweifte sein Blick umher, und als er den Hund sah, das heißt den blutigen Fetzen, der von ihm übriggeblieben war, traf ihn der Anblick wie ein Schlag. Er kam nicht mehr dazu, aus dem Schaufenster auf die Straße zu klettern, denn sein Herz setzte aus. Er taumelte, drehte sich im Kreis und fiel um. Dann streckte er sich auf den samtenen Läufern, zuckte noch zwei-, dreimal und hauchte sein Leben aus. Und das, ohne Schmerzen und ohne einen Kratzer abbekommen zu haben. So einen Tod hätte Louis, den alles Sieche ekelte, sich sicher gewünscht, aber nicht aus diesem Anlaß und schon gar nicht so früh. Ein Tod unter goldenen Schleifen, gerahmt von goldenen Borten und Zierleisten, direkt im Schaufenster – das war großartig und fatal zugleich.

Natürlich hätte Tuganov sich vor solchem Unheil in Sicherheit bringen müssen, aber angesichts des toten Louis und seines zerquetschten Hündchens fühlte er sich gedrängt, etwas zu unternehmen. Hier galt es, Courage zu zeigen! Dem Aufruhr entgegenzutreten, ihn vielleicht sogar zu stoppen, wenigstens an diesem Ort, das war seine Pflicht. Wem, wenn nicht ihm sollte das gelingen? Vielleicht hatte Gott ihn aus diesem Grund genau an diese Stelle gesandt. Vielleicht war das seine Mission. Und so konzentrierte er sich. Er hielt das Gesicht der Menge entgegen, fuhr in sie hinein und drehte sich, halb schwindlig, in ihr umher. Er tanzte, verbog und verrenkte sich und hatte äußerste Mühe, irgend jemanden zu fassen. Schließlich fixierte er einen Ordensträger des Grand-croix, dessen Degen sich in der Scheide verklemmt hatte, und ergoß einen ganzen Schwall Glück in den Mann. Augenblicklich ließ dieser den Degenknauf fahren, entspannte sich und stand wie benommen inmitten des Gewühls. Dann lief er verträumt aus dem Licht, hob den Kopf und schaute in die Sterne. Das war gelungen. Weiter! Indessen war der Wirbel so groß, daß Tuganov selbst davon erfaßt wurde. Ungeachtet der berstenden Glaszylinder drehte er sich in der Menge umher, das

Gesicht starr, sein glückliches Gefühl verströmend, und ergoß es in die Menge. So tanzte er mitten in einen Splitterregen hinein.

Im nächsten Moment wurde es dunkel um ihn herum. Er tappte ein wenig linkisch erst nach links, dann nach rechts, und da er sich nicht mehr zu orientieren vermochte, sank er auf die Knie. Es sah aus, als wollte er beten. So an eine Hauswand gelehnt, kniete er noch, als der Haufen weiterzog. Allein in der Dunkelheit ergriff ihn plötzlich ein Strömen, ein Fluten, eine heiße Welle, und etwas floß aus ihm heraus, ohne daß er wußte, was es war.

Währenddessen gingen im Büro des *Journal Parisien* unaufhörlich die Nachrichten über die Krawalle ein. Ha, das waren Meldungen! Droix selbst sichtete sie, plazierte sie und tauschte dreimal hintereinander die Schlagzeile aus, eine schrecklicher als die andere. Er trieb die Korrektoren an, peitschte die Setzer zu höherem Tempo und hetzte die Drucker. Doppelte Auflage!

Das Büro selbst blieb von dem Aufruhr verschont. Schreiben schadete ja niemandem, schreiben machte ja nicht krank, vom Schreiben war noch keiner umgekommen. Das jedenfalls glaubte das aufgebrachte Volk.

Laufen Sie zu Monsieur Louis, befahl Droix einem der Redaktionsboten. Melden Sie: doppelte Auflage. Eine Anzeige lohnt sich wie nie zuvor. Eine halbe Seite, sagen wir zu zwanzig Prozent Rabatt, eine ganze Seite zu dreißig. Allez, allez!

Der Bote rannte aus dem Büro, eilte die Rue de Jeûneurs hoch, durch ein paar Seitenstraßen und auf den Boulevard des Italiens. Dort fand er den Modesalon Laurent L. Louis geplündert vor. Tuganov entdeckte er neben dem Portal, auf dem Pflaster sitzend und noch immer an die Hauswand gelehnt. Er machte den Eindruck eines blinden Bettlers, aber er lebte. Der Bote half dem Herrn Tuganov, der nichts mehr sehen konnte, auf die Beine und brachte ihn in die kleine Kirche Notre-Dame-de-Bonne-Nouvelle, die unmittelbar hinter dem gleichnamigen Boulevard lag, wo er in Sicherheit war. Dann eilte er zurück zum Büro.

Monsieur Louis sei tot! meldete er.

Tot? Droix ließ sofort die Druckmaschine stoppen und setzte eine neue Schlagzeile: Tod des Modekönigs – war es das Licht?

Dann erst gönnte er sich eine Pause. Er hockte sich hinter seinen Schreibtisch, zündete sich eine Zigarre an und verspürte Zufriedenheit. Er hatte die hervorragendsten Nachrichten, gut, gut … Aber er hatte einen Anzeigenkunden verloren, schlecht, schlecht … Trotzdem: Was für ein Tag!

58

Am nächsten Tag wurde Tuganov in das Hôpital des Quinze-Vingts gebracht, ein Krankenhaus für Blinde im Faubourg Saint-Antoine. Dort holte man ihm die Glassplitter aus den Augen, legte ihm eine schwarze Binde um und wies ihm ein Bett zu in einem Raum, dessen Vorhänge zugezogen waren. Zwei Wochen verbrachte er so in völliger Ruhe. Als man ihn herausführte und ihm die Verbände abnahm, verlangte er zuerst nach mehr Licht. Aber von der Kirche des nahen Friedhofs Picpus war gerade das Läuten der Mittagsglocken zu vernehmen, es war Tag und nicht Nacht. Tuganov machte ein paar unsichere Schritte, riß die Augen auf und reckte das Kinn – doch er war wie von Nebeln umhüllt. Er nahm nur Schemen wahr, Schatten und Silhouetten. Alles um ihn herum war grau!

Er erschrak. Er konnte hören und nichts erkennen, er konnte fühlen und nichts wahrnehmen. Er war nicht ganz blind, aber auch nicht ganz sehend. Wie wartend stand er da. Alles um ihn war in ein warmes, einlullendes Licht getaucht. Dann spürte er, wie sich eine große Stille in ihm ausbreitete. Auch die Welt um ihn herum schien von dieser Stille ergriffen zu sein. Was immer ihm aus ihr entgegenströmte, war mild, wohlwollend, wohltuend. Alle Regungen waren eindeutig, wenngleich er sie auf eine neue Art wahrnahm, durch Hören. Doch wie immer man es ausdrückte: Mitgefühl war Mitgefühl, Bedauern war Bedauern, Verständnis war Verständnis. Das war echt! Es schien kein Dahinter zu geben, jedenfalls konnte Tuganov keines wahrnehmen. Und mit einemmal begriff er: Er hatte das Gesicht verloren! Aber nicht nur das: Auch die Abbilder in ihm waren erloschen. Alles, was er gesammelt hatte, war nicht mehr da. Er war auf eine gewisse Weise leer. Das war fatal, das war entsetzlich, doch nachdem er diesem Zustand eine Weile ausgesetzt war, stellte er fest: eigentlich kein schlechtes Gefühl. Beinahe ein angenehmes Gefühl. Er fühlte sich äußerst unbeschwert, genauer gesagt, unbedrängt.

Und nach einiger Zeit der Gewöhnung fühlte er sich sogar froh. Genau besehen, war dieser neue Zustand nicht übel, die ganze Welt schien nicht übel zu sein. Und noch genauer besehen, war diese Welt sogar recht liebenswert. Die Wäschefrauen im Hospital waren liebenswert, die Köchinnen und Hausknechte waren liebenswert, die Saalaufseherin war liebenswert, und auch der Arzt. Irgendwie lieb! Aber die allerliebsten Geschöpfe waren die Schwestern. Zum Liebhaben! Sogar die Patienten, die jammernden, nörgelnden, klagenden Kranken waren richtig besehen lieb. Nichts Schlechtes ging von ihnen aus. Ganz passable Menschen, stellte Tuganov fest, geradezu rein.

Unübertrefflich liebenswert jedoch, und da war Tuganov sich ganz sicher, war jene Schwester, die ihm die wunden Augen pflegte. Sie verströmte etwas äußerst Angenehmes, und Tuganov bedauerte, nicht wie bisher einfach in sie hineinfahren und wahrnehmen zu können, was das war. Eines jedoch nahm er wahr: Sie war voller Mitgefühl. Das ließ sich daran erkennen, daß sie Dinge sagte wie: Man kann auch mit dem Herzen sehen. Oder: Gott sieht und wir vertrauen. Das war tröstlich. Wenn sie lächelte, konnte Tuganov das dem Klang ihrer Stimme entnehmen, und dieses Lächeln – nichts als ein Lächeln – schien das Bezauberndste zu sein, was ihm je zuteil geworden war. Lieb, lieblich, allerliebst! Er lächelte zurück und wurde dabei unvermutet von einer merkwürdigen Aufregung ergriffen. Das war ein neues, ein verwirrendes Gefühl.

Da er in vielen Bewegungen noch ungeübt war, half die Schwester ihm beim Aufstehen, führte ihn über den Flur und begleitete ihn in den Garten. Man mußte ihm helfen, dem armen Herrn Tuganov, mußte ihn führen, ihn halten und zu ihm halten. Blindsein war furchtbar, aber allein und blind, wenngleich nur halbblind, das war ganz schrecklich! Er hatte niemanden, der Herr Tuganov, keine Familie, keine Verwandten, nicht einmal ein Stück Heimat. Aber er hatte einen feinen Sinn, das spürte die Schwester.

Täglich betete die Schwester Marie in der Kirche Sainte-Marguerite für die Kranken, besonders für den Herrn Tuganov, und sie zündete sogar eine Kerze für seine Heilung an. Doch Gott schien sie nicht zu erhören, denn die Welt des Herrn Tuganov blieb grau, wie sie war. Nun, das konnte man auch nicht erwarten, daß Gott einen erhörte – ein unbedeutendes Mädchen aus einer Pariser Vorstadt war leicht zu übersehen unter all den Bittstellern dieser Welt. Trotzdem war Gott auch ihr Gott, und wenn sie mit ihm allein war, dann hatte sie das Gefühl, daß sie ihm alles anvertrauen konnte, ja anvertrauen mußte. Ganz besonders war ihm anzuvertrauen, daß ihr Herz voll war in bezug auf diesen halbblinden noblen Menschen aus Rußland. Um die ganze Welt war dieser Herr Tuganov betrogen, und ein wenig wollte sie diesen Betrug wieder wettmachen, ein wenig sich um den Herrn kümmern. Gott verstand, er antwortete ihr auf seine Weise. Denn wie sonst konnte ihr Herz so voller Besorgnis sein, so heftig schlagen angesichts eines einzigen Kranken, wo sie doch schon unzählige andere gesehen hatte. Gott wußte, was gut für sie sein würde. Derart einfach und geradlinig dachte Mademoiselle Marie, das entsprach ihrem Naturell. Und nachdem die Sache mit Gott abgemacht und durch einige Gebete bekräftigt war, gab sie also ihrem Verlangen nach Tröstung nach: Sie blieb länger als nötig an Tuganovs Bett sitzen, sprach mit ihm und nahm schließlich seine Hand. Dann, einige Tage später, kurz vor dem Nachhausegehen, küßte sie den armen Herrn Viktor.

Tuganov blieb nicht nur in unerhörter Aufregung zurück, sondern auch mit einem Gefühl des Glücks. Glück?

Ja, er war glücklich, zum ersten Mal in seinem Leben glücklich. Er glaubte sogar, glücklicher zu sein als jeder andere Mensch – jedenfalls als jeder, der ihm bis dahin begegnet war. Vielleicht sogar glücklicher als das Mädchen im Palais Louis, von dessen Glück er allerdings nur noch eine dumpfe Ahnung in sich trug. Um sicherzugehen, suchte er angestrengt den Vergleich, doch es gelang ihm nicht – er hatte das Gesicht verloren. Nein, nicht verloren, denn es bedeutete keinen Verlust mehr für ihn.

Er war davon erlöst!

So ein Kuß war ein Geständnis, mehr noch, ein Versprechen, wenn man es ernst damit meinte, und Marie meinte es ernst. Als Mädchen aus dem Faubourg Saint-Antoine betrachtete sie einen Redakteur mit eigenem Einkommen als jemand Besonderen, ein Gottesgeschenk, einen Glücksfall, auch wenn Tuganov als Informationsbeschaffer nun nicht mehr taugte.

Für Tuganov, der jedes Schlagen ihres Herzens, die Nähe ihres Körpers, jeden ihrer Atemzüge aufsaugte, war das Glück vollkommen. Zuerst genoß er das Glück weiterer Küsse, betört von der unerhörten Beseelung, die von diesem läppischen Die-Lippen-Aufeinanderdrücken ausging. Dann das Glück des Vereintseins, und danach das satte, stille Glück des einander Gehörens. Das war die Erfüllung. Und das, wo er doch kaum noch etwas wahrzunehmen vermochte! Er hätte jammern und klagen müssen, sich die Fähigkeit zurückwünschen müssen. Aber nichts von dem, er war ... ein anderer Mensch. Ja, ein Mensch – kein Seher.

Er sah nicht, daß Marie sehr helle Haut hatte, die an den Armen mit Sommersprossen gesprenkelt war, daß ihre Augen sehr mild waren und daß sie bei allen Tätigkeiten den Kopf etwas schief hielt, wie um sie mit besonderer Sorgfalt auszuführen. Aber er glaubte, in ihr Herz sehen zu können, denn alles, was von dort kam, war unverfälscht. Wenn sie sagte, lieber Viktor oder Liebster, dann waren diese Worte voller Gewißheit, dann waren sie wahr. Das brauchte man nicht zu sehen, das hörte man. Da war kein Wenn und Aber.

Ach, wieviel Bedeutung kam diesen Worten plötzlich zu, überhaupt allen Worten. Wie wohltuend sie waren. Es war eine Freude, auf sie zu achten, sie an sich heranzulassen, und das, wo er früher Worte doch zu übergehen pflegte. Nichts war täuschender gewesen als sie. Viel zu oft hatten sie etwas verschwiegen oder verschleiert oder das Gegenteil einer Absicht ausgedrückt. Wie Schlangen waren sie gewesen, wie kalte Sonnen und manchmal nichts als Lügen. Werkzeuge des Bösen. Aber jetzt waren sie wie verwandelt. Rein, angenehm, selbst wenn sie sich auf sein Leiden bezogen. Voller Sorge, voller Verständnis waren sie. Wie selten hatte er früher Verständnis ausmachen können. Gut tat das, gut! Ja, es weckte in ihm sogar das Gefühl der Dankbarkeit. Eine Weile verwendete er seine ganze Aufmerksamkeit nur darauf, keines dieser Wort zu verpassen. Er nahm sie auf, ließ sie in sich einsinken, und sie schienen in ihm anzuschwellen, ihn auszufüllen. Aber nein, es waren nicht die Worte, die da anschwollen, sondern Gefühle. Eigene Gefühle. Seine dumme Freude über ein paar tröstende Bemerkungen war so ein Gefühl. Oder sein Bedauern über das Leid eines anderen. Viel mehr, als er früher etwas bedauern konnte. Sein Bedauern schien mit den Worten geradezu zu wachsen. Ah, das konnten Worte bewirken. Warum, so fragte er sich, war er früher so achtlos mit ihnen umgegangen? Es gab keinen Grund, ihnen zu mißtrauen. Er genoß das. Es war, als könnte er sich jetzt erst als Mensch fühlen. Als Mensch *fühlen*.

Und sein Glück war vollkommen, als er zum erstenmal die Straße betrat. Es war wie ein Gleiten, ein Schweben, ein Tanzen. Nirgendwo Gedanken, die ihn bedrängten, die in ihn hineinfuhren. Weit und breit keine Gefühle, die ihm säuerlich oder brenzlig in den Sinn stiegen. Im Gegenteil, seine Sinne waren frei. Sie schienen zu jauchzen, zu jubeln, und ihm war, als würde er aus einer schweißigen Menschenmenge hinausschreiten auf eine Blumenwiese. Ein unerhörter Raum tat sich auf, rein, wie leer und scheinbar nur für ihn. Denn von den Menschen, denen er begegnete, war kaum etwas wahrzunehmen, nur ein paar Laute, ein kümmerlicher Geruch. Sie schienen einander nicht nur unaufhörlich Platz machen zu wollen, sie waren, gemessen an diesem Raum, eigentlich gar nicht da. Das Ganze glich einem Himmel voller Sterne, und diese Sterne standen in riesigen Entfernungen zueinander.

Aber Marie war da.

Sie machte ihn so glücklich, daß er niemals mehr von ihr getrennt sein wollte.

Die Glocken der Kirche Sainte-Marguerite läuteten heftig, als Tuganov die Krankenschwester ein paar Monate später zum Altar führte. Und hier, im Moment der größten Bedeutung, regte sich, wie aus Gewohnheit, der alte Sinn in ihm. Für einen Augenblick starrte er Marie an, als wollte er in sie hineinsehen, um auch ihr Glück wahrnehmen zu können, doch die Narben in seinen Augen schmerzten nur heftig. Ach, wie lächerlich, er brauchte nicht in sie hineinzusehen, alles war wahr. Ein beinahe noch glücklicheres Gefühl ergriff ihn. Nein, niemals mehr mußte er in jemanden hineinsehen, nichts mehr erkennen. Leben konnte er, wie jeder andere Mensch. Erlöst war er. Kein Zwang mehr, keine Fragen mehr. Er durfte glauben, an die Menschen glauben, seine Seelenruhe finden und damit Zufriedenheit. Eine Gnade. Auch das schien ihm ein Glück zu sein.

Und bei dieser Überlegung begriff Tuganov: Nicht das Erkennen bedeutet Glück, sondern das Nichterkennen!

Das schien ihm für alles zu gelten, was er bisher erlebt hatte.

Im Frühjahr wurde Marie schwanger. Tuganov, beglückt, führte sie durch die Gärten der Tuilerien – eigentlich führte sie ihn –, und hielt dabei ihre Hand, als sei sie krank. Abends roch er an ihrem Bauch, lauschte daran und drückte sein Gesicht darauf. Im Sommer schneiderte Marie weite Kleider für sich, im Herbst strickte sie Kindersöckchen, und im Winter kam sie nieder. Tuganov zerriß, als er ihre Schmerzenslaute hörte, ein Leinentuch zwischen den Fingern. Marie preßte erst ein Kind aus dem Bauch und dann noch eines, einen Jungen und ein Mädchen. Diese unerhörte Anstrengung kostete sie alle Kräfte, und gleichzeitig verlor sie viel Blut. In der Nacht bekam sie Fieber, und am Morgen war das Laken befleckt von einem üblen Ausfluß. Tuganov bestellte einen Arzt, ließ sie täglich behandeln und zahlte doppelt, damit der Arzt, wenn nötig, auch des Nachts käme. Er kaufte die teuersten Medikamente und wich tagelang nicht von ihrer Seite. Als das Fieber zunahm, eilte er in die Kirche Notre-Dame und betete. In seiner Hilflosigkeit kaufte er die größte Kerze, die er bekam, und legte eine verschwenderisch hohe Summe in den Opferstock. Doch alles nützte nichts: Als er zurückkam, war Marie tot.

Alle Worte dieser Welt vermochten Tuganov nicht zu trösten.

Marie wurde an einem Mittwoch, gegen zwölf Uhr, auf dem kleinen Friedhof der Kirche St.-Séverin begraben. Tuganov stand bis zur Dunkelheit an ihrem Grab.

Wie sollte er leben ohne sie, und wie die Kinder ohne Mutter?

Eine Amme wurde bestellt. Die Frau schwor, eine gute Saugamme zu sein, eine bessere gebe es nirgendwo. Sie sei nicht zu jung, aber auch noch keine dreißig, habe gute Zähne, ihre Brüste seien weder hängend noch groß, denn große Brüste hätten selten gute oder viel Milch, und ihre Brustwarzen stünden weit genug hervor, um auch für ein weitmäuliges Kind faßbar zu sein. Sie sei nicht menstruiert, habe weder Ausschlag noch venerische Übel, esse und trinke mäßig, meide blähendes Gemüse und könne häufiges Wecken gut vertragen. Im übrigen sei sie unverheiratet.

Eine vertrauenswürdige Person, diese Amme. Lieb, ganz liebenswert. Ja, eine bessere würde wohl kaum zu finden sein.

Die Frau verlangte fünf Francs pro Woche, und Tuganov zahlte für dreißig Wochen im voraus.

Die Amme nahm die Kinder in Augenschein, meinte, gut, gut, und damit war das Geschäft abgeschlossen. Sie legte die Kinder in den Korb, den Tuganov vorbereitet hatte, breitete eine Decke darüber und ging hinaus in den Schnee.

In derselben Nacht verließ auch Tuganov das Haus. Er lief durch die Porte de Vincennes hinaus aus der Stadt, immer geradeaus, immer weiter. Und wie er so in die weiße Stille hineinging, da war ihm, als hörte er das Geklingel eines Pferdeschlittens, die gurrenden Laute aus einer Moskauer Trinkstube, als spürte er den Wind, der über den Steppenboden pfeift, von Sibirien her, und es kam ihm beinahe vor, als würde er bereits das Glitzern der Kremltürme sehen. Nach Hause, nach Hause, Rußland, Heimat, ich komme ...

Er wurde in Paris nicht mehr gesehen.

Der Amme indes wurde der Korb unterwegs schwer, viel schwerer, als zwei Kinder sein konnten, und sie stellte ihn ab. Sie untersuchte ihn und fand unter den Kissen ein großes, in Leder gebundenes Buch. Blödsinnig, was sollten die Kinder damit anfangen. So ein Buch zu schleppen ärgerte sie, das war nicht abgemacht gewesen, mit so einem Ding hatte sie nichts zu schaffen.

Und wie sie darüber nachdachte, kam ihr noch ein anderer trüber Gedanke: Der Mann hatte im voraus gezahlt, das war unüblich und dumm, und er hatte nicht einmal nach ihrer Adresse gefragt. Sie war irgendeine Frau aus Paris, er würde sie nicht ausfindig machen können. Warum sollte sie mit dem Buch nicht gleich auch die Bälger loswerden? Wozu die Milch an diese verschwenden, wenn damit bei anderen Stillkindern noch Geld zu verdienen war?

Von derartigen Überlegungen bewegt, stellte sie den Korb am Pont de Sully im Schneetreiben unter einer Laterne ab.

Sie betrachtete die Kinder noch einmal und bemerkte, daß der Junge schlief, das Mädchen jedoch kleine unwillige Schnaufer ausstieß. Das Kind öffnete die Augen, kräuselte die Stirn und starrte die Amme an. Es hatte Augen, die an einen fahlen Himmel erinnerten, und als das Licht der Laterne in diese Augen fiel, bekamen sie etwas Spiegelndes und Durchsichtiges zugleich – es war, als ob ein beschlagenes Glas langsam wieder Glanz bekommt. Doch das linke Auge schien dem rechten nicht folgen zu wollen und umgekehrt, ein jedes schien ein Eigenleben führen zu wollen, das eine schaute hierhin, das andere dorthin, der Blick war gespalten, und in diesem Spalt stürzte die Aufmerksamkeit der Amme ins Leere.

Instinktiv nahm die Frau Abstand zu dem Kind ein, verharrte für einen Moment, spürte Unbehagen und ging dann rasch davon. Nach ein paar Schritten hielt sie inne, drehte sich noch einmal um, und selbst aus dieser Distanz war ihr der Blick des Kindes noch unheimlich.

Das Mädchen schielte.